KB123542

조선 후기
가곡원류 계열 가집의 전개

조선 후기
가곡원류 계열 가집의 전개

강경호 지음

보고사
BOGOSA

책머리에

 '전통 가곡(歌曲)'이라는 용어는 현재를 살아가는 우리에게 다소 낯선 단어이다. 1969년에 이미 국가무형문화재로 지정되었고 2010년에는 유네스코 인류무형유산으로 등재되었지만, 그 명색이 무색하게도 '가곡'은 일반 대중들에게 잘 알려지지 않은 음악이다. 전통예술 분야라면 거의 다 이런 대우를 받는 현실이지만 유독 가곡은 다른 전통 음악에 비해 좀 더 거리감 있게 느껴지는 것 같다. 사실 가곡이라고 하면 대부분 〈봉선화〉나 〈고향 생각〉과 같은 근대 가곡을 떠올릴 것이다.

 가곡(창)은 시조(時調)에 선율을 붙여서 관현악 반주에 맞춰 부르는, 우리나라의 전통 성악곡이다. 잘 알다시피 시조는 정몽주의 "이 몸이 죽고 죽어"나 황진이의 "동짓달 기나긴 밤을"처럼 우리에게 낯선 장르가 아니다. 그러나 시조를 보통 교과서나 책으로 접하다 보니 문학 작품인 줄로만 알지 노래로 불렸다는 것은 잘 모르는 이들이 많다.

 1940년대까지만 하더라도 가곡은 라디오 방송의 주요 레퍼토리로 오를 만큼 나름의 인기를 확보하고 있던 음악이었다. 비록 지금은 다른 전통 음악에 비해 잘 알려지지 않고 '살아있는 화석'(?)처럼 다뤄지지만, 가곡은 조선 시대 내내 주류 음악으로 향유되었고 현재까지도 우리 전통 음악에서 독보적인 위치에 자리매김하는 예술임에 틀림이 없다.

현행 가곡은 하규일(河圭一, 1867~1937) 전창(傳唱) 노래들이다. 현재 활동하는 가곡 명창들의 계보는 대부분 하규일로부터 이어진다. 하규일은 삼촌 하준권(河俊權)으로부터 가곡을 전수받았고, 하준권은 19세기 가곡 문화의 핵심 인물들인 박효관(朴孝寬)과 안민영(安玟英)이 속한 예인 그룹에서 활동하였다. 당시 화려했던 가곡 풍류를 고스란히 담아낸 가집(歌集)이 바로 『가곡원류(歌曲源流)』이다. 『가곡원류』는 향유자들의 기호에 맞게 수정되거나 재편되면서 여러 이본으로 퍼져 나갔고 그 전통은 20세기 초까지 이어졌다. 결국 현재 우리가 접하는 가곡창은 조선 후기 '가곡원류의 유산'인 셈이다.

『가곡원류』계열 이본 가집들에는 조선 후기 전통 가곡의 문화상이 오롯이 반영되었다. 이본만 십수 종에 달하는 이 가집들은 겉으로 볼 때 대동소이한 것처럼 보이지만 실제 속을 들여다보면 제각기 개성들이 다채롭게 담겨져 있다. 따라서 『가곡원류』계열 가집들을 연구하는 것은 각 이본 가집마다의 개성과 독자성을 탐구하고 살펴보는 과정이다. 그리고 각각의 독자성을 바탕으로 조선 후기 가곡 문화의 거시적인 흐름을 살펴보는 것, 그것이 바로 조선 후기 가곡 문화사(시조 예술사) 연구의 궁극적인 지향점이다. 이 책은 이러한 일련의 연구 과정을 통해 현행 가곡창의 전통과 뿌리를 확인하고, 현재적 가치를 되새겨 보고자 시도한 작은 결과물이다.

필자는 박사 과정 때부터 '가곡원류 계열 가집 연구'를 진행해 왔
고, 그 결과로 박사학위논문 「가곡원류계 가집의 편찬 특성과 전개
양상 연구」를 제출한 바 있다. 학위논문을 쓴 지 10년이 지나서야
부족한 문구들을 약간 다듬어 책으로 다시 엮어내게 되었다. 이 논
의는 실증 일변도로 치우친 감이 없지 않다. '가집 이본 연구'라는
타이틀에 견인된 이유도 있겠지만 학문적으로 덜 여문 탓에 도달할
수 있는 성과가 이 정도에 머물 수밖에 없었던 것 같다. 박사 과정
때부터 느꼈던 연구 방법론적 한계를 극복하기 위해 그간 나름의
자구책으로 몇 편의 논의를 개진하였지만 유의미한 성과를 도출했
다고 보기는 힘들다.

그럼에도 불구하고 학위논문을 책으로 다시 내는 것은 '이본 연
구'라는 실증적 성과를 학계에 공유하여 '시조', '가곡', '가집' 연구
에 조금이나마 보탬이 되었으면 하는 바람에서다. 누군가는, 학문
연구의 미덕은 부족하나마 이룬 학문적 성취를 후학(後學)에게 아낌
없이 전하는 것이라 했다. 필자 또한 많은 선학(先學), 선생님들부터
큰 은혜를 입으며 공부했다. 이 부족한 글이 혹여 후학의 도약을
위한 밑거름이 될지도 모를 일이기에 부끄러움을 무릅쓰고 한 편의
책으로 엮는다.

'학문을 해나가는 데 있어서 가장 큰 문제는 과정을 건너뛰고자
하는, 조장(助長)하는 마음에 있다.'(허목(許穆)의 『미수기언(眉叟記言)』
중에서) 책을 다듬고 수정하면서 다시 보니 단어와 문장 곳곳에서
'조장하는 마음'이 읽힌다. 손을 대야 할 것들이 한두 가지가 아닌

탓에 자책과 핑계로 대충 둘러대는 수준에서 마무리하였다. 10년
이 지난 지금에도 그 마음을 다스리기가 쉽지 않다. 공부했던 과정
을 한번 정리하고 마음을 다잡는 계기로 삼았다는 것에 위안하고
자 한다.

　이 책이 나오기까지 많은 분들의 도움과 격려가 있었다. 지도 교
수이신 김학성 선생님의 큰 가르침이 없었다면 애초부터 불가능한
일이었다. 부족한 제자의 흠을 메워주시느라 항상 좋은 학문적 지
침을 주셨는데 잘 담아냈는지 모르겠다. 평생 숙고하며 공부의 방
향을 잡아갈 것이다. 또한 '가곡원류 연구'의 발판을 마련해 주셨고
항상 따뜻한 격려로 힘을 북돋아 주신 신경숙 선생님께 감사의 말
씀을 올린다. 『가곡원류』에 관한 많은 연구 분야에서 험난한 길을
미리 닦아주지 않으셨다면 이 연구를 계속 이어가기가 쉽지 않았을
것이다. 허남춘 선생님께도 감사의 마음을 전한다. 학부 때부터 지
금까지 다 큰 제자의 앞날을 누구보다도 걱정해주셨고, 연구자의
길을 가기가 버거울 때마다 매번 제자의 지친 마음을 살뜰히 들여
다봐 주셨다. 이제는 그 은혜를 갚아갈 때이다. 이외에도 이루 언급
할 수 없을 정도로 많은 선생님과 선배, 후배들의 도움을 받았다.
지면을 빌어 대신 감사하다는 말씀을 드린다.
　마지막으로, 사랑하는 가족들에게 감사의 말을 전하지 않을 수가
없다. 고단한 삶 속에서도 부족한 아들을 위해 물심양면으로 뒷바
라지해 주신 부모님, 동학(同學)이자 조언자이고 든든한 후원자로서
곁에서 같은 곳을 바라보며 함께 걸어가는 안나, 고마운 마음을 글

로 다 담아 전할 수가 없다. 성실한 연구자로 거듭나는 것이 조금이나마 그 고마움에 보답하는 길일 것이다.

부족한 논고를 흔쾌히 받아주고 책으로 나올 수 있게 배려해 주신 보고사 김흥국 사장님과 편집부 이소희 씨에게도 감사의 말씀을 드리며, 두서없는 이 글을 마친다.

2021년 2월 진주에서

강경호 삼가 씀.

차례

I
서론

1. 연구의 목적

19세기 말 가곡 문화의 중심에는 '가곡원류(歌曲源流)'라고 일컬어지는 가집(歌集)들이 있었다. 이미 잘 알려져 있듯이 『가곡원류』는 가객 박효관(朴孝寬)과 그의 제자 안민영(安玟英) 등이 중심이 되어 정음(正音)·정가(正歌) 의식을 표방하며 편찬한 가곡창(歌曲唱) 가집이다. 이후 여러 이본(異本) 가집들이 생성·전승되었고, 현재까지 17여 종 이상의 이본들이 보고되는 것을 볼 때 당대의 파급과 영향은 상당했던 것으로 보인다.

가곡원류 계열(系列) 가집[1]들은 대부분 그 수록 작품을 공유하며, 더 나아가 악곡(樂曲)의 배분과 체계, 작품 수록 양상까지도 유사하

---

1) 지금까지 '가곡원류'라는 용어는 여러 『가곡원류』 이본 가집들을 구분하지 않고 포괄적으로 통칭한 의미로 사용되었다. 그러나 이 용어는 실질적으로 존재하는 『가곡원류』의 개별 이본 가집에 대한 의미가 고려되지 않은 용어였다. 따라서 본 연구에서는 개별 이본들을 포함하여 여러 가집들을 함께 지칭할 때는 '가곡원류계 가집'이라는 용어를 사용하고, 좀 더 세부적으로는 논의할 경우에는 개별 이본 가집의 명칭을 사용하도록 하겠다. 문학사·가곡사의 전체적 맥락에서 가곡원류 계열 가집 전반을 가리킬 때는 기존 학계의 관례대로 범칭인 '가곡원류'를 쓰도록 하겠다.

다는 공통점을 지닌다. 이러한 '공통된 틀'은 이들 가집을 '가곡원류'답게 하는 요소이다. 그러나 가곡원류계 가집들에는 그 나름의 독특한 특징들이 내포되어 있는데, 이 가집들이 '공통된 틀'에서 자기만의 빛깔을 띠게 된 이유는 가집들 각각의 편찬·향유 기반과 소용(所用) 목적이 달랐기 때문이다. 다시 말해, 가곡원류계 가집들 나름의 편제와 작품 수록 양상은 이러한 편찬·향유 기반에 따른 소용 목적의 차이에서 기인하며, 이는 곧 가곡원류계 가집들이 생성·유통·전승될 수 있었던 동인으로 작용하였다.

따라서『가곡원류』를 이해하기 위해서는 개별 가집으로서의 가곡원류계 가집에 대한 연구가 선행되어야 하며 또한 전체 가곡 문화사[시조 예술사]의 흐름 속에서 개별 가집들에 대한 종합적 해석과 고찰이 이루어질 때 보다 선명한 이해가 가능할 것으로 본다.

가곡원류계 가집에 대한 연구는 국문학 연구 초기에서부터 꾸준히 이루어졌다. 그 연구의 대략적 흐름을 살펴보면, 도남(陶南) 조윤제(趙潤濟)와 가람 이병기(李秉岐), 일본인 학자 다다 마사토모[多田正知] 등에 의해 가곡원류계 가집들의 기본적인 정보와 서지 사항들이 제시되고 원전을 모색하는 작업들이 이루어졌다.[2] 이후 심재완[3]은

2) 국문학 초기에 이루어진『가곡원류』에 대한 논의로는 다음의 연구들을 들 수 있다. 조윤제,「歌曲源流」,『조선어문』5, 조선어학회, 1932; 多田正知,「靑丘永言と 歌曲源流」,『朝鮮論集』(小田先生頌壽記念會 編), 1934; 조윤제,「역대가집편찬의 식에 대하여」,『진단학보』3, 진단학회, 1935; 이병기,「序文」,『증보 가곡원류』(함화진 편), 鐘路印文社, 1943.
3) 심재완,「가곡원류계 가집연구」,『영남대학교 논문집』1, 영남대학교, 1967;『시조의 문헌적 연구』, 세종문화사, 1972.

14종의 가곡원류 이본 가집들을 정리함으로써 가곡원류계 가집 연구의 기틀을 마련하였고, 그 외 여러 연구자에 의해 가곡원류계 가집에 대한 정리와 분석이 시도되었다.[4] 특히『가곡원류』의 전체 체제, 편찬 기반, 당대 가곡 문화와의 관련 양상에 대해서는 신경숙의 연구들을 통해 많은 부분이 밝혀졌다.[5] 19세기 가곡 문화의 흐름과 가집의 전개, 여창(女唱) 가곡의 형성 과정, 박효관·안민영 및 그 예인(藝人) 그룹의 모습과 가곡 향유의 실상,『가곡원류』의 관습어구에 대한 해석과 그 의미 등 다각적 측면에서 깊이 있는 논의가 이루어져 가곡원류계 가집들을 종합적으로 이해하는 데 많은 도움을 주고 있다.

그러나 지금까지『가곡원류』에 대한 연구는 시조사의 흐름 속에서 가곡창 가집『가곡원류』의 거시적 의미를 도출하는 데 그 초점이 맞춰졌다.[6] 그렇다 보니 가곡원류계 이본 가집들의 미시적 특징

---

4) 김근수, 「가곡원류고」, 『논문집』1, 명지대, 1968; 황충기, 『가곡원류에 관한 연구』, 국학자료원, 1997; 문주석, 「가곡원류 연구」, 영남대학교 박사학위논문, 2005; 황인완, 「『가곡원류』의 이본 계열 연구」, 고려대학교 박사학위논문, 2007.

5) 19세기 가곡 문화나 『가곡원류』와 관련된 신경숙의 대표적 논의로는 다음의 연구들을 들 수 있다.
「조선후기 여창가곡의 연구」, 고려대학교 박사학위논문, 1994; 「19세기 가곡사 어떻게 볼 것인가」, 『한국문학연구』창간호, 고려대 민족문학연구소, 2000; 「안민영과 예인들-기악연주자들을 중심으로」, 『어문논집』41, 민족어문학회, 2000; 「안민영 예인집단의 좌상객 연구」, 『한국시가연구』10, 한국시가학회, 2001; 「『가곡원류』의 소위 '관습구'들, 어떻게 볼 것인가?」, 『한민족어문학』41, 한민족어문학회, 2002; 「『가곡원류』의 재조명」, 『가객 박효관을 통해본 조선시대 정가세계』, 국립국악원 국악학 학술회의 발표요지집, 2002; 「조선후기 연향의식에서의 가자」, 『국제어문』29, 국제어문학회, 2004.

6) 『가곡원류』의 시조사적·문학사적 의의에 관한 연구는 이미 많은 연구자들에 의해

에는 별반 주목하지 못했고, 다채롭게 존재했던 당대 가곡원류계 가집의 전개 양상을 살피는 데에는 다소 단선적으로 파악한 감이 없지 않았다.

　대부분의『가곡원류』연구는 원본(原本)·정본(正本)에 가까운 가집으로 평가된 국립국악원본『가곡원류』(원국)[7]를 대상으로 이루어졌다.『가곡원류』연구의 중심에는 항상『원국』이 놓여있었고,『가곡원류』의 전체적 특성은 물론 미세한 특징들을 논의할 때에도 그 대상 텍스트로『원국』을 삼는 것은 당연한 것으로 받아들여졌으며, 이외의 가집들은『가곡원류』논의에서 보완적 자료로 다루어졌다. 그러나『원국』에 대한 이러한 평가에도 불구하고 정작『원국』자체에 관한 상세한 연구는 거의 없는 실정이다.

　이러한 상황은 비단『원국』에만 국한된 것이 아니다. 현재까지 많은 가곡원류계 가집들이 보고되었지만, 개별 이본 가집들에 대하여 세밀하게 검토한 경우는 많지 않다. 개별 가집들의 특징을 논의하더라도 이를『가곡원류』전체의 특성으로 파악하거나 그러한 특

논의되었다. 그중 대표적 연구 성과를 제시하면 다음과 같다.
　최동원,「19세기 시조의 시대적 성격」,『고시조론』, 삼영사, 1980; 임기중,「평민 가객과 시조집 편찬」,『한국문학연구입문』, 지식산업사, 1982; 권두환,「조선후기 시조가단 연구」, 서울대학교 박사학위논문, 1985; 고미숙,「19세기 시조의 전개 양상과 그 작품 세계 연구」, 고려대학교 박사학위논문, 1993; 고정희,「〈가곡원류〉 시조의 서정시적 특징」, 서울대학교 석사학위논문, 1995.

7) 이하『원국』으로 약칭한다. 본 연구에서는 가집 표기의 번거로움을 피하기 위해 약칭을 사용하고, 각 章節별로 특정 가집의 약칭을 ( )안에 먼저 제시하도록 하겠다. 그러나 가급적 정식 명칭을 표기하도록 하고 가집의 약칭을 사용할 때는 심재완의『교본 역대시조전서』(세종문화사, 1972) 및『고시조대전』(고려대학교 민족문화연구원, 2012)의 약칭 표기를 따르기로 한다.

징들이 곧 대표성을 띠는 것으로 결론짓는 경우가 대부분이었다. 그러나 앞서 언급했듯이 가곡원류계 가집들은 자기만의 독특한 특징들을 함의하고 있는바, 이들 본연의 특징은 개별적 성격으로 다뤄질 필요가 있다.

근래에 들어 다시 가곡원류계 가집에 대한 관심이 고조되고 활발한 연구가 진행되었다. 오종각, 김현식, 신경숙, 강경호, 황인완 등[8]에 의해『해동악장』, 국립국악원본『가곡원류』, 일석본『가곡원류』, 『지음』등의 개별 가집에 대한 연구와『가곡원류』이본 계열에 관한 연구가 이루어졌다. 이러한 논의들은 가집의 기초적인 서지 정보 탐구 및 해제의 수준을 넘어서 개별 이본 가집들의 편찬·향유 기반과 문화적 특징을 바탕으로 가집의 체제와 특징, 수록 시조 작품의 변화, 가집 간 상관 관계 등을 섬세하게 읽어내려 했다는 점에서 의의를 둘 수 있을 것이다.

이제는 가곡원류계 이본 가집들의 개별적 특징과 전체 가곡원류 계열의 총체적 특징을 종합적으로 아우르는 연구가 요구된다고 할 수 있다. 이에 본 연구에서는 먼저, 가곡원류계 가집들의 개별적 특

---

8) 오종각, 「가곡원류의 새로운 이본인『지음』연구」, 『국문학논문집』15, 단국대학교 국어국문학과, 1997; 김현식, 「안민영의 가집 편찬과 시조문학 양상 연구」, 서울대학교 석사학위논문, 1999; 신경숙, 「하순일 편집『가곡원류』의 성립」, 『시조학논총』26, 한국시조학회, 2007; 강경호, 「가집『해동악장』의 작품 수록 양상과 편찬 특성」, 『어문연구』136, 한국어문교육연구회, 2007; 황인완, 「『가곡원류』의 이본 계열 연구」, 고려대학교 박사학위논문, 2007; 신경숙, 「『가곡원류』편찬 연대 재고」, 『한민족어문학』54, 한민족어문학회, 2009; 신경숙, 「조선후기 서울 우대의 가곡집『가곡원류』」, 『고전문학연구』35, 한국고전문학회, 2009; 신경숙, 「가집『지음』(乾)의 시대와 지역」, 『시조학논총』32, 한국시조학회, 2010.

징들을 포괄하여 이 가집군에서 공통적으로 발현되는 체계와 담론
에 주목하고, 그 편찬 기반에 대한 전반적인 사항들을 살펴보고자
한다. 그리고 이를 바탕으로, 가곡원류계 가집들 각각의 편찬 특성
을 다각적으로 분석하여 개별 가집들의 생성·유통·전승과 관련된
다채로운 전변상을 검토해 보도록 하겠다.

2. 연구의 방법과 대상

『가곡원류』 연구는 국문학 연구 초기에서부터 지속적으로 이루
어져 그 기본적 정보와 특징들에 대한 성과가 어느 정도 축적되었
다고 할 수 있다. 가곡원류계 이본 가집에 대해서는 심재완에 의해
종합적으로 정리·보고되어 후속 연구자들에게 많은 정보가 제공되
었다. 그 후 김근수, 황충기 등에 의해 유사한 작업들이 이루어졌
고, 근래에는 황인완에 의해 가곡원류계 가집들의 이본 계열과 기
본 정보, 편찬 연도, 편찬 경위 등이 상세히 다뤄졌다.[9] 그러나 지
금까지의 가곡원류계 가집에 대한 연구는 대부분 원본 혹은 선본(先
本)의 확정, 편찬 연대 및 원(原) 편찬자의 추정, 이본 가집의 기본
정보 확인 등 다소 서지학적이고 해석학적인 연구 방법에 머물러
있었다.

물론 이러한 연구 방법과 경향은 가집을 해석하는 데 필요한 기

---

9) 여기에서 언급한 연구자들의 연구 성과들은 앞서 각주 3번, 4번, 5번, 8번에서 제
시하였다.

초적인 토대를 마련하였다. 하지만 한편으로는 이러한 연구에서
도출된 개별 가집들의 특징들을 가곡원류계 가집 전체의 특징으로
확대·해석하기도 하는 문제를 낳기도 하였다. 또한 가곡원류계 개
별 가집들의 편찬 층위나 동인, 문화적 기반, 계열 가집 간 영향 관
계, 전승과 파생의 의미, 당대의 가집 향유 실상 등 다양한 측면에
대한 근본적인 해답은 제시하지 못해 아쉬움이 남는다. 따라서 19
세기 후반 다채롭게 존재했던 가곡원류계 가집들의 특징들을 파악
하기 위해서는 가집 자체에 대한 해석학적 방법을 넘어서 개별 가
집이 지닌 가곡 문화적 측면에서의 생성과 파생, 향유와 전승의 양
상을 다층적으로 읽어낼 수 있는 가집 독법(讀法)이 필요하다고 할
수 있다.

　최근 김학성[10]은 가집 연구의 시각과 방법에 대해, 가집에 드러나
있는 여러 정보들을 현상만으로 읽어내려 하는 단순독해(simple
reading)의 방법을 지양하고, 그 현상 너머의 체계와 질서를 찾아내
이를 바탕으로 가집을 진단해내는 징후발견적 독해(symptomatic
reading)로의 전환이 필요함을 논의한 바 있다. 이러한 논의는 가집
자체에 대한 해석을 넘어 가집과 관련된 다양한 국면의 문제들을
함께 다룸으로써 가집 텍스트 자체가 갖는 일차적 한계를 극복해내
고자 한 연구 방법이라는 점에서 가집 연구에 많은 시사점을 제시해
준다.

10) 김학성, 「18세기 초 전환기 시조 양식의 전변과 장르 실현 양상」, 『한국시가연구』
　　23, 한국시가학회, 2007, 278면.

가집은 단순히 시조 작품만 수집되어 실린 책이 아니라 그 이전 시기로부터 전승된 가곡 문화의 담론과 당대 가곡 문화의 다양한 특징 및 향유상을 내포한 가곡 예술의 축적물이다. 마찬가지로 가곡원류계 가집에는 전기(前期) 가집으로부터 축적된 가곡 문화의 전통과 19세기 후반 가곡 문화의 다양한 모습들이 반영되어 있으며, 또한 편찬·향유 기반의 독특한 문화적 특징들이 담겨 있다. 따라서 이러한 가곡원류계 가집들의 특징과 그 전승·변모 양상을 살피는 것은 가곡원류기(期)뿐만 아니라 19세기 시조사와 가곡사를 살피는 데에도 반드시 필요한 과정인 것이다.

그러나 이본 가집들의 방대한 양과 이 가집들의 특징과 성격을 설명해 줄 수 있는 문헌 자료가 절대적으로 부족한 상황에서 복잡다단하게 엮인 이본 가집들의 상관 관계와 시조 작품들의 수록 양상을 살피는 일은 쉽지 않은 작업이다. 가곡원류계 가집을 연구하기 위해서는 일차적으로 개별 가집을 둘러싼 정보들을 최대한 확인하는 작업이 필요하다. 이는 그 가집의 생성 기반 및 소용 목적, 향유·전승 양상을 풀어내는 데 중요한 정보를 제공할 것이다. 다음으로는 가집 내적 체계를 면밀히 분석하는 작업이 진행되어야 한다. 대부분 가집들은 여러 번의 필사와 전승의 과정을 겪으면서 다양한 정보들이 축적된 상태로 전해진다. 그 안에는 이전 시기로부터 전해진 수많은 정보 및 현상들이 내재되었으며, 더불어 당대 가곡 연행 및 향유의 여러 징후들이 남겨져 있다. 따라서 이러한 가집 내적 체계를 분석함으로써 가집의 실체를 밝히는 과정이 필요할 것이다. 이 정보들을 곡해하지 않고 읽어내려면 단순히 겉으로 드러난 현상에만 견인되어 가집의 성격을 추단하는 것이 아닌, 포착된 여러 징후와 표지들을 종합적으로 읽어내는 연구 방법이 필요하다 하겠다.

논의의 과정상 구체적인 연구 시각과 방법은 제Ⅱ장에서 상세히 기술된다. 먼저 가곡원류계 이본 가집들을 바라보는 시각에 대해 논의할 것이며, 표제(標題)의 문제, 원본에 대한 시각, 편찬 기반에 대한 문제를 다룸으로써 가곡원류계 이본 가집들에 대한 이해 방향을 제시하고자 한다. 또한 이 가집들이 편찬·향유 기반에 따라 그 소용 목적을 달리하며 수정·증보·재편된 가집들임을 논의할 것이다.

이어서 가곡원류계 가집들의 체제와 구성에 대한 시각과 이를 분석하는 연구 방법에 대해 서술한다. 우선 가곡원류계 가집들을 아우르는 공통된 틀인 공통 체계와 변별적 자질인 개별 체계에 대해 설명할 것이다. '공통된 틀'이란 이전 시기부터 끊임없이 이루어져 19세기 말에 정착된 '곡(曲) 해석의 표준화된 틀'을 말한다.[11] 또한 악곡별 작품 편제의 양상, 전체 작품들의 수록 체계, 그 내적 질서의 원리에 대한 문제, 악곡별 작품 재수록에 따른 중복 작품들의 문제, 가곡원류기(期) 작가의 작품 수록과 그 영향 등 가곡원류계 가집들의 체제와 구성 방식을 이해하고 분석하는 데 전제해야 할 사항들에 대해 검토하고자 한다.

제Ⅲ장에서는 본격적으로 가곡원류계 가집들의 편찬 특성과 전

---

11) 신경숙, 「18·19세기 가집, 그 중앙의 산물」, 『한국시가연구』 11, 한국시가학회, 2001, 40~41면 참조.

변(轉變) 양상에 대한 고찰이 이루어진다. 계열별로 가집들의 편찬 특성을 파악하고 가집간 상관 관계, 개별 가집들의 독특한 특징들의 검토를 통해 그 전승과 변모의 전변상을 살펴보고자 한다. 계열로는 해동악장(海東樂章) 계열, 국립국악원본(國立國樂院本) 계열, 화원악보(花源樂譜) 계열, 동양문고본(東洋文庫本) 계열로 나눌 수 있고 계열별 연구 대상을 소개하면 다음과 같다.

계열	가 집 명	약 칭	작품 수
해동악장 계열	해동악장	『해악』	874
	가곡원류(연세대본)	『원연』	726
	가곡원류(구황실본)	『원황』	713
국립국악원본 계열	가사집(국립국악원본)	『원국』	856
	협률대성(協律大成)	『협률』	828
	청구영언 (靑邱永言, 일석본)[12]	『원일』	740
	가곡원류(가람본)	『원가』	446
	가곡원류(단국대본)	『하순일 편집본』	24
화원악보 계열	화원악보(花源樂譜)	『화악』	651
	청구영언 (靑邱永言, 河合文庫本)	『원하』	849
동양문고본 계열	가곡원류(東洋文庫本)	『원동』	454
	가곡원류(불란서본)	『원불』	801
	청구악장 (靑邱樂章, 육당본)	『원육』	804
	지음(知音, 乾)	『지음』	419

---

12) 일석본 『가곡원류』는 고려대학교 민족문화연구원의 시조DB팀에서 제공받을 수 있었다. 이곳의 연구책임자였던 이형대 선생님께 감사의 말씀을 드리며, 더불어 자료 열람에 힘써주시고 '가곡원류 연구'에 많은 도움과 조언을 해주신 신경숙 선생님께도 거듭 감사의 말씀을 올린다.

본 연구에서는 학계에 보고된 자료 중 14종의 가곡원류계 가집들
을 그 대상으로 삼는다.[13] 가곡원류계 가집의 계열은 이본 가집들
의 상호 영향 관계와 가집 간 비교에 의한 친연성 여부를 분석한
결과에 따라 분류한 것이며, 편찬 의도나 소용 목적의 유사성, 전승
경위를 파악함으로써 일차적으로 같은 계열을 묶을 수 있었다. 또
한 가집 내적으로 축적된 여러 징후들을 포착해 내는 과정을 통해
동일 가집군의 모습과 상관 관계를 확인할 수 있었는데, 특히 악곡
별 작품 수록 체제, 작품 수록 및 노랫말 변이 양상 등의 비교·검토
는 동일 계열 가집들의 축적된 함의들을 확인할 수 있는 좋은 방법
이었다.

동일 계열 속 가집들의 관계는 단순히 선후 관계나 이본 관계만
을 의미하지 않는다. 가집에 따라서는 선후 관계가 드러나는 가집
들도 있지만 그것을 곧바로 직접적인 영향 관계로 파악하는 것은
단편적인 해석 방법이다. 이 가집들 간의 상관 관계는 수직적이고
일방적인 영향 관계로 이해할 것이 아니며 여러 요소들이 수평적으

---

13) 최근까지 학계에 몇 편의 가곡원류계 가집이 더 보고되었다. 하지만 자료 입수의
한계상 더 많은 가집을 본 연구에 반영하지는 못하였다. 그러나 가곡원류계 가집의
전체성과 개별성을 논의하는 데는 여기 소개된 가집들만으로도 충분할 것으로 판
단된다. 본 연구에서 미비된 부분은 차후의 논고를 통해 보완해 나가도록 하겠다.
여기서 소개한 14종 이외에도 규장각본『가곡원류』, 가람본『협률대성』, 김근수본
『원하』등이 있는데, 이 가집들은 대본을 재필사한 가집으로 판단되어 기본 연구
대상에서 제외하고 참고 자료로 활용할 것이다. 또한 박상수본(『원박』)은 현재 출
처가 불분명한 가집이어서 자료를 접할 수 없다. 본 연구에서는 심재완의『교본
역대시조전서』에 나온 시조 작품을 재구성하여 살폈으며 논의 상 필요에 따라 함
께 다루도록 하겠다.

로 실현되고 상호 반영되는 것으로 보는 다층적 이해 시각이 필요
하다.

이외에 가곡원류계 가집들의 전개 양상과 편찬 특성을 살피는 데
참고가 되는 가집으로는, 먼저 『여창가요록』(『여요』)을 들 수 있다.
『여요』는 가곡원류계 가집에 수록된 작품들 중 여창 가곡으로 구성
된 가집이며, 총 182수의 작품들이 수록되어 있다.[14] 이 가집은 여
러 이본이 존재하는데, 그중 동양문고본이 가장 완비된 것으로 보
인다. 여기에는 "경오(庚午) 중춘(仲春) 망간(望間) 설봉시(雪峰試)"라
는 기록이 남아있어서 1870년경에 유통되었을 것으로 추정된다. 가
곡원류계 대형 가집들 중 『원일』, 『화악』, 『원동』을 제외하고는 모
두 여창 부분이 수록되어 있으므로, 『여요』는 별도로 다루지 않고
가곡원류계 가집들을 논의하며 함께 다룰 것이다.

다음으로 『승평곡(昇平曲)』(1873)과 『금옥총부(金玉叢部)』(1880, 금옥)
를 들 수 있는데, 주지하듯 이 가집들은 안민영에 의해 편찬된 개인
가집이다. 『승평곡』은 박효관·안민영을 중심으로 조직된 예인 그
룹 승평계(昇平契)에서 그 절대적인 후원자인 대원군과 왕실을 송축
하기 위해 소용된 가집이며,[15] 『금옥』은 안민영 개인 가집의 성격을
띠는 동시에 대원군과 이재면을 비롯한 왕실의 송축과 그 그룹 안

---

14) 신경숙, 앞의 논문, 고려대학교 박사학위논문, 1994; 신경숙, 「『여창가요록』 해제
    및 영인」, 『한국음악사학보』 16, 한국음악사학회, 1996 참조.
15) 『승평곡』에 대한 연구는 다음의 논의를 들 수 있다. 이동복, 「박효관의 생애와 업
    적에 관한 연구」, 『국악원논문집』 14, 국립국악원, 2002; 송원호, 「안민영의 『승평
    곡』 연구」, 『어문논집』 47, 민족어문학회, 2003; 김석배, 「승평곡 연구」, 『퇴계학
    과 한국문화』 36, 경북대 퇴계연구소, 2005.

에서의 예술 활동과 풍류를 담아낸 가집이다. 안민영은 가곡원류계 가집 편찬에서 가장 중요한 인물 중 한 명인바 이 가집들에 대한 연구는 가곡원류계 가집들의 편찬 기반을 살피는 데 여러 가지 유용한 정보를 제공할 것이다.

제Ⅳ장에서는 앞서의 논의들을 종합하여 가곡원류계 가집의 전개 양상을 정리해 보고자 한다. 또한 20세기 초반 가곡 문화기반의 변화와 함께 전승된 가곡원류계 가집들의 존재 양상과 그 의미에 대해 살펴보고 아울러 시조사적 의의에 대해서도 논의할 것이다.

19세기 문학사는 '축적적 문학담론의 향유 시대'[16]로 이해할 수 있다. 19세기 후반에서 20세기 초에 걸쳐 가곡원류계 가집들이 집중적으로 생성되고 전승·파생될 수 있었던 원동력은 이전 시기로부터 전해진 풍부한 가곡 문학·문화 담론이 내부적으로 튼실하게 축적되었기 때문이다. 그것이 박효관·안민영을 통해 예술적으로 구현되었고, 대원군을 비롯한 최고 좌상객(座上客)들과 연결되면서 폭넓은 향유의 발판이 마련될 수 있었을 것이다.

이렇듯 다양한 형태로 전승되었을 가곡원류계 가집들에 대해 지

---

16) 성무경, 「19세기 국문시가의 구도와 해석의 지평」, 『조선후기, 시가문학의 문화담론 탐색』, 보고사, 2004, 452면. 성무경은 19세기를 "다종의 문학 장르들이 자신의 문화권을 형성하고 발생·전이·소멸·변화라는 장르운동성을 보이며, 장르-간 상호대화를 벌여온 '축적적 문학담론의 향유시대'라고 정리한 바 있다. '축적적 문학담론의 향유'란 "이전 시기, 특히 18세기에 축적된 풍부한 문학담론을 승계하면서 해체·집적·재생산을 통한 새로운 국면의 문학현상이 나타나고, 또 이러한 문화현상 자체를 폭넓게 향유하는 19세기의 문학사적 특성을 지적해본 것"이라고 논의하였는데, 이는 조선후기 문학사는 물론 시조·가집사를 살피는 데도 중요한 시각을 제공해 준다.

금까지 우리는 너무나도 단선적으로 이해한 감이 없지 않다. 현재 우리가 접하는 가곡원류계 가집들은 향유 기반의 변화에 따라 전승되면서 변이·적층의 과정을 거쳐 정착된 가집이라는 점을 인지할 필요가 있다. 이러한 전변의 양상과 그 문화적 의미를 찾는 것이 본 연구의 최종 목표이다. 이 연구는 지금까지 상세히 다뤄지지 않았던 가곡원류계 가집들의 고유한 결을 읽어내는 작업이 될 것이며, 19세기 후반 가곡원류계 가집의 전체 구도와 시조·가집사의 흐름을 파악하는데 일조할 것으로 기대한다.

II
가곡원류계 가집에 대한 시각과 이해 방향

1. 가곡원류계 가집들에 대한 시각 정립

1) 『가곡원류』를 보는 시각

가곡원류계 이본 가집은 현재까지 약 17여 종이 보고되고 있다. 연구자에 따라 이본(異本) 가집의 수가 조금씩 달라지기는 하지만[1] 대개 15여 종의 가집이 가곡원류의 이본 가집으로 다뤄진다. 이러한 이본 가집들에는 대체로 800여 수의 시조 작품이 수록되어 있으나 가집에 따라서는 400수 정도의 작품만 수록되어 있는 등 그 편차가 크게 나타나기도 한다. 또한 서로 다른 표제(標題)를 갖고 있기도 하며, 대부분 동일한 악조 및 악곡에 작품이 배분되지만 개별

---

1) 김근수(「'歌曲源流'考」, 『명대논문집』 1, 명지대, 1968)는 「증보 가곡원류」를 포함하여 10종, 심재완(『時調의 文獻的 硏究』, 세종문화사, 1972)은 14종, 황충기(「≪歌曲源流≫ 編著에 대한 異見(II)」, 『歌曲源流에 대한 硏究』, 국학자료원, 1997)는 15종을 소개하였고, 최근에 황인완(「『가곡원류』의 이본 계열 연구」, 고려대 박사학위논문, 2007)은 14종, 신경숙(「『가곡원류』 편찬 연대 재고」, 『한민족어문학』 54, 한민족어문학회, 2009)은 17종을 소개하였다. 가장 근래에 발간된 『고시조 문헌 해제』(신경숙·이상원·권순회·김용찬·박규홍·이형대, 고려대학교 민족문화연구원, 2012)에는 가곡원류 계열 가집으로 19종, 여창가요록 3종이 소개되어 있다.

가집에 따라서는 특이한 작품 수록 양상이 나타나기도 한다. 다시 말해, 가곡원류계 가집들은 일정한 원칙에 의해 편찬된 것 같으면서도 세부적인 면에서는 큰 차이가 보인다고 할 수 있다.

이렇듯 다양한 양상으로 나타나는 가곡원류계 가집들에 대해 어떻게 이해해야 하는 것일까. 지금까지 '가곡원류 연구'에서 개별 가곡원류계 가집들에 대한 시각은 마련되지 않았다. 보통 '가곡원류' 하면 으레 국립국악원본『가곡원류』(원국)를 떠올렸고 '가곡원류 연구'에서도 대부분 이『원국』을 대상으로 논의가 진행되었으며, 부분적으로 보충이 필요한 경우에만 이본 가집들을 언급해왔다. 그러나 문제는 이 가집들 대부분은 단순히 대본을 재필사(再筆寫)한 수준의 이본 가집이 아니라는 점이다. 국립국악원본과 규장각본, 하합문고본(원하)과 김근수본(원하의 이본),[2] 이근우 소장본『협률대성』[3]과 가람본『협률대성』등 재필사 정도의 가치만 인정되는 몇 가집들을 제외하고는 상당수의 가집들이 모두 개별적 가치를 지닌 가집이라는 점을 인지해야 한다. 전체적인 편제나 작품 수록 양상 등이 유사하게 나타나는 것으로 보이지만 세부적으로는 미묘한 차이들이 나타나며, 그 작은 차이 하나가 이본 가집들의 독특함을 드러내고 있다. 따라서 복잡다단한 가곡원류계 가집들의 편찬 양상을 이해하기 위해서는 이 가집들에서 보이는 특징적인 사항들에 대해 검토하고 접근하는 연구 시각을 마련해야 한다.

---

2) 황순구 편,『시조자료총서4, 가곡원류』(한국시조학회, 1987)에 영인·수록되어 있다.
3) 황순구 편, 위의 책(한국시조학회, 1987)에 영인·수록되어 있다.

먼저 이 가집들의 표제가 서로 다르다는 문제에서부터 논의를 시작하려 한다. 주지하듯 가곡원류계 가집들의 원래 표제는 대부분 '가곡원류'가 아닌 것으로 알려져 있다. '가곡원류'라는 제목이 달린 이유는 대다수 가곡원류계 가집들의 서두에 중국 남송(南宋)의 문인 오증(吳曾)의『능개재만록(能改齋漫錄)』에 수록된「가곡원류」라는 글이 수록된 데 따른 것이다. 뚜렷한 표제가 없었던 몇 가집에서 '가곡원류'라는 명칭이 마치 가집 제목처럼 사용되었던 것이 이 가집군을 대표하는 명칭으로 자리 잡게 되었다. 가곡원류계 가집의 대표 격인 국립국악원본(원국)의 표제는 '가사집(歌詞集)'이며, 가장 많은 작품이 수록된 가곡원류계 가집의 명칭은 '해동악장(海東樂章)'이다. 육당본은 '해동악장'과 비슷한 '청구악장(靑邱樂章)'이다. 이외에도 '청구영언(靑邱永言)'(원하·원일), '화원악보(花源樂譜)', '협률대성(協律大成)' 등 다양한 표제로 전하며, 많은 가집이 '가곡원류'가 아닌 다른 명칭을 달고 있다. 물론 '가곡원류'라는 표제로 된 가집들도 있지만[4] 이 가집들 대부분은 후대적(後代的) 성격의 가집으로 판단된다. 따라서 '가곡원류'라는 표제 명을 이 가집들 본래의 제목으로 보는 것은 무리이다.

그렇다면 이렇게 다양한 제목의 가집들이 '가곡원류'로 불리게 된 것은 언제부터일까. 이 같은 제목이 이미 국문학 연구 초기에서부터 언급되는 것으로 보아, 20세기 초에는 '가곡원류'라는 명칭이 정착되어 지금까지 통용된 것으로 보인다.

---

4)『원동』·『원불』·『원황』·『원연』·『원가』 등의 가집은 '가곡원류'란 표제로 전한다.

此書 編撰上에 叅照한 書는 〈靑丘永言〉〈大同樂府〉〈歌曲源流〉〈南薰太平歌〉〈女唱類聚〉外 數種이니, 編者의 가장 見困한 것은 同一한 時調로 諸書의 所記가 各異함이라.[5]

가사를 기록한 것은 『대동악부(大東樂府)』『청구영언(靑丘永言)』『가곡원류(歌曲源流)』『남훈태평가(南薰太平歌)』『여창유취(女唱類聚)』등이 있는데, 근래 이들 책에서 다시 가려뽑아 간행한 것이 있으니 이는 『대동풍아(大東風雅)』『가곡선(歌曲選)』등이다.[6]

時調文籍의 現存이 十指를 屈하기에 足호대 대개 撰者의 原本일듯한 一本이 僅傳하는양하고 一書로 流布의 廣하기는 오즉 「歌曲源流」란 것을 볼쑨이니 余의 眼에 過한것만도 오히려 四五本을 筭하는도다 … 이 「歌曲源流」로 말하야도 본대는 書名의 定한 것이 잇지 아니하고 卷首에 다른 參考文字와 한 가지 宋 吳會의 能改齊謾錄 二條를 引用한 中 初一條에 「歌曲源流」라 題한 것이 우연히 開卷 第一에 當하매 이것을 書名으로 錯認하야 이제 破하기 어렵기에 이른 것이며…[7]

위 인용한 글들은 육당(六堂) 최남선(崔南善)이 펴낸 『가곡선』(1913)의 앞에 수록된 '예언(例言)' 부분과 우리나라 최초의 국문학사로 인정되는 자산(自山) 안확(安廓)의 『조선문학사』(1922)의 부분, 그리고 육당이 『원육』을 출판물로 간행할 당시 서두에 수록한 「가곡원류(歌

---

5) 「歌曲選 例言」, 『歌曲選』(최남선 편), 신문관, 1913.

6) 안확, 『조선문학사』, 韓一書店, 1922.(여기에서는 『安自山 國學論選集』(崔元植·丁海廉 편역), 현대실학사, 1996)에 수록된 자료를 인용하였다.

7) 최남선, 「歌曲源流 小紋」, 육당본 『가곡원류』, 1929.

曲源流) 소서(小敍)」의 부분을 가져온 것이다. 이 글들을 통해 1913년 경을 전후로 가곡원류계 가집들의 명칭이 이미 '가곡원류'로 불리고 있었음을 알 수 있다.

특히 육당의 「가곡원류 소서」에는 당대 사람들의 가곡원류계 가집에 대한 인식이 잘 반영되어 있다. 당시 주변에는 4~5종의 '가곡원류'라는 가집이 있었는데, 정확한 서명(書名)을 알 수는 없었고 제목도 이미 바꾸기 힘들게 되었다고 한다. 이를 통해 알 수 있는 점은 20세기 초반에 가곡원류계 가집 수 종이 유통되고 있었고, 이 가집들은 대체로 '가곡원류'라는 이름으로 불리고 있었다는 것이다. 육당이 이 글의 제목을 "가곡원류 소서"라 한 것도 이러한 당시 상황과 연관된다. 자신이 소장했던 가집의 표제는 '청구악장'이었지만, '가곡원류'라는 용어가 이미 당시 사람들에게도 널리 알려진 용어였기 때문에 '가곡원류'라고 표기했던 것이다. 이렇듯 '가곡원류'란 명칭은 국문학 연구 초기부터 지금까지 사용되면서 가곡원류계 가집을 대표하는 명칭으로 자리 잡았다.

하지만 역설적이게도 이 용어는 과거 '가곡원류'의 실체를 정확히 알지 못했던 당시의 상황을 반영한다. 그 당시 연구자들은 원제목을 알 수 없는 유사한 가집들이 여러 본 유통되자 이를 통칭하여 '가곡원류'라고 지칭한 것이다. 따라서 '가곡원류'라는 명칭은 원본이 무엇인지 파악되지 않은 상황에서 여러 가집들이 '가곡원류'라는 제목으로 널리 유통되던 것을 참고로 하여 '선택된' 용어였다고 할 수 있다.

가집의 원래 제목이 무엇인가에 대한 문제는 『가곡원류』의 원본이 무엇인가에 대한 고민과 맞닿아 있다. 『가곡원류』의 원본을 모색하는 작업은 '가곡원류 연구'에서 가장 중요한 테마 중 하나였다. 학계에서는 통상 『원국』을 원본(原本)·정본(正本)으로 본다. 『원국』이 『가곡원류』 연구의 핵심이 되고 원본 또는 정본으로 평가받았던 이유는 이 가집이 정연한 편찬 체제를 갖추고 있고, 악곡명과 노랫말 및 여러 표기 방식에서도 오기(誤記)가 적게 나타나는 등 다른 가곡원류계 가집에 비해 비교적 온전한 형태를 유지하고 있기 때문이다.

『원국』이 원본으로 평가받은 데에는 여러 선학들의 논의가 주요했다. 심재완은 가곡원류계 가집 중 『원국』을 "源流의 完本(原本이거나 그에 가장 가까운 冊)"으로 보고 "그 精誠들인 寫法이나 五音分節, 本文 音符記入, 簽字法 等으로 보아서 더욱 그러한 確定을 굳게 한다"[8]고 하였고, 그 후 김근수,[9] 장사훈,[10] 황순구[11] 등도 이러한 견해를 같이 하며 『원국』에 대해 '원본' 혹은 '초고본(初稿本)'이라는 평가를 내렸다. 이후 '국립국악원본=가곡원류 원본'이라는 등식이 정설로 받아들여졌고, 『가곡원류』에 대한 연구에서 『원국』은 원본·정본이라는 전제가 자연스럽게 깔리게 되었다.[12]

---

8) 심재완, 「가곡원류계 가집연구」, 『영남대학교 논문집』 1, 1967; 『시조의 문헌적 연구』, 세종문화사, 1972, 50~51면 참조.

9) 김근수, 앞의 논문, 명지대, 1968, 228면.

10) 장사훈, 「가곡원류」, 『한국음악학자료논총』 5, 국립국악원, 1981.

11) 황순구, 「해제 가곡원류」, 『시조자료총서3, 가곡원류』, 한국시조학회, 1987, 2면.

12) 이러한 정설에 대한 의문은 학계에서도 종종 제기되었지만, 아직까지는 '『원국』 원본설'이 지지를 얻는 것으로 보인다. '『원국』 원본설'에 대한 부정적인 견해로는 다음의 논의들이 대표적이라 할 수 있다. 황충기, 「≪가곡원류≫ 編纂에 대한 異見 (II)」(『歌曲源流에 관한 硏究』, 국학자료원, 1997에 재수록); 김선기, 「안민영 시

이렇듯 현재 학계에서는 『원국』을 원본·정본 또는 초고본으로 판단하지만, 과거 국문학 연구 초기에는 그렇지 않았던 것 같다. 조윤제[13]는 『가곡원류』에 관한 여러 논의를 전개하면서 몇 이본을 언급하였는데, 규장각본, 이왕직도서관본(해악), 최남선씨본(원육), 이왕직아악부본(원국), 총독부도서관본, 동양문고본 등을 소개하면서도 주로 『원규』, 『해악』, 『원육』을 중심으로 논의를 펼쳤다. 안확[14]은 '가곡원류'를 논의하면서 『해동악장』을 대표적 이본으로 보았고, 다다 마사토모[多田正知][15]는 『원국』에 대한 언급 없이 구(舊) 조동윤(趙東潤) 가(家) 소장본(해악), 최남선씨 소장본(원육), 후지마사 아키오[藤正秋夫] 소장본 등을 소개하면서 그중 『해악』을 선본으로 평가하였다.

초기 연구 과정에서부터 가곡원류계 가집들을 파악하고 원본을 확인하려는 시도가 꾸준히 전개되었지만, 그 실체를 정확히 알 수는 없었던 것으로 보인다. 이에 원본 고증의 어려움을 토로하는 서술들도 보이는데, 도남은 "只今으로 그다지 머지않은 時日에 엇지 全然 世人의 모르는 바가 되었는가"[16]라고 언급하였고, 가람 이병

조를 둘러싼 국악원본 『가곡원류』와 『금옥총부』의 비교 고찰」, 『한국언어문학』 제48집, 한국언어문학회, 2002.

13) 조윤제, 「歌曲源流」, 『조선어문』 5, 조선어학회, 1932; 「역대가집편찬의식에 대하야」, 『진단학보』 3, 진단학회, 1935.

14) 안확, 「李朝時代의 문학」, 『조선』 189, 1933.7.(崔元植·丁海廉 편역, 앞의 책, 현대실학사, 1996, 213면에서 재인용).

15) 多田正知, 「靑丘永言と 歌曲源流」, 『朝鮮論集』(小田先生頌壽記念會 編), 1934.

16) 조윤제, 「歌曲源流」, 『조선어문』 5, 조선어학회, 1932.

기 역시 "歌曲源流는 高宗 十三年(一八七六) 朴孝寬의 撰으로 七三年
밖에는 아니되지만 정말 그 原本이 어떤 것인지를 모르겠다"[17]고 하
며 '가곡원류 원본 연구'의 어려움을 토로한 것이다. 이러한 논의들
은 당시의 척박한 연구 환경에서 나온 견해들이라는 점을 감안해야
겠지만, 지금보다 가곡원류계 가집들의 편찬 시기와 상대적으로 가
깝고 가집 원전 자료에 대한 접근성이 나았을 것이란 점을 고려한
다면, 초기 연구에서 보이는 이러한 언급들이 단순하게 넘어갈 문
제만은 아니라고 생각한다.

　지금까지 가곡원류계 가집의 연구에서 이본 가집들이 너무 많고
그 표제도 일정치 않은 것은 이 분야 연구의 어려움으로 작용했다.
따라서 가집 하나 하나에 주목하기 보다는 주로 『가곡원류』 전체를
바라보는 시각에서 논의가 진행되었다. 이본 가집들의 개별적 특징
이 논의되더라도 이것은 『가곡원류』의 전체적 특징으로 다뤄지는
것이 대부분이었다. 그러다 보니 원본 또는 선행본(先行本)을 찾으
려는 일련의 연구들에 의해 『가곡원류』가 갖는 대표적 의미나 문학
사적 가치는 확인되었지만, 오히려 가곡원류계 가집들이 갖고 있는
개별적 특징들은 다소 퇴색되지 않았나 생각된다.

　다양한 제명으로 여러 형태의 유사 가집이 유통된 것이 이 가집
들의 실체인데 그것들이 하나의 원본 가집과 그 파생 가집인 '이본'
들로 규정되어 버렸다. 또한 이본 검토를 통해 나온 결과를 가곡원

---

17) 이병기, 「고전의 僞作」, 『서울신문』, 1949년 5월 18일자.(『가람문선』, 신구문화사,
　　1969, 473면에서 재인용.)

류계 전체적 특징으로 단정지어 버린 연구 풍토는 가곡원류계 가집들의 성격을 일정한 틀에 고착화 시키는 결과를 낳았다. 이는 다시 말해 19세기 말~20세기 초, 다채롭게 존재했던 가곡원류계 가집들을 하나의 고정된 실체로 파악하고자 했던 연구자들의 의도적 시선의 결과라고 할 수 있다.

초기 연구에서부터 꾸준히 제기된 가집의 표제와 원본의 문제 등 가곡원류계 가집들을 둘러싼 여러 문제들은 다시 원점으로 되돌려 생각할 필요가 있다. 뒤에서 상세히 서술하겠지만 『원국』은 여러 측면에서 볼 때 가곡원류계 가집의 원본으로 보기 힘들며, 설령 원본으로 본다 하더라도 『원국』에만 치우쳐진 '가곡원류 연구'는 이 시기 가집 연구에 걸림돌로 작용할 것이다.

가집 연구에서 여러 이본의 원본을 확정하고 기준을 설정하는 것은 가집 전승의 변모 양상을 명확히 파악할 수 있다는 점에서 유의미한 작업이라 할 수 있다. 그러나 이러한 기존의 연구 시각과 방법으로는 이본 가집들의 본연적 의미를 제대로 파악할 수 없으며, 당대 다양하게 존재하고 전승되었던 이본 가집들의 문화적 의미를 확인할 수 없다는 점에서 가곡원류계 가집들에 대한 시각을 재정립할 필요성이 제기된다.

2) 가곡원류계 이본 가집들의 전반적 특징

지금까지 가곡원류계 가집의 연구는 시조사라는 거시적 시각에서 『가곡원류』 전체의 윤곽을 살피고 그 문학사적 의의를 찾는데 초점이 맞춰졌다. 그렇다 보니 『가곡원류』 관련 연구에서는 대표성을 띤 가집을 중심으로 논의가 이루어져 여러 가곡원류계 가집들의 미시적 실체들이 제대로 인지되지 못한 편이다.

가곡원류계 가집들은 가집 별로 편찬 시기나 기반이 조금씩 다른 것으로 판단되며, 편찬자도 원래의『가곡원류』편자인 박효관·안민영 이외에 다른 인물로 여겨지는 경우가 많다. 또한 이본 가집들의 편찬 목적이나 향유 기반의 문제 등이 아직까지 좀 더 상세히 다뤄질 여지를 남기고 있다. 가곡원류 편찬을 둘러싼 여러 정황들이 점점 밝혀지고 있지만 아직까지 명쾌하게 해결되었다고 말할 수는 없기 때문에 개별 가집을 검토하는 작업이 필요하다.

이러한 가곡원류계 가집들에 대한 시각을 정립하기 위해서는 우선 간략하게나마 가곡원류계 이본 가집들의 전반적 특징에 대해 살펴봐야 할 것으로 보인다. 이 가집들의 상세한 설명과 분석은 제Ⅲ장에서 다루기로 하고 여기에서는 논의를 전개하는 데 필요한 사항을 중심으로 각 가집들의 특징적 모습들을 설명하도록 하겠다.[18] 가집의 소개 순서는 이 글의 본론에서 다루는 가집 간 계열 특성들을 고려하여 제시한다.

먼저 소개할 가집은 ①『해동악장』(해악)이다.『해악』은 국립국악원본(원국)과 더불어 가곡원류계 가집 중에서 가장 주목해야 할 가

---

18) 가곡원류계 가집들에 대한 세밀한 검토는 "제Ⅲ장 가곡원류계 가집의 편찬 특성과 전변 양상"에서 심도 있게 진행될 것이다. 가곡원류계 이본 가집들에 대한 서지 사항 검토는 심재완(『시조의 문헌적 연구』, 세종문화사, 1972)과 황인완(「『가곡원류』의 이본 계열 연구」, 고려대 박사학위논문, 2007) 등에 의해 상세히 다뤄진 바 있고, 근래에 발간된『고시조문헌 해제』(신경숙·이상원·권순회·김용찬·박규홍·이형대, 고려대학교 민족문화연구원, 2012)도 참고할 만하다.

집이다. 『해악』에는 가곡원류계 가집 중 가장 많은 874수의 시조 작품이 수록되어 있으며, 기존 연구에서 『가곡원류』의 편찬 시기 [1876년]를 추정하는 근거로 활용했던 「안민영 서문(序文)」이 남아 있다. 이 가집은 다른 가곡원류계 가집에 비해 상당히 많은 양의 안민영 작품이 수록되어 있는데 최다 작품 수록이라는 특징도 바로 안민영 작품이 대거 수록된 데에서 비롯되었다. 이러한 작품 수록 양상으로 인해 편찬자의 '의도적 가집 편집 성향'이 드러난다는 점에서 그 중요성이 인정되는 가집이다.

『해악』과 영향 관계가 감지되는 가집으로는 ② 연세대본(원연)과 ③ 구황실본(원황), ④ 박상수본(원박)[19]을 들 수 있다. 이 세 가집은 가집 간 친연성이 두드러지게 나타나는 가집들로, 『원연』에는 726수, 『원황』에는 713수, 『원박』에는 725수의 시조 작품이 수록되었고, 만횡(蔓橫)부터 우락(羽樂)까지 약 100여 수의 작품이 누락되었다는 공통점을 갖는다. 가집 간 전사(轉寫) 관계가 느껴지지만 그 선후를 확정하기란 쉽지 않다. 한편 『원박』은 악곡 중 가장 후대에 만들어진 것으로 알려진 '환계락(還界樂)'도 포함되어 있어서 이 가집의 편찬 시기가 『원연』·『원황』에 비해 비교적 후대임을 짐작할 수 있다.

세 가집 중 『원황』을 제외하고는 특별한 외적 정보들이 거의 남아있지 않아 그 편찬 경위를 알기 어렵다. 『원황』의 경우는 구황실

---

19) 앞서 언급했듯이 『원박』은 현재 그 소재가 불분명한 가집으로 기존 논의들을 참고하여 정리하였으며, 주 연구 대상으로 다루지는 않는다.

(舊皇室)과 관련된 전승 내력을 갖고 있고, 가집 겉면에 "구황실보관 (舊皇室保管) 비장(秘藏)"이라는 문구가 기록되어 있다는 점, 이왕직 (李王職) 괘지(罫紙)에 필사되었다는 점,[20] 이왕직에서 근무한 경력이 있는 '유해종(劉海鍾)'이란 인물이 관여되었다는 점 등을 통해 볼 때 왕실과 관련되어 전승되었음을 짐작해 볼 수 있다.

　가곡원류계 가집 중 가장 잘 알려진 가집은 ⑤ 국립국악원본(원 국)이다. 잘 알다시피 『원국』은 여러 연구자들에 의해 원본 혹은 최 선본(最善本)으로 평가받는 가집으로, 총 856수의 시조 작품이 수록 되어 있다. 『가곡원류』의 편찬 목적을 짐작하게 하는 「박효관 발문 (跋文)」이 수록되었고, 가곡원류계 가집 중 가장 정연한 악곡별 편제 를 보이는 가집이다. 또한 각 작품별로 노랫말에 소위 연음표(連音 標)[21]라고 불리는 연창(演唱) 지시 부호가 표기되어 있어 가곡 연창 의 실질이 반영된 가집이라고 할 수 있다. 작가별 작품 수록에서도 박효관, 안민영 외에 김학연(金學淵), 호석균(扈錫均) 등 당대 새롭게 등장하는 작가들의 작품들도 폭넓게 수용하는 모습을 보인다. 한편 『원국』의 제명은 '가곡원류'가 아니라 '가사집(歌詞集)'이며, 20세기 초 가곡의 거장인 하규일(河圭一) 구장본(舊藏本)이었다는 점[22]에 주

---

20) 황인완, 앞의 논문, 고려대학교 박사학위논문, 2007, 53면 참조.

21) '연음표'라는 용어가 적합한 것인지에 대해서는 좀 더 고민이 필요하다. '연음표'는 '가곡 연창을 지시하는 音符號' 중 하나인데, 이를 모든 음부호를 포괄하는 용어로 사용하는 것이 적합한지는 논의가 필요할 것이다. 일단 이 글에서는 이미 학계에서 통용되고 있는 이 용어를 그대로 사용하고자 한다.

22) 황순구, 「청구영언·해동가요·가곡원류 해제」, 『시조학논총』 3·4, 한국시조학회, 1987, 201면.

목하여 이 가집의 편찬과 전승 경위를 확인할 필요가 있다.

⑥ 일석본(원일)은 일석(一石) 이희승이 소장했던 가집으로, 원래
의 표제는 '청구영언(靑邱永言)'이며 총 740수의 작품이 수록되었다.
현재는 소실되고 그 전사본이 전해지며 총 4권 중 권3은 누락된 것
으로 알려져 있다. 이 가집은 크게 전반부(권1~권2)와 후반부(권4)로
나눌 수 있는데, 전반부에는 남창(男唱) 633수까지의 작품과 「박효
관 발문」이, 후반부에는 시조창을 포함하여 107수의 작품과 여러
가사(歌辭) 작품 및 한시(漢詩), 언간(諺簡) 등이 수록되었다. 후반부
에는 안민영, 호석균, 하순일 등의 작품이 수록되었는데, 다른 가곡
원류계 가집에서는 볼 수 없는 작가들의 작품이 많으며, 특히 호석
균의 작품이 16수나 실려 있다는 점이 특징적이다. 전반부와 후반
부의 편집 시차가 존재하는 것으로 보이며, 이는 이 가집의 편찬
시기 및 목적을 살피는 데 중요한 요소로 판단된다.

⑦ 『협률대성』(협률)은 강릉 선교장에 소장되었던 가집으로, 이돈
의(李燉儀) 소장본으로 전해졌다.[23] 실질적으로 이 가집을 소장했던
사람은 이돈의의 부친인 이근우(李根宇)로 판단된다. 총 828수의 시
조 작품과 〈어부사(漁父詞)〉, 〈상사별곡(相思別曲)〉을 비롯한 8편의
가창가사(歌唱歌詞) 작품이 수록되었다. 다른 가곡원류계 가집과 비
교해 볼 때, 전체적인 작품 수록이나 체제는 대체적으로 유사하며,
큰 차이점은 없다. 가집 서두부에는 양금 악보가 시구차용보(詩句借
用譜)[24]로 기보되었고, 그 뒤에 가곡보(歌曲譜)와 함께 시조 22수의

---

23) 황인완, 앞의 논문, 고려대학교 박사학위논문, 2007, 28면 참조.

작품이 전한다.

⑧ 가람본(원가)은 가람 이병기 소장본으로 전하며, 총 446수의 시조 작품과 가창가사 작품들이 수록되었다. 다른 가곡원류계 가집에 비해 절반가량의 작품만이 실려 있는데, 이는 악곡별로 초출(抄出)되었기 때문인 것으로 판단된다. 가집 말미에「박효관 발문」2종이 수록되었고 그중 하나는 추록에 의해 기록되었다. 악곡명 중에는『원박』처럼 '환계락'이 등장하고 있어 비교적 늦은 시기에 편찬되었음을 알 수 있으며 가곡원류계 가집의 20세기 초 전승 양상을 여실히 보이는 대표적 가집 중 하나로 볼 수 있다.

⑨『화원악보』(화악)는 남창 651수만 수록된 가집으로, 뒷부분은 누락되었다. 가집 서두부에『해동가요록』[가람본 청구영언(靑丘詠言)]의 서문들이 기록되었고,「박효관 발문」이 서문의 자리에 위치해 있으며, 이 가집의 서문인「화원악보 서」가 실려 있다. 또한 이 서문에 기록된 간기와 편자 정보를 통해 1885년 4월 21일, '구은(龜隱)'에 의해 편찬된 가집이라는 것을 알게 한다.『화악』은 가집 서두부나 전기(前期) 작가 작품의 수록 양상을 볼 때,『원하』와의 밀접한 상호 관련 속에서 편찬된 것으로 추정된다. 김학연·호석균 등 가곡원류기 작가의 작품 수록 양상도 주목해 살펴볼 필요가 있다. 가집 뒷부분이 누락되어 있어 가집 전체의 형태를 확인할 수는 없지만,『원하』와 더불어『해악』·『원국』과는 또 다른 편찬 의도에서 편집

---

24) 김영운,「양금 고악보의 기보법에 관한 연구」,『한국음악연구』15·16, 한국국악학회, 1986.

되어 향유된 양상을 보이는 가집이다.

⑩ 하합본(원하)은 일본 교토대[京都大] 하합문고(河合文庫)에 소장되어 전하는 가집으로, 원래의 제명은 '청구영언(靑邱永言)'이며『화악』과 유사한 성격을 보인다.『화악』과 마찬가지로 가집 서두부에『해동가요록』의 서문들이 기록되어 있다. 전체 작품 수는 849수로『원국』과는 유사한 양상이지만, 악곡별 작품 수록이나 순서에서 확연한 차이를 보인다. 특히 가곡원류계 가집의 편찬자 중 한 명인 안민영의 작품은 거의 수록되지 않았으며, 다른 가곡원류계 가집에서는 보이는 않는 전기(前期) 작가의 작품들이 대거 수록되는 특징을 갖고 있다. 이는『화악』에서도 나타나는 특징이다.

⑪ 동양문고본(원동)은 일본 도쿄 동양문고(東洋文庫)에 소장된 가집으로, 일본인 학자 마에마 쿄사쿠[前間恭作]에 의해 수집되어 전해진 가집이다. 이 가집에는 총 454수의 시조 작품이 수록되었고 남창 계면조 삼삭대엽까지만 작품이 수록되어 있어 후반부가 결락된 가집이다. 이러한 미완(未完)의 형태로 인해 별반 주목받지 못했던 가집이라고 할 수 있는데,『원불』·『원육』과의 친연성이 두드러지게 나타나면서도 다른 가곡원류계 가집과의 공통점들도 함께 나타난다는 특징을 갖고 있다. 또한『원동』은『원불』·『원육』·『지음』을 비롯한 이 계열 가집의 편찬 층위를 읽어내는 데 중요한 자료로 판단된다.

⑫ 불란서본(원불)과 ⑬ 육당본(원육)은 아주 유사한 형태의 가집이다. 수록 작품 수도 각각 801수와 804수로 비슷하며 편찬 체제도 거의 같은 형태를 보인다.『원불』은 프랑스 국립 동양어대학에 소

장된 자료로, 19세기 말 당시 초대 주한 프랑스 공사 콜랭 드 플랑
시(Collin de Plancy)에 의해 해외로 반출되었다. 『원육』은 육당 최남
선에 의해 소장되었던 가집으로 현재 원본은 없고, 1927년 경성대
학(京城大學) 조선문학회(朝鮮文學會)에서 간행된 등사본(謄寫本)이 전
한다. 두 가집은 남창 계면조에 중거와 평거 작품이 함께 뒤섞여
수록되는 등 악곡적 변모상[중거부평두(中擧附平頭)]이 나타난다. 『원
동』과 『원불』·『원육』은 다른 가곡원류계 가집과는 차별된 특징들
을 공유하며 하나의 계열을 형성하고 있다. ⑭ 『지음』 건(乾) 역시
다른 가집들에 비해 『원동』·『원불』·『원육』과 친연성을 보이는 가
집이나 그 외적 형태는 확연히 다른 모습을 보인다. 총 419수의 작
품이 수록된 이 가집은 특이한 악곡명과 편제 방식이 나타난다. 특
히 우·계면의 악조 배분이 다른 가곡원류계 가집들과는 다르게 편
제적 틀이 완전히 변형된 모습을 보인다. 중대엽과 삭대엽 계열보
다는 농·낙·편의 악곡에 많은 작품들이 수록된 형태이며, 세부적
인 작품 수록 및 배열에서는 『원동』·『원육』 등의 가집들과 유사성
이 나타나는 가집이다.

　⑮ 『하순일 편집본』은 총 24수만이 수록된 소가집으로, 하순일에
의해 편집된 것으로 알려졌다.[25] 가집 서두부에 「박효관 발문」이 실
려 있고, 거기에 1872년이라는 간기가 기록되어 있다. 비록 적은
양의 작품이 수록된 가집이지만 가곡원류계 가집의 20세기 초 변화
양상을 읽어내는 데 중요한 단서를 갖고 있으며, 『원국』·『원가』·

---

25) 신경숙, 「하순일 편집 『가곡원류』의 성립」, 『시조학논총』 26, 한국시조학회, 2007.

『원일』등의 가집들 간 상관 관계를 풀어내는 데 필요한 여러 정보
들이 내재되어 있다.

3) 가곡원류계 가집에 대한 시각과 편찬 층위

가곡원류계 이본 가집들의 전반적 특징들을 살펴본 결과, 가집
간 서로 다른 특징들이 상당부분 존재하고 있었음을 확인할 수 있
었다. 물론 그중에는 원본, 선본[先本 또는 善本]으로 보이는 가집도
있지만 쉽게 판단하기 어려울 정도로 가집 간의 양상은 다양하고
복잡다단하다.

따라서 이렇게 다기한 가곡원류계 가집들의 편찬 특성을 이해하
기 위해서는 가곡원류계 이본 가집들의 편찬 층위가 서로 다르다는
점을 먼저 인지해야 할 것이다. 다시 말해, 개별 가집별로 그 편찬
·향유 기반과 소용 목적이 다르게 감지되므로 이에 대한 이해가 필
요하다는 뜻이다.

가곡원류계 가집들의 편찬·향유 기반, 소용 목적 등을 살피는 데
는 여러모로 어려움이 따른다. 왜냐하면 대부분 수록 작품이나 몇
몇 부기 외에는 가집의 출처나 편찬 시기, 의도 등을 밝힐 만한 기
록이 남아있지 않기 때문이다. 몇 가집에는 「박효관 발문」과 「안민
영 서문」이 남아있어 당시의 가집 편찬과 관련된 상황을 어렴풋하
게나마 짐작해 볼 수 있지만, 가곡원류계 가집들의 다양한 양상을
읽어내기에는 충분하다고 할 수 없다.

가곡원류계 가집들 각각의 변별된 편찬 층위를 읽어내기 위해서

는 몇 가지 사항에 대한 이해가 선행되어야 한다. 우선 앞서 언급했던 가집 표제의 문제를 비롯하여 가집별 서·발문 수록에 대한 문제 및 원본에 대한 시각의 문제, 가집들의 전사본적(轉寫本的) 성격에 관한 문제 등 가곡원류계 가집들의 다층적 성격에 대해 살펴야 할 것이다.

먼저 가집의 표제(標題)에 대해 다시 한 번 생각해 볼 필요가 있다. 주지하듯 가곡원류계 가집들의 서명(書名)은 본래 '가곡원류'가 아니다. 이들 가집에는 '가사집', '해동악장', '화원악보', '협률대성' 등 다양한 표제가 붙어 있었다. 본래의 가집 서명들은 각 가집들 나름의 편찬 의도가 반영되었을 것이다. '가사집'(원국)은 여러 시조 작품들을 모아 정리하거나 혹은 노래의 가사를 수록한 책이라는 의미를 갖고 있고, '청구영언'과 유사한 제목들은 전기 가집인 『청구영언』이라는 가집의 선례를 본받아 계승하고자 한 것으로 볼 수 있다. '악장(樂章)'이라는 표기가 들어간 가집들[海東樂章, 靑邱樂章]은 이 가집이 단순히 '시조선집(時調選集)'으로서의 의미만을 가지고 있는 것이 아니라 수록된 작품들을 '악장'류의 작품으로 인식하고 가집 자체의 가치와 의미를 격상시키고자 한 편찬자의 의도가 담겨 있다. 이외에 '협률대성', '화원악보', '여창가요록' 등의 가집 표제들도 당시 가집 편찬 상황과 함께 그 편집자들의 소용 및 향유 목적과 밀접히 관련되어 제목이 붙여졌으리라 예상된다.

이러한 양상은 가곡원류계 가집들의 성격이 단일하지 않음을 내포하는 것인데, 가집 표제의 차이를 통해 개별 가집들의 편찬과 관련된 일차적 정보들을 읽어내는 과정이 필요하다.

　다음으로 「박효관 발문」과 「안민영 서문」의 수록 양상을 통해 가집의 성격 및 박효관·안민영과의 관련성 정도를 짐작할 수 있을 것이다. 「박효관 발문」은 가곡원류계 가집들의 편찬 동인을 알 수 있게 해주는 중요한 기록으로 평가되어 왔다. 정음(正音)·정가(正歌) 의식을 표방한 『가곡원류』의 편찬 의식이나 당대 곡해석의 유연한 넘나듦을 강조한 '권변지도(權變之度)'는 바로 이 「박효관 발문」에서 비롯된 것이다. 이러한 「박효관 발문」의 수록은 박효관과의 연관성 속에서 가집 편찬이 이루어졌거나, 직접적인 영향에서는 멀어졌다 하더라도 그 자장에서 파생된 가집이 전승된 것임을 알 수 있게 해준다. 「안민영 서문」 역시 여러 면에서 그 가치가 인정되어 왔다. 특히 『가곡원류』의 편찬 시기로 알려진 1876년은 「안민영 서문」에만 기록된 내용이다.[26] 「안민영 서문」의 경우, 『승평곡』·『금옥』 등 안민영 개인 가집에 수록되었고 가곡원류계 가집에는 유일하게 『해악』에 실려 있다.

　그런데 이 서·발문들은 이본 가집에 따라 수록 유무가 다르게 나타난다. 가집에 따라서는 이 서·발문과는 상관없이 이전 시기 가집에서 사용됐던 서문들이 수록되어 있기도 하고 또는 새로운 서문이 수록되기도 하며, 아예 아무런 서·발문이 수록되지 않는 경우도 있다.

　이러한 가곡원류계 가집에 수록된 서·발문들은 가집의 소용 목적에 따라 용도를 달리하며 수용되거나 탈락된 것으로 보는 것이 타당할 것이다. 과거 『가곡원류』의 편찬 연대를 1876년으로 봤던

---

26) "丙子榴夏節 周翁安玟英字聖武序", 『해동악장』.

것은 『해악』에 수록된 「안민영 서문」의 내용을 토대로 추정한 것인
데, 특정 가집의 편찬 시기를 전체 가곡원류계 가집의 편찬 시기와
동일시하는 시각은 지양되어야 한다.[27] 「안민영 서문」의 경우, '『승
평곡』 발문(1873) →『해악』 서문(1876) →『금옥』 서문(1880)'의 순으
로 작성되면서[28] 각 가집의 소용 목적에 따라 수정되며 사용되었던
것임이 밝혀진바 있는데, 「박효관 발문」 역시 이러한 시각에서 접
근해야 할 것으로 보인다.

　「박효관 발문」은 『원국』을 비롯해서 『원일』, 『원가』, 『화악』, 『하
순일 편집본』 등 여러 가집에 수록되어 전한다. 그중 『하순일 편집
본』의 발문[29]에는 유일하게 1872년이라는 간기가 남아있어[30] 이를
통해 「박효관 발문」이 이 시기에 존재했음을 알 수 있다. 그러나
이 1872년의 기록이 정확히 어느 가집에 수록되었던 발문의 간기를
지칭하는 것인지는 알 수 없으며, 또한 「박효관 발문」이 처음으로
쓰인 시기를 지정하고 있는지는 역시 앞으로 더 확인하고 검증해야
할 문제다.[31]

---

27) 강경호, 앞의 논문, 2007, 222~223면 참조.
28) 김석배, 「승평곡 연구」, 『퇴계학과 한국문화』 36, 경북대 퇴계연구소, 2005, 475면.
29) 『하순일 편집본』에는 「박효관 발문」이 서문의 위치에 수록되어 있다. 논의의 혼란
　　을 피하기 위해 통상적인 명칭인 '발문'으로 표기하도록 하겠다.
30) 『하순일 편집본』의 「박효관 발문」은 다른 가집에 수록된 것과 다르게 "雲崖朴先生
　　孝寬曰 余每見歌譜~"로 시작되며, 마지막에 "歲壬申春題"라는 간기가 기록되어
　　있다.
31) 신경숙은 『하순일 편집본』에 수록된 「박효관 발문」의 간기를 토대로 『원국』의 편
　　찬 시기를 1872년으로 보고 있다.(신경숙, 「『가곡원류』 편찬 연대 재고」, 『한민족
　　어문학』 54, 한민족어문학회, 2009, 77~85면 참조.)

따라서 가곡원류계 가집에 수록된 서·발문은 『가곡원류』의 편찬 시기를 밝힐 만한 결정적인 자료로 보기는 힘들며, 여러 이본 가집들이 전승·파생되면서 가집별 소용 목적에 따라 용도를 달리하며 수용되거나 탈락된 것으로 보는 것이 타당하다고 생각된다.

이렇듯 가곡원류계 가집은 가집의 표제가 서로 다르기도 하고, 가집의 서·발문이 개별 가집에 따라 수록 여부가 다르게 나타나는 등 다양한 양상으로 존재한다. 작품 수록에서도 800수 이상의 시조가 수록된 대형 가집들이 있는 반면, 400여 수가 실린 초본적(抄本的) 성격의 가집도 있고 24수만 수록된 소가집도 전해지고 있다. 이러한 다기한 모습을 보면 과연 원본적 형태가 어떤 것인지 고민하지 않을 수 없으며, 실체를 알기 힘든 원본에 대한 추정이 과연 유의미한 작업이겠는가라는 회의적 시각마저 들게 한다.

19세기 말~20세기 초, 다양한 양상으로 존재하는 가곡원류계 가집의 모습들은 당시의 편찬 기반과 향유상을 반영하는 문화적 산물로 파악할 수 있다. 이 가집들은 단순히 특정 원본을 그대로 전사한 이본이 아니라 각기 다른 상황과 용도, 편자(혹은 필사·전사자)의 의도에 따라 서로 다르게 생성된 가집들이다. 다시 말해, 가곡원류계 가집들의 다채로운 존재 양상은 이 가집들이 하나의 형태로 굳어진 가집이 아니라 필요에 따라 표제를 달리 하고 수정·증보·재편되면서 조금씩 다른 소용 목적에 의해 편찬되고 향유·유통된 가집이라는 점을 암시한다. 전체적으로 유사한 편찬 체제를 공유하면서도 세부적으로는 다른 악곡 편제 양상을 보인다든가, 같은 시조 작품들을 수록하면서도 노랫말의 변이가 나타나기도 하고 특정 작가 작

품의 수록 여부가 서로 다르게 나타나는 현상들은 바로 이러한 가
곡원류계 가집들의 변화상이 반영된 것이라 할 수 있다.

　오리지널(original)은 하나가 아니었을 가능성이 있다. 즉 당시 편
찬된 '가곡원류'라는 가집은 그 실체가 하나가 아니었을 것이라는
추정이 가능하다. 지금까지의 여러 정황을 보면, 가곡원류계 가집
은 그 원본을 특정 가집으로 확정하기 힘들다. 물론 어느 시기엔가
선본(先本)이 되는 가집이 편찬되었을 것이라는 추정은 가능하지만,
특정한 명칭 없이 가집 편찬 작업이 이루어졌을 가능성이 있다. 다
수의 '원전'들[전승된 가집들]이 정전(正典)의 역할을 했을 것이고 그것
을 저본으로 하여 소용 목적에 따라 여러 가집들이 편찬되고 다양
한 향유 기반을 토대로 전승·파급되었던 것으로 추정된다. 국문학
연구 초기의 논의 중에서 가곡원류계 가집들이 '미정고(未定稿)'인
상태로 세상에 유포되었다고 본 것은 바로 이러한 가곡원류계 가집
들의 전승과 파생 양상에 주목한 결과일 것이다.[32]

　가집이 박효관과 관련된 향유 기반에서 특정한 소용 목적에 의해
편찬될 경우는「박효관 발문」(혹은 서문으로)이 수록되면서 만들어졌
고(원국·원일 등), 안민영이 주도적으로 나서서 만들었을 경우는 보
다 왕실 지향적인 안민영 작품들이 대거 수록되고「안민영 서문」도
기록·편집되며 편찬되었다.(해악) 그리고 박효관·안민영의 영향권
에서 멀어지거나 다른 소용 목적에 의해 편찬될 경우에는 서·발문

---

32) 多田正知,「靑丘永言と 歌曲源流」,『朝鮮論集』(小田先生頌壽記念會 編), 1934,
　　568면 참조.

이 수록되지 않으며 또 다른 방식으로 편찬·향유되었을 것이다. 따라서 다양한 가곡원류계 가집의 편찬 충위를 동일시하거나 단순히 동일한 원본에서 산출·파생된 이본 가집 정도로 보는 관점은 지양되어야 한다. 오히려 개별 가집에 대해 특정 가집의 생성이 그 편찬 및 향유 기반과 어떻게 관련되어 있는가를 고려하는 시각의 전환이 필요하다 하겠다.

마지막으로 가곡원류계 가집들의 성격이 대부분 후대적 전사본의 성격을 갖고 있다는 점을 인식하고 살펴야 한다. 가집들을 살펴보다 보면 가집별로 적지 않은 오기(誤記)들이 나타남을 확인할 수 있는데, 작가 정보에 문제가 있기도 하고 악곡 정보가 잘못 기입되거나 누락되어 있기도 하다. 또한 작품 노랫말이 변형되어 있거나 아예 다른 작품이 만들어져 있는 경우도 있다. 이는 원전[대본]의 잘못일 수도 있지만 대부분은 필사되거나 유통되는 과정에서 나타나는 경우가 많다고 볼 수 있다.

그러나 이 가집들은 오랫동안 전승되면서 각 시기별 특징들이 적층되어 전사·향유·유통된 가집 텍스트라는 점을 유의해야 하며, 그러한 흔적과 표지들이 가집에 남아있음을 주시해야 한다. 그러므로 가집 텍스트에 남아있는 여러 변형적 흔적들을 단순한 변이 혹은 기록의 실수로 볼 것이 아니라 그 가집만의 독특한 전승 및 향유 기반이 반영된 현상으로 이해하는 편이 좋을 듯하다.

개별 가집들의 내부를 들여다보면 전기 가집적 요소들이 남아있음을 알 수 있는데, 그것이 곧 이 가집이 이른 시기에 편찬된 가집임을 말하는 것은 아니다. 다양한 흔적들이 남아 있는 개별 가집들

의 특징은 그 가집들의 전승 상의 담론이지 원 가집에 함유된 문화
적 담론은 아니라는 점을 인식해야 한다. 따라서 전기 가집 혹은
원 가집들로부터 물려받은 특징과 후대에 변형되어 새롭게 반영된
특징들을 분별하여 바라볼 수 있는 연구 시각이 요구된다 하겠다.

2. 가곡원류계 가집의 편찬·향유 기반에 대한 이해

1) 가집 편찬의 주요 배경과 기반

주지하듯『가곡원류』는 당대 최고의 선가자인 박효관과 그 제자
인 안민영의 주도로 편찬되었고, 이는 최고 권력자이자 후원자인
대원군의 지원 하에서 이루어졌다. 19세기 중후반이 가곡 문화의
전성기가 될 수 있었던 까닭은 이러한 애호가들의 적극적인 가곡
향유와 후원에 힘입은 바 크지만, 한편으로는 이미 그 편찬과 향유
의 저변에 풍요롭고 수준 높은 가곡 문화가 자리 잡고 있었기 때문
이다. 17~18세기로부터 이어진 가곡 예술의 축적된 문화 기반이 가
곡원류계 가집 생성의 바탕이었던 것이다.

가곡원류계 가집들이 생성·편찬되게 된 당대의 문화적 배경과
기반은 18세기로부터 이어진 가집 편찬사의 흐름 속에 놓여 있다.
또한 이러한 가집 편찬의 전통은 18~19세기 여항시정인들의 시사
활동 및 여러 예술 향유의 전통과 맞닿아 있다. 18~19세기, 가곡
예술의 문화적 기반은 이미 여러 논의들을 통해 다뤄졌다.[33] 여기
에서는 선행 연구들의 성과를 참고하면서 가곡원류계 가집의 생성

과 편찬·향유 기반의 배경에 대해 살펴보고자 한다.

박효관의 운애산방(雲崖山房)을 중심으로 이루어진 '가곡원류의
문화'는 인왕산 밑에 자리한 필운대(弼雲臺)를 거점으로 활발히 전개
되었다. 이와 관련된 기록은 『해악』을 비롯한 가곡원류계 가집들의
작품들과 『금옥』에 수록된 부기에서 찾을 수 있으며 이들을 살펴보
면 당대 가곡문화의 생생한 현장감을 느낄 수 있다.

> 人旺山下 弼雲臺ᄂᆞᆫ 雲崖先生 隱居地라
>
> 先生이 平生의 豪放自適ᄒᆞ여 不拘小節ᄒᆞ고 嗜酒善歌ᄒᆞ니 酒量은
> 太白이요 歌聲은 龜年이라 山水갓치 놉흔 일홈 當世의 들네이니 風流
> 才子와 冶遊士女들이 구름갓치 뫼야들어 날마다 風樂이요 ᄊᆡ마다 술
> 이로다 先生의 넓은 酒量 斗酒롤 能飮커놀 엇디ᄐᆞ 첫잔붓터 ᄉᆞ양ᄒᆞ며
> 眞情인닷 春風花柳 好時節의 가즌 기악 안치고서 羽界面 불을 젹의
> 半空의 ᄯᅥᆺᄂᆞᆫ 소리 瀏亮淸越ᄒᆞ여 들보틴 글 나라나고 나는 구름 멈츄우
> 니 이 아니 거록ᄒᆞ냐 노리롤 맛치거든 洗盞更酌ᄒᆞᆫ 然後의 帶月同歸
> 올킨마는 編 불너맛친 後의 뭇지안코 니러나셔 걸인 큰 옷 벗겨들고
> 쪽긴 ᄃᆞ시 다라나니 이 어인 뜻 이런고 이써의 太陽舘 又石公의 歌音
> 의 皎如ᄒᆞ여 遺逸風騷人과 名姬賢伶을 다모하 거느리고 놀마다 즐기
> 실졔 先生은 愛敬ᄒᆞ샤 못밋츨 듯 ᄒᆞ오너
>
> 聖代의 豪華樂事 이 밧게 ᄯᅩ 어디 이실소냐
>
> 『해악』(638) 편삭대엽

---

33) 권두환, 「조선후기 시조가단 연구」, 서울대학교 박사학위논문, 1985; 신경숙, 「조
선후기 여창가곡의 연구」, 고려대학교 박사학위논문, 1994, 11~47면; 김용찬, 『18
세기 시조문학과 예술사적 위상』, 월인, 1999, 27~40면; 남정희, 『18세기 경화사
족의 시조 창작과 향유』, 보고사, 2005, 57~93면 참조.

『해악』과『금옥』에 수록된 이 안민영의 작품에는 필운대 운애산
방에서의 가곡 풍류가 자세히 묘사되어 있는데 두 가집의 노랫말
중『해악』의 노랫말이 가곡 풍류의 현장을 보다 상세하게 기록하고
있다.[34] 이 작품에는 '풍류재사(風流才士)'와 '야유사녀(冶遊士女)'들이
구름같이 모여 운애 선생[박효관]을 따르며 가곡 풍류를 즐기는 장면
과 당대 최고의 좌상객 중 한 명인 이재면(李載冕)과 함께 어울리며
가곡 한바탕을 부르는 상황이 생생하게 그려져 있다. 이는 필운대
를 비롯한 우대 지역에서 가곡 풍류가 얼마나 풍성하게 향유되었는
지를 여실히 보여준다.

박효관·안민영의 주 활동 무대였던 필운대, 삼청동 등 우대 지역
은 조선 후기 200여 년 동안 여항인들의 시사(詩社) 활동이 끊임없
이 이루어진 문화공간이며 대대로 시인, 가객 등 문인·호걸지사와
풍류객들이 모이던 장소로 유명한 곳이다. 이곳은 17세기부터 시작
된 '육가(六家)', '낙사(洛社)' 시인들의 활동 시기부터 잘 알려진 풍류
공간이지만 이곳이 여항시정 예인들의 종합적 문화 공간으로 각광
받은 것은 18세기에 들어서이다.[35] 조선 후기 여항문학의 전성기에

---

34) 이 작품의 노랫말은『금옥』의「안민영 서문」에도 유사한 구절들이 언급되어 있는
데,『금옥』에서는 서문이나 작품에 운애 선생을 중심으로 구성된 여러 예인 그룹의
모습을 그려내기 위해 이 구절들이 언급되었지만,『해악』에서는 그 예인 그룹들의
풍류 현장을 묘사하는데 더 치중을 한 모습이다.
35) 이 글에서 사용된 '여항인', '여항시정인'이라는 용어는 단순히 계급적·계층적 의
미를 내포한 신분적 개념에서 사용한 용어라기보다는 "신분 계층을 초월하여 도시
라는 사회 문화 공간 속에서 도시적 삶과 미적 취향을 갖고 살아가는 집단 전체를
의미"하는 개념으로 이해하여 사용한 용어임을 밝힌다.(김학성,「18·19세기 예술
사의 구도와 시가의 미학적 전환」,『한국시가연구』11, 한국시가학회, 2002, 7면)

존재했던 송석원시사(松石園詩社)와 이후 금서사(錦西社), 비연시사
(斐然詩社), 일섭원시사(日涉園詩社), 칠송정시사(七松亭詩社)(1), 직하
사(稷下社) 등 소규모 모임들의 시사 활동이 꾸준히 전개되었다.[36]

이 시기 여항시정인들의 예술 활동은 비단 시문학에만 국한된 것
이 아니었다. 기술직 중인, 경아전(京衙前)으로 대표되는 여항시정
예인들의 음악 취미와 가단 활동은 다양한 예술 장르와 더불어 가
곡 문화의 성행을 이끌어 가고 있었다. 17~18세기로 이어지는 시기
의 육가와 낙사에서의 여항예술인 활동이 가곡 문화 향유 및 확대
의 시발점이었다면, 18세기 후반 '금란사(金蘭社)', '구로회(九老會)'
같은 시사 모임과 바로 뒷세대인 '송석원시사'의 예술상은 여항·시
정 가곡 예술의 실질적인 기반이 되었다. 『청구영언』의 서문을 쓴
정내교는 '낙사'의 동인이며, 『해동가요』의 「고금창가제씨」에 나오
는 여러 명가(名歌)들도 여러 시사의 동인들이었던 것을 보면 이러
한 활동상을 짐작할 수 있을 것이다.

음악 및 가곡 예술의 연행과 향유는 여러 여항시정인들의 시사
활동과 더불어 이들의 대표적 예술 문화의 형태로 이루어졌다. 그
러한 가곡 예술 향유의 현장이 다음의 글들에 잘 나타나 있다.[37]

---

36) 강명관, 『조선후기 여항문학 연구』, 창작과비평사, 1997; 허경진, 『조선위항문학
사』, 태학사, 1997 참조.
37) 마성린의 「평생우락총록」과 「시한재청유설문」에 관련된 논의 및 당대 여항 시인
들의 음악 활동에 대해서는 이미 기존 연구에서 상세히 다뤄진 바 있는데, 여기에
서는 이를 참고하여 서술하였음을 밝힌다. 강명관, 위의 책, 1997, 153~170면 참
조; 허경진, 위의 책, 태학사, 1997, 401~406면 참조.

매일 戚宗 朴昌文·庾世通 형제·方處宇 및 林必昌과 柳槐精舍에
모여 글씨를 익혔다. 유괴정사는 필운대 아래 積翠臺 동쪽에 있는데,
곧 첨지 朴坽의 거소다. 언제나 꽃이 피고 꾀꼬리가 지저귀는 날, 국화
가 피는 중양절이면 一代의 시인·묵객·琴友·歌翁이 이곳에 모여
琴을 뜯고 젓대를 불고 시를 짓고 글씨를 썼다. 그중에서 여러 老丈들,
곧 同知 嚴漢朋, 司謁 羅石重, 林聲遠 선생, 別將 李聖鳳, 동지 文基
周 형제, 동지 宋奎徵 형제, 僉正 金聲振, 동지 洪禹澤, 첨지 金友奎,
主簿 文漢奎, 첨지 李德萬, 동지 高時傑, 洪禹弼, 吳萬珍, 金孝甲이
매번 詩會 때면 나에게 詩草를 쓰라고 하였다.

마성린, 「平生憂樂總錄」[38]

내(마성린)가 당에 올라 인사를 하고 술잔을 잡은 뒤 좌우를 보니,
대나무 안상에 부들자리를 깔고 두 사람이 바둑을 두고 있는데, 바둑알
놓는 소리가 땅땅 울린다. 왼쪽의 용모가 단아한 사람은 詞兄 李百行
(李孝源)이고, 오른쪽에 의관이 의젓한 사람은 員外 崔晦之(崔潤昌)
이다. … 琴의 소리가 맑디맑아 은연중에 하늘에 가득찬 듯 울리니,
이 사람이 곧 세상에 유명한 琴客 李輝先이다. 그 옆에 한 소년이 또한
금을 안고 마주 앉아 그 가락에 맞추어 같이 뜯고 있는데, 소리와 곡조
가 손에 따라 서로 응해 장단고하가 마치 부절에 맞춘 듯하니, 묘수가
아니면 어찌 이와 같으리오. 이 사람이 곧 前 司謁 池大源이다. 두 琴
사이에 한 사람이 의젓하게 앉아 구르듯 오르내리는 소리로 박자에 맞
추어 노래를 하는데, 노랫소리가 두 금의 소리에 배합되어 소리가 구름
에까지 닿는 듯하여 듣는 사람으로 하여금 저도 모르게 손발을 움직여
춤추게 하니, 묻건대 이 사람은 누구인가? 당시 善歌 金時卿이다. 창

---

38) 강명관, 앞의 책, 1997, 154면에서 재인용.

가의 한 사람은 호통한 노인으로 크게 취해 안석에 기댄 채 琴調와 歌
曲을 평하고 있으니, 典會 劉天受이다.

마성린, 「是閑齋淸遊說文」[39]

　마성린(馬聖麟)은 18세기 후반의 대표적인 여항시사인 '금란사'
와 함께 존재했던 '구로회'의 일원으로 잘 알려져 있다. 마성린은
그의 문집인 『안화당사집(安和堂私集)』에 자신의 연보를 엮은 「평생
우락총록」을 실었다. 첫 번째 예문 「평생우락총록」은 1742년 마성
린의 어린 시절을 기록한 것으로, 필운대 일대에서 이루어진 예술
활동이 남겨져 있는데 시인, 묵객, 금객, 가객 등이 어우러져 시회
를 즐기며 음악활동을 펼치는 필운대 풍월의 모습이 그려져 있다.
어린 시절 마성린이 목격했던 여러 노장(老丈)들 중에는 '김우규(金友
奎)'의 이름이 눈에 띈다. 김우규는 다름 아닌 『해동가요』 「고금창
가제씨」에 나오는 명가 중 한 명이다.

　두 번째 예문에는 마성린이 52세 되는 해인 1778년 9월에 이효
원, 최윤창과 더불어 우대에 위치한 김순간(金順侃)의 집인 시한재
(是閑齋)에 모여 국화꽃을 구경하며 시회를 즐기는 모습이 그려졌다.
금객, 가객, 화원 등이 함께 밤새도록 시와 그림을 즐기며 동시에
음악을 향유하는 모습이 인상적이다. 여기에도 당대 음악 예인들의
이름이 등장하는데 금객 이휘선, 선가 김시경, 금조(琴調)와 가곡(歌
曲)을 평하는 유천수 등을 확인할 수 있다. 이들 중에 눈에 띄는 인

───────────────

39) 강명관, 앞의 책, 1997, 157~158면에서 재인용.

물은 역시 가객 김시경이다. 그는 곧 김묵수(金黙壽)로, 역시「고금
창가제씨」에 나오는 가객 중 한 명이다.

이렇듯 당대 여항시정 예인 그룹들의 모임에서는 시회(詩會)와 더
불어 금(琴)을 동반한 음악과 가곡 예술의 향유가 성행했음을 알 수
있다. 여기서 본 인물들 이외에도 금란사, 구로회의 경우 구성원 중
김진태(金振泰), 김수경(金壽慶) 등도 음악 및 시조 향유에 상당한 관
련이 있음이 밝혀진 바 있다. 김수경은 금(琴)의 명수이고, 김진태
는 시조 26수를 남긴 작가이자 가객이다. 백경현(白景炫)은『동가선
(東歌選)』을 편찬한 인물이며,「고금창가제씨」의 오경화(吳擎華)도 여
항 시인이었던 박영석(朴永錫)과의 교류가 확인된다.[40]

이러한 여항시정 예인들이 시회와 음악 풍류를 향유했던 우대 지
역에서 가곡원류계 가집 편찬에 지대한 영향을 끼친 인물로는 단연
장우벽(張友璧, 1735~1809)을 꼽을 수 있다.

> 음악의 이치를 깨달아서 스스로 노래 박자의 '梅花點'을 마련하였는
> 데 그것이 음악의 훌륭한 지침이 되기도 하였다. 날마다 仁王峯에 올라
> 가 거침없이 노래하다가 돌아오곤 하여, 사람들은 그곳을 가리켜 '歌臺'
> 라고 하였다.   「張風竹軒友璧」[41]

> 장혼 선생의 호는 이이엄(而已广)이니, 아따 인왕산(仁旺山) 아래
> 의 만리장성댁(萬里長城宅) 주인이 그다. 그 주택을 만리장성가(萬里

---

40) 강명관, 앞의 책, 1997, 168~169면 참조.
41) 유재건, 실시학사 고전문학연구회 옮김,『이향견문록』, 글항아리, 2008, 234~235면.

長城家)라 함은 당시 문사 천여 명이 집회하는 곳, 그 광대한 정원을
차지하게 됨은 … 근래 『가곡원류(歌曲源流)』라 하는 책자는 대원군
(大院君)이 박효관(朴孝寬)·안민영(安玟英) 2인을 데리고 수정한
것이나 그 원본은 우벽씨의 수집(修集)으로써 장혼 씨가 완성하여 전
하는 것이다.   안확, 「平民文學을 부흥한 張混 선생」[42]

　장우벽은 가곡의 장단을 정리하며 '매화점 장단'을 창안한 것으
로 유명하다. 이 매화점 장단은 대부분의 가곡원류계 가집에 그려
져 전승될 정도로 이후 가곡 예술의 실현에 큰 영향을 끼치게 된다.
장우벽이 날마다 올라 노래를 불렀다는 '가대(歌臺)'는 필운대를 지
칭한 것으로 보이며, 그러한 전통은 박효관·안민영에게까지 이어
진다.

　이러한 장우벽에 대해 안확은 『가곡원류』의 원형을 기초한 인물
로 평가한다. '만리장성집'은 이어서 살펴볼 칠송정시사의 구심점
이 된 장소인데, 박효관·안민영이 활동한 상징적 장소인 필운대와
함께 거론되는 곳이다. 안확의 논의가 어느 정도 신빙성이 있을지
는 모르지만, 장우벽이 '만리장성집'의 주인이었고 '매화점 장단'을
창안한 인물이라는 점에서 가곡원류계 가집에 대한 평가와 맞닿아
이어졌을 것이라 생각된다.

　이렇듯 인왕산 자락에 위치한 우대 지역은 18세기 중후반부터 장
우벽을 비롯한 가곡 명가들이 자주 드나들며 수련하고 가곡 풍류를

---

42) 안확, 「平民文學을 부흥한 張混 선생」, 『조선일보』, 1929.3.3~3.9(최원식·정해렴
　　편역, 『안자산 국학론선집』, 현대실학사, 1996, 217~218면에서 인용).

즐기던 곳이며, 박효관 역시 이러한 계보와 전통을 이어 19세기 초
중반 우대 지역에 맹주로 자리잡고 있었다. 따라서 박효관·안민영
예인 그룹은 대원군과 교류하기 전부터 이미 우대 지역에서 활발한
가곡예술 활동을 벌였던 것으로 파악할 수 있다. 후에 대원군 및
왕실의 지원에 힘입어 보다 활발한 활동을 벌이고 예술 활동의 기
반을 마련한 것은 사실이지만 그러한 예술적 바탕이 마련된 때는
그 이전 시기로 보는 것이 옳다.

  19세기 중반 박효관·안민영을 중심으로 한 가곡 문화의 활성화
와 향유는 역시 우대 지역의 필운대를 중심으로 이루어졌다. 거기
에는 '칠송정시사(2)'[43]를 구심점으로 여러 중인서리층들이 모여 있
었다. 이에 대한 기록이 구자균의 『조선평민문학사』에 전한다.

  高宗元年에 大院君의 庇護를 얻어 胥吏詩人 趙基元이 七松亭에 盟
主가 되어 委巷詩人이 많이 모여 「萬里長城집」이라 속칭되었다. 大院
君은 委巷詩人을 위하여 景福宮을 增築하는 김에 荒幣한 七松亭을
修築하여 주었던 것이다. 이 곳에서 胥吏時調作家 朴孝寬, 安玟英,
金允錫, 河圭一 등이 모이어 歌曲源流를 編纂함으로써 時調文壇에
掉尾的 盛況을 이루었다.
  이곳에 모인 漢詩人으로는 趙基完, 金禹錫, 張信永, 金種大, 吳命
煥, 孫復源, 李士文, 裵東吉, 金圭源, 劉熙復, 吳度榮, 朴鳳儀, 金駿
植, 張佑根, 吳宏默 등이 있으니 … [44]

---

43) 구자균에 의해 칠송정시사(2)로 명명된 시사 모임이다. 이 중 서리시조작가의 인물
  로 '하규일'이 언급되어 있는데, 하규일은 생년이 1867년으로 알려진 인물이기에
  당시 박효관, 안민영과 함께 가곡예술을 이끌어갔다고 보기는 힘들다.

이 글에는 19세기 중후반 가곡 문화의 마지막 전성기를 이끌었던 박효관·안민영 그룹에 대한 설명이 간략히 기록되어 있다. 당시 우대의 칠송정 시사에는 중서 시인·가객층을 중심으로 한 다양한 예인들이 함께 모여 있었던 것으로 파악된다.

'만리장성집'은 필운대 옆에 있었던 육각현(六角峴[亭]) 근처 집을 가리키는데,[45] 당시 필운대 지역 예술 풍류의 핵심적·상징적 공간으로 자리 매김한 곳이었을 것으로 생각된다. 칠송정시사(2)는 예술 향유의 전통과 연계된 모임으로 실제적으로는 서리 한시 작가를 비롯한 인물들이 주도적 위치에 있었을 것이다. 구자균의 기록에 따르면, 칠송정시사(2)에 참여했던 인물들 중 대원군의 문인(門人)으로 잘 알려진 오도영(吳度榮), 장신영(張信永) 등의 이름이 보이는데, 이들은 여러 관청의 이서(吏胥)를 맡은 자들로 당대 대원군의 권력 유지를 위해 일선에서 뛰던 인물들이다.[46] 박효관, 안민영 등 가곡 예술 그룹이 어떤 계기로 한시 작가들보다 더 활발한 활동을 하며 필운대 지역 예술 풍류를 이끌어 갔는지는 알 수 없다. 경아전을 중심으로 한 시사의 인물들과 가곡 예인들은 서로의 전문 영역을

---

44) 구자균, 『朝鮮平民文學史』, 文潮社, 1948.(『한국평민문학사』, 1982, 민족문화사, 253면에서 재인용).

45) 六角峴 : 필운대 곁에 있는데 대와 함께 이름이 알려졌다. 인가가 있는데 담장 둘레가 매우 길기 때문에, 사람들이 萬里長城 집이라고 한다. 「漢城府」(비고편-동국여지비고 제2편), 『新增東國輿地勝覽』 제3권.

46) 박제형, 『近世朝鮮政鑑』, 1886.(이익성 역, 탐구당, 1988 참조.) 이들의 시사 활동에 대해서는 윤재민의 「근대전환기 中人文學의 전개양상」(『조선후기 중인층 한문학의 연구』, 고려대학교 민족문화연구원, 1999, 402~408면)을 참고할 수 있다.

넘나들고 교류하며 모임을 유지해 갔던 것으로 볼 수 있다.

雲崖 朴先生은 평생 善歌로 이름이 당세에 널리 알려졌다. … 그런
까닭에 교방과 句欄의 風流才士들과 冶遊 士女들이 선생을 추앙하여
존경하지 않는 이가 없었으며 이름과 字를 부르지 않고 朴先生이라
칭하였다. 당시 우대에 모모의 여러 노인들이 있었는데, 또한 모두 당
시의 문인·호걸지사들로서 계를 맺어 '노인계'라 하였다. 또 豪華富貴
人과 遺逸風騷人들이 계를 맺어 '승평계'라 하였고 오직 즐기며 잔치하
는 것을 일로 삼았으니, 선생이 실로 그 맹주였다.

「안민영 서문」, 『금옥총부』[47]

庚辰年(고종17년, 1880년) 가을 9월, 雲崖 朴 선생 景華와 黃 선생
子安께서 일대의 名琴·名歌·名姬·賢伶·遺逸風騷人들을 山亭에
청하여 … 碧江 金允錫은 字가 君仲으로 일대의 묘경에 이른 名琴이
다. 翠竹 申應善은 字가 景賢이며 당세의 名歌이다. 申壽昌은 양금에
독보적이다. … 전주의 弄月이는 열여섯의 어여쁜 얼굴에 가무가 출중
하여 가히 일대의 명희라 이를 수 있다. 千興孫, 鄭若大, 朴用根, 尹喜
成 등은 뛰어난 악공들이다. 朴有田, 孫萬吉, 全尙國은 당세 제일의
소리꾼인데, 牟興甲, 宋興錄과 더불어 서로 표리를 이루며 나라 안을
떠들썩하게 울린 사람들이다. 아! 박경화·황자안 두 선생은 구십의
노인으로, 호화로운 성정이 오히려 청춘의 강장했던 때보다 덜하지 않

---

47) 「안민영 서문」, 『금옥』. 雲崖朴先生 平生善歌 名聞當世 … 以故敎坊句欄風流才
士冶遊士女 莫不推重之 不名與字 而稱朴先生 時則有友臺某某諸老人 亦皆當時
文人豪傑之士也 結稧 曰 老人稧 又有豪華富貴及遺逸風騷之人 結稧 曰 昇平稧
惟歡娛讌樂是事 而先生實主盟焉.(김신중 역주, 『역주 금옥총부』, 박이정, 2003,
56~57면 참조.)

아 이러한 오늘의 모임이 있게 되었다.

『금옥총부』 179번 부기[48]

『금옥』의 「안민영 서문」에서, 당대 풍류재사들과 야유사녀들이 선가자 박효관을 모두 '박 선생'이라고 존칭했다는 것과 그 당시 문인·호걸지사들인 노인들과 함께 계를 맺어 '노인계'를 이루었다는 것을 보면, 우대 지역에서는 필운대의 박효관을 중심으로 한 가곡 풍류가 활발히 진행되고 있었음을 알 수 있다.

경진년(1880)의 기록에서는 운애산방에서 벌어진 호화로운 가곡 풍류의 현장을 볼 수 있다. 운애 박효관의 나이가 81세 되는 해에 단애대회(丹崖大會)가 열렸는데, 이 모임에는 당대 최고의 예인이자 좌상객인 박효관과 황자안 두 노인이 자리하였고, 김윤석, 신응선, 신수창을 비롯한 당대의 명금, 명가들과 명희(名姬), 소리꾼들이 대회의 흥을 돋우었다. 거기에 현령과 유일풍소인(遺逸風騷人)들이 함께 모여 호화로운 풍류 마당을 즐겼으니 이러한 단애대회는 노인계의 오랜 전통이 이어져 펼쳐진 향연이었을 것으로 생각된다. 또한 이것이 1880년의 기록이니 '노인계'와 더불어 '승평계'의 일원들도

<hr>

48) 『금옥』 179번 부기. 庚辰秋九月 雲崖朴先生景華 黃先生子安 請一代名琹名歌名姬賢伶遺逸風騷人於山亭 … 碧江金允錫字君仲 是一代透妙名琴也 翠竹申應善字景賢 是當世名歌也 申壽昌 是獨步洋琴也 … 全州弄月 二八半容 歌舞出類 可謂一代名姬 千興孫 鄭若大 朴用根 尹喜成 是賢伶也 朴有田 孫萬吉 全尙國 是當世第一唱夫 與牟宋相表裏 喧動國內者也 噫 朴黃兩先生 以九十耆老 豪華性情 猶不減 於青春强壯之時 有此今日之會.(김신중 역주, 앞의 책, 박이정, 2003, 201~202면 참조.)

함께 어우러져 두 노인의 장수를 빌며 동시에 이 계회(契會)의 지속
을 다짐했을 것이다.

이렇듯 100여 년을 이어온 '노인계'의 전통[49]은 '가곡원류의 문화'
가 자리잡을 수 있었던 전통적 문화 기반임을 알 수 있다. 그러나
이들의 예술 활동 영역을 단순히 우대 및 필운대 지역으로 국한하
여 보고 몇몇 가곡 예인들과만 교류하며 활동한 것으로 이해하는
것은 단편적 시각이다. 당시 시문학 및 음악·가곡의 향유가 우대
·아랫대를 넘어서 조선 후기 서울의 여러 유상(遊賞) 공간에서 이루
어졌음을 감안한다면[50] 박효관·안민영 중심의 예인 집단의 활동 영
역은 훨씬 넓고 다양한 부류 계층 사람들과 교류하며 가곡 예술을
향유했던 것으로 봐야 한다. 박효관이 이윤선(李潤善)의 재종매(再從
妹) 혼인식에 참여하여 풍류를 벌였던 것이나[51] 안민영이 청계천을
중심으로 활동한 육교시사(六橋詩社)의 맹주인 강위(姜瑋)와 교류했

---

49) 『금옥』 68번. "福星高照 平安地요 喜氣多臨 積善家ㅣ라 / 부러울슨 老人契여 人
人富貴 壽百歲라 / 비난이 世世繼承ᄒ야 傳至無窮 ᄒ오쇼셔"
부기 : 내가 성인이 되어서부터 辛巳年(1881년) 66세가 되기까지, 우대의 노인들과
계를 맺고 필운대와 삼청동 사이에서 모임을 만들었는데, 허다한 계회가 불과 4~5
년을 지나지 않아 흔적조차 없어졌지만 유독 노인계만이 백 년을 이어왔고, 모든
규모가 오히려 지난날보다 더 찬연하다. 이 계의 웅화영매함은 천지와 더불어 함께
할 것이다. (余自總髮至于辛巳六十六世矣 友臺老人 結契作會於弼雲三清之間 而
許多契會不過四五年無痕 而獨老人契繼承歲 百年凡百規模 猶燦於昔日 此稧之
雄華英邁 與天地偕焉)

50) 심경호, 「조선후기 서울의 遊賞空間과 詩文學」, 『한국한시연구』 8, 한국한시학
회, 2000 참조.

51) 李潤善, 『公私記玟』, 癸亥(1863) 5月 26日條. "二十六日晴 再從妹婚姻 【如朴中
軍孝寬作죠】 (유봉학, 「傔人－胥吏 출신의 李潤善」, 『조선후기 학계와 지식인』,
신구문화사, 1998, 212면 참조).

던 기록이 남아 있는 것을 보면,[52] 단순히 우대 지역만에 한정되어 가곡 예술 활동을 펼치거나 그 지역 혹은 유사 계층의 인물들과만 교류한 것은 아니었음을 짐작할 수 있다.

한편『가곡원류』가 19세기 후반 가곡 문화의 전범(典範)으로 자리 잡으며 폭발적인 전파가 일어날 수 있었던 것은 여항시정 예술인들만의 가곡 향유를 넘어서 최상층의 애호와 후원이 있었기 때문이다. 다시 말해, 대원군을 위시한 왕실 인물들의 가곡 예술에 대한 애호와 전문 음악인 계층에 대한 폭넓은 지원이 있었기에 가능한 일이었다.

가곡원류계 가집들이 편찬될 수 있었던 실질적인 기반은 승평계 (昇平契)를 바탕으로 한 대원군과 왕실의 가곡 향유와 관련된 문화 기반이다. 가곡원류계 가집 중 몇 이본 가집들은 여러 면에서 왕실과 밀접한 가곡 향유 양상을 보이는데, 가곡원류계 가집들이 폭넓게 전승·향유된 실상이 이러한 가곡 향유의 문화적 기반과 무관하지 않은 것으로 생각된다.

『가곡원류』가 나오기 이전에 편찬된 것으로 보이는 안민영의 개인 소가집(小歌集)『승평곡』(1873)과 가곡원류기(期) 가곡 향유의 문화상을 기록하고 있는『금옥』(1880)은 이러한 당대의 상황이 잘 반영된 가집이다. 이 두 가집의 서·발문과 부기에는 대원군과 함께

---

52) 『금옥』 81번은 六橋詩社의 盟主였던 강위와 관련된 작품으로, 안민영은 그의 뛰어난 거문고 실력과 호를 빗대어 작품을 만들었다. "碧山 秋夜月의 거문고를 비겨안고 / 興듸로 曲調 집허 솔바람을 和答헐졔 / 씌마다 솔리 冷冷허미여 秋琴 號을 가졋더라. 부기: 姜大雅 號秋琴 강대아의 號가 秋琴이다.

가곡문화의 풍류를 즐겼던 승평계 일원들의 활동과 그 풍류 현장에
대한 모습들이 상세히 기록되어 있으며, 이러한 기록들을 통해『가
곡원류』가 편찬될 수 있었던 당대의 예술적 분위기를 짚어낼 수 있
을 것으로 판단된다.「안민영 서문」은『해악』과『금옥』의 서문으로
잘 알려져 있지만 이 '안민영의 글'은 보다 앞선 시기에『승평곡』
'발문'으로 수록되어 있다.

> 당시 우대에 모모의 여러 노인들이 있었는데, 또한 모두 당시 알려진
> 호걸지사들로서 계를 맺어 '노인계'라 하였다. 又 朴漢英, 孫德仲, 金洛
> 鎭, 姜宗熙, 白元圭, 李濟榮, 鄭錫煥, 崔鎭泰, 張甲福은 모두 당시 당시
> 호화 풍류를 즐기고 음률을 통달한 이들이고, 崔壽福, 黃子安, 金啓天,
> 宋元錫, 河駿鯤, 金興錫은 모두 당시 名歌이다. 吳崎汝, 安敬之, 洪用
> 卿, 姜卿仁, 金君仲은 모두 당시 名琴이고, 金士俊, 金士極은 모두
> 당시 가야금의 名手다. 李聖敎, 金敬南, 沈魯正은 모두 당시의 名簫이
> 고, 金雲才는 名笙이요, 安聲汝은 良琴의 名手다. 洪振源, 徐汝心은
> 모두 당시 遺逸風騷者다. 大邱 桂月, 江陵 杏花, 昌原 柳綠, 潭陽 彩
> 姬, 完山 梅月과 蓮紅은 모두 名姬며, 千興孫, 鄭若大, 尹順吉은 모두
> 당시 賢伶이다. 계를 만들어 '승평계'라 하였고, 오직 즐기며 잔치하는
> 것을 일로 삼았으니, 선생이 실로 그 맹주였다.   『승평곡』[53]

---

53)『해악』과『금옥』에 수록된「안민영 서문」으로 알려진 이 글은『승평곡』에서는 발
문의 위치에 수록되어 있다. 서술의 혼동을 피하기 위해 편의상 본문에서는 '서문'
으로 지칭하도록 하겠다.
『승평곡』발문, "時有友垧某某諸老 亦皆當世聞人豪之士也 結稧日 老人稧 又有
朴漢英 孫德仲 金洛鎭 姜宗熙 白元圭 李濟榮 鄭錫煥 崔鎭泰 張甲福 盖當時豪華
風流通音律者也 崔壽福 黃子安 金啓天 宋元錫 河駿鯤 金興錫 盖當時名歌也 吳
崎汝 安敬之 洪用卿 姜卿仁 金君仲 盖當時名琴也 金士俊 金士極 盖當時珈倻琴

「안민영 서문」은『승평곡』을 비롯하여『해악』·『금옥』에도 실린 기록이다. 가집의 편찬 및 소용 목적에 따라 내용의 수정·보완이 이루어졌고 그중『승평곡』의 내용이 가장 상세하다. 앞서 살펴본 『금옥』의 서문과 비교해 보면 추가된 내용이 적지 않음이 확인된다. 특히 승평계 인원에 대한 설명이 상세하게 기술되는데, 여기에는 박한영, 손덕중으로 대표되는 호화풍류객들과 최수복, 황자안, 하준곤 등의 명가, 김군중과 같은 명금(名琴), 명소(名簫), 명생(名笙) 등 악기 연주자, 명희, 현령 등 당대 최고의 예인 그룹들의 이름이 포함되었다.[54]『승평곡』의 글이 더 상세한 이유는 이 가집이 승평계와 직접적인 연관이 있는 가집이었기 때문에 그 구성 인원의 모습들을 빠짐없이 기록하려 한 것으로 풀이되며, 노인계보다 승평계 구성원을 부각시키려는 의도가 들어 있음을 알 수 있다.

이에 비하면『해악』이나『금옥』은 '노인계'와 '승평계'의 모습을 비슷한 수준에서 묘사하였는데, 그렇다고 해서 안민영의 직접적인 영향에 의해 편찬된『해악』과『금옥』의 성격이『승평곡』과 다르다고 할 수는 없을 것이다. 이는 가집의 성격 및 소용 목적에 따라 수록되는 내용도 조정되었던 것으로 볼 수 있기 때문이다.『해악』은 표제에서 알 수 있듯이 '악장'적 성격을 전면에 내세웠다는 점에

之名手也 李聖敎 金敬南 沈魯正 盖當時名簫也 金雲才 名笙也 安聲汝 良琴之名手也 洪振源 徐汝心 盖當時遺逸風騷者也 大邱桂月 江陵杏花 昌原柳綠 潭陽彩姬 完山 梅月 蓮紅 盖名姬也 千興孫 鄭若大 尹順吉 盖當時賢伶也 結稧曰昇平稧 惟歡娛讌樂是事 而先生實主盟焉."

54) 이에 대해서는 김석배의 「승평계 연구」(『문학과 언어』25, 문학과언어학회, 2003, 266~277면)에서 자세히 다루고 있다.

서 '승평계'와 '안민영'의 영향이 반영된 가집으로 볼 수 있으며,『금옥』역시『승평곡』처럼 대원군을 위시한 왕실 헌정 가집으로서의 목적이 두드러진 가집이라는 점은 주지의 사실이다. 특히『해악』의 「안민영 서문」에는 '노인계' 구절이 아예 빠져 있다.[55] 이는 이 가집 편찬에서 '노인계'보다는 '승평계'의 역할을 보다 두드러지게 하고자 한 편자의 의도라고 해석할 수 있을 것이다.

2) 가집 향유 기반의 변화와 확대

앞서의 논의를 통해,『가곡원류』의 편찬은 크게 당대 두 층위의 문화적 기반−노인계와 승평계−과 관련되어 이루어졌음을 알 수 있었다. 노인계로 이어진 가곡 향유의 전통은 18~19세기부터 전해진 여항·시정 예인들의 가곡 향유 문화를 그대로 이은 것이다. 이러한 가곡 향유 문화와 가집 편찬의 전통이 가곡원류계 가집 편찬의 기본 토대를 형성했을 것이며, 수백 편에 이르는『가곡원류』의 대다수 작품들은 이러한 가곡 문화의 기반 속에서 전승되고 정착된 작품이라 할 수 있다.

그러나 현전(現傳)하는 가곡원류계 가집들의 편찬과 형성에 보다 직접적인 영향을 끼친 것은 대원군을 위시한 최고 상위층들의 가곡

---

55)『해악』의 「안민영 서문」에는『승평곡』과『금옥』에 있었던 "結禊曰 老人禊" 구절이 누락되어 있고 '승평계'에 대한 기록만 남기고 있다.
"雲崖朴先生 平生善歌 每於水流花開之夜 月明風淸之辰 供金樽按檀板 喉轉聲欻 瀏亮淸越 不覺飛樑塵遏於雲 雖古之龜年 善才無以加焉 以故敎坊句欄風流才子 冶遊士女 莫不推重之 不名與字 而稱朴先生 時則有豪華富貴及遺逸風騷之人 設契日昇平禊 ….",『해동악장』.

애호 문화와 그 예인 그룹인 승평계의 활동과 관련된 음악 문화이
다. 가곡원류계 가집들에는 다양한 왕실 지향적 작품들, 궁중 찬양
적 작품들이 수록되었는데, 이러한 작품들은 가곡원류계 가집들이
기본적으로 왕실 소용적 성격을 갖고 있음을 말해준다. 개별 가집
에 따라서는 향유 환경이 변화되면서 왕실 소용적 성격이 상당 부
분 퇴색·변모되기도 하지만 그 태생적 흔적들은 여러 가곡원류계
가집에서 산견된다.

　　다음의 기록과 작품을 통해 여러 가곡원류계 가집에 남아있는 왕
실 소용적·지향적 성격의 일면을 살펴보도록 하겠다.

『수진보작명첩』에 그려진
'수진보작도(壽進寶酌圖)'

石瓊樓 옛터를 수리하여 대원군의
別莊으로 하면서, 호를 玉泉이라 하는
모 判書에게 그 役事를 監董하도록 명
했다. 공사를 개시하던 날, 땅 속에서
그릇 하나를 주웠다. 구리로 만들었고
소라[螺] 형상이며 푸른 빛이 옛되면서
윤택한데, 곧 술잔이었다. 안쪽에는 詩
한 首 새기기를, "華山道士의 소매 속
보배로 東邦 국태공에게 獻壽한다. 靑
牛가 열 번 도는 白蛇 節候에, 封土를
開發하는 이, 玉泉翁이라."하였다. 그
판서가 조정에 올리므로 文臣을 시켜
解讀하니 "청우는 乙丑인데 지금 을축

년까지는 꼭 10년이고 백사는 辛巳로서, 이때가 바로 八月이며 열어
본 사람의 호가 옥천이니 바로 秘記의 말과 일치한다. 대원군이 太公

의 位로서 公德이 훌륭하여 위로 圖讖과 합치하니 賀禮를 올려서 경사
를 稱頌하는 것이 마땅하다."하였다. 왕이 옳게 여겨서 잔치를 베풀고
여러 신하를 거느리고 대원군에게 祝賀를 올렸다. 壽進寶酌歌를 지어
서 풍악에 올리고 잔을 권했다. 이날에 대원군을 높여서 大院位라 하고
그 후에 또 높여서 大老位라 하니, ⋯⁵⁶⁾

　위 인용한 『근세조선정감(近世朝鮮政鑑)』(1886)의 내용은 경복궁 중
건(1865)과 관련되어 전하는 야사(野史)를 기록한 것이다. 이 이야기
의 주 내용은 당시 경복궁 중건의 당위성을 내세우기 위해 도참(圖
讖)을 이용하여 정당화하려 했다는 것인데, 일부에서는 대원군이
꾸민 일이라고도 한다.
　실제 이 이야기의 소재인 '수진보작(壽進寶酌)'에 관한 일화는 『승
정원일기』⁵⁷⁾에도 남아 있을 정도로 당시 궁실 안팎에 상당한 영향
을 끼쳤다. 이를 칭송하기 위해 예조판서 박규수(朴珪壽), 동부승지
김태욱(金泰郁), 겸춘추 조강하(趙康夏) 등이 지은 기문(記文)과 명(銘)
이 『수진보작명첩(壽進寶酌銘帖)』으로 전하고, '수진보작'이 그려진
비단 채색의 2폭 병풍 〈책가도(冊架圖)〉도 운현궁에 남아 있는 것으
로 보면, 경복궁 중건에 따른 백성들의 동요를 막고 왕권의 정당성
을 설파하기 위한 왕실 사업의 일환으로 이러한 일들이 꾸며졌던
것으로 보인다.

---

56) 박제형, 『近世朝鮮政鑑』, 1886.(이익성 역, 탐구당, 1988, 94~95면에서 인용).
57) 『국역 승정원일기』 고종 2년 을축(1865) 5월 4일 조 및 7월 20일, 10월 12일 조에
　　『수진보작첩』 및 〈수진보작가〉에 대한 기록이 남아있다. 『승정원일기』는 한국고
　　전종합DB(http://db.itkc.or.kr)에서 제공하는 자료를 활용하였다.

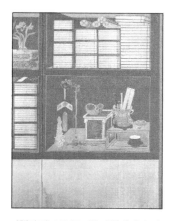

〈책가도〉 부분도. 한 가운데에 소라 모양의 수진보작이 보이며, '수진보작(壽進寶酌)'이라는 글귀가 새겨져 있다.

위 내용의 사실성 여부는 차치하더라도, 이후 설행된 궁중 연회와 그 과정에 대한 언급들은 눈여겨 볼 만하다. 술잔에서 얻은 한시 구절을 참고로 〈수진보작가(壽進寶酌歌)〉를 지어 풍악에 올리는 등 경복궁 중건의 정당성을 알렸고, '수진보작'의 발견을 축하하는 연회도 치러졌다. 또한 대원군을 '대원위(大院位)'라고 높여 부르게 된 시점도 이때부터였음을 알 수 있다.

대원군과 관련된 왕실 연회였던 만큼 그가 후원했던 예인 그룹들이 참가하여 연석(宴席)의 흥취를 돋우었을 것으로 보이는데, 박효관·안민영을 주축으로 한 승평계 일원들과 그 소속 기생들이 참가했을 것으로 짐작된다. 따라서 풍악에 올려진 〈수진보작가〉는 이들 예인 그룹들의 성격 상 한문 악장의 형식이라기보다는 가곡(歌曲)의 형태로 불렸을 것이다.

華山道士 袖中寶로 獻壽東方 國太公을
靑牛十皿 白蛇節의 開封人是 玉泉翁을
이 盞의 千日酒 가득 부어 萬壽無疆 비ᄂ니다
『해악』(821) 여창 농가(弄歌)

『여요』와 『해악』, 『원국』 등 여러 가곡원류계 가집들에 수록된 이 작품은 앞서 언급되었던 〈수진보작가〉임을 알 수 있다. 이 작품은 술잔에 새겨져 있었다던 한시의 구절을 그대로 인용하여 초·중장을 만들었고 거기에 종장 노랫말을 더하여 가곡창사화(歌曲唱詞化)한 것이다.

작품만을 놓고 본다면, 종장의 '이 잔(盞)의'라는 내용이 들어간 이유에 대해 짐작하기 어렵다. 그러나 경복궁 중건 이야기와 연관시켜 보면 이 '잔'이 갖는 상징성과 실제 왕실 풍류 연회에서 술잔을 올려 축수(祝壽)한 이 작품의 의미를 알 수 있게 된다. 『원박』에는 이 작품이 '안민영'에 의해 창작된 것이라고 기록되었다.[58] 그렇다면 이 작품은 대원군의 경복궁 중건을 경축하기 위한 왕실 연회에서 안민영이 노랫말을 짓고 그 소속 기생들이 농(弄) 악곡에 맞춰 부른 작품으로 추정할 수 있다. 〈수진보작가〉는 『여요』(1870)뿐만 아니라 많은 가곡원류계 가집의 여창 부분에 수록되어 전한다. 1865년 당시 대원군과 왕실을 기리기 위해 제한적 범위에서 소용되었던 〈수진보작가〉가 여러 가곡원류계 가집들에 수록되어 전하는 것은 『가곡원류』의 태생적 성격이 왕실 소용적·지향적 경향이 두드러짐을 방증한다 하겠다.

이처럼 『가곡원류』의 태생적 성격은 대원군과 왕실을 중심으로 한 편찬·향유 기반과 밀접한 연관을 갖고 있다. 그러나 대원군의 쇠락과 함께 그 향유 기반도 점차 변화되는 것으로 보인다. 다시

---

58) 심재완, 『역대시조전서』, 세종문화사, 1972, 1200면, 3276번.

말해, 향유 기반이 왕실에서 그 주변부로 확대되거나 향유 집단이 변모되면서 가집의 소용 목적과 성격도 변하는 것으로 판단되는데, 가곡원류계 가집들이 다양한 모습으로 나타나는 것도 이러한 향유 기반의 변화가 반영되었기 때문일 것이다.

〈수진보작가〉는 여창 부분이 있는 가곡원류계 가집 중 유일하게 『원하』(하합본)에만 수록되지 않았다. 『원하』에는 박효관 작품 5수, 안민영 작품 13수만이 수록되어 있어 이들 작품의 수록을 극도로 자제하는 분위기가 감지된다. 『원국』에 박효관 14수, 안민영 41수의 작품이 수록되었고, 『원하』와 친연성이 있는 『화악』의 경우는 남창 부분만 있는데도 박효관 11수, 안민영 18수가 수록되어 있다. 이를 통해 볼 때 『원하』는 박효관·안민영의 작품이 의도적으로 배제된 편집 양상을 보인다고 할 수 있으며, 이는 가집을 둘러싼 편찬·향유 기반의 변화에 따라 긴밀히 조응하여 변모된 형태라 할 수 있겠다.

가곡원류계 가집의 편찬과 전승, 파생과 변모 양상은 그 향유 기반의 변화와 맞물려 있다. 「박효관 발문」과 「안민영 서문」의 수록 여부나 안민영 작품의 수록 양상이 이본 가집별로 다르게 나타나는 것도 이러한 향유 기반의 변화와 밀접하게 연관된다. 예를 들어, 안민영의 시조 작품들은 고종, 대원군, 이재면 등 왕실 인물과 관련된 송축·찬양의 주제를 담은 작품들이 많은데, 이러한 작품들의 가집별 수록 양상이 다르게 나타나는 것은 가집 편찬자의 의도와 함께 향유 기반의 차이가 반영된 것이라 할 수 있다.

한편, 가곡원류계 가집들에서 후대적(後代的) 전사본의 성격이 감지되는 것 역시 편찬·향유 기반의 변화와 밀접하게 관련될 것으로 생각된다. 앞서 이미 언급했듯이, 가곡원류계 가집들은 대부분 후대적 전사본의 성격을 갖고 있고, 가집에 남아 있는 여러 변형적 흔적들－작가·노랫말·악곡 표기 등－은 단순히 기록의 실수로 볼 것이 아니라 그 가집들만의 독특한 전승·향유 기반이 반영된 현상으로 볼 수 있다. 이러한 변화가 나타나는 이유는, 박효관·안민영의 직접적인 관여에 의해 가집이 편찬된 이후 어느 정도 거리를 갖는 시기에 이본 가집들이 전사·전승되면서 본래 가집 담론의 자장(磁場)에서 벗어나 편찬·향유되었기 때문이다.

　그러한 대표적인 예로, 안민영 작품의 작가 표기 혼란을 들 수 있다. 『청진』이래로 조선 후기 가집들의 작가 표기를 자세히 살펴보면, 작품별 작가 정보가 가집별로 서로 다른 사례가 많음을 알 수 있다. 기존에는 이러한 현상들에 대해 가집이 오랜 시기에 걸쳐 전승되면서 나타난 표기의 오류로 보는 경우가 많았다. 특정 작가의 작품이 가집 향유자들의 소용 목적과 환경에 따라 다른 작가의 작품으로 인식되기도 한다는 것이다. 그러나 가집의 편찬 혹은 편집과 관련된 인물의 작가 정보에 대해서는 대부분 정확히 기입되는 편이다. 예를 들어 김천택이나 김수장 작품의 경우 18세기 초중반 가집들에서는 대부분 그들의 작품으로 명확히 표기하는 편이다. 그러나 가곡원류계 가집의 경우, 가집 편찬의 주도적 인물인 안민영의 작품이 그 주변 인물들의 작품으로 표기된 경우도 있다는 점에 주목을 요한다.

　"호방(豪放)홀슨 뎌 늙으니 슐 아니면 노ᄅᆡ로다~"라는 작품[59]은

『금옥』37번에 수록되어 있는 안민영의 작품이다. 그러나 이 작품
은『원국』,『해악』등 대부분의 가집에 '이재면(李載冕)'으로 작가 정
보가 기록되어 있다. 만약『가곡원류』가 안민영에 의해 편찬된 가
집이라면 어떻게 자신의 노래를 다른 사람의 작품으로 표기할 수
있는지 의문이 생길 수밖에 없다. 이는『가곡원류』의 편자 논의에
서 '박효관·안민영 편찬설'을 반박하는 근거가 된 지점이기도 하
다.[60] 이와 유사한 작가 표기 혼란 현상으로『원국』155번 "낙성서
북(洛城西北) 삼계동천(三溪洞天)에 수증청이산수려(水證淸而山秀麗)흔
듸~"를 예로 들 수 있다. 이 작품은『원국』등 대다수의 가곡원류
계 가집에서 '박효관'이 작가로 지칭된 작품인데,『원박』에서는 '안
민영'이 그 작가로 표기되어 있다.[61] 그런데 이 작품은『승평곡』7
번과『금옥』96번에 수록되어 있어 그 작가가 안민영으로 확인된
다. 아무튼 이러한 작품들이 이재면이나 박효관의 작품들로 표기된
이상, 안민영의 입김이 강하게 작용하는 가곡원류계 가집들에서 나
타나는 이러한 작가 표기 혼란은 연구자들을 곤혹스럽게 만든다.

　이는 단순 오기 혹은 서로 다른 가집 편찬자로 인해 비롯된 현상
이라고 보기보다는 원(原)『가곡원류』가 편찬된 이후 다양한 향유

---

59)『해악』77번. "豪放홀슨 뎌 늙으니 술 아니면 노리로다 / 端雅象中 文士貌요 古奇
　　画裡 老仙形을 / 뭇느니 雲臺의 슘언지 몃몃 히느 되인고 - 李載冕 号又石 題雲崖
　　朴景華".

60) 황충기, 앞의 책, 1997, 49~88면.

61)『해악』은 '소人'으로 표기되어 있는데 '안민영'을 지칭하는 것으로 판단된다. 바로
　　앞 작품이 '안민영' 작품으로 작가 표기가 되어 있지 않았다. 이는 전승의 과정에서
　　작가 표기가 누락된 것으로 판단된다.

공간에서 가곡이 소용·전승되면서 그 문화적 자장의 폭이 확대되어가던 시기의 사정이 반영된 것으로 이해하는 편이 좋을 듯하다.

안민영의 작품이 다른 사람 — 이재면, 박효관 등 — 의 작품으로 혼동되는 것은 이 작품이 여러 가곡 향유 집단에서 폭넓게 향유되면서, 본래의 작가를 잃고 다른 사람이 이 작품의 작가로 인식·향유되던 — 혹은 내세워지던 — 당대 가곡 향유의 문화적 상황이 반영된 것이다.[62) 이재면이 안민영 관련 예인 그룹의 최고 좌상객이었고,[63) 박효관이 당대 최고의 선가자이자 안민영의 스승이었다는 점을 감안한다면, 안민영의 작품이 가곡 향유의 공간에서 그들의 노래로 불릴 수도 있었을 것이라는 설정은 충분히 가능할 법하다.[64)

---

62) 김학성(『한국 고전시가의 정체성』, 성균관대학교 대동문화연구원, 2002)은 가사의 담론 특성을 논의하면서, 작가의 失名, 匿名, 擬名, 無名化되는 경우에 대해 언급한 바 있다. "가사가 작가를 떠나 향유집단의 공유물이 될 경우 세 가지 층위 — 작자, 제목, 텍스트 — 에서 착종현상을 보인다. 작자의 경우는 대부분 失名化의 길을 가지만 작자를 굳이 밝힐 필요가 있을 때는 의명화되기도 해서 혼란을 야기한다"(248면)고 하였는데, 이는 시조 텍스트들에서도 흔히 볼 수 있는 현상으로, 위 논의는 이러한 시조 텍스트와 관련된 혼란 현상을 살피는 데도 좋은 지침이 된다. 각 이본 가집별로 한 시조 텍스트의 어휘가 착종을 일으킨다든가, 작가를 명시하기도 하고 그렇지 않기도 하고, 또 서로 다른 작가를 명시하기도 하는 이 같은 혼란은 시조 텍스트가 여러 가곡 향유집단에서 폭넓게 향유되면서 발생한 현상으로 볼 수 있을 것이다.

63) 신경숙, 「안민영 예인집단의 좌상객 연구」, 『한국시가연구』 10, 한국시가학회, 2001 참조.

64) 뒤에서 상론하겠지만 『해악』의 경우, 안민영의 직접적인 관여에 의해 편찬된 것으로 판단되는 가집인데도 불구하고 이러한 작가 표기의 변화가 나타나는 것은 현재 우리가 접하는 『해악』이 전승되는 과정에서 여러 후대적 요소들이 가미된 가집이라는 점을 말해주는 것이라 하겠다.

3. 가곡원류계 가집의 체제와 구성에 대한 이해

1) 공통 체계와 개별 체계

가곡원류계 가집들은 이본 가집 간의 친연성이 매우 높게 나타난다. 대부분의 이본 가집들은 특별한 경우가 아닌 이상 우조(羽調)·계면조(界面調)의 악조 분리에 의해 남창 30개 악곡, 여창 20악곡[『원국』 기준] 정도로 나눠져 작품이 수록되었다. 가집에 따라 특정 악곡이 없거나 악곡 순서가 뒤섞인 경우도 있지만, 전체적인 악조별 악곡 체계는 이 틀을 유지하는 양상이다.

또한 이본 가집 간의 '공통 작품의 수록빈도'[공출(共出)] 역시 높게 나타난다. 가곡원류계 가집들은 대부분 800여 수에 가까운 작품 수록 양상을 보이는데, 그중 90% 정도의 작품들이 공출되는 양상이다. 대표적인 가집인 『해악』(최다 작품 수록)과 『원국』의 경우 무려 96%의 공출 빈도를 보이며, 전체 작품이 446수뿐인 『원가』의 경우도 수록 작품의 93% 정도가 『해악』, 『원국』과 공출한다. 그만큼 가곡원류계 가집들은 서로 간에 공통적 성격이 강하게 드러난다. 따라서 가곡원류계 가집 간에 보이는 체제의 유사성이나 작품 수록의 높은 공출 빈도는 이본 가집 간에 나타날 수 있는 당연한 현상이며 특별히 주목해야 할 점이 아닌 것으로 볼 수도 있다.

그러나 가곡원류계 가집 간 대부분 일치를 보이는 이러한 공통된 틀에 대해 쉽게 간과해서는 안 된다. 가곡원류계 가집들은 그 나름의 독특한 빛깔을 갖고 있지만 정작 이 가집들을 '가곡원류'답게 하는 것은 이 '공통된 틀'이란 점에 주목할 필요가 있다. 왜냐하면 이

'공통된 틀[공통 체계]'이란 "특정 작품에 가장 잘 부합하는 악조와 곡목을 선택하기 위해 치열하게 전개해온 곡 해석의 역사"[65]를 반영하는 집적된 산물이자, 당대 작품 연출의 "표준화"[66]된 틀, 기준이기 때문이다.

　기존 연구에서는 가곡원류계 가집들에 대한 평가를 개별적으로 하기 보다는 하나의 공통 담론 속에서 이 가집들을 평가했는데, 이러한 까닭은 각 가집들이 공통 분모적 바탕을 서로 공유하고 있다는 점에 연구자들이 주목했기 때문이다. 물론 개별 가집들의 특징들을 간과한 채 논의가 이루어졌다는 점에서 이에 대한 보완이 이루어져야 할 것이지만, 몇 세기에 걸쳐 전승되다가 19세기 중후반 정착된 가곡원류계 가집의 표준적 공통 체계에 대해서는 보다 상세한 분석이 필요할 것이다.

　가곡원류계 가집들은 유사한 체계로 편집되었다는 특징을 갖고 있다. 『원국』, 『해악』, 『원하』, 『원육』 등과 같은 대형 가집들을 비롯하여 비교적 규모가 작은 『원가』, 24수만이 수록된 소가집인 『하순일 편집본』 등에서도 이러한 편제는 드러난다. 다시 말해 가곡원류계 가집의 편제는 일정한 패턴을 갖고 이루어졌으며 서로 간의 '자체 유사성'을 보이는데 이것이 '공통 체계'[공통성·보편성]로 나타난다.

---

65) 성무경, 「19세기 초반, 가곡 향유의 한 단면-『永言』과 『靑六』의 '이삭대엽 우·계면 배분방식'을 대상으로」, 『조선후기, 시가문학의 문화담론 탐색』, 보고사, 2004, 45면.
66) 신경숙, 「18·19세기 가집, 그 중앙의 산물」, 『한국시가연구』 11, 한국시가학회, 2001, 41면.

　이렇듯 가곡원류계 개별 가집들은 공통 체계를 바탕으로 가집이 편찬되었다고 할 수 있다. 그런데 각 가집들에는 자신들만의 독특한 특징과 체계 또한 나타난다. 악곡의 배치 및 악곡별 작품 수록 양상, 작품의 노랫말 변화, 특정 작가의 작품 수록(혹은 배제) 등 공통 체계 안에서 나름의 변별적 체계, 즉 '개별 체계'[개별성·변별성]를 보인다. 이 독특한 특징들은 전체 작품이나 편제 틀을 기준으로 봤을 때 불과 5~10%도 되지 않는 비중이지만, 이 5% 정도의 변화가 가곡원류계 개별 가집들, 그 자체의 고유한 빛깔을 띠게 했다는 점에 주목할 필요가 있다.

　이러한 공통 체계[공통성·보편성]와 개별 체계[개별성·변별성]는 가집 편제뿐만 아니라 작게는 가집 간 작품의 노랫말 차이, 작품의 작가 명기의 차이에서도 확인된다. 가집의 편제에 대해서는 후술(後述)할 것이므로, 여기에서는 노랫말 변화와 작가 명기와 관련된 공통성과 개별성에 대해 간략히 살펴보도록 하겠다.

　　　山 밋헤 스쟈ᄒ니 杜鵑이도 붓그럽다
　　　늬 집을 굽어보며 솟덕다 ᄒ는고야
　　　져 싀야 世事間 보다간 그도 큰ᄀ ᄒ노라
　　　　　　　　　　　　　　　　　『원국』(176)계면 이삭대엽

　　　山 밋희 스ᄌᄒ니 杜鵑이도 붓그럽다
　　　늬 집을 굽어보며 솟젹다 우는고야
　　　져 싀야 世間事 보다가 그도 큰가 ᄒ노라
　　　　　　　　　　　　　　　　　『해악』(170)계면 이삭대엽

위 노래는 『역대시조전서』[67]를 참고해 볼 때, 전기 가집의 형태와
는 다르게 가곡원류계부터 이본 처리 되는 작품이다. 전기(前期) 가
집과 비교했을 때 가곡원류계 가집들은 종장 사설이 바뀌는데, 전기
가집에서는 중장 마지막부터 종장까지의 노랫말이 "~우는고야 / 두
어라 안빈낙도니 한 홀 줄이 이시랴"(『병와가곡집』, 육당본 『청구영언』)
로 나타나거나 "~ᄒᆞᄂᆞᆫ고야 / 군자ᄂᆞᆫ 안빈낙도니 긔 분인가 하노라"
(『고금가곡』, 『근화악부』) 등의 노랫말로 되어 있던 것이 가곡원류기에
들어 위 작품들처럼 바뀌게 된다. 『원국』과 『해악』의 종장 노랫말
유형은 모든 가곡원류계 가집에 적용된다. 『고금』, 『근악』에서는
'은둔, 은일' 등의 주제소가 붙어 있는데, 군자의 안빈낙도를 추구하
는 노랫말이면서도 산속에 묻혀 사는 처사객의 처지를 노래했으니
은둔과 은일은 같은 주제적 지향을 보인다고 말할 수 있다.

가곡원류계에서는 종장 노랫말이 바뀌면서 그 의미 지향도 전기
가집과는 변별된 미감으로 바뀌는데 주제소를 붙이자면 '개세(慨世)'
정도로 볼 수 있을 것 같다. 또한 중장 해석도 '내 집을 굽어보며
솟적다 우는구나' 또는 '내 집을 굽어보며 솥 적다(은유) 하는구나'
등으로 해석되어 의미가 바뀔 수 있는 여지가 있다. '하는구나'라고
하면 '우는 것'과 '하는 것' 두 가지로 모두 해석될 수 있는 여지를
남겨두기 때문이다. 종장에서도 "세상일 사이를 보면"과 "세간의 일
을 보면"으로 의미 지향이 달라질 수 있다. 이런 경우들은 가곡원류
계 가집별로 그 노랫말 변화상이 다르다고 할 수 있다.

---

67) 심재완, 『역대시조전서』, 세종문화사, 1972, 513면, 1429번.

가집 별 중장 노랫말의 형태를 봤을 때, 『원국』·『원규』·『원일』
·『협률』이 "~하는고야"라는 노랫말을 갖고 있다면, 나머지 가집들
은 모두 『해악』처럼 "~우는구나" 노랫말이 나타난다. 이는 노랫말
의 특징이 가집별로 모두 다르게 나타나는 것은 아니지만, 계열 혹
은 전승 상황에 따라 다른 모습을 보인다는 점에서 주목해 볼만하
다. 전기 가집과 비교했을 때, 종장에 나타난 변화가 가곡원류계 가
집의 '공통성·보편성'을 보인다고 한다면, 중장 말구의 변화는 가집
별로 혹은 계열별로 '개별성·변별성'을 보여준 사례로 볼 수 있다.

> 洞庭 밝은 달이 楚懷王의 넉시되여
> 七百里 平湖엔 두렷이 빗쵠 뜻즌
> 屈ㄹ三閭 魚腹忠魂을 못늬 밝혀 홈이라 『원하』(307)계면 평거
>   兪涩 昌原人 進士端宗朝 抗疏與六臣殉

위 작품은 조선 중종 조 문신 이후백(李後白, 1520~1578)의 〈소상팔
경(瀟湘八景)〉 8수 중 3수로 알려진 작품이다. 이후백의 문집인 『청
연집(靑蓮集)』에 작품이 전하고 있어 작가를 확인할 수 있지만, 이후
진본(珍本)『청구영언』(청진)을 비롯한 가집에서는 작가가 무명씨로
표기되어 있어서 작가를 상실하고 유행되었던 노래로 판단할 수 있
다. 『청진』에는 '회왕(懷王)'이라는 주제소가 표기되어 있으나, 본래
'동정추월(洞庭秋月)'과 관련하여 굴원(屈原)의 고사를 생각하며 지어
졌을 작품이 후대로 전승되면서 그 고사와 함께 굴원이 섬겼던 '회
왕'이 그 주제 혹은 소재로 내세워졌던 것 같다. 『청진』에 수록된

이 작품의 다음 작품 역시 굴원을 주제소로 내세우고 있다는 점[68]에
서 유사한 주제 시리즈 작품으로 향유된 것이라 생각된다.[69]

   이후 이 작품은 작가가 상실되며 가곡원류기까지 향유되었던 것
으로 판단할 수 있는데, 흥미로운 사실은 이 작품의 작자가 모든
가곡원류계 가집에서 무명씨로 나타난데 반해, 『원하』에서는 작가
가 '유수(俞邃)'로 표기되었다는 점이다. 유수는 이미 밝혀진 대로,
『원하』의 필사자라고 알려진 유병적(俞炳迪)의 선조로 확인된 인물
이다.[70] 유병적은 굴원 고사로 잘 알려진 연군충정(戀君忠情)의 작품
에 자기 선조의 이름을 붙여 "진사단종조(進士端宗朝) 항소여육신순
(抗疏與六臣殉)"라고 기록하였다. 다시 말해 자기 선조 역시 연군충정
의 뜻이 있었으니 이 작품의 작자로 자신의 선조를 내세울 만하다
고 생각한 것이다. 유병적은 이 작품 이외에도 태종 조 인물이며
창원 유씨 6대손 '유상지(俞尙智)'를 작가로 기명하기도 하는데,[71] 이
는 『원하』의 전사자(혹은 편집자)인 유병적의 의도적 표기가 이루어
진 것으로 볼 수 있다. 물론 이러한 작가 표기의 변화가 가곡원류계

---

68) 『청진』 388번. "楚江 漁夫들아 고기 낫가 숨지 마라 / 屈三閭 忠魂이 魚腹裏에
   드럿ᄂᆞ니 / 아므리 鼎鑊에 슬믄들 變ᄒᆞᆯ 줄이 이시랴 (右 屈平)"
69) 『청진』 이외에도 『청가』와 『근악』에서 이 두 작품을 연이어 수록하고 있는데, 『근
   악』에서는 '貞操'라는 주제소로 묶어 수록하고 있다.
70) 황충기, 「『가곡원류』 편자에 대한 이견(Ⅲ)」, 『가곡원류에 관한 연구』, 국학자료
   원, 1997, 172~174면 참조; 황인완, 앞의 논문, 고려대학교 박사학위논문, 2007,
   189~192면 참조.
71) 원하 281번. "故人無復洛城東이요 今人還對落花風을 / 年年歲歲 花相似여늘 歲
   歲年年 人不同이로다 / 花相似人不同ᄒᆞ니 그를 슬허 ᄒᆞ노라 (俞尙智 昌原人 太宗
   朝文科判書文章 理学首纂麗史)"

가집 전체의 틀을 변화시키는 것은 아니지만 이러한 개별성은 이 가집의 독특한 모습을 파악하는데 하나의 실마리를 제공한다.

가곡원류계 가집 간의 공통 체계와 개별 체계는 가집의 편제 및 구성 방식, 작품 등 전반에 걸쳐 나타난다. 이에 대해 정리하면 다음과 같다.

첫째, 악곡별 편제 양상[72]을 들 수 있다. 앞서 언급했듯 가곡원류계 가집들은 정연한 악곡 편제의 틀을 모두 공유한다. 물론 가집별로 약간의 차이―특정 악곡 유무, 배열 순서 등―를 보이긴 하지만 그것이 공통 체계를 벗어나지 않는 범위에서 이루어진 전사 상의 오기(誤記)나 착오, 누락 등은 감안해 볼 수 있다. 이러한 악곡적 공통성은 전기 가집들의 편제와 가곡원류기 이후의 가집들에서 보이는 편제를 함께 비교해 보면 확연히 드러난다. 그러나 새로운 악곡이 추가되거나 악곡별 작품의 수록 양상이 변화되는 등 가집 구성에 두드러진 변화를 가져오는 경우가 존재하는데, 이러한 요소들이 다른 가곡원류계 가집과 구분되는 개별 가집들의 변별적 요소들이라 할 수 있다.

둘째, 악조·악곡, 남녀창의 변화에 따른 작품 수록과 노랫말의 변화를 들 수 있으며 소위 '중복 수록된 작품'[중출(重出) 작품]이라고

---

72) 엄밀히 말하면 가곡창 가집의 편제는 악조별 분리에 의한 악곡 배분의 체계라고 말할 수 있다. 또한 여기에 남녀창의 구분에 의한 악조별·악곡별 배분의 개념을 더해야 한다. 논의 서술의 편의상 '악곡별'이라는 용어는 이미 악조별 분리에 의해 나눠진 악곡 체계의 개념으로 사용하고자 하며, 특별한 의미를 부여할 때에는 '악조'와 '남녀창'의 구분을 정확히 명시하도록 하겠다.

일컬어지는 작품들을 대상으로 살필 수 있다. 기존 연구에서는 중복 수록 작품들을 단순히 재수록된 작품으로 평가하면서 별 의미가 없는 것으로 인식하였다. 그러나 이 작품들은 악곡 중심의 편제와 가곡 연창의 실제가 반영된 가집으로서의『가곡원류』를 설명하는 데 중요한 의미를 갖고 있다. 또한 가곡원류계 가집 간 작품 수록의 변화와 그 노랫말의 친연성 확인을 통해 동시적 특징과 공통된 향유 기반을 설명할 수 있는 근거가 되기도 한다.

셋째, 작품 수록 및 배열 양상을 통해 가집 간 공통성과 변별성을 확인할 수 있다. 가곡원류계 가집들은 악곡별 체계에 따라 그 작품 수록 및 배열 양상이 매우 유사하게 나타난다. 전기 가집으로부터 전해진 공통된 작품들은 가곡원류계 공통 편제에 맞게 수록되어 배열되는 특징을 보인다. 그러나 특정 작품이 다른 악곡에 수록되거나 배열 순서가 바뀌기도 하고, 작품이 첨가·누락되는 등 공통적 틀에서 벗어나 변화의 모습이 나타나기도 한다. 특히 작품 배열의 양상은 이본 가집 간 친연성을 확인할 수 있는 좋은 근거로 활용될 것이다.

넷째, 가곡원류기 작가의 작품 수록 여부를 들 수 있다. 앞서 언급했듯이 가곡원류계 가집들은 수록된 작품들의 90%가 서로 공출되는 양상을 보인다. 따라서 이전 시기 작가들의 작품도 대부분 공유되는 양상을 보인다. 그런데 가곡원류기에 새롭게 등장하는 작가들의 작품은 이본 가집에 따라 서로 다른 양상을 보이는 특징이 나타난다. 악곡 중심의 가집 편찬이 이루어지면서도 부분적으로 작가 중심의 편집이 나타나는 이러한 특징에 대해 주목해야 할 것이다.

가곡원류계 가집들 각각의 편찬 체계에는 편자(혹은 편집자)들의 의도가 다분히 반영되어 있다. 그러나 그것이 악곡적 해석에 따른 가집 편찬자들의 서로 다른 미감이 반영되었기 때문이라고 해석하기는 힘들 것 같다. 왜냐하면 가곡원류계 가집들의 기본적인 편제는 박효관·안민영에 의해 가곡원류계 가집이 처음 만들어졌을 때, 이미 곡해석에 따른 악곡적 미감이나 작품의 선택이 어느 정도 마무리된 형태였을 것이고, 이는 당대 최고의 가곡 문화를 정점으로 이끌었던 수준이었기 때문이다. 따라서 정격화 된 틀 속에서 '어떻게 재배치, 재조정 하느냐'가 가곡원류계 가집 편집의 관건이었을 것으로 보인다.

그런 의미에서, 공통 체계는 『가곡원류』가 처음 편찬되었을 당시의 근본적인 기반과 관련 있다고 한다면, 개별 체계는 이후 다양한 소용 목적과 향유 기반에 따라 변화된 가곡원류계 가집의 편찬 기반과 관련 있다고 할 수 있다.

2) 악조와 악곡 및 작품 편제 양상

가곡원류계 가집은 19세기 말 가곡 문화를 대표할 만큼 악곡별로 정연한 작품 수록 체계를 보이는 가집이다. 이전 시기부터 끊임없이 전개된 시조 작품의 곡조와 악곡 해석의 과정[73]은 가곡원류기에

---

73) 성무경(「19세기 초반, 가곡 향유의 한 단면」, 앞의 책, 보고사, 2004)은 "'가집사'가 특정 작품에 가장 잘 부합하는 악조와 곡목을 선택하기 위해 치열하게 전개해온 곡 해석의 역사"(45면)라고 지적하고 "곡 해석 문제가 곧 새로운 가집 편찬의 핵심 동인"(52면)이었다고 논의한 바 있다.

들어 어느 정도 확립되는 양상을 보이며,『가곡원류』는 당대 가곡
문화의 정전(正典)과 같은 위치에 자리매김하게 된다. 이러한『가곡
원류』의 모습은 현행 가곡창 형태의 전신적 모습이라는 점에서 더
욱 주목을 요한다.

    19세기 초중반에 들어서며 가집의 구성 체계는 우·계면조의 작
품 배분과 악곡별 수록 방식으로 정착하는데, 가곡원류기에 들어서
는 악곡이 더 세분화 되며 노랫말과 곡 해석에 대한 표준화 된 틀이
완성된다. 이러한 악곡 중심의 가집 편찬 의식은「박효관 발문」에
자세히 나와 있다.

    내가 매번 歌譜를 보니 ㉠ 時俗의 노래가 순서와 명목이 없어 보는
이로 하여금 상세히 알 수 없게 한다. 이런 까닭에 門人 안민영과 상의
하여 각 악보를 간략히 취해 ㉡ 羽界面의 名目과 순서를 나누고 정하
여 새로운 歌譜를 초록하니 후인들로 하여금 소상히 쉽게 살필 수 있도
록 하였다. 그러나 ㉢ 우조와 계면조는 본디 고착된 것이 아니고 또한
옮겨감이 형편에 따라 변할 수 있는 방식이 있으니 오직 노래하는 자의
변통에 달려 있다. 혹 우조를 계면조로 삼거나 계면조를 우조로 삼고,
數大葉, 弄樂編이 서로 옮겨가며 노래하기도 하니, 단지 가보 상의 명
목에만 집착하는 것은 옳지 않다. 운휘의 평상거입 고저청탁도 역시
권변, 합세의 이치가 있고, 또 소위 ㉣ 여창 辭說 또한 여창에만 고착된
것이 아니라 남창 사설 중 옮겨 된 것도 있으니 역시 이치가 신통한
자가 아니면 깨닫지 못하고 해득할 수 없을 따름이다.

                                          「박효관 발문」[74]

　여러 연구자들에 의해 자주 언급되는 「박효관 발문」은 '무근지잡
요(無根之雜謠)'를 개탄하고 정음(正音)·정가(正歌) 의식을 표방하며
편찬된『가곡원류』의 편찬 의식을 설명하는 데 주로 인용되는 자료
이다. 더불어 곡 해석에 대한 가창자와 향유자의 유연한 해석을 피
력한 박효관의 가곡 향유 의식을 확인할 수 있는 기록이기도 하다.
그런데 이 발문에는 가곡원류계 가집의 악곡 편제와 구성 방식에
대한 중요한 정보가 내포되어 있다.

　첫째,『가곡원류』는 순전히 악곡을 중심에 둔 가집 편찬 의식에
의해 이루어졌음을 서술하고 있다. 박효관은 당대 '순서와 명목'이
없이(㉠) 가곡을 향유하거나 편찬된 가집들을 보고 개탄하면서 그
첫 번째 가집 편찬의 원칙으로 "우계면의 명목과 순서를 나누는" 것
임을 밝히고 있다.(㉡) 사실 '우계면' 양항 분리와 악곡 분배에 의해
가집을 편찬하는 것은 그 이전 시기부터 있어 온 가집 편찬 방식이
기에 새로울 것이 없어 보이기도 한다. 그러나 가집의 서·발문에서
악곡별 작품 편집 방식을 전면에 내세운 것은 기존의 서·발문들과
비교해 볼 때 이례적인 것이다. '명공석사(名公碩士)'의 노래임을 밝
히거나(『청구영언』,『해동가요』) 수집한 작품의 주제나 내용(『동가선』)
을 밝히는 것이 기존 서·발문의 관례적 내용인데, 「박효관 발문」에

<hr>

74)「박효관 발문」,『원국』. "余每見歌譜 則無時俗詠歌之第次名目 使覽者未能詳知
故與門生安玟英 相議略聚各譜 分期羽界名目第次 抄爲新譜 使后人昭然易考 而
羽界本非着者 亦推移有權變之度 唯在歌者之變通 而或而羽界 而界爲羽 數
大葉弄樂編 互相推移歌之 非徒以譜上名目偏執可也 韻彙之平上去入高低淸濁
亦有權變合勢之理也 且所謂女唱辭說 亦非女唱坪係着者也 男唱辭說中 移以爲
之者也 亦非會理通神者 則不可解得者爾."

서는 그러한 내용은 찾아볼 수 없고 발문의 전반부를 악곡별 작품 수록의 방식과 그 방법에 대해 기술하고 있는 것이다. 이는 가집 편찬에서 실질적으로 악조·악곡별 작품 배분이 주 편집 방식임에도 불구하고 작가 중심의 체제를 강조하는 내용으로 가집 서두부를 채웠던 기존 가집의 서·발문과는 달리, 순전히 악곡 중심의 가집 편찬을 전면에 내세운 가곡원류계 가집만의 차별화된 편찬 의식임을 알 수 있다.

둘째, 악조·악곡 변화에 따라 상황에 맞게 부를 수 있는 가곡 연창의 가변성[권변지도(權變之度)]을 언급하고 있으며,(ⓒ) 또한 악조·악곡의 변화, 남녀창의 변화에 따른 사설[노랫말]의 변화를 서술하고 있다.(ⓔ) 얼핏 보면 곡해석과 향유의 유연성을 밝히는 것으로 볼 수 있으나 이는 단순히 곡 해석의 가변성을 언급하는 것이 아니라 오히려 치밀한 곡 해석을 통해 완성된 정격화 된 체계[고정성]를 말하고 있는 것이다.[75]

발문 말미에 당대 일부에서 이루어지던 가곡 향유 문화를 '뿌리 없는 잡된 노래'라고 비판한 것도 이렇듯 확고한 가곡 문화에 대한 의식이 있었기에 가능한 것이라 할 수 있다. 따라서 「박효관 발문」은 가곡원류계 가집의 편찬 자체가 악곡 중심이며 음악적 완성도를 추구하며 악곡 재분배를 통한 곡의 미감을 최대한 찾고 확인하는데 편찬 의도가 있음을 말해주고 있다.

---

75) 신경숙, 「19세기 연행예술의 유통구조-가곡(시조문학)을 중심으로」, 『어문논집』 43, 민족어문학회, 2001, 362~363면; 신경숙, 앞의 논문, 한국시가학회, 2001, 41면 참조.

(1) 악곡 중심의 가집 편제

① 악곡 편제 양상

가곡원류계 가집의 악곡적 틀의 기반은 이전 시기의 가집들로부터 영향을 받았다고 할 수 있을 것이다. 그 친연성을 살피기 위해서 일단 전기 가집과 가곡원류계 가집과의 작품 공출 양상을 살펴보면서 논의를 전개하도록 하겠다. 가곡원류계 가집 중 가장 많은 작품이 수록된 『해동악장』(해악)을 비교 대상으로 삼았다.

『해악』(874수) 수록 작품의 타 가집 수록 분포(공출수/작품총수)					
『병가(瓶歌)』	554 / 1109	『동국(東國)』	315 / 414	『동가(東歌)』	196 / 235
『청진(靑珍)』	295 / 580	『고금(古今)』	138 / 294	『조사(調詞)』	19 / 70
『해일(海一)』	317 / 636	『근악(槿樂)』	190 / 397	『원국(源國)』	820 / 856
『해주(海周)』	146 / 568	『청연(靑淵)』	229 / 257	『남태(南太)』	133 / 224
『청요(靑謠)』	12 / 80	『영언(永言)』	439 / 516	『시여(詩餘)』	104 / 170
『시가(詩歌)』	404 / 719	『청육(靑六)』	640 / 999	『가요(歌謠)』	94 / 99
『악서(樂서)』	284 / 499	『가보(歌譜)』	304 / 368	『시요(詩謠))』	117 / 146
『청홍(靑洪)』	172 / 310	『영류(永類)』	205 / 335	『대동(大東)』	260 / 316
『청가(靑가)』	399 / 707	『흥비(興比)』	333 / 436	『시철가』	44 / 97
『청영(靑詠)』	363 / 596	『시조(時調)』	72 / 125		

기존 논의에서 가곡원류계 가집에 많은 영향을 끼쳤다고 평가되는 가집으로는 『병와가곡집』(병가), 가람본 『청구영언』(청영), 육당본 『청구영언』(청육) 등을 들 수 있다. 이들 가집은 대부분 가곡원류계 가집과 높은 공출 작품 수를 보이는 가집들로, 가곡원류계 가집에 수록된 많은 작품들이 이미 이들 가집들에서 수록되었던 작품들이었다고 할 수 있다. 그러나 위 공출 작품 수는 가집 간 친연성을

확인하기 위한 1차 비교 자료이기에, 좀 더 세밀한 비교 분석을 통해 악곡별 체제 및 작품 수록 양상, 작가 표기 등 그 관련성을 면밀히 확인해야 한다.

공출 빈도로 볼 때는 연민본『청구영언』(청연, 89%),『영언』(85%),『가보』(82%),『흥비부』(76%) 등의 가집이 높은 공출 비율을 보인다.[76] 하지만『청연』[77]의 경우 높은 공출 빈도를 보인다 해도, 작품 총수가 적고 악곡 정보도 제대로 기입되지 않았기 때문에 가곡원류계 가집의 악곡 체제를 비교하는 대상으로는 용이치 않은 것으로 판단된다. 공출 수의 면에서는『병가』,『청육』등을 들 수 있다. 그런데 이 가집들은 다른 가집들에 비해 많은 시조 작품들이 수록된 가집들이라는 점을 감안해야 한다. 특히『병가』의 경우 1109수 중 554수인 50% 정도만이『해악』에 수록된다는 점이나 악곡 체제상 아직 우·계면 양항 분리 등이 이루어지지 않은 점 등을 볼 때 가곡원류계 가집과의 직접적인 비교는 어려울 것으로 보인다.『청육』의 경우는 작품 총수에 비해서는 적은 양이 공출되지만 가장 많은 작품들이 가곡원류계 가집과 공출되는 것으로 집계되었다.『청육』은 999수를 수록하고 있는 대표적인 대형 가집으로, 우·계면이 분리

---

76) 가곡원류계 가집 이후에 편찬된 것으로 추정되는『가요』와『시요』의 경우 논외로 한다.

77) 『청연』은 1814년 이한진에 의해 편찬된 가집이다. 이에 대한 자세한 사항은 김종화,「이한진 편『청구영언』연구」(『19세기 시가문학의 탐구』, 집문당, 1995)을 참조할 수 있다. 이 가집은 아무런 악곡 정보가 기입되지 않아 뚜렷한 분별 규칙 없이 편찬된 것으로 평가 받는 가집이다. 그러나 가집 전반에 중대엽 계열의 작품을 수록하는 것으로 볼 때 나름의 내적 규칙을 분석할 필요성이 제기된다 하겠다.

된 체계적인 악곡 편제를 지닌 19세기 초중반의 대표 가집이며 가
곡원류계 가집에 상당한 영향을 끼친 가집으로 널리 알려져 있다.
그러나 최근 논의[78]에서 『청육』의 이삭대엽 작품들의 우·계면 배분
방식-우조 유명씨, 계면조 무명씨 작품-이 당대 가곡문화의 실상
을 제대로 반영하지 못한 것으로 밝혀져, 악곡별 작품의 세부 수록
양상에 대해 재검토가 요구된다.

　가곡원류계 가집은 가집의 편찬 자체가 악곡별 작품 편제에 무게
를 두고 있다는 점에서 『영언』, 『가보』, 『홍비부』와 같은 가집과 친
연성이 높다고 할 수 있겠다. 여기에 소개된 이 가집들의 공통점은
모두 19세기 초중반의 문화상을 지닌 가집이라는 점이다. 19세기
초중반 가곡창 가집의 문화도상에 대해서는 이미 선행 연구에서 면
밀히 분석된 바가 있어 이를 참고할 수 있다.[79] 이들 가집은 모두
작가 표기는 전혀 되어 있지 않고 순전히 악곡별로 작품이 분류되
어 있다는 점에서 가곡 연창의 실제가 여실히 반영된 가집으로 볼
수 있다. 『가보』나 『홍비부』의 경우는 가곡원류기 '두거'로 볼 수
있는 악곡이 파생되어 있고,[80] 『홍비부』에도 '두거'에 해당하는 '조
을음(助乙音)', '거두(擧頭)' 등이 나타나며 특히 〈태평가〉(가필주대)에
해당하는 '일편후(一編後) 해가(觧歌)'가 남창 말미에 처음 나타난다

78) 성무경, 「19세기 초반, 가곡 향유의 한 단면」, 앞의 책, 보고사, 2004 참조.
79) 성무경, 「가곡 가집, 『영언』의 문화도상 탐색」, 앞의 책, 보고사, 2004, 19~26면
　　참조.
80) 『가보』의 '존자즌흔엽'을 들 수 있다. 『가보』 남창 우조의 악곡 순서는 "첫듕흔엽
　　우도-둘쩌듕흔엽 계면-셋재듕흔엽 우도-첫즌흔엽 일명은황풍락계면-존자즌흔
　　엽-쇼용搔聳-붐엇자즌흔엽"으로 되어 있다.

는 점에서 가곡원류계 가집들과 시기적으로 그리 멀지 않은 가집들로 판단된다. 이 가집들에 나타나는 독특한 악곡명과 악곡 기입 면에서 일관성이 없어 보이는 모습은 오히려 연창의 실제를 위한 가집일 가능성을 높여준다고 볼 수도 있다.[81]

『영언』의 경우 가곡원류계 가집과 높은 공출율(85%)을 보인다. 그러나 더 주목해야 할 부분은 『영언』의 체제가 19세기 초중반 악곡 편제의 전범적 모습을 보이고 있다는 점이다. 사실 가곡원류계 가집과 『영언』을 비교하면 시기적 거리감은 느껴지는 편이다. 『영언』의 중대엽 항목에는 우·계면 양항분리가 완전히 이루어지지 않았고 중·평·두거 파생의 조짐이 아직 보이지 않는다. 그러나 일관된 악곡명 하에 작품이 체계적으로 수록되어 있고, 작품 배열에서는 가곡원류계 가집에서도 주로 보이는 "동일 어휘나 주제어 또는 이미지어 등에 의한 연상법"[82]을 이용한 작품 수록 양상이 두드러지게 나타난다는 점에서 악곡 중심 가집 편찬의 전범이 된다고 할 수 있다.

최근 김학성은 홍만종의 가집 편찬을 언급하면서 『청구영언』과 『이원신보』라는 가집 편찬의 두 가지 방식에 대해 논의한 바 있다.[83] 여기에서 김학성은, 『이원신보』는 "누가 지었는가는 상관없

81) 성무경, 「가곡 가집, 『영언』의 문화도상 탐색」, 보고사, 2004, 21면 참조. 『홍비부』에는 '助乙音', '擧頭', '三數大葉 후려브르는거시라', '各調音' 등의 용어가 있고, 『가보』에는 '황풍락 계면', '산락散落' 등의 용어가 나타난다.
82) 신경숙, 「≪가곡원류≫의 소위 '관습구'들, 어떻게 볼 것인가?」, 『한민족어문학』 41, 한민족어문학회, 2002 참조: 성무경, 위의 논문, 보고사, 2004, 30면.
83) 김학성, 「시조의 향유전통과 홍만종의 가집편찬」, 『고전문학연구』 34, 한국고전문

이 연행현장에서 '가(歌)'와 '창(唱)'으로 실질적으로 불려지는 것들"을 모은 것이며, 『청구영언』은 "가창으로 불려지는가는 상관없이 이름난 유가 문인들이 작자의 이름을 걸고 지은 우리말 노래(방언가곡)"가 모아져 편찬된 가집으로, 전자가 악곡 중심의 자료라면 후자는 작자 중심의 자료라고 논의하였다.[84] 이는 가집 편찬의 전통이 전기에는 작자 중심·주제 중심의 방식과 악곡 중심의 방식이 공존하고 있었는데, 후대로 갈수록 악곡적 세분화와 세련미가 더해지면서 음악 중심의 가집 편찬 방식이 주를 이루었음을 밝힌 중요한 연구 성과라 할 수 있다. 특히 조선 후기 가집사의 흐름을 읽어내는 데 도움을 줄 뿐만 아니라 가곡원류계 가집의 편찬 특징을 살피는 데도 여러 중요한 점들을 시사해 준다.

　이러한 논의는 기존의 가곡원류계 가집에 대한 평가를 다시 생각하게 한다. 지금까지 가곡원류계 가집은 단순히 음악적·악곡적 분류만 잘된 가집이며, 문학적 측면에서 볼 때는 새로운 작품 없이 기존의 작품만이 수록되고 오래된 관습구·어휘만이 사용된 가집이라는 평가들이 주를 이루었다. 또한 기존 작가의 작품을 수록하면서도 작가 표기에서는 정확성이 떨어진다는 등 전기 가집에 비해 진지한 가집 편찬 의식이 결여되어 있다는 평가가 가곡원류계 가집에 대한 주된 인식이었다.

　그러나 가곡원류계 가집은 『영언』 등과 같이 순전히 악곡적 편제

　학회, 2008.
84) 김학성, 앞의 논문, 2008, 6면.

에 중심을 둔 가집 편찬 방식의 전통을 잇고 있는 가집임을 주지할 필요가 있다. 앞서 언급했듯 박효관이 「발문」 서두부에서부터 악곡별 편제와 가곡 연창의 실제를 강조한 것은 이 같은 가집 편찬의 전통이 가곡원류기에 이르기까지 이어졌기 때문일 것이다.

　이제 『원국』을 대상으로 가곡원류계 가집의 악곡별 편제를 살펴보도록 하겠다. 『원국』은 가곡원류계 가집 중 가장 정연한 편찬 체제를 지닌 가집이며, 이로 인해 원본에 가까운 이본이 아닌가하는 평가를 받는 가집이다. 원본 문제는 차후 논의하더라도[85] 그 편제는 가곡원류계 가집의 기준이 될 수 있을 정도로 체계가 잘 잡혀 있는 가집이라고 평가할 수 있다.

```
男唱 羽 調    初中大葉  長大葉  三中大葉
     界面調    初中大葉  二中大葉  三中大葉
              後庭花 臺
     羽 調     初數大葉 二數大葉 中擧 平擧 頭擧 三數大葉
              搔聳  栗糖數大葉
     界面調    初數大葉 二數大葉 *中擧 平擧 頭擧 三數大葉
              蔓橫  弄歌 *界樂 羽樂 㪇樂 編樂 編數大葉
              㪇編

女唱 羽 調    初中大葉
```

界面調　　二中大葉
　　　　　後庭花　臺　將進酒　臺
羽　調　　二數大葉　中擧　平擧　頭擧
　　　　　栗糖數大葉
界面調　　二數大葉　中擧　平擧　頭擧
　　　　　弄歌 *羽樂　界樂　編數大葉
　　　　　歌畢奏臺

　『원국』과 같은 악곡별 편집 체계는 대부분의 가곡원류계 가집에 해당되는 편제이다. 물론 조금 다른 양상을 띠는 가집도 있는데, 『원불』·『원육』의 경우 남창 계면조의 '평거' 악곡명이 없고 대신 '중거 부평두(中擧 附平頭)' 속에 포함되어 있는 형태이다. 또한 '계락'의 위치가 '편락' 뒤에 위치하는 것도 다른 가곡원류계 가집과는 다른 양상이다. 『원박』·『원가』의 경우 여창의 '우락'과 '계락' 사이에 '환계락(還界樂)'이 존재한다는 점이 위 편제와는 변별된다. '환계락'은 이 악곡 자체가 19세기 말~20세기 초에 새롭게 생긴 악곡이기에 시기적으로 가곡원류기 후대의 악곡이 반영된 것이라는 점을 감안하면 될 듯하다. 이외에도 가필주대에 해당하는 〈태평가〉의 수록 유무가 가집에 따라 달리 나타나고, 가집별로 악곡 표기의 이칭(異稱)이 나타나거나 누락이 보이며, 악곡별로 몇 작품이 삽입·누락 등이 보이기는 하나 전체적인 공통 체계는 유지되는 모습이다.

　이를 통해 보면, 가곡원류계 가집들의 악곡별 작품 수록 체제의 특징은 대체로 고정성을 띠고 있음을 알 수 있다. 이러한 양상은 앞서 보았듯이, 박효관이 '권변지도'와 '변통'에 관해 언급한 사실과는 다르게 상당히 보수적인 방향으로 악곡 해석이 진행된 것이다. 박효관은 발문에서 가곡 연행과 향유의 '권변지도'를 말했지만, 이는 단순히 악조와 악곡, 남창과 여창의 자유로운 넘나듦을 말하는 것이 아니라 치밀한 곡 해석의 과정을 거쳐 어느 정도의 경지에 도달했을 때 다다를 수 있는 수준[통신(通神)]을 언급한 것으로 봐야 한다. 발문에서 악곡 간 개방성과 유연성의 가능성을 열어두었으면서도 정작 그가 관여하여 편찬한『가곡원류』에는 철저한 우·계면 양항 분리와 세밀한 악곡별 작품 분류를 고집한 것, 곡 하나 하나에 세심한 성악 기호를 새겨 넣은 것은 바로 이러한 이유에 기인한다. 대부분의 가곡원류계 가집들이 후대적 전승본의 모습을 갖고 있는데도 불구하고 가집간의 악곡별 작품 수록 양상이 상당히 일치하는 이유 또한 바로 여기에 있는 것이다.

② 작품의 배열과 구성

18세기 초에 존재했던『이원신보』, 18세기 말~19세기 초의『영언』과 같은 가집들은 가집 편찬의 악곡적 전통에 따라 순전히 가곡 연창을 위한 작품 수록이 이루어졌다. 가곡원류계 가집 역시 이러한 가집 편찬의 전통을 이은 가집이라고 할 수 있는데, 가곡 향유의 음악적·예술적 최고 경지를 추구했던 박효관·안민영의 가곡 인식과 가곡원류계 가집에 나타난 악곡적 편제 구성을 통해 보면 이를 확인할 수 있다.

기존 가집의 작품 배열과 구성을 살펴보면,『청진』을 비롯한 여러 전기 가집에서는 전체적으로 악곡별 분류를 큰 틀로 삼고 있지만, 세부적으로는 시대별·작가별 배열 방식을 우선하며 그 다음으로 주제별 배열 방식을 채택하고 있음을 볼 수 있다. 한편 『영언』과 같이 순전히 악곡적 편제에 따른 가곡 수록 양상을 보이는 가집에서는 '동일 어휘·주제어·이미지어 등에 의한 연상 방법'이 작품 배열의 내적 원리로 작동되고 있었다.

가곡원류계 가집은 악곡적 가집 편찬에 중심을 두면서도 작품의 배열과 구성에 있어서는 전기 가집들과 조금 다른 양상을 띤다. 결론적으로 말하자면, 가곡원류계 가집은 전기 가집들에서 나타나는 작품 배열의 내적 원리들이 총망라된 모습을 보인다고 할 수 있다. 동일 어휘 연상에 의한 방법 및 작가별 배열 방법 등 다양한 작품 배열과 구성의 방식들이 확인된다.

가곡원류계 가집에서는 다른 악곡에서 보다 이삭대엽 계열 악곡에서 이러한 배열 및 구성 방식이 다양하게 나타나고 있는바, 이삭대엽 및 중·평·두거 악곡을 중심으로 작품 배열 원리를 살펴보도록 하겠다. 이삭대엽 계열에 수록된 작품들의 전체적인 흐름을 보면, 우조보다는 계면조에서, 중거·평거 보다는 이삭대엽과 두거에서 '동일 어휘·주제어·이미지어에 의한 연상'의 배열 방식이 더 두드러지게 나타난다. 이러한 양상은 악조별 선호도가 높거나, 시기적으로 오래된 악곡에 더 정착된 형태로 전승된 것이 아닌가 생각된다.[86)]

---

86) 가집사를 살펴보면 대대로 우조보다는 계면조에 더 비중을 두고 가곡이 향유되었다는 것을 알 수 있다. 또한 이삭대엽과 두거는 중거·평거에 비해 상대적으로 오랜 시기에 걸쳐 정착되었다. 이삭대엽은 삭대엽이 분화된 이래 가장 선호도가 높은

〈우조 이삭대엽〉

36. 가마귀 검다ᄒᆞ고 白鷺야 웃지마라　　　　　　　李稷

37. 가마귀 ᄊᆞ호는 골에 白鷺야 가지마라　　或曰 鄭夢周 母親

38. 가마귀 너를 보니 이닯고도 이달왜라

39. 감쟝ᄉᆡ 뎍다ᄒᆞ고 大鵬아 웃지마라　　　　　　李澤

40. 간밤에 부든 ᄇᆞ룸 江湖에도 부돗던지

41. 간밤에 우든 여흘 슮히 우러 지너여다　　　　　　元觀瀾

42. 柴桑里 五柳村에 陶處士의 몸이 되여

43. 瀟湘江 긴디뷔혀 하늘 밋게 뷔를 미여　　　　　　金瑬

44. 瀟湘江 긴디뷔혀 낙시미여 두러메고

〈계면조 두거〉

375. 白日은 西山에 지고 黃河는 東海로 든다　　　　崔沖

376. 白雲 깁푼골에 綠水靑山 둘넛는듸

377. 白雲이 니러나니 나무 긋치 움즉인다

378. 白雪이 滿乾坤ᄒᆞ니 千山이 玉이로다

379. 白雪이 ᄌᆞ쟈진 골에 구름이 머흐레라　　　　　李穡

380. 白雪이 紛紛ᄒᆞᆫ 날에 天地가 다 희거다　　　　任義直

381. 白髮을 훗날니고 靑藜杖을 닛글면셔　　　　　　金敏淳

　　동일 어휘 연상에 의해 작품이 배열된 부분 중 우조와 계면조에

악곡이었으며, 두거는 가곡원류기 이전에 파생된 악곡이다. 중거와 평거는 비교적
후대에 파생된 악곡이기 때문에 새로운 곡 배정의 과정에서 이미 기존의 이삭대엽
·두거로 묶여진 노래들이 재분배되었을 것이기에 여러 동일 어휘 연상의 원리가
적용되는 게 쉽지 않았던 것으로 판단된다.

서 각각 한 부분씩 인용해 보았다.[87] 우선 우조 이삭대엽의 작품 배열을 보면, '가마귀'로 이어지던 작품들이 동일한 이미지어[색조] '검정'에 의해 '감쟝시-간밤에'로 이어지고 있다. 중간에 흐름이 끊기긴 하지만 이내 '시상(柴桑)-소상(瀟湘)'의 동일 어휘·어감의 분위기로 작품이 수록되는 것 같다. 계면조 두거의 경우는 동일 어휘와 이미지에 의해 꽤 길게 이어지는 부분이다. '백일-백운-백운-백설-백설-백설-백발'로 연결되는 어휘 연상은 기억과 암기에 의지해 작품을 떠올리기 쉽게 되어 있다.

여기에서 눈여겨 볼 부분은 임의직과 김민순의 작품 위치이다. 임의직은 가곡원류기 작가 중 한 명이고 김민순은 『청육』에서부터 등장하는 작가다. 가곡원류계 가집들을 살펴보다 보면 가곡원류기 작가 작품들이 대부분 악곡 후반부에 배치되는 모습을 볼 수 있는데, 그 중심에는 안민영의 작품들이 자리한다. 그러나 안민영과 달리 임의직은, 같은 가곡원류기 작가임에도 불구하고 그의 작품이 이전 시기 작가인 김민순보다 앞서 배치되었음이 확인된다. 시기별 작가 배치 원리가 적용되기 이전에 임의직 작품은 이미 '동일 어휘 연상에 의한 작품 배열' 원리에 의거해 자리가 정착된 모습이다.

〈계면조 이삭대엽〉
217. 仙人橋 나린물이 紫霞洞에 흐르르니
鄭道傳(청홍·청영: 정도전)

---

87) 이 항목에서는 모두 국립국악원본(원국)의 작품들을 인용하였다.

218. 간밤에 부든 브롬에 눈서리 티단말가

　　　　　　　　　　　　　俞應孚(병가·청육: 유응부)

219. 닌 모음 벼혀니여 져달을 민들과져

　　　　　　　　　　　　鄭澈(송강가사·병가 외: 정철)

220. 烏騅馬 우는 곳에 七尺(長)劍 빗겻는듸

　　　　　　　　　　　　　(병가·원동·원불: 남이)

221. 長沙王 賈太簿야 눈물도 열일시고

　　　　　　　　　李恒福(병가·해일·청육 외 : 이항복)

222. 千萬里 머나먼 길에 고은님 여희옵고

　　　　　　　　　王邦衍(청진·병가 외 : 왕방연)

223. 頭流山 兩端水를 녜 듯고 이제보니

　　　　　　　　　曹植(병가·해주·시가 외 : 조식)

224. 믹암이 밉다 울고 쓰르람아 쓰다우니

　　　　　　　　　　　　　李廷藎(청육: 이정신)

225. 벼슬을 져마다 흐면 農夫되리 뉘잇시며

　　　　　　　　　　金(청진·병가 외: 김창업)

226. 西廂에 期約훈 님이 달돗도록 아니온다　　　朴英秀

227. 千里에 글이는 님을 꿈ㅁ속에나 보려 흐고　　　朴英秀

228. 主人이 술 부으니 客으란 노리흐쇼　　　　　李象斗

　　이번 작품들은 특별히 동일 연상의 원리와는 관련이 없어 보이는 작품들이 수록된 부분을 인용하였다. 고려에 대한 회상, 장부의 기상, 임에 대한 연정 등 몇 작품만 보더라도 주제적으로 연결하기도 쉽지 않은 상황이다. 그런데 이 작품들을 자세히 보면 모두 유명씨 작품으로 귀속되는 작품이라는 공통점이 드러난다. 작가 명기에서는 몇 작품이 부실한 모습도 보이지만, 이는 가집별 전승 과정에서 나타난 누락일 수도 있다. 여러 가집들의 정보를 확인해 보면 대부분 전기 가집에서부터 수록되었던 유명씨 작가의 작품들이다. 작가별 수록에 시기적 흐름까지 정확히 맞춘 것은 아니지만, 동일 연상에 의한 작품 구성 방식 외에 작가별 수록 방식[유명씨 모음] 또한 사용되고 있음이 확인된다. 전통적으로 오래된 편제 방식의 흔적이 가곡원류계 가집에까지 남아 전승된 상황이다.

또한 가곡원류기 작가의 작품들이 묶여 수록되어 있음을 확인할 수 있다. 『원국』의 계면조 이삭대엽은 170번부터 250번까지로, 위에 인용한 이 작품들은 악곡의 마지막 부분에 위치한 것이 아니다. 그런데도 '박영수', '이상두'와 같은 작가의 작품들이 이삭대엽의 마지막이 아닌 기존 작가들과 함께 자리 잡은 이유는 이들이 가곡원류기에는 이미 원로 격에 해당되는 위치-노인계 구성원과 같은-에 있었기 때문이 아닐까 생각된다.

그렇다면 다음의 동일 어휘 및 이미지 연상에 의한 배열과 함께 박효관 작품의 위치를 보자.

〈계면조 이삭대엽〉

198. 靑山아 말 무러보쟈 古今을 네 알니라　　　　　　　金尙玉
199. 靑春은 어듸가고 白髮은 언제온다
200. 靑蛇釖 두러메고 白鹿을 지줄타고
201. 靑篛笠 숙이 쓰고 綠簑衣 닙의츠고
202. 靑山에 눈이오니 峯마다 玉이로다

203. 臨高臺 臨高臺ᄒ야 長安을 굽어보니

204. 春山에 눈 녹인 ᄇ롬 건듯 불고 간듸업ᄂ｜   禹倬

205. 空山에 우는 뎝동 너는 어이 우지는다   朴孝寬

206. 瀟湘江 細雨中에 簑笠 쓴 져 老翁아

207. 瀟湘斑竹 길게 뷔여 낙시미여 두러메고

　주지하듯 박효관은 가곡원류계 가집의 발문을 작성한 인물이며, 안민영과 함께『가곡원류』편찬자 중 한명으로 지목되는 인물이다. 그런데 그러한 박효관의 작품이 악곡 맨 마지막에 수록되는 경우는 없으며, 후반부에 수록되는 경우도 많지 않다. 이 부분은 계면조 이삭대엽의 초반부에 해당된다. '청(青)' 시리즈에 의해 작품이 연결되다가 '산'이란 어휘와 '높음'이라는 이미지가 동시에 작용하며 몇 작품이 이어졌다. 그중 박효관의 작품이 중간에 배열되어 자리 잡고 있다. 이처럼 박효관의 작품이 안민영처럼 악곡 후반부에 자리하지 않은 까닭은 이미 박효관의 작품이 가곡원류기 몇몇 원로 작가들의 작품들과 함께 가곡원류계 가집의 정격화 된 틀에 녹아들었음을 의미한다.

　간혹 안민영의 작품도 특정 악곡의 중간 부분에 포함되어 수록되는 양상을 볼 수 있는데, 이는 단순하게 위치된 것이 아니라 작품별로 시기적으로 앞선 작품들이 그러한 작품 배열의 규칙 안에 포함되어 전승되었던 것임을 말해주는 것이라 하겠다.

　마지막으로 박효관 작품의 수록 양상을 한 부분 더 살펴보도록 하자.

〈계면조 중거〉

291. 三萬六千日을 每樣만 녁이지 마소

292. 於臥 보안제고 글이던 님을 보안제고

293. <u>於臥 너 일이여 나도 너 일을 모를노다</u>　　　　　朴孝寬

294. <u>님이 가오실 덕에 날은 어이 두고 간고</u>　　　　朴孝寬

295. 雲臺上 鶴髮老仙 風流宗師 그뉠너냐　　　　　扈錫均

296. 울며 줍운 스미 썰치고 가지마쇼　　　　　　　金明漢

293. <u>於臥 너 일이여 나도 너 일을 모를노다</u>
　　　 <u>우리 님 マ오실제 マ지 못ᄒ게 못헐넌가</u>
　　　 보니고 길고긴 歲月에 슬쓴 싱각 어이료

294. <u>님이 가오실 덕에 날은 어이 두고 간고</u>
　　　 陽綠이 有數ᄒ여 두고 갈 法은 ᄒ거니와
　　　 玉皇게 所志原情ᄒ여 다시 오게 ᄒ시쇼

　계면조 중거에 수록된 박효관 작품 두 수를 인용해 보았다. 작품 배열을 보면 '어와'라는 동일 어휘에 견인되어 박효관 작품 한 수가 함께 수록된 양상이다. 그 뒤에 다시 박효관 작품 한 수가 더 수록 되었고, 같은 가곡원류기 작가인 호석균의 작품도 이어 수록되었 다. 호석균의 작품이 수록되면서 '어와'의 동일 연상이 이어지지 못 하고 가곡원류기 작가 작품들이 모이게 된 배열 양상을 띠고 있다.

　여기서 박효관의 작품들을 보면, 가곡원류계 가집의 작품 배열에 다양한 원리가 내재되어 작동되고 있었음을 확인하게 된다. 두 작 품은 모두 '떠나가는 임'에 대한 화자의 애틋한 정서를 읽을 수 있는 작품이다. 그러나 단순하게 '임에 대한 그리움'을 표출한 주제의 작품이 함께 수록된 것으로만 볼 수는 없다. '가버리는 임'에 대한 상황과 그러한 임에 대한 화자의 의식이 두 작품에 공통적으로 내재되어 있음을 알 수 있다. 따라서 이 작품들은 '동일한 의식과 정서의 흐름'을 동시에 고려한 작품 배열이 이루어졌다고 볼 수 있을 것이다.

　악곡별 편찬 체제를 갖춘 가곡원류계 가집에서 작가별 작품 수록 방식은 주된 작품 수록 방식이 아니지만 부분적으로 유연성 있게 배치되는 양상을 앞에서도 종종 볼 수 있었다. 그러나 작가별 수록 방식이 기존의 가집에서 주로 사용되던 방법이었다 해도 유명씨 부분인 이삭대엽에서나 효율성이 있었고, 무명씨가 대부분인 삼삭대엽 이하 농·낙·편의 변격 악곡에서는 이러한 배열 방식이 무용지물일 수밖에 없었다. 가곡 문화가 융성해질수록 악곡별 분화가 세분화되고 이에 따라 이삭대엽 계열에서도 단순히 작가별로 작품을 배치하는 것은 쉽지 않은 편제 방식이 되어 버렸다. 이런 와중에도 가집 편찬자나 당대 작가들의 작품을 한데 모아 악곡 맨 뒤에 배치했던 것은 기존 작가의 작품들을 당대 가곡문화권의 질서에 맞게 배치하여 이들을 흩어지지 않게 한 의도였을 것이다.

　따라서 가곡원류계 가집에서 작품의 배치란 단순한 나열이 아닌 곡의 기억을 쉽게 하면서 동시에 일정한 내적 원리에 의해 이루어진 것이다. 다시 말해, 가곡원류계 가집의 작품 배열과 구성의 방식은 동일 어휘·이미지 연상의 방법과 함께 동일 의식과 정서의 흐름을 고려한 작품 배열이 우선 되었고, 거기에 전통적 작품 수록 방법인 작가별·주제별 배열 방식이 병행되었다고 할 수 있다.

(2) 악조·악곡 변화에 따른 작품의 재수록 양상

박효관은 「발문」에서 '우조와 계면조는 본래 고착된 것이 아니며' '삭대엽과 농낙편', '남창과 여창'에서도 권변·합세의 이치가 있음을 언급하였다. 이는 특정 시조 작품이 언제든 다른 악조·악곡 혹은 남창·여창으로 옮겨가 새로운 미감으로 불릴 수 있음을 밝힌 것이다. 그렇다면 이러한 주장을 「발문」의 서두부에 개진한 이유는 무엇일까.

가곡원류계 가집들은 가창의 실질에 맞춰 방대한 양의 작품들을 악곡별로 정연하게 배치하였고 그 체제를 갖추고 있다는 점에서 시가사적 위치가 확고한 가집들이다. 그런데도 이 가집들에 대한 평가가 분분했던 이유는 노랫말의 중복, 기존 작품의 재수록 등의 이유로 인해 18세기적 역동성을 잃어버린 채 복고적·퇴영적 낭만주의에 머무는 가집들로 판단되었기 때문이다.[88] 그러나 이러한 평가에 대한 반론으로 최근 노랫말과 악곡에 대한 곡해석의 문제, 공통어구와 어휘 연상 작용에 의한 작품 수록 방식이 19세기 가집이 갖는 작품 수록 원리이자 문화도상이라는 논의가 제기되었다.[89] 앞서 어휘 연

---

88) 이러한 연구 평가들에서 대해서는 신경숙에 의해 정리된 바 있다.(신경숙, 「〈가곡원류〉의 소위 '관습구'들, 어떻게 볼 것인가?」, 『한민족어문학』 41, 한민족어문학회, 2002, 103~104면.)

89) 이에 대한 대표적 논의로는 다음의 연구들을 참고할 수 있다.
신경숙, 「19세기 가곡사(시조문학사) 어떻게 볼 것인가」, 『한국문학연구』 1, 고려대민족문화연구원 한국문학연구소, 2000; 신경숙, 앞의 논문, 2002; 성무경, 「가

상 작용에 의한 작품 수록 방식은 살펴보았고, 여기에서는 악조·악곡 변화에 따른 작품의 재수록 양상에 대해 살펴보고자 한다.

먼저 악조 변화에 따른 작품의 변화 및 재수록 양상을 보도록 하겠다.

　　　　潇湘江 긴더 뷔혀 낙시미여 두러메고
　　　　不求功名ᄒ고 碧波로 나려가니
　　　　아마도 事無閑身은 나ᄲᆞᆫ인가 ᄒ노라　　『원국』(44)우조 이삭대엽
　　　　　　　　　　　(一本 白鷗야 날 본체마라 세상알까)

　　　　潇湘斑竹 길게 뷔여 낙시미여 두러메고
　　　　不求功名ᄒ고 碧波로 도라드니
　　　　白鷗야 날 본체마라 ?上알ㄱ가 ᄒ노라
　　　　　　　　　　　　　　　　　　『원국』(207)계면조 이삭대엽

『甁歌』(651)二數大葉 / 『詩歌』(478)× / 『靑詠』(352)二數大葉 / 『東國』(236)界面調 / 『源國』(207)二數大葉 / 『源奎』(207)二數大葉 / 『源河』(193)二數大葉 / 『源六』(53/231)二數大葉 / 『源佛』(53/232)二數大葉 / 『源朴』(197)二數大葉 / 『源皇』(195)二數大葉 / 『海樂』(200)二數大葉 / 『源一』(203)界二數大葉 / 『源東』(243)二數大葉/二數大葉 / 『協律』(41/196)羽二數大葉/界二數大葉 / 『花樂』(203)界二數大葉 / 『南太』(101)× / 『시쳘가』(56)

　　* 異本『원국』(44)羽二數大葉 / 『원규』(44)二數大葉 / 『원하』(39)二數大葉 / 『원박』(43)二數大葉 / 『원황』(43)二數大葉 / 『해악』(45)二數大葉

곡 가집『永言』의 문화적 도상」, 앞의 책, 2004; 성무경, 「19세기 초반, 가곡 향유의 한 단면」, 앞의 책, 2004.

/『원가』(36)二數大葉 / 『원일』(43)二數大葉 / 『화악』(39)二數大葉[90]

위 작품들은『원국』44번과 207번에 중출된 작품으로, 초중장의 부분적 노랫말과 종장 노랫말 전체가 변형되어 있어『역대시조전서』에서는 이본으로 다뤄지고 있다. 두 작품은 같은 남창에 수록되는데 우·계면의 곡조만을 달리하여 같은 악곡인 이삭대엽으로 불리고 있음을 알 수 있다. 44번 작품의 경우 작품 말미에 "일본(一本) 백구(白鷗)야 날 본쳬 마라 셰샹 알가 ㅎ노라"라는 소주(小註)가 부기되었는데, 이는 곧 207번 작품의 노랫말이다.

이 노랫말은 본래『병와가곡집』을 비롯한 전기 가집에서 이삭대엽으로,『동국가사』에서는 계면조로 불리던 노랫말이었다. 계면조 이삭대엽에 실려 불리던 노래가 약간의 노랫말 변이와 함께 우조로도 불릴 수 있는 노래로 바뀌게 된 것은 가곡원류기에 들어서다. 이 두 노래가 모두 한 가집에 수록된 까닭은 단순히 노랫말에 변이가 나타나서 두 작품을 모두 싣고자 한 것이 아니라 곡해석의 다양성을 추구하던 당대의 가곡 문화에서 기인된 것으로 판단된다. 우조의 '청장격려(淸壯激厲)'와 계면조의 '애원처창(哀怨悽愴)' 사이의 곡조의 미묘함을 정확히 알 수는 없지만, 강호에 묻혀 사는 처사객의 호방한 정취와 세상을 등져 강호에 묻히고자 하는 처사객의 바람을 중종장에 나타난 노랫말의 차이에서 감지할 수 있을 것이다.

---

90) 본 연구에서 작품의 악곡 정보는 심재완의 『역대시조전서』를 참고로 정리하였다.

해악 109번, 남창 우조 두거 (異本4)	해악 585번, 남창 엇락 (異本3)
白鷗야 놀나지마라 너 즙으리 닉 아니라 **聖上이 바리시니 갈듸 업셔 예 왓노라** 이제란 功名을 흐直흐고 너를 좃츠 놀니라	白鷗야 풀풀 나디마라 나모 아니 즙으리라 **聖上ㅣ 바리시니 갈듸 읍셔 녜왓노라** 名區勝地를 어듸 어듸 보앗나냐 **仔細이 닐너든 너와 함쯰 놀니라**
병가 689번, 이삭대엽 (異本2)	병가 486번, 이삭대엽 (異本1)
白鷗야 놀너지 마라 너 잡을 닉 아니로다 **聖上이 브리시니 갈 곳 업셔 예 왓노라** 이직는 츠즈리 업스니 너를 좃녀 놀니라	白鷗야 말 무러보자 놀나지 마라스라 名區勝地를 어듸 어듸 보왓는다 날두려 **仔細이 일너든 너와 게가 놀니라**

*異本1『청진』(257)〔二數大葉〕南坡 /『병가』(486)二數大葉, 金天澤 /
『해주』(397)×, 金天澤 /『악서』(189)二數大葉, 金天澤 /『청홍』(231)〔二
數大葉〕, 金天澤 /『청영』(381)二數大葉, × /『동국』(37)羽數葉, × /『청육
』(338)界二數大葉, × /『가보』(105)둘쎡자즌흐엽, ×

*異本2『병가』(689)二數大葉, × /『악서』(292)二數大葉, × /『청영』
(298)二數大葉, × /『동국』(222)界面調, × /『고금』(126)〔隱遁〕×, × /『근
악』(145)〔隱遁〕×, × /『청육』(319)界二數大葉, × /『가보』(106)둘쎡자즌
흐엽, ×

*異本3『원국』(600)旕樂 /『원규』(599)旕樂 /『원하』(591)旕樂 /『원
육』(541)旕樂 /『원불』(543)旕樂 /『원박』(473)旕樂 /『원황』(468)旕樂
/『해악』(585)旕樂디르는낙 /『원일』(569)旕樂 /『협률』(580)旕樂 /『화
악』(596)旕樂

*異本4『원국』(112)頭擧 /『원규』(112)頭擧존자즌한닙 /『원하』(101)
頭擧 /『원육』(105)頭擧 /『원불』(105)頭擧 /『원박』(105)頭擧졸즈지난입
/『원황』(104)頭擧존즈지는입 /『해악』(109)頭擧 /『원가』(74)頭擧존즈
즌흐닙 /『원일』(110)頭擧 /『원동』(104)頭擧 /『협률』(104)頭擧 /『화악』
(106)頭擧

여기서는 보다 복잡한 노랫말 변용을 보이는 작품들을 살펴보겠
다. 위에 인용한『해악』109번과 585번 작품은 중종장의 노랫말 변

화가 큰 작품들로, 전기 가집인『병가』의 작품들과 함께 놓고 비교하지 않으면 본래 유사한 작품인지 판단하기 힘든 작품들이다. 이는 유사한 두 수의 작품을 수록하고 있는 전기 가집인『병가』의 사정도 마찬가지다. 그러나 네 작품을 함께 비교했을 때 서로의 노랫말이 복잡하게 얽혀 있고 새로운 노랫말 생성과 변화에 서로 관련되어 있음을 알 수 있다. 이 작품들이 서로의 상관으로 인해 생성된 노랫말이라고 볼 수 있는 근거는 중장의 "성상(聖上)이 바리시니 갈 듸 업셔 예 왓노라"와 종장의 "자세(仔細)이 닐너든 너와 함끠 놀니라"라는 구절이다.

이 작품들은 본래『병가』에서는 이삭대엽의 두 작품으로 수용된 작품이다. 가집 수록 양상을 보면,『청진』과『해주』에 수록되어 김천택의 작품으로 표기된 486번(『병가』)이 가장 이른 시기의 노랫말 형태임을 알 수 있다. 그 후『병가』와『악서』에 이르러서 두 작품이 모두 이삭대엽의 악곡에 실려 노래 불렸던 것으로 판단된다. 이 두 작품이 착종·변형되어 또 다시 다른 두 작품으로 만들어지며, 네 작품 모두가 이본인 것처럼 보이게 된 것은 후대인 가곡원류기에 들어서다.『해악』109번은『병가』689번의 영향이, 585번은 486번의 영향이 강하게 감지되지만,『해악』의 이 작품들은 우조 두거와 엇락의 악곡으로 재배치된 유사한 작품[이본]으로 볼 수 있으며, 두 작품이면서 이미지의 연속선상에 있는 한 작품으로도 볼 수 있다. 당대 전기 시조 작품들에 대한 곡해석의 다양성에서 파생된 작품 변모의 실상을 여실히 살필 수 있는 작품들로 판단된다.

三月 花柳 孔德里오 九月 楓菊 三溪洞을
我笑堂 봄바람과 米月舫 가을 달을
어즈버 六花 紛紛時 煮酒詠梅 호시러라

『해악』(159) 남창 반엇삭대엽.

九月 楓菊 三溪洞이요 三月 花柳 孔德里라
我笑堂 봄바람과 迷月舫 가을 둘을
어즈버 六花ㅣ紛紛時의 煮酒詠梅 호시더라

『해악』(715) 여창 율당삭대엽.

위 작품은 안민영의 작품으로, 『해악』과 『금옥총부』(100, 회계삭대
엽(回界數大葉))에서만 공출되는 작품이며 두 가집 모두 같은 악곡(반
엇, 율당, 회계삭대엽)에 수록되었다. 『해악』에서도 남창과 여창에 배
치되어 불리지만 악곡은 동일한데, 초장 노랫말을 보면 159번의 뒤
의 구절이 715번에서는 앞쪽에 위치하고 있음을 확인할 수 있다.
이 작품이 『가곡원류』의 편찬자 중의 한 명인 안민영의 작품이라는
점을 감안한다면, 이는 이형태(異形態)가 아닌 오기로 판단되는 부
분이다.

그러나 이러한 초장의 어구 도치 현상은 가집 『승평곡』의 기록에
따르면, 남녀창에 따라 사설의 형태를 바꿔서 부르는, 가창의 실질
에 입각한 작품 기록 방식임이 드러난다. 『승평곡』에는 이 작품이
8번째 율당삭대엽 곡목에 수록되어 있는데, 악곡명 소주(小註)에 따
르면 "여창이구월위초장(女唱以九月爲初章) 공덕리반계(孔德里反界)호
라"라는 기록이 부기되어 있다.[91] 즉 여창으로 부를 때는 '구월(九

月)'을 초장으로 삼고 '공덕리(孔德里)'에서 계면조로 바꿔 부르라는 것이다. 따라서 『해악』은 당대 가곡 연창의 실질이 여실히 반영된 가집임을 알 수 있는데, 남창에는 본래의 노랫말을 싣고 여창에는 당대의 가창 관습대로 초장 노랫말을 도치하여 수록하는 방식을 따랐음이 확인된다.

이러한 악곡과 노랫말의 결합이 어떠한 원리에 의해 이루어지는지에 대해서는 현재로서는 명확히 밝히기 어렵다. 그러나 이는 당대의 악조·악곡별 작품 재배치에 따라 시조의 노랫말이 어떻게 변화되는지를 단적으로 보여주고 있는 사례로 생각된다.

지금까지 가곡원류계 가집에 수록된 중복 작품들을 중심으로 악조·악곡 및 남녀창의 변화에 따른 작품 재수록 양상과 노랫말의 변화에 대해 살펴보았다. 가곡원류계 가집들에서 중출 시조 작품들의 노랫말을 살펴보면, 전기 가집의 노랫말을 그대로 수용하는 작품에서부터 완전 변개되는 작품에 이르기까지 다채로운 변화상을 접할 수 있으며 이 작품들은 같은 작품으로 혹은 이본으로 다뤄지기도 한다. 그러나 주목할 점은 이 작품들의 수록 양상이 가곡원류계 가집들에서 공통적으로 나타난다는 점이다.

"소상강(瀟湘江) 긴 듸 뷔여~"(『해악』 45번)는 가곡원류계 대부분의 가집에서 우조 이삭대엽으로 불리며, "소상(瀟湘) 반죽(斑竹) 길게 뷔여~"(200번)는 계면조 이삭대엽으로 불린다. "백구(白鷗)야 놀나지

마라~"(109번)가 우조 두거로 불리는 반면 "백구(白鷗)야 풀풀 나디
마라~"(585번)는 모두 엇락 악곡에 배속되어 있다. 이러한 현상은
중출되는 대부분의 작품들에서 나타나는 현상으로, 이는 악곡에 따
른 작품의 재배치 현상이 가곡원류계 가집들에서 나타나는 보편적
이고 전형적인 특징이라는 점을 말해주는 것이다.

악곡별 작품 재배치의 예는 다양한 형태로 나타난다. 또 다른 예
로, 가곡원류계 가집들에서 남창 소용 악곡을 살펴보면, 중여음(中
餘音)[92] 부분에 "오오우오오오우우", "아아아아아나하아"와 같은 구음
(口音)이 표기된 것을 볼 수 있다. 소용 악곡에 수록된 작품들이 여
창에서 불릴 경우 대부분 우락 악곡으로 배치되는데, 여기서는 이
구음이 모두 탈락된다. 따라서 이 구음 표기는 남창 소용의 중여음
부분에서 불릴 수 있는 가능성을 제시한 것이 아니라 반드시 불리
는 것임을 보여주는 것이다. 또한 이 구음 표기를 생략할 경우 해당
부분에 군이 '구호상동(口號上同)' 혹은 '중념상동(中念上同)'이라고 기
록하는 것은 이 부분이 단순한 여음이 아니라 노랫말의 일종으로
기능하고 있음을 보여주는 근거라 하겠다. 이는 소용 악곡에 맞게
노랫말을 변용한 당대 가곡 연창 문화의 한 현상이다.

지금까지는 가곡원류계 가집들에서 나타나는 중복 수록 작품의
문제, 이에 따른 이본 작품에 대한 문제를 설명하기 위해 노랫말
변이가 뚜렷한 작품들을 중심으로 살펴보았다. 그러나 가곡원류계
가집들에서 나타나는 중복 수록 작품들의 경우 대부분은 같은 노랫

---

92) 『해악』에는 원전에 '口號'라고 표기되어 있으며 『원국』에는 '中念'이라고 표기된다.

말의 작품들이다. 『해악』의 경우 76수의 중복 작품 중 노랫말 변이
가 두드러지게 나타나는 작품은 불과 12수 정도에 그친다.[약 16%][93]
대부분은 이본으로 판단하기 힘든 작품들로, 곡 해석 및 악곡에 따
른 작품 재배치와 노랫말의 변화상을 설명하는 데는 적합하지 않은
텍스트들로 보이며, 그간 가곡원류계 가집들의 문제로 지적되었던
기존 작품들의 재수록 양상을 설명하는 데도 어려움이 있다. 그러
나 중복 수록 작품에 대한 관점을 문학 텍스트가 아니라 음악·연행
텍스트로 옮기면 이러한 작품들 역시 악곡 변화에 따른 재배치에
의한 작품 수록이라는 것을 알 수 있다. 즉 가창의 실질에 중심을
둔 가곡원류계 가집 편찬의 실상에서 본다면, 이 동일 작품들은 곡
조나 악곡에 따라 하나의 노랫말이면서 두 개의 노래로써 기능하는
것이다.

　곡 해석에 따라 한 노랫말을 다양한 악곡에 실어 향유하거나, 악
곡에 맞게 노랫말을 변용하여 향유하는 현상은 당대 가곡 가창 문
화의 풍요로움에서 비롯되었다. 박효관이 발문에서 "우조와 계면조
는 본래 고정된 것이 아니고, 또한 그 변해 옮겨감에도 그때그때의
형편에 따라 하는 것이니, … 한갓 가보 상의 명목만으로 편벽되게
고집하지 않는 것이 좋다"[94]고 언급한 것 역시 이러한 당대 가곡 문
화 양상이 여실히 반영된 것으로 볼 수 있을 것이다.

---

93) 이는 『역대시조전서』의 노랫말 분류에 따라 이본 처리된 작품만을 따져 수치를
　　산정해 본 것이다.
94) "羽界本非係着者 亦推移有權變之度 … 非徒以譜上名目偏執 可也", 「박효관 발문」,
　　『원국』.

3) 가곡원류기 작가의 작품 수록 양상

가곡원류계 가집에는 기존 가집에서는 볼 수 없었던 작가들이 등장한다. 박효관과 안민영을 비롯하여, 송종원, 임의직, 박영수, 호석균 등 10여 명의 작가들이 등장하는데, 이 작가들의 작품들은 가곡원류계 가집 별로 그 수록 유무가 서로 다르게 나타난다. 이는 곧 가집별 편찬·향유 기반에 따라 그 양상이 다르게 나타나는 것으로 볼 수 있다. 가집 별로 수록된 가곡원류기 작가 작품 수를 제시해 보면 다음과 같다.[95]

	박효관	안민영	송종원	임의직	박영수	호석균	김학연	대원군	이재면	이상두	김민순	김문근	김윤석
해악	13	72	8	6	5	1		1	1	1	1	1	1
원연	13	31	8	5	5	1		2	1	1	1	1	
원황	13	31	8	5	5	1		2	1	1	1	1	
원국	14	41	8	6	5	4	1	2	2	1	3		
원일	13 (5)	21 (9)	9 (1)	5 (2)	5 (2)	3 (16)	1	2 (1)	1	1	3		
협률	13	18	8	6	5					1	3	1	
원가	4	2	3	2	3		1			1	2		
화악	11	18	5	6	5	3	3	2	1	1	2		
원하	5	13	8	6	5		1	2	2	1	3	1	
원동	11	19	8	5	5					1	2	1	
원불	14	21	8	6	5					1	2	2	
원육	14	21	8	6	5					1	2	2	

---

95) 『원일』에서 ( ) 안의 수치는 가집 후반부의 작품 수록 수를 별도로 제시한 것이다. 『원일』의 편제에 대한 상세한 설명은 제Ⅲ장 2절 2항의 "(2) 일석본의 편찬 특징"에 정리하였다.

이 시기 작가 중 대표적인 인물은 단연 안민영을 꼽을 수 있다. 안민영 작품의 대부분은 가곡원류계 가집에 수록되어 있는데, 그의 작품들은 가곡원류계 가집의 편찬 기반 및 충위를 추정·가늠하는 데 핵심적 정보를 제공한다. 안민영 작품에 대해서는 이 항목 마지막에서 상세히 다룰 것이다.

다음으로 많은 작품이 수록된 작가는 박효관, 송종원, 임의직, 박영수 등을 들 수 있다. 박효관의 작품은 가집에 따라 13~14수 정도가 수록되며 대체로 비슷한 양의 작품이 수록되는 양상을 보인다. 『화악』과 『원동』의 경우는 뒷부분이 누락된 가집이라는 점을 감안하면 될 듯하고, 『원하』의 경우는 안민영의 작품과 함께 박효관의 작품도 의도적으로 탈락된 경우로 볼 수 있다. 송종원, 임의직, 박영수의 작품은 대부분의 가집에서 유사한 작품 수록 양상을 보이는데, 이는 앞서 언급했듯 이들의 작품이 이미 가곡원류계의 편집 틀에 포함되어 정착된 형태로 전승되었기 때문이다.

대원군과 이재면의 경우는 작가 명기가 정확하지 않은 작품들이다. 이들은 당대 최고 권력자들이자 박효관·안민영 예인 그룹의 후원자였지만, 가곡원류계 가집에 이들의 작품은 많지 않다. 최고 좌상객으로서 감상과 향유가 그들의 역할이며, 작품의 창작은 그들의 몫이 아니었다. 그중 대원군의 작품으로 추정되는 작품들은 작가명이 명확하게 기입되지 않는 경우여서 논란이 있을 수 있다. 이재면 작품은 안민영 작품으로 알려진 "호방(豪放)헐쓴 뎌 늙으니~"로, 가곡원류계 가집에서 대부분 이 작품이 이재면의 작품으로 기록된다. 이는 앞서 설명했듯이 이 작품의 작가가 안민영이 아닌 이재면으로 향유되거나 내세워질 만한 향유 기반이 조성되었던 까닭이다.

호석균과 김학연의 작품은 주로『원국』·『화악』·『원일』에 수록되었다. 호석균은『원국』에 "류운애도장제(遊雲翁道庄製)", "회음어운대산방작(會飮於雲坮山房作)"이란 소주(小註)들이 남아있는 것으로 보아 박효관의 운애산방에 자주 출입했던 인물로 보인다.『원일』의 후반부에는 16수나 되는 작품이 대거 수록되는데, 거기에 "전가덕첨사(前加德僉使)"란 기록이 남아 있다. 호석균은 박효관과의 관련 기록이 남아있는 것으로 보아 '노인계'와 연관된 인물이 아닌가 추정된다. 김학연은 자(字)가 병교(鈵敎,『화악』)인 인물로만 알려져 있고 다른 정보는 확인되지 않는다. 그 외 작가들의 작품들은 가집별로 약간의 수록 차가 있을 뿐, 수록된 가집들의 성격을 좌지우지할 정도의 작품 수록 특징은 보이지 않는 것으로 판단된다.

가곡원류기 작가들의 작품은 박효관·안민영을 제외하고는 대부분 이삭대엽 계열에 수록되는 특징을 보인다. 박효관의 작품 역시 초삭대엽과 소용에 수록되는 몇 작품을 제외하고는 모두 이삭대엽, 중·평·두거에 수록되었다. 이러한 양상은 앞서 작품 배열 및 구성에서 살펴본 것처럼 박효관, 송종원, 임의직 등의 작가들은 이미 이 시기에 기존 작가와 같은 대우를 받는 위치에 있었기 때문이었을 것으로 생각된다.

다른 가집과 비교해 볼 때 특징적인 가집으로 먼저『해악』을 들 수 있다. 안민영의 작품이 무려 72수나 수록되었으며 유일하게 김윤석의 작품이 한 수 수록되어 있다. 주지하듯 김윤석은 안민영과 함께 가곡 선별 작업을 함께 한 인물이다.[96)]『원연』·『원황』은 다른 가곡원류계 가집과 비교해 볼 때 비등한 수치의 작품들이 수록되었다. 다만 안민영 작품의 수록 수가 다른 가집들에 비해 적지 않은 양이고, 그중『해악』과만 공출되는 작품이 4수이다.『원국』은 대체로 작가별로 평균 이상의 작품들이 수록되었다는 느낌을 받는다. 안민영의 작품 역시 41수나 수록되었다. 편찬자가 이 시기 작가 작품들을 고루 수록하려 한 인상이 강하게 감지되는 작품 수록 양상이다.『원일』가집 후반부[卷四]에는 이들 작품 외에 다른 가집에서는 볼 수 없는 새로운 작가－이수강(李洙康), 나지성(羅志成), 하순일(河順一), 최진태(崔眞台) 등－의 작품들이 수록되어 있다.『협률』은 총 828수나 수록된 가집치고는 이 시기 작가들의 작품이 많이 수록되지 않는 양상이다. 어찌 보면 이러한 면을『협률』의 특징으로 볼 수 있을 것이다.『원가』는 초록(抄錄)의 성격을 띠는 가집으로 가곡원류기 작가들의 작품이 많지 않다. 비율로 보자면, 다른 작가들에 비해 박효관·안민영의 작품들이 대폭 줄어든 양상이다.『원하』는 849수의 작품이 수록된 가집인데, 다른 가집에 비해 박효관·안민영 작품이 대거 탈락된 모습이다. 다른 작가들의 작품 수록 수는 다른 가집들과 비슷한 수치라는 점에서 박효관·안민영 작품의 탈락 현상은 이 가집만의 특징으로 삼을 수 있다.『원동』·『원불』·『원육』은 대체로 유사한 수록 양상을 보이며 호석균, 김학연 등의 작품은 수록되지 않았다.

　이상 가곡원류기 작가의 작품 수록 양상에 대해 간략히 검토하였

---

96)「안민영 서문」에 기록된 내용을 참조할 수 있다.

다. 이 시기 작가 중 가곡원류계 가집에 가장 영향을 끼친 인물은
안민영이다. 앞서 작품 배열 양상에서 확인했듯이, 박효관을 비롯
한 가곡원류기 작가의 작품들은 전기 작가들의 작품들과 함께 이미
편제적 틀에 포함되어 작품이 배열되고 있었다. 이에 비해 안민영
의 작품들은 대부분 악곡별 마지막 부분에 수록되는 특징을 보인
다. 이런 면에서 볼 때 안민영은『가곡원류』편찬의 주도적 인물이
었으며 실질적으로 모든 것을 총괄한 인물이 아닌가 생각된다. 안
민영 작품이 가장 많이 수록된『해악』에서부터 대거 탈락되어 있는
『원하』에 이르기까지 안민영 작품의 수록 유무는 가곡원류계 가집
에 어떠한 방식으로든 영향을 끼치고 있다고 할 수 있다.

   현전하는 안민영 작품 중 잘 알려진 것으로 〈매화사〉 8수를 들
수 있다. 〈매화사〉는 안민영의 작품 중 가장 높은 평가를 받아온
작품으로, 박효관의 매화 분재를 보고 감흥을 얻어 지은 것이라 한
다. 〈매화사〉 '우조 일편 팔절(羽調 一編 八節)'은 단순히 8수를 이어
만든 연시조가 아니라 각 악곡의 격조에 맞게 노랫말의 결합을 추
구한 완성도 높은 연작시라는 점에서 그 의미가 적지 않은 작품이
다.[97] 명성에 걸맞게 이 작품들은 가곡원류계에도 폭넓게 수록되는
양상을 보인다.

   가곡원류계 가집에 수록된 안민영 작품들을 모두 살펴보는 것은
여러 면에서 비효율적일 것으로 생각되어 〈매화사〉를 비롯한 남창

---

97) 이에 대해서는 성기옥의 「한국 고전시 해석의 전망과 과제−안민영의 〈매화사〉」(『진
   단학보』 85, 진단학회, 1998)과 성무경의 『금옥총부』를 통해 본 '운애산방'의 풍류세
   계」(『조선후기, 시가문학의 문화담론 탐색』, 보고사, 2004)를 참조할 수 있다.

가곡 우조에 수록된 작품들을 통해 안민영 작품 수록 양상의 분위기를 가늠해 보고자 한다. 다음은 가곡원류계 가집 우조에 수록된 작품들의 내용을 정리한 것이다.[98]

해악	원국	원연·원황	화악	원불·원육	협률	원하
매화사 제1	매화사 제1	매화사 제1	매화사 제2	高宗 즉위하축	매화사 제1	석파대로 난초사 제2
석파대로 난초사 제1	석파대로 난초사 제1	석파대로 난초사 제1	洪相國의 詩	매화사 제1	매화사 제2	운애 박선생
又石尙書 이재면	又石尙書 이재면	又石尙書 이재면	1875년봄 선생 直房에서 음주	매화사 제2	매화사 제3	高麗 회상
高宗 즉위하축	매화사 제2	매화사 제2	매화사 제3	매화사 제3	매화사 제4	
국태공 병인양요	문경 龍湫	운애 박선생	매화사 제4	매화사 제4	매화사 제5	
매화사 제2	連豊 李上舍 산장 방문	매화사 제3	매화사 제5	매화사 제5	매화사 제6	
운애 박선생	운애 박선생	매화사 제4	매화사 제6	매화사 제6	매화사 제7	
三溪洞 昇平曲	운애 박선생	1875년봄 선생 直房에서 음주	석파대로 난초사 제2	매화사 제7	매화사 제8	
운현궁 後園	매화사 제3	매화사 제5	매화사 제7	매화사 제8		
이재면 楊洲 德寺 풍류	매화사 제4	매화사 제6				
박사준 외 운애산방 방문	洪相國의 詩	석파대로 난초사 제2				

98) 표를 통해 볼 때, 같은 행이더라도 같은 악곡에 수록된 작품을 뜻하는 것은 아님을 밝혀둔다. 가집별로 악곡별 작품 수나 위치가 조금씩 다른데, 논의의 효율성을 위해 수록된 작품 순서와 수, 그 내용을 알 수 있도록 제시한 것이다.

매화사 제5	매화사 제5	매화사 제7				
경복궁 중건 하축	매화사 제6	매화사 제8				
매화사 제7	석파대로 난초사 제2					
석파대로 偃息處	매화사 제7					
매화사 제8	석파대로 偃息處					
봄 공덕리 가을 삼계동	매화사 제8					

가곡원류계 가집 남창 우조 8개 악곡－우조 초삭대엽에서 율당 삭대엽까지－에 수록된 안민영 작품들을 그 수록 순차에 따라 나열해 보았다. 그 결과『해악』이나『원국』처럼 안민영 작품이 많이 수록된 가집에서부터 얼마 수록되지 않은『원하』까지 다양한 수록 양상을 확인할 수 있었는데, 그중 〈매화사〉 8수의 수록 양상이 눈에 띄게 나타난다. 안민영 작품이 가장 많이 수록된『해악』에는 5수만이 수록되었고『화악』에는 6수가 수록되었으며, 『원하』에는 한 수도 수록되지 않았다. 나머지 가집들에는 8수 모두 다 수록되었다.

그중 몇 가집의 수록 양상을 살펴보면, 『해악』의 경우, 우조에 수록된 안민영 작품들의 주제 및 내용은 대부분 대원군과 이재면을 위한 작품들임이 확인된다. 병인양요 시 대원군의 풍모라든가 대원군의 안식처에 대한 예찬, 이재면의 가곡 풍류에 대한 모습 등을 담아낸 작품들이 대부분이라 할 수 있다.『원국』역시 대원군과 이재면 관련 작품이 수록되어 있지만, 다른 주제의 작품들도 수록되는 등『해악』에 비하면 주제의 범위가 다소 넓어진 것으로 보인다.

『해악』과 『원국』 등의 이러한 수록 양상과 비교해 본다면, 『협률』과 『원불』·『원육』에서 보이는 안민영 작품의 수록 양상은 상당히 특징적이다. 특히 『협률』의 경우는 〈매화사〉 작품들만을 배치했다는 점에서 가집 편자의 의도성이 짙게 배어나는 편집 방식으로 볼 수 있겠다.

가곡원류계 가집의 편찬에서 대원군을 비롯한 왕실과의 연관성을 생각해 볼 때, 안민영 작품의 수록 양상은 어떠한 방식으로든 가집의 성격을 확인할 수 있는 중요한 요소임이 분명하다. 여기에 수록된 작품만으로 특정 가집의 전체적 성격을 진단할 수는 없지만 그 대략적 성격을 가늠하는 데는 무리가 없을 것이다. 왕실 지향적 작품이 많이 수록된 것도 의미를 부여할 수 있겠지만, 우조에 〈매화사〉 작품만 수록된 것도 적지 않은 의미가 있다고 할 수 있다. 특히 다른 주제·내용의 작품들이 거의 탈락되면서, 문학적·음악적으로 연작의 의미를 갖는 〈매화사〉 전편이 수록되었다는 것은 더 특별한 의미로 다가온다. 다시 말해, 『협률』, 『원불』, 『원육』과 같은 양상은 『가곡원류』의 태생적 기반이었던 왕실 소용·지향적 향유 기반보다는 이 연작 작품들의 가치가 인정되던 시기의 향유 기반이 반영된 것이라고 해석할 수 있다. 안민영 작품 수록의 이러한 변화 양상은 특정 가집의 편찬·향유 간의 변화와 긴밀히 조응하며 나타난 결과로 볼 수 있을 것이다. 이에 대해서는 이후 Ⅲ장을 통해 가곡원류계 가집들의 구체적인 양상들을 논의하는 자리에서 보다 상세히 다루고자 한다.

III

가곡원류계 가집의 편찬 특성과
전변 양상

1. 해동악장 계열 가집의 편찬과 전변

『해동악장』(해악)은 가곡원류계 가집 중 가장 많은 시조 작품인 총 874수가 수록된 가집이다. 그러나 이러한 기본적인 특징에도 불구하고 『해악』에 대한 기존 논의들은 그리 많지 않다.[1] 안민영의 가집 편찬과 관련해서는 논의된 바 있지만,[2] 『해악』만을 대상으로 다룬 논문은 극소수이다.[3] 이러한 이유는 아마도 『가곡원류』에 대한 논의가 가곡원류계 가집의 최선본으로 평가되는 국립국악원본

[1] 『해악』의 기본 편제와 특징에 대해 언급한 논의들은 다음과 같다. 김근수, 「歌曲源流攷」, 『명대논문집』 1, 명지대학교, 1968; 심재완, 『시조의 문헌적 연구』, 세종문화사, 1972; 황순구, 「가곡원류 해제」, 『시조자료총서』 3, 한국시조학회, 1987; 황충기, 『가곡원류에 관한 연구』, 국학자료원, 1997.

[2] 김현식, 「안민영의 가집 편찬과 시조문학 양상 연구」, 서울대학교 석사학위논문, 1999.

[3] 최근까지 『해동악장』 개별 가집을 대상으로 서술된 논문은 필자의 「가집 『해동악장』의 작품 수록 양상과 편찬 특성」(『어문연구』 136, 한국어문교육연구회, 2007)이 유일하다. 여기 제III장 1절의 "1) 왕실 소용적 성격의 가집 편찬과 안민영의 영향"은 이 논문의 내용을 수정·보완한 것임을 밝힌다.

(원국)에 초점이 맞춰져 있었기 때문이 아닌가 한다. 『해악』의 작품 수가 양적으로 가장 많다고 하더라도『원국』과는 불과 18수밖에 차이 나지 않으며 악곡 체계 또한『원국』과 대부분 일치하기 때문에, 『해악』에 대한 논의는『원국』을 설명하는 보완적인 수준에 머물렀던 것으로 보인다.

그러나『해악』에는『가곡원류』의 편찬 시기를 추정할 수 있는 「안민영 서문」이 남아 있고, 다른 가곡원류계 가집에 비해 상당히 많은 양의 안민영 작품이 수록되어 있으며, 또한 가집 편찬자의 의도적 편집 성향이 드러난다는 점에서 이 가집이 갖는 중요성은 쉽게 간과할 만한 것이 아니라고 생각한다. 특히『해악』의 이러한 특징들은 가곡원류계 가집들의 편찬 층위를 가늠할 수 있는 미묘한 지점에 위치하고 있다는 점에서 더욱 그러하다.

필자는 안민영과의 관련성을 들어『해악』을 왕실 소용적 성격의 가곡원류계 가집이라고 진단한 바 있다.[4] 여기에서는 이 논의를 참조하면서『해악』의 편찬 특성에 대해 살펴보고, 또한 해동악장 계열, 다시 말해 왕실 소용적 성격의 가집 편찬 경향을 보이는 연세대본(원연)·구황실본(원황)·박상수본(원박) 등의 가집에 대해서도 검토하고자 한다.

---

4) 강경호, 앞의 논문, 한국어문교육연구회, 2007.

1) 왕실 소용적 성격의 가집 편찬과 안민영의 영향

(1) 『해동악장』의 편제와 특징

『해악』은 시조 작품 총 874수[남창 658수, 여창 216수]가 악곡별로 수록된 가집이다. 본 연구의 대상으로 삼은 『해악』(황순구本)[5]은 건(乾)·곤(坤)으로 나눠진 가집으로, 건편에는 악론(樂論) 관련 기록[6]과 남창 우조 초중대엽에서부터 남창 계면조 두거까지의 시조 작품들이, 곤편에는 남창 계면조 삼삭대엽에서부터 여창 편삭대엽까지의 작품들과 결종창대(関終唱臺)에 해당하는 〈태평가〉가 수록되어 있다.

가집 서두부의 기록에서 주목할 사항은 「논영가지원(論詠歌之源)」과 「안민영 서문」이 기록되었다는 점이다. 「논영가지원」은 『금옥총부』(금옥)에도 실린 「논오음지용유상생협률(論五音之用有相生協律)」과 같은 내용이며 '운애 박경화(雲崖 朴景華)'의 글로 명시되어 있다. 「안민영 서문」 역시 『금옥』에 수록된 기록이다. 『해악』과 『금옥』의 이 두 기록의 내용은 대동소이하지만 『금옥』에는 「논오음지용유상생협률」에 이어 「박효관 서문」(口圍東人安玟英 字聖武又荊寶號周翁 口圍東人卽國太公所賜號也~)이 기록되었다는 점이 다르다. 「안민영 서문」의 경우에도 일부 구절의 차이가 나타나고 특히 간기가 다르다는 것이

---

5) 황순구 편, 『시조자료총서』 3(한국시조학회, 1987)에 수록되어 있다.
6) 다른 가곡원류계 가집처럼 『能改齋謾錄』의 「歌曲源流」와 「論曲之音」 항목이 있고, 이어 세 악조[평조, 우조, 계면조]의 風度形容과 「歌之風度形容十五條目」, 「매화점장단」이 수록되어 있다. 다른 가집들도 이와 비슷한 양상이므로 가집별로 서두부의 樂論 부분에 대한 언급은 이것으로 대신한다.

큰 차이점이다.[7] 주지하듯 『해악』「안민영 서문」의 간기인 병자년
(1876)은 『가곡원류』의 편찬 연대를 추정하는 근거로 활용된다.

   한편 본 연구에서 대상으로 삼은 『해악』(황순구본)은 기존 논의에
서 소개된 『해악』과는 그 서지 정보에서 약간의 차이를 보이는데,
특히 작품 총수와 악곡 표기에서 차이를 나타내고 있음이 확인된
다. 기존 논의에서 제시된 서지 사항을 참고하여 간추려 보면 다음
과 같다.[8]

   多田正知본: 舊 趙東潤家소장본으로 소개. 乾坤으로 구분됨.
              총 870수.(남창 655수, 여창 215수)
   심재완本 : 건곤으로 구분되지 않음. 총 874수.
              (남창 658수, 여창 216수)
   김근수本 : 舊王宮舊藏本으로 소개. 건곤으로 구분됨. 총 873수.
              (남창 657수, 여창 216수)
   황순구本 : 舊王宮圖書館 舊藏本으로 소개. 건곤으로 구분됨.
              총 874수.(남창 658수, 여창 216수)

   위 소개들을 참고해 보면, 몇 이본 간의 정보가 조금씩 다르다는
것이 확인된다. 먼저 김근수본의 경우는 계산상 작품 1수의 누락

---

7) 『금옥』의 「안민영 서문」에는 1880년으로 기록되었다.
8) 多田正知, 「靑丘永言と 歌曲源流」, 『朝鮮論集』(小田先生頌壽記念會 編), 1934.
   논문에는 작품 수가 871수로 나와 있으나 악곡별 작품 수를 합산한 결과 870수로
   확인되었다. 김근수, 앞의 논문, 1968; 심재완, 앞의 책, 1972; 황순구, 앞의 논문,
   1987. 편의상 소개자의 이름을 붙여 이본명을 지칭하였다.

정도로 판단되며 '구왕궁 소장'으로 소개되는 것을 볼 때 황순구본
과는 같은 이본이 아닌가 생각된다. '다다 마사토모[多田正知]본'은
남·여창의 작품 수록 수, 악곡 명칭, 작품 총수에서 황순구본과 약
간의 차이가 난다. 심재완본은 황순구본과 수록 작품 수가 같아 동
일한 이본인 것으로 생각되지만 가집이 건·곤으로 분권되지 않았
다는 점에서 황순구본과는 차이를 보인다. 또한 악곡 표기에서도
심재완본은 엇락이 없다고 소개되는데 황순구본에는 엇락이 기록
되어 있어 두 이본의 차이를 확인할 수 있다.[9] 이러한 이본들의 차
이는『해악』원본이 전사·유포되는 과정에서 생긴 변화로 볼 수 있
는데, 원(原)『해악』이든 다른 전사본이든 그 저본을 필사하면서 생
긴 결과로 판단된다.

　이렇듯『해악』은 대략 4종 정도의 이본이 존재하는 것으로 확인
된다. 이는 가곡원류계 가집들 중에서는 비교적 많은 개별 이본이
있는 것으로『해악』의 유포와 전승이 다른 가곡원류계 가집에 비해
적지 않게 이루어졌다는 것을 말해준다.[10]

　다음으로『해악』의 편찬 체제를 살펴보겠다.

---

9) 심재완, 앞의 책, 1972, 57면. 심재완은 다다 마사토모[多田正知]본과의 차이를
　설명하면서 "羽樂(本攷本은 羽擧), 旕樂(本攷 引用本에 없음)이 있어 本攷引用本
　과 차이가 있다"고 하였는데, 즉 羽擧[羽樂]와 旕樂이 합쳐져 모두 '羽擧'로 표기되
　고 있다. 그러나 황순구본도 우락을 '우거'로 표기하고 있다는 점에서는 같다.
10) 필자의 역량 부족으로 다른 이본들은 아직 입수하지 못하였지만, 황순구본만으로
　도『해악』이라는 가집의 특성과 그 문화상을 살펴보는 데는 큰 무리가 없을 것으로
　판단된다.

羽　調　初中大葉(1~3)　長大葉(4)　三中大葉(5~6)

界面調　初中大葉(7)　二中大葉(8)　三中大葉(9)

　　　　後庭花(10)　臺(11)

羽　調　初數大葉(12~25)　二數大葉(26~60)　羽中擧(61~80)

　　　　平擧(81~99)　擧頭〔*頭擧〕(100~121)　三數大葉(122
　　　　~140)

　　　　搔聳(141~153)　半旕數大葉(154~159)

界面調　初數大葉(160~163)　二數大葉(164~241)　中擧즁허리
　　　　드는쟈즌한닙(242~294)　平擧막니는즈즌흔닙(295~359)

　　　　頭擧즌즈즌한닙(360~427)　三數大葉(428~450)

　　　　蔓橫(451~475)　弄歌(476~562)〔弄歌：476~531/界
　　　　樂：532~562〕羽擧〔*羽樂〕(563~581)　旕樂디르는낙
　　　　(582~609)　編樂(610~616)　編數大葉(617~646)　旕編
　　　　디르는편(647~658)

(여창)

羽　調　初中大葉(659)

界面調　二中大葉(660)

　　　　後庭花(661)　臺(662)　將進酒(663)　臺(664)

羽　調　二數大葉(665~680)　中擧(681~690)　平擧(691~698)

　　　　頭擧(699~712)

　　　　栗糖數大葉(713~715)

界面調　二數大葉(716~743)　中擧(744~765)　平擧(766~789)

　　　　頭擧(790~805)

　　　　弄歌(806~821)　羽樂(822~840)　界樂(841~856)　編
　　　　數大葉(857~873)

　　　　関終唱臺(874)

『해악』은 대체로 정연한 악곡별 편제를 보이는 가집이다.[11] 『해악』의 편제를 『원국』을 비롯한 다른 가곡원류계 가집들의 편제와 비교해 보면 그 대강이 크게 다르지 않음을 알 수 있다. 그러나 세부적으로는 미묘한 차이들이 감지되는데, 특히 악곡별 작품 수록 양상에서 차이가 나타남을 확인할 수 있다.

『해악』과 『원국』(856수)은 작품 총수에서 18수의 차이가 난다. 악곡별로 그 차이가 두드러지게 나타나는 부분은 남창 편삭대엽—『해악』 30수, 『원국』 22수—과 여창 계면조 이삭대엽—『해악』 28수, 『원국』 16수—이다. 두 가집 간 비교에서 각 악곡별로 1~3수 정도의 넘나듦이 보이긴 하지만, 특정 악곡에서 이렇게 많은 작품의 차이를 보인다는 것은 가집 편찬자의 의도적인 작품 수록이 이루어졌음을 말해준다. 확인 결과, 이 부분의 차이는 안민영 작품의 수록 유무에서 기인한 것이다.

두 가집의 내부를 좀 더 자세히 들여다보면, 악곡별 작품 수가 큰 차이를 보이지 않는 악곡이라도 안민영의 작품에 따라 그 수록 양상의 편차가 크게 나타남이 확인된다. 남창 우조 초삭대엽·중거, 반엇삭대엽, 계면조 평거·두거, 여창 우조 이삭대엽, 계면조 중거·평거, 계락 등 여러 악곡에서 이러한 양상을 재차 확인할 수 있었

---

11) 『해악』의 악곡 표기에서는 몇 異稱과 누락이 보인다. 남창 우조 頭擧가 '擧頭'로, 羽樂이 '羽擧'로 표기되어 있는데 이를 단순히 오류로 판단하기 보다는 당대 향유 문화상을 반영하는 것으로 보는 것이 좋겠다. 남창 농가에는 계락이 포함되어 표기 되었으므로 '농가'와 '계락'으로 구분 지어야 한다. 또한 앞서 언급했듯이 旕樂은 심재완본과는 달리 황순구본에는 표기되어 있기 때문에 이에 따라 이 부분의 작품 은 旕樂으로 보면 된다.

는데, 요컨대『해악』의 '가곡원류계 가집 중 최다 작품 수록'이라는 특징은 안민영 작품이 대거 수록된 데에서 비롯된 것이다. 또한『가곡원류』편찬의 실질적 인물인 안민영의 작품이 다른 가곡원류계 가집에 비해 상당수가 수록되었고 그 작품들이 가집 편제나 악곡별 작품 배치에 상당한 영향을 끼친다는 점은『해악』만의 특징으로 주목해야 할 사항이다.

(2) 안민영의 영향과 작품 수록의 특징

① 안민영의 영향

『해악』과 안민영의 관련성은 우선 그의 개인 가집인『금옥』과의 친연성을 통해 알 수 있다.『해악』은 다른 가곡원류계 가집들에 비해『금옥』과의 친연성이 두드러진 가집이다.『해악』총 874수 중 70수가『금옥』과 공출되는 것으로 확인된다.

『해악』다음으로『금옥』과의 공출 작품 수가 많은 가집은『원국』이다.『원국』과『금옥』이 공출되는 작품 수는 41수로,『해악』은 이에 비해 대략 2배에 가까운 수록 양상을 보인다. 그러나 이보다 중요한 점은『해악』과『금옥』, 이 두 가집에만 수록된 작품이 33수나 된다는 점이다. 이는『원국』·『원하』·『원일』등이 1수인 것에 비하면 현저히 많은 수의 작품이 수록된 것이다. 이러한 점들을 통해 보자면『금옥』이 편찬되기 이전에 안민영 작품이 가장 많이 수록됐던 가집은『해악』이었던 것으로 판단할 수 있다.『금옥』이 편찬될 당시 작품의 1/3은 이미『해악』에 수록되어 있었다.

이처럼『해악』에『금옥』(1880)과 공출된 작품이 많다는 것은 다른 가곡원류계 가집들에 비해 그만큼 후대적(後代的) 양상을 보이기 때문이 아닌가하는 의문을 가질 수 있다.[12] 그러나 이러한 의문은 안민영 작품의 노랫말 비교를 통해 그 선후 관계 및 관련성을 확인함으로써 해결될 수 있을 것으로 보인다. 안민영의 개인 소가집『승평곡』(1873)[13]에는 그의 작품 12수가 수록되어 있는데 이 중 몇 작품이 『해악』을 비롯한 몇 가곡원류계 가집에도 수록되어 있어 가집 간 노랫말을 비교하는 데 좋은 기준이 된다.

승평곡(1)	해악(24)
上元 甲子之春의 우리 聖上 卽位신져 堯舜을 法바드사 光被四表 ᄒ오시니 **美哉라 億萬年 東邦氣數ㅣ 닐로부터 비로삿다**	上元 甲子之春의 우리 聖上 卽位신져 堯舜을 법바드샤 光被四表 ᄒ오시니 美哉라 億萬年 東方氣數ㅣ**일노븟허** 비로삿다
금옥(1)	원동(21) (원육, 원불)
上元 甲子之春에 우리 聖上 卽位신져 堯舜을 法바드스 光被四表 허오시니 美哉라 億萬年 東方紀數ㅣ 이로좃ᄎ 비로삿다	上元于 甲子之春에 우리 聖主 卽位신져 堯舜을 法바드샤 光被四表 ᄒ오시니 **物物이 春風和氣를 씌여 同樂太平ᄒ더라**

---

12) 이에 대한 대표적 논의로는 황충기(「靑丘樂章 解題」, 『靑丘樂章』, 푸른사상사, 2006)의 논의를 들 수 있는데, 황충기는 가곡원류계 가집 중『원하』를 가장 이른 시기의 이본으로 보고 있으며, 그 다음으로는『원육』(청구악장),『원국』을 들고 있다.

13)『승평곡』은 '昇平稧 賀祝'이라는 題下에 12수의 작품을 악곡에 맞게 배열·수록하고 있는 소가집인데, '跋文'(『해악』,『금옥』의 '안민영 서문'임) 말미에 "聖上 즉위 11년 端陽節(5월)에 鏡湖에서 돌아온 나그네 안민영, 字 聖武 號 周翁 序. 癸酉(1873) 오월 하순"이라는 간기가 기록되어 있어 이 가집이 1873년, 안민영에 의해 만들어진 가집임을 알 수 있게 한다. 가집『승평곡』과 관련해서는 다음의 논의들에서 상세히 다뤄졌다.
이동복, 「박효관의 생애와 업적에 관한 연구」, 『국악원논문집』14, 국립국악원, 2002; 송원호, 「안민영의『승평곡』연구」, 『어문논집』47, 민족어문학회, 2003; 김석배, 「승평계 연구」, 『문학과 언어』25, 문학과 언어학회, 2003; 김석배, 「승평곡 연구」, 『퇴계학과 한국문화』36, 경북대 퇴계연구소, 2005.

이 작품은『승평곡』과『금옥』의 1번 작품으로, 고종 등극(1864)을 하축(賀祝)하며 태평성대를 기원한 노래이다. 이 작품은 위 여섯 가집에서 찾아볼 수 있는데, 종장의 노랫말 비교를 보면『해악』·『승평곡』·『금옥』이 유사하고,『원육』·『원불』·『원동』이 같은 형태의 노랫말을 보이고 있음이 확인된다. 또한『해악』의 노랫말이『금옥』보다는『승평곡』과 더 닮아있다는 점에서 시기적으로나 노랫말의 변형 과정에서나『승평곡』과『금옥』의 중간적 양상을 보인다고 할수 있다. 다시 말해『해악』의 노랫말은 그 형태가『승평곡』과 유사하다는 점을 통해 볼 때,『해악』에는 다른 가곡원류계 가집보다 시기적으로 이른 시점에 형성된 노랫말이 수록된 것을 알 수 있다.[14]

두 유형의 종장 노랫말을 살펴보면, 그 궁극적 의미 지향은 둘다 '고종 등극에 대한 송축(頌祝)과 찬양(讚揚)'이라는 점에서 큰 차이가 느껴지지 않는 듯하다. 그러나 '미재(美哉)라'와 '물물(物物)이'라는 종장 첫 구절의 시상 차이는 '감탄에 의한 시상 전환'과 '평서(平敍)에 의한 시상 연계'라는 점에서 시적 이미지의 구현 방식이 확연히 다름을 알 수 있다. '미재라'는 종장 말구의 '비로삿다'와 적절히 호응되면서 상위 대상에 대한 감탄적 송축의 의미를 공감으로 이끌고 있다면, '물물이'와 'ㅎ더라'는 작품 시행에서 전개된 내용을 단순히 보편화하는데 머무르고 있다.[15]

---

14)『해악』의 노랫말이『금옥』에 비해 비교적 이른 시기의 것이라는 점은 이 작품 이외에도『해악』21번, 23번, 636번, 637번, 723번 등의 안민영 작품들을 통해서 확인할 수 있다.

15) 시조 어휘가 갖는 의미와 기능에 대해서는 김대행의『시조유형론』(이화여자대학

　이처럼『해악』의 노랫말이『승평곡』·『금옥』처럼 안민영과의 직접적인 연관 속에서 생성된 가집의 노랫말과 유사하고 그 시적 형상화 방식도 닮아있다는 점은『해악』의 산출 기반 역시 안민영 관련 가집의 편찬 배경에 매우 근접해 있다는 사실을 시사한다. 다시 말해『승평곡』이 승평계에서 그 절대적인 후원자인 대원군과 왕실을 송축하기 위해 소용된 가집이고,[16]『금옥』도 대원군·이재면을 비롯한 왕실의 송축과 그들과 관련된 예인 그룹 안에서의 예술 활동과 풍류를 담아낸 가집이란 점을 상기한다면,『해악』역시 대원군과 왕실을 위한 헌정 가집의 성격을 어느 정도 담지하고 있다고 할 수 있다.

　한편『해악』과 안민영의 관련성에 대해서는「안민영 서문」의 존재를 통해서도 다시 한번 확인된다.「안민영 서문」은『승평곡』과『금옥』에 수록된 글인데, 이것이 가곡원류계 가집 중 유일하게『해악』에 수록되어 있다는 점은 주목할 만한 사항이다. 주지하듯 이 서문에는『해악』의 편찬 시기를 추정할 수 있는 간기(1876)가 기록되어 있다. 지금까지 학계에서는 이 서문의 간기를『해악』과는 별도로『가곡원류』의 편찬 시기로 판단해 왔다.『가곡원류』편찬 시기에 대한 논의는 도남에 의해 처음 이루어진 것으로 보이는데, 도남이 '이왕직도서관본(李王職圖書館本)'[『해악』을 지칭]의「안민영 서문」

교 출판부, 1986, 117~138면)을 참조할 수 있다.
16)『승평곡』수록 12수의 작품 주제를 대략 살펴보면, 고종 등극을 하축하는 시조가 2수, 경복궁 중건을 하축하는 시조가 1수, 대원군 송축과 관련된 시조가 9수이다.

을 토대로 고종 13년(1876)이라고 추정[17]한 이래 학계에서는 그 견해
를 그대로 따르고 있다. 그러나 가곡원류계 가집들의 편찬 의도가
각각 다르게 감지된다는 점을 고려한다면 이본 가집들의 편찬 시기
를 동일시하는 시각은 지양되어야 한다.

  『해악』과 『금옥』 두 가집의 서문 내용은 대동소이하지만 몇 구절
에서 차이를 보이고, 간기 또한 다르게 표기되어 있어[1876년과 1880
년] 이 서문을 둘러싼 몇 가집들의 편찬 시기에 대한 논란을 가져왔
었다. 그러나 『승평곡』이 발견되고 여기에 수록된 「안민영 발문」[『해
악』・『금옥』에서는 서문]의 간기(1873)와 내용을 통해, 이 서문이 안민
영과 관련된 가집 편찬에서 필요에 따라 보완・수정되면서 각기 다
른 가집에 재수록 되었음이 확인되었다.[18]

  요컨대 『해악』은 안민영 작품의 다수 수록과 『승평곡』・『금옥』의
노랫말과 편찬 기반의 친연성, 「안민영 서문」의 존재 등을 통해 볼
때, 안민영에 의해 편찬된 가집이라고 할 수 있다. 『해악』에는 편찬
연도인 1876년 이후에 창작된 작품들이 존재하는데 1878년과 1880
년에 창작된 작품들이 수록되어 있다.[19] 따라서 『해악』 초고본이

---

17) 조윤제, 「역대가집편찬의식에 대하야」, 『진단학보』 3, 진단학회, 1935, 465면.
18) 앞서 제Ⅱ장 1절의 "3) 가곡원류계 가집에 대한 시각과 편찬 층위"에서 논의한 바
    있다. 김석배, 앞의 논문, 2005, 475면.
19) 『해악』 99번 "전나귀 혁을 치니~"는 『금옥』 42번 작품인데 그 부기에 1878년에
    창작된 작품임을 밝히고 있다. 또한 〈세자탄강하축〉 8편은 모두 1880년에 창작된
    작품들임이 최근 밝혀진 바 있는데,(성무경, 「『금옥총부』를 통해 본 '운애산방'의
    풍류세계」, 『조선후기, 시가문학의 문화담론 탐색』, 보고사, 2004, 주 14번 참조)
    『해악』 679번 작품은 그중 제2수(『금옥』 10번, 종중장)와 제6수(『금옥』 88번, 초
    장)의 노랫말이 뒤섞여진 상태로 수록되어 있다.

1876년경에 편찬되었고 이것이 추가·보완되면서 1880년경에 현전하는『해악』이 완성된 것으로 볼 수 있겠다.

  ② 안민영 작품의 수록 양상과 특징
『해악』이 편찬되게 된 동인은 무엇이었을까. 이는 이 가집의 소용 목적과 밀접한 관계가 있었을 것으로 생각되는데, 여기에서는 이러한 문제들을『해악』에 수록된 안민영 작품들의 특징들을 통해 살펴보고자 한다.
『해악』은 작품 수록 체계에서부터 안민영 자신의 주변 인물·상황과 철저히 관련되어 있음이 확인된다. 그 첫 번째 양상은 왕실 송축을 위한 작품들과 그 관련 인물, 다시 말해 박효관·안민영 예인그룹의 후원자인 흥선대원군과 이재면 등을 위해 창작된 작품들의 수록이다.

> 上元甲子之春(상원갑즈지츈)의 우리 聖上卽位(셩상즉위)신져
> 堯舜(요순)을 법바드샤 光被四表(광피스표) ㅎ오시니
> 美哉(미지)라 億萬年(억만년) 東方氣數(동방긔슈)ㅣ 일노붓허 비
> 로삿다   『해악』(24)우조 초삭대엽

> 西舶(셔빅)의 煙塵(연진)으론 天下(천하)를 어두이되
> 東方(동방)의 日月(일월)이란 萬年(만년)이나 붉으리라
> 萬一(만일)(의) 國太公(국틱공) 아니시면 뉘라 능히 발긔리오
>   『해악』(25)우조 이삭대엽

　24·25번 작품은 『해악』 남창 우조 초삭대엽의 마지막 작품들을 인용한 것이다. 앞서도 살펴본 바 있는 24번은 갑자년(1864) 고종의 등극을 하축하는 작품으로 『승평곡』과 『금옥』에서 1번에 위치하는 작품이며, 25번은 병인양요(고종 3년, 1866) 때 프랑스 해군을 물리친 대원군의 풍모를 예찬한 작품이다.

　『해악』의 우조 초삭대엽 마지막 부분에 이 두 작품[고종-대원군]이 배치됐다는 것은 다른 가곡원류계 가집과 비교할 때 확연히 다른 의미를 보여준다. 『원국』의 경우 안민영 작품 3수가 수록되었지만 끝에는 김학연의 작품이 실려 있고, 위 24번이 포함된 『원육』에는 마지막 작품으로 〈매화사〉의 제1수("梅影이 부드친 窓에 玉人金釵 비겻슨 져~")가 실렸다는 점에서 『해악』과 좋은 대조를 이룬다.[20] 즉 고종과 대원군 관련 작품이 삭대엽 첫 악곡의 마지막 작품으로 수록된 것은 『해악』이 고종과 대원군, 그 주변 인물들에 대한 특별한 의도에서 이루어진 가집이라는 점을 암시하는 것으로 볼 수 있다. 그 특별한 의도란 다름 아닌 왕실-그중 대원군을 비롯한 특정 인물들-을 위한 제한적 범위에서의 소용을 위한 가집 편찬임을 말하는 것이다.[21] 이러한 예찬·송축의 작품을 가집 전반부에 위치시킨 것은 편찬자의 의도적 편집 의식을 여실히 드러낸 것으로 판단된다.

---

20) 『해악』에는 우조 초삭대엽 마지막 5수(21~25번)가 모두 안민영 작품으로 배치되어 있다.

21) 신경숙(「안민영 예인집단의 좌상객 연구」, 『한국시가연구』 10, 한국시가학회, 2001, 236~239면)은 안민영 관련 작품들의 송축 대상이나 그 예인집단의 좌상객은 '대원군과 이재면' 곧 '운현궁 왕실'로 제한됨을 상세히 논의한 바 있다.

山行 六七里ᄒ니 一溪二溪 三溪流라
有亭翼然ᄒ니 洽似當年 醉翁亭을
夕陽의 笙歌 鼓瑟은 昇平曲을 알외더라

『해악』(78)남창 우조 중거

麒麟은 들의 놀고 鳳凰은 山의 운다
聖人御極ᄒ샤 雨露롤 고로시니
우리ᄂ 堯天舜日인졔 擊壤歌로 즑이리라

『해악』(723)여창 계면조 이삭대엽

國太公之萬古英傑을 이제 뫼와 議論컨딘
精神은 秋水여슬 氣像은 山岳이라 萬機롤 躬攝ᄒ니 四方의 風動이
라 禮樂法度와 衣冠文物이며 園囿宮室과 府庫倉廩이며 旌旄節旗와
釰戟刀鎗을 粲然更張ᄒ시단 물가
그버거 金石鼎彝와 書畫音律의란 엇디 그리 붉그신고

『해악』(636)남창 편삭대엽

78번은 대원군이 언식(偃息)하던 곳인 삼계동(三溪洞) 정자를 소재
로 지은 노래[22]로, 구양수(歐陽修)의 「취옹정기(醉翁亭記)」를 끌어와
시조화한 작품이다. 초·중장에서 안민영은 삼계동에서 언식하는
대원군을 구양수에 빗대어 여민동락(與民同樂)하고자 하는 위정자
의 모습으로 그려내려 하였고, 종장에서는 그러한 대원군을 위한

---

22) 『금옥』 39번 부기. "彰義門外 有三溪洞 洞中有亭 此是石坡大老偃息處也." (창의
문 밖에 삼계동이 있고 동 가운데 정자가 있는데, 이곳이 석파대노께서 언식하시는
곳이다.) 해석은 김신중, 『역주 금옥총부』(박이정, 2003)을 참조하였다.

풍류 연회에서 '승평곡을 올린다'는 송축의 의미를 담아내었다. 723번은 고종의 등극을 하축하며 태평성세를 기원하는 내용의 노래[23]로, 상서로움의 상징인 기린(麒麟)·봉황(鳳凰)의 등장과 천하태평의 여러 조짐들을 빗댄 방식이 흡사 악장(樂章)의 내용을 그대로 본뜬 듯한 작품이다.[24] 이렇듯 '왕실 송축'의 의도가 강하게 느껴지는 '악장'류의 시조 작품들이 『해악』 안민영 작품들의 한 축을 이루고 있다.

  이들에 대한 작품은 남창 후반부 악곡이나 여창 부분에서도 지속적으로 수록되는데, 특히 남창 편삭대엽의 경우 636·637·638·639·642번에 대원군과 이재면을 위한 작품들이 연이어 수록된다. 위 636번은 안민영 자신이 국태공 대원군을 모시게 된 감회와 그의 영웅적 풍모를 읊어낸 작품으로, 앞서 본 '악장'류 시조보다는 다소 격조가 떨어진다는 느낌이 들지만, 노랫말을 촘촘히 엮어나가는 편계열 악곡에 맞는 노랫말과 내용을 담아냄으로써 앞선 시조들과는

---

23) 『금옥』에는 수록되어 있지 않고 『해악』, 『원박』, 『원황』 이 세 가집에만 수록되어 있는 작품인데, 『승평곡』의 두 번째 작품으로 수록되어 있어 이 작품이 안민영 작품임을 알 수 있게 한다.

24) "麒麟(기린)과 鳳凰(봉황)이 祥瑞(상서)를 드리오고 甘露醴泉(감로예천)은 休徵(휴징)이 니르도다. 慶日會讌(경일회연)은 千載(천재)의 성면이라. 八域含生(팔역함생)이 歡欣蹈舞(환흔도무)ᄒ니 문노라 百姓(백성)드라 堯舜世界(요순세계)의 金泥玉苞(금니옥포)가 이 아닌가 ᄒ노라"「新製歌 六章-甘露 一疊」, 『外進宴時舞童各呈才舞圖笏記』(세계민족무용연구소 편, 『완역집성 정재무도홀기』(성무경·이의강 번역), 보고사, 2005, 253면 참조) 이 한글 악장이 지어진 시점(1894년 추정)보다 안민영의 작품이 시기적으로 앞서지만, 안민영 작품의 송축적 성격을 드러내는데 좋은 비교 대상이 된다. 모티프와 내용의 유사성이 강하게 느껴지는 작품이다.

변별된 미감을 보인다. 다시 말해 '악장'류의 시조를 '청장격려(淸壯
激勵)'한 악조[우조]에 담아 장중한 초·이삭대엽의 악곡에 실었다
면,[25] 노랫말 전개의 묘미를 통해 송축 대상의 풍모를 드러내는 시
조들은 변격 악곡인 편 계열에 실어 안배하는 편집적 의도가 드러
난다.[26] 이렇듯 편 계열의 작품들은 대원군·이재면을 모실 때의 감
회나 승평계 속에서의 풍류장 정취 등을 노래했다는 점에서 왕실
송축의 목적에서 불린 노래들과는 그 의미 지향이 다르지만, 이들
에 대한 노래가 계속적으로 편집·수록되고 있다는 점에 주목해야
할 것으로 보인다.

　『해악』 수록 안민영 작품의 특징적인 두 번째 양상은 주변 인물
중 안민영이 개인적으로 많은 관심을 두었던 부류로 생각되는 기생
들과 관련된 시조들이 대거 수록되었다는 점이다. '기생 관련 시조'
의 내용들은 대부분 안민영 자신의 개인적 정취[찬(讚), 이별, 정한]를
읊어낸 것이라 작품간 의미지향에 있어서는 큰 차이가 없지만, 이
러한 유사 작품들에 대해 지면의 상당 부분을 할애하여 수록한다는

---

25) 앞서 본 여창 723번(麒麟은 들의 놀고~)의 경우 계면조로 불렸는데, 이 작품이
　『승평곡』에서는 '우조 이삭대엽'의 악곡으로 불렸던 것이 확인된다. 『승평곡』에서
　는 작품 악곡 부기에 '女唱同'이라고 하여 여창으로 불릴 경우도 같은 악조의 악곡
　으로 불린다고 지시하고 있어 이것이 본래는 우조 이삭대엽의 악곡에 불렸던 노래
　임이 확인된다. 이는 박효관이 『가곡원류』 발문에서 그때그때의 형편에 따라 악조
　와 악곡을 옮겨갈 수 있다는 '權變之度'의 일례를 보여주는 것으로 『해악』 당시의
　악곡 재해석 양상을 반영한 것으로 볼 수 있을 것이다.

26) 이와 유사한 편집 양상으로 여창의 樂調에 따른 작품 분배를 들 수 있다. 여창
　우조 이삭대엽의 678번(대원군 송축), 679번(세자 탄강 하축시), 우조 두거의 702
　번(경복궁 중건 하축시) 등 송축시들은 주로 우조에 위치되어 있고, 계면조에는
　기생 관련 시조들이 대거 수록되고 있다.

것은 편찬자의 의도적 편집이 개입된 것이라 할 수 있다.

『해악』에서 소개되는 기생은 모두 15명으로 이들을 위한 시조가
21수에 이른다. 다른 가곡원류계 가집에서는 안민영의 기생 관련
시조가 흔하지 않다는 점을 고려한다면,[27] 『해악』에 수록된 기생 관
련 시조는 적지 않은 수치이다.[28]

　　희기 눈〔玉〕 갓ㅎ니 西施의 後身인가
　　곱기 곳 가트니 太眞의 넉시런가
　　至今의 雪膚花容은 너를 본가 ㅎ노라
　　　　　　　　　　　　　　　　『해악』(343)남창 계면조 평거

　　出自東門ㅎ니 綠楊이 千萬絲ㅣ라
　　絲絲 結心曲은 꾀고리 말 속이라
　　닛다감 벅국시 슬푼 소리의 이긋는 듯 ㅎ더라
　　　　　　　　　　　　　　　　『해악』(403)남창 계면조 두거

　이 두 작품은 남창에 수록된 기생 관련 시조 중 해주기(海州妓) 옥
소선(玉簫仙)과 진양기(晋陽妓) 경패(瓊貝)에 대한 것이다. 343번은 옥
소선을 위한 노래로, 그의 자태를 서시(西施)와 태진(太眞)[양귀비]에

---

27) 예를 들어 『원국』의 경우, 안민영의 기생 관련 시조는 남창에 232번, 413번, 단
　　두 수만이 수록되어 있다.
28) 『금옥』인 경우, 소개되는 기생이 43명, 이들에 대한 작품이 60여 수에 이른다. 이
　　는 안민영 개인 가집의 경우이고, 가곡원류계 가집을 비롯한 대형 가집에서 이렇게
　　많은 기생 관련 시조가 수록되는 것은 예외적인 현상이다.

비유하며 찬미한 작품이고, 403번은 약방(藥房) 행수 기생이었던 진양기 경패와의 우연한 만남과 이별의 심회를 노래로 옮긴 것이다.

남창 부분에 소개되는 기생으로는 이 둘 이외에 평양기(平壤妓) 혜란(蕙蘭)과 소홍(小紅), 진양기 난주(蘭珠), 순창기(淳昌妓) 봉심(鳳心) 등 6명이다. 이 중 소홍을 제외하고는 5명 모두 1873년 진작(進爵), 1877·1887년 진찬(進饌)에 이름을 올린 것으로 확인된다. 위 시조들의 주인공인 옥소선과 경패 역시 1873년 진작례에서 여러 정재(呈才)의 여령(女伶)으로 출연했음이 확인되는데, 이 둘은 『금옥』의 부기를 통해 유일하게 운현궁 입역(入役)이 확인되는 인물들로 그만큼 대원군의 총애가 깊었던 기생들이었던 것 같다.[29] 특히 옥소선의 경우는 안민영이 〈계면조(界面調) 팔절(八絶)〉[30]을 지을 정도로 개인적 관심도 애틋했던 인물이었다.

난주와 봉심 역시 재예가 뛰어났던 기생들로 생각된다. 우석상서 이재면과의 기악(妓樂) 풍류에서 그 이름이 언급되는 것을 보면 이들 역시 대원군을 위시한 왕실에서 관심이 컸던 인물들로 판단된다.

> 四月綠陰 鶯世界는 又石公의 風流節룰
> 石想樓 놉흔 곳의 琴韻이 영농홀졔

---

29) 『금옥』 113번 부기에 의하면, 옥소선은 1873년 內醫女로 시작하여 三行首에 이르렀고, 135번 부기에는 경패가 藥房의 一行首로 운현궁에 입역했음을 기록하고 있다.(신경숙, 앞의 논문, 2001, 239~240면 참조)

30) 『금옥』 143번 부기. "海營玉簫仙 丙子冬下去後 不能忘 作界面調八絶 付之撥便." (해주 감영의 옥소선이 丙子年(고종13년, 1876) 겨울에 내려간 후 잊을 수가 없어, 계면조 8절을 지어 편히 다스리는 데 부쳤다.)

　　玉階의 蘭花低ᄒ고 鳳鳴梧桐 ᄒ더라

　　　　　　『해악』(562/856)남창 계락/여창 계락

　『금옥』 158번 부기. "우석상서께서 후원의 石想室에 妓樂을 널리 불러 모아 진종일 즐겼는데, 난주와 봉심이가 주인공이었다."(又石尙 書 廣招妓樂於後園石想室 盡日娛遊 蘭珠鳳心作主焉)

　위 제시한『해악』작품에는 '옥랑(玉娘) 난주(蘭珠) 봉심(鳳心)'이라 는 부기가 붙어 있는데,『금옥』의 부기와 함께 살펴보면 난주와 봉 심은 뛰어난 역량을 보인 기생들이었음을 짐작할 수 있겠다. 난주 의 경우 1873년 진작과 1877년 진찬 곳곳에 이름을 올리는 것을 볼 때 정재에 뛰어났던 기생으로 판단되며, 봉심은 1877년 진찬에서 정재 여령보다는 주로 '가차비(歌差備)'의 역할에 이름이 많이 올라 있는 것으로 보아 가기(歌妓)로서의 명성이 높았던 인물로 생각된 다. 위 작품은 이들의 재예를 반영한 노랫말 작법-'옥 계단에 난화 (蘭花)가 머무르고[난주] 오동나무에서 봉황이 운다[봉심]'-이 눈에 띄는 시조 작품이라 할 수 있겠다.

　『해악』여창에 수록된 기생들은 남창에서 보이던 기생들과는 다 른 관심의 부류로 생각되는 존재들이다. 여창에 새로 등장하는 기 생들을 살펴보면 해월(海月), 홍연(紅蓮), 송옥(松玉), 월중선(月中仙), 양대(梁臺), 능운(凌雲), 송절(松節), 삼증(三憎)의 딸 등이다. 물론 여 기에는 앞서 보았던 난주와 혜란·봉심[남창과 중복작품]이 포함되기 도 하지만, 홍련을 제외한 대부분은 여러 진찬·진작에 이름을 올리

지 않은 기생들이다. 이렇듯 여창에 등장하는 기생들은 대부분 궁
중 연향보다는 안민영 자신과의 관계가 더 부각되는 인물들로 생각
되는데, 남창 부분에 비해 더 많은 기생과 작품이 나온다는 점[31]에
서 주목할 만하다.

> 엇그계 離別ᄒ고 말업시 안젓시니
> 알뜰이 못견될 일 훈 두가지 안이로다
> 입으로 잇자ᄒ면셔 가장 슬허 ᄒ노라
>
> 『해악』(738)여창 계면조 이삭대엽

　위 작품은 홍련과 관련된 시조로, 『금옥』의 부기를 통해서는 그
의 궁중 연향 참여 여부가 드러나지 않지만, 1877년 진찬례에서 비
교적 비중이 작은 역할[동서창 2인 중 1인, 선유락(船遊樂) 예선(曳船)과 무
인(舞人) 26인 중 1인]을 담당하는 여령으로 등장했음이 확인된다. 『금
옥』에서 홍련의 궁중 연향 참여 이력이 언급되지 않은 것은 비중
있는 역할을 담당하지 않은 것도 있었겠지만 그보다는 이 기생과
안민영 자신과의 각별한 인연이 보다 더 중요한 의미를 갖고 있었
기 때문일 것이다. 홍련은 강릉기(江陵妓)로서 안민영과는 백년지약
을 맺을 정도로 연정이 깊었던 인물이었다.[32] 위 시조는 홍련과 이

---

31) 『해악』에 등장하는 기생과 그 관련 작품을 남창과 여창으로 대비해서 살펴보면,
　　남창에 6명 6수, 여창에 11명 14수(남창과 중복 3명 1수)이다. 『해악』 총 작품 중
　　남창이 658수, 여창이 216수라는 점을 감안한다면 여창에 수록된 기생 관련 작품
　　수는 상대적으로 매우 높은 수치임을 알 수 있다.
32) 안민영은 『금옥』에 홍련과 관련된 시조 4수를 남기고 있는데, 둘의 관계가 얼마나

별 후에 지은 작품으로, 이별했지만 홍련과의 추억들을 잊지 못해 애달파하는 안민영의 애틋한 심정이 잘 드러나 있다.

여창에 수록된 기생들의 사연은 위 홍련을 위한 시조와 크게 다르지 않으며, 대부분 안민영이 경향을 오가며 그들과 맺었던 인연과 연정의 내용을 담고 있다. 이들은 앞서 살펴보았던 남창에 수록된 기생들과는 달리 궁중 연향에 직접적인 관련이 적은 부류라는 점에서 차이가 있지만, 이들 역시 박효관과 안민영 자신을 중심으로 이끌어 간 예인 집단의 주요 구성원들이었다는 점에서 『해악』에 많은 작품들이 수록된 것이 아닌가 생각된다.

『해악』에 수록된 기생 관련 시조들은 안민영의 개인적 차원의 작품들이라 할 수 있다. 이 기생들은 당대 가곡 연행의 주체이자 향유자였고 안민영과의 개인적 친분이 두터웠던 인물이었다. 그러나 그들은 대원군과 왕실에 밀접하게 종속된 존재들이었기 때문에 이들과 관련된 시조 작품의 수록은 역시 왕실 소용적 가집 편찬의 연장선상에서 이루어진 것이라고 풀이할 수 있을 것이다.

(3) 『해동악장』의 편집 방향

안민영 작품들을 중심으로 『해악』 작품들의 특징적인 부분들에 대해 살펴보았다. 그 결과 『해악』에는 대원군을 주변으로 한 왕실 대상의 송축 시조들과 안민영 예인 그룹의 주요 구성원들이었던 기생 관련 시조들이 대거 수록되었음을 확인할 수 있었다. 그러나 이

애틋했는지에 대해 『금옥』 128번, 139번 부기를 통해 남기고 있다.

러한 내용의 안민영 시조들이 다른 가곡원류계 가집들에 수록되지 않은 것은 아니다. 『원국』의 경우도 대원군을 비롯한 왕실 송축의 노래가 다수 존재하며, 기생 관련 시조의 경우 비록 적은 수이긴 하지만 수록되어 있고, 그러한 작품들 중에는 『해악』과 공출되는 작품들도 존재한다.

안민영 작품의 수록 양상에서 『해악』과 『원국』이 변별되는 지점은 주제와 작품 내용의 편폭이다. 이 작품들을 주제별로 분류해 보면 『해악』에 비해 『원국』이 훨씬 다양한 양상이다. 『원국』 수록 안민영 작품의 주제들이 훨씬 다양하게 느껴지는 것은 오히려 『해악』에 왕실 송축과 기생 관련 시조들이 상당수 수록되어 주제의 범위가 편향되어 있기 때문이다. 『원국』은 왕실 송축 시조를 비롯하여 자연 완상 시, 박효관을 비롯한 주변 인물·악인(樂人)들에 대한 시, 기생 관련 시 등 다양한 소재의 작품들이 적절히 배분되어 있는 편집 양상을 보인다. 특히 『원국』은 기생 관련 시조가 단 두 수로 『해악』에 비해 극도로 자제된 분위기다. 이에 비해 『해악』에는 남창 우조 초·이삭대엽에 왕실 송축과 관련된 '악장'류의 시조들이, 남창 편삭대엽에 대원군·이재면을 위한 시조 혹은 그들과 기악(妓樂)을 즐겼던 풍류장 관련 시조들이, 여창 계면조 이삭대엽에 기생 관련 시조들이 대거 배치되어 있는데, 이는 『원국』을 비롯한 가곡원류계 가집들과는 차별화된 『해악』만의 의도적인 가집 편집이라 할 수 있다.[33]

---

33) 『해악』에는 가곡원류계 가집 중에서 유일하게 金允錫의 작품(643번, 남창 편삭대

이러한 가집 편집 양상은 〈매화사〉 8수와 같은 작품들을 통해서
도 재차 확인된다. 앞서 언급한 바 있듯이[34] 〈매화사〉의 작품 수록
양상은 가집별로 조금씩 다르게 나타난다. 『원국』에는 〈매화사〉 8
수가 우조 초삭대엽에서 율당삭대엽까지 7개의 악곡[35]에 나뉘어 수
록되는 양상을 보이는 반면, 『해악』에는 그중 다섯 수만이 수용되
는 양상을 보여준다. 그런데 다른 연작시인 〈세자탄강 하축(世子誕降
賀祝)〉 8수의 경우, 『해악』에는 한 수가 수록되었는데[36] 『원국』에는
한 수도 수록되지 않았다.

이렇게 수록 양상의 차이가 나타나는 이유는 생각보다 쉽게 밝혀
지는데, 〈매화사〉는 왕실과의 관련성이 없는 작품이며 〈세자탄강
하축〉은 왕실 혹은 대원군과 직접적인 관련을 맺고 있는 작품이라
는 점이다. 이외에도 『해악』에는 고종 즉위 하축, 경복궁 중건 하축
등 당시 왕실과 직접적으로 관련된 작품들이 수록되어 있다. 결국
『해악』의 편자는 연작시나 다양한 주제의 작품 수록을 통해 작품
구성 및 가집 편집의 완성도를 추구했다기보다는 이 가집의 실질적

엽)이 수록되어 있는데, 주지하듯 김윤석은 안민영이 新飜 수십 수를 지을 때 함께
의논했던 유일한 인물이다.(「안민영 서문」) 이러한 김윤석 작품의 수록 양상 역시
『해악』의 편집 의도와 맞물린다고 할 수 있다.

34) 제Ⅱ장 3절의 "3) 가곡원류기(期) 작가의 작품 수록 양상"에서 살펴보았다.

35) 제4수인 경우 '중거'가 아닌 '평거'에 수록되어 있다는 점에서 악곡별 배분에 문제
가 있긴 하지만, 두 악곡 모두 이삭대엽의 변주 악곡이라는 점과 〈매화사〉 8절이
『금옥』에 수록되기 이전에 악곡별로 작품 배분의 검토 과정을 겪었을 것이란 점을
고려한다면, 이러한 수록 양상은 어느 정도 감안할 수 있는 부분이다.

36) 『해악』 679번 작품으로 그중 제2수(『금옥』 10번, 종중장)와 제6수(『금옥』 88번,
초장)의 노랫말이 혼합되어 한 작품처럼 수록되었다. 이는 전사의 과정에서 생긴
오류로 추정되며 본래는 두 수가 수록되었던 것으로 판단된다.

인 향유층인 대원군과 왕실에 초점을 맞추는 데 편집의 주 방향으로 삼았음을 알 수 있는 것이다. 더불어 궁중 연향과 왕실의 소규모 연회 및 각종 행사에서 활동했던 기생들과 관련된 시조 작품들 역시 안민영의 왕실 소용을 위한 개인적 관심이나 활동 범위에 포함시킬 수 있다는 점을 고려한다면 이 작품들의 수용 양상도 앞서 본 가집의 편집 의도와 크게 다르지 않음을 알 수 있다.

이상으로『해악』에 수록된 안민영 작품의 특징들을 통해『해악』의 편찬 특성과 그 편집 방향에 대해 살펴보았는데, 거기에는 안민영의 개인적 관심과 의도가 깊이 반영되어 있었음을 확인할 수 있었다. 이러한 편집 의도에 의해 편찬된『해악』은 그 향유 범위가 상당히 제한적이지 않았을까 하는 추정을 하게 한다. 박효관·안민영에 의해 만들어진『가곡원류』의 편찬 층위 자체가 왕실과 관련된 그 어느 지점일 것이라는 추측이 가능하긴 하지만,『해악』처럼 특별한 작품 편집 양상을 보이는 가집인 경우 그 향유층의 범위가 보다 더 특정적일 것으로 생각되기 때문이다.

『해악』이 실제로 소용되었던 그 풍류 현장을 현재로서는 밝혀내기 쉽지 않지만 앞서 처음에 살펴보았던『해악』이본들의 소장 정보들을 통해 어느 정도 가늠할 수 있지 않을까 생각된다.『해악』의 이본들은 대부분 '구왕궁(舊王宮)'과 관련된 소장 정보를 갖고 있다는 점에서 특이하다 할 수 있다. 특히『해악』이 조동윤가(家)에 소장[多田正知본]되어 전해졌다는 점이 주목되는데, 왜냐하면 앞서 본 '구왕궁' 소장본들은 그 향유 범위가 왕실 전체를 지칭하고 있지만, 조동윤가 소장본은 이보다 구체적인 범위를 지정하는 것으로 보이기 때문이다.

이 이본은 관련 인물들의 생몰연대를 통해 추정컨대 조동윤(1871~1923)의 아버지인 조영하(趙寧夏, 1845~1884)가 소장했던 것으로 생각된다. 그는 당대 왕실 최고 어른이었던 신정대비(神貞大妃)[익종비(翼宗妃)]의 조카이자, 당대 왕실의 최측근으로 활동했던 인물이다. 고종을 익종[효명세자(孝明世子)]의 후계로 삼은 신정대비와 대원군의 관계를 생각해볼 때, 왕실과 풍양(豊壤) 조씨 일가의 관계 역시 긴밀했었을 것임을 쉽게 추정할 수 있다. 실제로 조영하는 고종과의 관계가 각별했던 것으로 파악되며 또한 대원군의 장자인 이재면과는 같은 을사생[1845년]으로 당시 사람들에 의해 조성하(趙成夏), 조경호(趙慶鎬) 등과 함께 '사을사(四乙巳)'라고 불릴 만큼 친분이 두터웠다.[37] 뿐만 아니라 조영하는 대원군 문하를 드나들던 문객 중 한 명이었음이 확인된다.[38] 따라서 대원군을 최고 좌상객으로 모신 안민영 예인 집단의 풍류장에 조영하도 함께 자리하여 격조 있는 가곡 문화를 즐겼을 것은 충분히 예상 가능한 일이다.

요컨대『해악』은 대원군 관련 왕실과 박효관·안민영의 예인그룹 등 특정 향유 범위에서의 소용을 위해 편찬된 가집이며, 그 주변부와 관련된 유통 내력을 가진 가집이라 할 수 있다. 이러한『해악』의 성격에 대해 신경숙은 "이 가집의 편찬 자체가 궁중연회를 위한 소

---

37) 황현,『매천야록』권1 상.(임형택 외 옮김,『역주 매천야록』상, 문학과지성사, 2005, 160~161면 참조)

38) 박제형,『近世朝鮮政鑑』, 1886.(이익성 역, 탐구당, 1988, 110면).

용과 일정 관계가 있었을 것"[39]이라고 논단한 바 있고 성무경 역시
19세기 궁중 문화공간과 관련하여『해악』의 특징적인 면에 대해 언
급한 바 있는데,[40] 이러한 언급들은 앞서 살펴본『해악』의 왕실 소
용적 특성에 주목한 결과일 것이다. 『해악』이본들이 궁중 연향이
나 소규모 연회에서 어떻게 소용되었는지 또는 어떠한 경로를 통해
왕실로 흘러들어가게 됐는지에 대해서는 그 실상이 명확히 드러나
진 않지만, 이 가집의 표제인 '악장(樂章)', '구왕궁 소장', '대원군',
'안민영', '기생' 등 몇 개의 단어들이 갖는 공통적 함의가 이 가집의
소용 목적과 주변 담론을 암시하는 키워드인 것은 분명한 것 같다.

2) 해동악장 계열 가집의 전승과 변모

해동악장 계열 가집으로 연세대본(원연), 구황실본(원황), 박상수
본(원박)을 들 수 있다. 이 가집들은 논자에 따라 다른 계열로[41] 분류
되기도 하지만, 작품 수록 양상이나 편집 방향, 향유와 전승의 양상
등을 고려할 때『해악』과 유사한 계열로 다룰 수 있다.

이 중 잘 알려진 가집은『원황』과『원박』이다. 구황실본으로 알려
진『원황』과『원박』은 기존 논의에서부터 그 친연성이 언급되며 다
뤄져 왔다.[42] 비교적 근래에 알려진『원연』도 이 계열 가집으로 볼

---

39) 신경숙, 「19세기 가객과 가곡의 추이」, 『한국시가연구』 2, 한국시가학회, 1997,
289면.
40) 성무경, 「조선후기 呈才와 歌曲의 관계」, 앞의 책, 2004, 370면.
41) 황인완, 『가곡원류』의 이본 계열 연구」, 고려대학교 박사학위논문, 2007, 148면.
여기에서 황인완은 이 가집들을 '육당본 계열'로 규정하고 있다.

수 있는데, 작품 수록 양상이나 표기, 필사 상황 등을 비교했을 때 이 가집들 중에서는 『원연』을 선본(善本)으로 볼 수 있을 것 같다.

이 계열 가집에 대한 논의는 단편적인 언급 이외에는 아직까지 상세하게 다뤄지지 않았다. 그런데 선본으로 보이는 『원연』의 경우, 가집 편찬과 여러 정보 등을 확인할 수 없어 이 계열 가집들의 편찬과 관련된 정보들을 파악하기 어렵고 또한 같은 계열인 『원박』은 현재 소실되어 그 원전을 볼 수 없는 실정이다. 그나마 『원황』은 소장 정보가 남아있어 그 전승 내력에 대해 어느 정도 추정할 수 있을 것으로 보인다. 따라서 이 계열 가집의 편찬 특징과 전승·변모상을 검토하기 위해서는 개별 가집들의 특성들을 단편적으로 살펴보기보다는 이 계열 가집들에 남겨진 여러 정보들을 종합적으로 고찰할 때 보다 선명한 이해가 가능하리라 생각된다.

(1) 연세대본·구황실본의 편제적 특징과 상관 관계

① 서지 사항과 편찬 체제

먼저 『원연』·『원황』의 서지 사항과 편찬 체제에 대해 살펴보도록 하겠다. 『원연』의 경우는 가집 외적인 정보가 거의 남아있지 않기 때문에 기본 체제를 중심으로 서술하고, 가집 외적 정보 및 편찬 층위에 대한 논의는 비교적 이에 대한 기록들이 풍부하게 남아있는 『원황』을 중심으로 다루고자 한다.[43]

---

42) 심재완, 『시조의 문헌적 연구』, 세종문화사, 1972.

43) 『원박』의 경우 현재 가집이 소실되어 그 전모를 확인할 수 없다. 따라서 본 연구에

　　『원연』과 『원황』은 그 기본 정보와 악곡별 체제가 거의 같은 가집이다. 수록 작품의 총수에서만 차이가 날 뿐 악곡 편제 및 작품 수록 양상에서 유사한 모습을 보인다. 『원연』은 연세대학교 도서관에 소장된 가집으로, 남녀창 726수의 시조 작품이 수록되어 있으며, 가집 서두부에 「가곡원류(歌曲源流)」, 「논곡지음(論曲之音)」, 「가지풍도형용십오조목(歌之風度形容十五條目)」, 「매화점 장단(梅花點長短)」 등의 기록이 있고, 이후로 남창 우조 초중대엽이 시작된다. 『원황』은 현재 한국학중앙연구원 장서각에 소장된 가집으로, 표지에 '구황실 비장(舊皇室 秘藏)'이라는 문구가 표기되어 있다. 총 713수의 작품이 수록되어 있어서 『원연』과는 13수의 차이가 난다.[44] 전체적인 체제는 『원연』과 대동소이하다.

　　羽　調　　初中大葉(1~3)　長大葉(4)　三中大葉(5~6)
　　界面調　　初中大葉(7)　二中大葉(8)　三中大葉(9)
　　　　　　　後庭花(10)　臺(11)
　　羽　調　　初數大葉(12~23)　二數大葉(24~58)　羽中擧(59~76)　平擧(77~97)　頭擧튼자즌한닙(98~119)　三數大葉(120~140)
　　　　　　　搔聳(141~152)　半旕數大葉 俗稱栗糖(153~157)
　　界面調　　初數大葉(158~160)　二數大葉(161~240)　中擧즁허리드논쟈즌한닙(241~293)　平擧막너는쟈즌한닙(294~358)

_____

서는 필요에 따라 심재완의 『교본 역대시조전서』 및 『시조의 문헌적 연구』(세종문화사, 1972)에 소개된 내용을 토대로 논의를 진행하도록 하겠다.
44) 『원박』에는 『원연』과 비슷한 725수의 작품이 수록되어 있다고 한다.

　　　　頭擧존자즌한닙(359~424)　三數大葉(425~448)　蔓橫
　　　　俗稱쥰弄(449~497)　編樂(498~504)　編數大葉(505~
　　　　526) 쥰編지르는편(527~538)
　(여창)
　羽　調　初中大葉(539)
　界面調　二中大葉(540)
　　　　後庭花(541)　臺(542)　將進酒(543)　臺(544)
　羽　調　二數大葉(545~556)　中擧중허리드는자즌한닙(557~563)
　　　　平擧막닉는쟈즌한닙(564~571)　頭擧존쟈즌한닙(572~
　　　　583)
　　　　栗糖數大葉 或稱半쥰數大葉(584~585)
　　　　弄歌(664~679)　羽樂(680~697)　界樂(698~710)　編數
　　　　大葉(711~725)
　界面調　二數大葉(586~607)　中擧중허리드는자즌한닙(608~629)
　　　　平擧막드는자즌한닙(630~650)　頭擧존쟈즌한닙(651~
　　　　663)
　　　　関終唱臺(726)

『원연』의 악곡 편제를 제시하였는데『원황』의 악곡 편제도『원
연』과 거의 같은 형태이다. 이 가집들의 악곡별 작품 편제를 보면
다른 가곡원류계 가집과는 변별된 특징이 나타난다. 바로 남창 만
횡과 편락 사이에 '농가, 계락' 악곡의 작품들이 누락되어 있다는
점이다. 이러한 모습은『원연』·『원황』·『원박』에서 유사하게 나타
난다. 이를『해악』과 비교해 보면 다음과 같다.

해악	원연	원황
만 횡	만 횡	만 횡
…	…	…
472. 閣氏네 내 妾이	470. 閣氏네 너 妾이	464. 閣氏네 너 妾이
473. 陽德孟山 鉄山嘉山	471. 陽德孟山 鐵山嘉山	465. 陽德孟山 鐵山嘉山
474. 듕놈은 僧년의	472. 듕놈은 僧년의	**言+樂**
		466. 듕놈은 僧년에
475. 鶴鶴은 雙雙		
弄 歌		
…		
(엇 락)		467. 白鷗는
584. 白鷗는 翩翩大同江上飛	473. 白鷗는 翩翩大同江上飛	翩翩大同江上飛요

　가곡원류계 가집을 살펴보다 보면, 간혹 악곡명이 누락되어 정확한 표기가 되어 있지 않은 경우가 있다. 그러나 『원연』·『원황』은 이 부분의 작품까지 함께 탈락된 사례이다. 이 부분의 누락으로 인해 작품 100여 수도 탈락되었다.

　대부분의 가곡원류계 가집에서는 만횡 이후에 '농가-계락-우락-엇락'의 순으로 작품이 수록된다. 그러나 『원연』은 보면 그러한 표기 없이 만횡이라는 명칭으로 엇락의 작품까지 그대로 수록되어 버린 양상이다. 472번 이후 100여 수가 누락되고 다른 가집에서는 엇락에 기록된 "백구(白鷗)는~"이 별다른 악곡 표기 없이 수록되는데 이후 497번 작품까지 이어지게 된다. 이러한 현상은 『원연』의 대본이었던 가집이 이와 같은 형태로 되어있었기 때문일 것이다.

　그런데 『원황』의 경우 '엇락'이란 악곡명이 기록되어 있음이 확인된다. 『원황』에서는 이후 '편락' 이전에 '우락'을 표기하기도 한다. 그러나 이러한 표기들은 엄밀히 말해 잘못 기록된 것이다. 다른 가곡원류계 가집과 비교해 보면 엇락은『원황』467번부터이기 때문이다.
'우락'으로 표기된 부분도 실제로는 엇락이 맞는 악곡이다. 이러한
현상은『원황』의 필사자가『원연』과 같은 가집을 대본으로 삼고 교
감을 하는 과정에서 잘못 기입하여 생긴 오류로 볼 수 있을 것이다.

 ② 가집 간 상관 관계

 『원연』과『원황』은 거의 비슷한 작품 수록 양상을 보이는 데도
13수 정도의 차이가 나타난다. 그 이유는『원황』의 여러 악곡에서
몇 작품씩 탈락되었기 때문이다. 두 가집은 우조 이삭대엽, 중거,
두거, 계면조 두거, 삼삭대엽 등에서 한 수 정도의 차이를 보이지
만, 남창 마지막 악곡들인 편삭대엽에서 3수, 엇편에서는 7수의 차
이가 난다. 이 같은 작품 누락 양상은 특별한 이유가 있기보다는
『원황』전체적인 부분에서 나타나는 여러 형태의 오류와 맞물려 생
각할 수 있을 것 같다. 물론『원연』에서도 누락되는 경우가 있지만
여러 면을 종합해 볼 때『원황』은 전사 상의 문제가 두드러진 가집
으로 판단된다.

　　　　　간밤에 꿈도 됴코 시벽가티 일우더니
　　　　　반가운 주네를 보려ᄒ고 그럿턴지
　　　　　져 님아 왓는 곳이니 쟈고간들 엇더리　　　　　『원연』(266)

　　　　　烏江에 月黑ᄒ고 騅馬도 아니간다
　　　　　虞兮 虞兮여 닉 너를 어이ᄒ리

平生에 萬人敵 비와너어 이리될 줄 어이알니　　　『원연』(267)

<u>간밤에 꿈도 좃코</u> 騅馬도 안이간다
虞兮 虞兮여 닉 너를 어이허리
平生에 萬人敵 비와너여 이리될 줄 어이알니　　　『원황』(263)

『원연』의 266, 267번 작품은 여러 가곡원류계 가집에서 연이어 수록된 작품이다. 그런데『원황』에는 이 두 작품이 수록되지 않고 263번 한 수만 수록되었다. 문제는 두 작품이 합쳐져 이상한 작품 이 되어버렸다는 점이다. 원래 두 작품은 전혀 다른 미감의 노래이 다. 전자가 간밤에 좋은 꿈을 꾸더니 반가운 임을 보게 되었다는 내용의 노래라면, 후자는 유방(劉邦)의 군사에 쫓겨 해하(垓下)의 절 벽에까지 내몰린 항우(項羽)가 우미인(虞美人)을 걱정하며 부른 〈해 하가(垓下歌)〉의 내용이 담긴 애절한 정서의 노래이다. 그런데 '오강 (烏江)에 달이 져서 어두워'져야 할 분위기에 '간밤에 꿈도 좋고 오추 마(烏騅馬)도 아니 간다'로 초장이 변형되어 버렸다. 이는 시조 노랫 말이 변이되는 경우와는 상관없이 전사 과정 중 두 작품이 합쳐져 발생한 필사의 오류이다.

　대부분의 가곡원류계 가집들의 현재 모습이 여러 번 필사와 전승 의 과정을 거친 텍스트라는 점을 감안하면 이러한 모습은 단순 전 사의 오류로 볼 수도 있을 것이다. 그러나『원황』의 경우는 이러한 오류가 곳곳에서 보인다는 점이 문제가 된다.

　이와 같은 전사 상의 오류는 작가 표기에서도 나타난다.

① 珠簾을 반만 것고 淸江을 굽어보니
　十里 波光(의) 共長天一色이로다
　물우희 兩兩白鷗는 오락가락 ᄒᆞ더라　『원황』(54) 우조 이삭대엽

　　　洪春卿 字仁仲 号石壁 南陽人 中宗朝登第 <u>文壯 湖堂文</u>
　　　<u>衡</u> 官至嶺伯 謚文愍公

　원연(54): 洪春卿 字仁仲 号石壁 南陽人 中宗朝登第 官至慶尙監司
　원연(55): 盧守愼 字寡悔 号蘇齋 光州人 中宗朝 <u>文壯 湖堂文衡</u>
　　　　　官至領相 謚文愍公

② 金波에 비을 타고 淸風으로 멍에 ᄒᆞ여
　中流에 듸워 두고 笙歌을 알윌 젹에
　醉ᄒᆞ고 月下에 셧스니 시름업셔 ᄒᆞ노라　『원황』(70) 우조 중거

　　　黃喜 字懼天 号狵村 長水人 恭愍王時登第 入我朝官至
　　　領相 年至致仕奉朝賀 謚翼成公 配享世宗

　『원황』의 두 작품을 인용해 보았다. 별문제가 없어 보이는 두 작품은『원연』및 다른 가곡원류계 작품과 대교했을 때 바로 다음 순번에 오는 작품이 탈락되었다는 점을 확인할 수 있다. 이러한 작품 탈락 현상은 보통 단순 누락이나 편집자의 의도적 배제로 볼 수도 있지만, 이 경우 두 작품의 작가 표기를 보면 그것이 전사의 과정에서 생긴 필사 오류임을 알 수 있다.
　①의 경우, 원래 뒤에 올 작품은 "명명덕(明明德) 실은 수레 어드

메나 가더이고~"(원연 55번)로 '노수신'의 작품이 배치된다. 그런데
『원황』에서는 이 작품이 누락되었다. 대신 그 흔적이 앞 작품의 작
가 부기 말미에 남아 있다. 다른 가집을 참고해 보면 '홍춘경'에 대
한 작가 부기는『원연』(54)과 같은 형태로 기록되는데,『원황』에서
는 필사하는 과정에서 다음 작품의 작가인 '노수신'의 기록 말미만
을 전사하는 오류가 발생한 것이다. ②의 경우, 뒤에 올 작품은 '황
희'의 작품으로 알려진 "강호(江湖)에 봄이 드니 이 몸이 일이 하
다~"(원연72번)이다. 그런데『원황』의 경우는 역시 이 작품이 누락
되고 그 작가 정보만 기록되는 오류가 발생하였다. "금파(金波)에 비
을 타고~"는 가곡원류계 가집에서만 나타나는 '임의직(任義直)'의 작
품이다.

　이러한『원황』의 오류는 이 가집이『원연』과 같은 가집을 대본으
로 삼아 전사한 후대본일 가능성을 높게 한다.『원황』에서 이러한
모습이 나타나는 것은 이 가집이 가곡 연창의 실제를 반영한 가집
이라기보다는 보존과 기록에 그 의미를 두었기 때문으로 풀이된다.

　이에 비해『원연』은 당대 가곡 연창 문화가 반영된 가집으로 볼
수 있다. 많은 부분에 표기된 것은 아니지만, 연창 지시 부호인 연
음표가 부분적으로 나타나 있다는 점도 이 가집이 가창의 실제가
반영된 가집이라는 점을 말해준다.

　　　一刻이 三秋ㅣ라 ㅎ니 열흘이면 몃 三秋오
　　　제 모음 즐겁거니 남의 시름 싱각ㅎ랴
　　　千里에 님 離別ㅎ고 줌 못일워 ㅎ노라　　　　　『원연』(575)

又 四章 갓득에 五章 다 셕은 간장이(이下에 들흘님)
봄눈스듯 ᄒ여라

위 작품은『병와가곡집』, 일석본『해동가요』, 육당본『청구영언』
을 비롯한 전기 가집들과 가곡원류계 가집에 이르기까지 20여 가집
에 수록되며 애창되던 작품이다. 이 노래는 종장에서 노랫말의 변
화가 나타나는데, 전기 가집에서 "ᄀ득에 다 셕은 간장(肝腸)이 봄눈
스듯 ᄒ여라"라는 노랫말로 가창되었다면『해악』·『원국』등 가곡
원류계에서는 위『원연』과 같은 형태의 노랫말로 향유하게 된다.

흥미로운 점은『원연』에는 가곡원류계 가집 중에서는 유일하게
다른 노랫말을 부기로 덧붙이고 있다는 것이다. 그 노랫말은 다름
아닌 전기 가집에서 불리던 노랫말이다. 그런데 보통 노랫말 부기
는 '혹왈(或曰)' 등을 통해 노랫말만을 제시하는 것이 일반적인데 비
해,『원연』의 부기는 조금 특이하게 표기되어 있다. 잘 알다시피
'사장(四章)', '오장(五章)'은 가곡 연창의 5장 형식을 말하는 것이고,
'들흘님'은 연창 지시 부호 중 하나인 '든흘님표'를 지칭한다. 따라
서 이러한『원연』의 표기는 당대는 잘 불리지 않았던 전 시대의 노
랫말을 기록하고 그 연창 방식을 명확히 해두고자 남긴 것이라 할
수 있다.

편제가 유사한 형태의 가집들이 여러 본 존재하는 것은 당대 이
러한 유형의 가집 향유가 활발히 이루어졌다는 것을 의미한다. 그
중『원연』이 19세기 말 가곡 연창의 실제와 관련된 향유 기반에서
편찬된 가집이라면,『원황』은 단순 기록과 보존·전승에 무게가 더

해지는 가집이고, 『원박』은 20세기 초 생성된 악곡인 환계락(還界
樂)이 나타나는 것을 볼 때 이들 가집 계열의 20세기적 계승 양상을
잘 보여주는 가집이라 할 수 있겠다.

(2) 『해동악장』과의 친연성

『원연』·『원황』 등은 다른 가곡원류계 가집보다 『해악』·『원국』
등과 많은 공통적 요소를 공유하는 것으로 파악된다. 어찌 보면 전
체적인 틀은 『원국』과 더 유사해 보이기도 한다. 그러나 이러한 형
태는 이들뿐만 아닌 가곡원류계 가집이면 모두 볼 수 있는 공통 체
계에 기반한 모습이다.

『원연』과 『원황』의 작품 배열 양상을 살펴보면 『해악』과 『원국』
의 중간적 모습이 많이 나타나는 것을 알 수 있으나 그 영향 관계를
섣불리 판단하기는 힘들다. 그러나 다음의 작품 배열과 같은 양상
을 보면, 『해악』과의 연관성이 더 높게 나타남을 확인할 수 있다.

원국	원하	협률	해악	원연(원황)
258. 靑春에보던거울	256. 靑春에보든거울	247. 靑春에보던거울	249. 靑春의보든거울	248. 靑春에보던거울
	257. 靑山이寂寞	248. 靑山이寂寞	250. 靑山이寂寞	**249.** **靑山이寂寞**
259. 靑天에썻는미	(260)	(250)	251. 靑天의써노비(미)	250. 靑天에썻는미
260. 靑山이 寂寥				
261. 靑山이不老	258. 靑山이不老	249. 靑山이不老	252. 靑山이不老	251. 靑山이不老

위의 표를 보면 '청(靑)' 어휘 시리즈에 의한 작품 배열을 볼 수 있는데, 『원연』과 『원황』에 수록된 '청산이 적막~' 작품은 그 배열 방식이 『해악』과 같다. 동일 어휘 연상에 의한 구성 원리에 입각해 보자면 『원국』의 작품 배열이 더 나아 보이기도 한다. '청' 다음 어휘까지 비교하자면 '청춘–청천–청산–청산'(원국)이 '청춘–청산–청천–청산'(해악) 보다 더 매끄럽게 연결되기 때문이다. 그런데도 『원연』·『원황』의 작품 배열이 『해악』과 공통된 형태를 띠고 있다는 점은 이들 가집 간의 친연성이 『원국』과 다른 가곡원류계 가집에 비해 좀 더 밀접한 것으로 판단할 수 있게 한다.

다음의 노랫말 변이 양상을 통해 그 친연성을 구체적으로 확인해 보자.

中書堂 白玉杯롤 十年만의 곳쳐 보니
맑고 흰 빗츤 녜로 온 듯 ᄒ다마는
世上의 人事 變ᄒ니 그를 슬허 ᄒ노라   『해악』 683(25)

〈노랫말 유형 ①〉[45]
松李(48) : 엇더타 사롬의 ᄆᄋᆷ은 됴셕변 ᄒᄂ요
청진(84) : 엇더타 사롬의 ᄆᄋᆷ은 朝夕變을 ᄒ다
병가(189) : 엇더타 사롬의 ᄆᄋᆷ은 朝夕變을 한다
원육(648) : 엇지타 스람의 마음은 朝夕變改를 ᄒᄂ고

45) 『송강가사』(이선본), 진본 『청구영언』, 『병와가곡집』 외에 『해일』, 『해주』, 『시가』, 『청가』, 『청영』 등이 이 유형이다.

원불(653): 엇딧타 스룸에 무움은 朝夕變을 ᄒᆞᄂᆞᆫ고

〈노랫말 유형 ②〉[46]

청육(893): 엇더타 世上人事는 朝夕變을 ᄒᆞᄂᆞ니

원국(688): 엇디ᄐᆞ 世上人心은 朝夕變을 ᄒᆞᄂᆞᆫ고
  　　　　　(或曰 世上에 人事ㅣ 變ᄒᆞ니 그를 슬허 ᄒᆞ노라)

원하(680): 엇디ᄐᆞ 世上人心은 朝夕変을 ᄒᆞᄂᆞᆫ고
  　　　　　(一作 世上에 人事ㅣ 変ᄒᆞ니 그를 슬허 ᄒᆞ노라)

협률(664): 엇지타 世上人心은 朝夕変을 ᄒᆞᄂᆞᆫ고
  　　　　　(或曰 世上에 人事ㅣ 変ᄒᆞ니 그를 스허 ᄒᆞ노라)

〈노랫말 유형 ③〉

해악(683): 世上의 人事 變ᄒᆞ니 그를 슬허 ᄒᆞ노라

원연(559): 世上에 人事ㅣ 變ᄒᆞ니 그를 슬허 ᄒᆞ노라
  　　　　　(或曰 엇디ᄐᆞ 世上人心은 朝夕變을 ᄒᆞᄂᆞᆫ고)

원황(543): 世上에 人事ㅣ 變ᄒᆞ니 그를 슬허 ᄒᆞ노라
  　　　　　(或曰 엇덧타 世上人心은 朝夕變을 ᄒᆞᄂᆞᆫ고)

여요(23) : 세상에 인사ㅣ 변ᄒᆞ니 그를 슬허 ᄒᆞ노라

이 작품은 『송강가사』(이선본)에 수록된 정철의 시조로 잘 알려져 있다. 『송강가사』뿐만 아니라 『청진』·『해일』·『시가』·『병가』로부터 가곡원류계 가집에 이르기까지 폭넓은 수록 양상을 보이는 작품으로 그 원형적 노랫말은 '노랫말 유형 ①'에 해당된다. 그런데

---

46) 육당본 『청구영언』 외에 『악서』, 『청연』 등이 이 유형이다.

노래가 전승되면서 노랫말의 변이가 일어났음을 확인할 수 있다. 『청육』·『청연』·『악서』와 같은 가집들은 '노랫말 유형 ②'와 같고, 유사하지만 조금 다른 형태의 '노랫말 유형 ③'에 해당하는 노랫말도 존재한다.

　가곡원류계 가집들의 작품들에는 이 서로 다른 노랫말이 부기로 기록되어 있다. 이는 당시 이러한 유형의 노랫말이 동시에 전승되고 있었음을 말해주는 것이다. 『원연』과 『원황』의 노랫말은 『해악』·『여요』와 같음이 확인되기 때문에 이는 가집 간 영향 관계가 상당히 친밀함을 말해주는 것이라 생각된다.

　『원연』·『원황』의 작품 수록 양상 역시 『해악』·『원국』과 유사한 형태이다. 아마도 후대로 전승·향유되면서 『해악』·『원국』과 같은 여러 가집들의 영향을 받아 다양한 작품 수록 양상이 나타났던 것으로 생각되는데, 비교 결과, 작품 수록에서는 『해악』과의 친연성이 더 짙게 나타나는 것으로 확인된다.

　그중 안민영 작품의 수록 양상을 주목해 볼 수 있다. 『원연』·『원황』에 수록된 안민영 작품 31수 중 10수가 『해악』에는 수록되지 않은 작품이다. 그러나 이 작품들은 모두 『원국』에 수록된 것으로 확인된다. 『원국』의 경우는 단 4수만이 『원연』·『원황』과 공출되지 않기 때문에 이러한 면에서 보자면 『해악』보다는 『원국』과의 공통점이 더 많은 것으로 보인다. 그러나 단순히 공출 작품이 많다는 사실이 두 가집만의 친연성을 담보하지는 않는다. 『해악』과는 공출되지 않고 『원국』과 공출되는 10수는 『원국』뿐만 아니라 다른 가곡원류계 가집들과 대부분 공출되는 공통 작품이다. 반면 『원국』에는 수록되지 않는 4수는 다른 가곡원류계 가집에서도 역시 수록되지 않고, 『원연』·『원황』·『원박』과 『해악』만이 공출되는 작품들이다. 이러한 특징은 『원연』·『원황』의 향유 범위가 『해악』과 어느 정도 맞닿아 있었던 것으로 볼 수 있게 한다.

『원황』이 구황실과 관련된 소통 내력을 갖고 있다는 점 역시 이러한 관련 양상을 방증하는 근거이기도 하다.

> 麒麟은 들에 놀고 鳳凰은 山에 운다
> 聖人御極ᄒ샤 兩露롤 고로시니
> 우리는 堯天舜日인제 擊壤歌로 즑이리라   『원연』(593)

이 작품은 가곡원류계 가집 중에 『해악』·『원연』·『원황』·『원박』에만 수록된 작품이다. 성스러운 동물들인 '기린과 봉황'이 상서로운 기운을 알리고 임금의 등극을 하축하는 내용으로, 기존에는 누구의 작품인지 알 수 없었다. 악장류 시조 중 하나로만 생각되었던 이 작품은 최근 『승평곡』에 실린 두 번째 작품임이 확인되면서 안민영이 그 작가로 밝혀졌다.

주지하듯 『승평곡』은 안민영의 개인 소가집으로 '승평계' 예인들이 대원군과 그 관련 왕실 인물들을 찬양하기 위해 만든 가집이다. 여기에 수록된 이 작품이 가곡원류계 가집 중 네 가집에만 수록되어 있다는 점은 이 가집들의 편찬 시기나 층위가 다를지라도 그 향유 범위는 크게 벗어나지 않으면서 유통되었음을 말해주는 근거로 볼 수 있다.

　　王露에 늘인 곳과 淸風에 나는 입흘
　　老石에 造化筆로 김바탕에 옴겨신져
　　異哉라 寫蘭이 豈有香가만은 暗然襲人 ᄒ도다　　　　　『원황』(22)
　　　　同人 <u>大院位</u> 蘭草讚

　　안민영의 작품으로 알려진 이 작품은 석파대로(石坡大老) 이하응, 즉 대원군의 난초 취미를 찬양하며 만든 〈난초사〉 3절 중 첫째 수로, 『금옥총부』에 세 번째로 수록된 노래이기도 하다. 『해악』을 비롯하여 『원하』·『화악』·『원연』·『원황』 등의 여러 가곡원류계 가집에 수록되는데, 유독 『해악』·『원연』·『원황』의 부기에만 기입된 '대원위(大院位)'라는 표기가 눈에 띈다. 대원위라는 명칭은 대원군을 더 높여 부른 존칭으로, 앞서 2장에서 살펴본 〈수진보작가〉와 관련된 일화에서 이러한 존칭의 유래를 알 수 있었다.[47] 이 존칭이 남아 있다는 점은 이 가집들이 왕실 소용적 성격을 바탕으로 향유되었음을 뜻한다.

　　『원연』 등의 가집에 수록된 안민영 작품은 31수로, 『원국』 41수보다 10수 정도 적은 수치이다. 따라서 안민영 작품의 수치로만 본다면 『원연』·『원황』과 안민영의 관련성은 상대적으로 낮아 보인다. 그러나 『해악』과 공출되는 작품들에서 왕실 소용적 특징이 강하게 나타나는 것을 보면 『해악』과 『원연』·『원황』과 같은 가집들은 그 향유 기반의 접점에서 서로 소통하며 유통·전승되었던 것으

---

47) 제Ⅱ장 2절의 "2) 가곡원류계 가집의 향유 기반 변화와 확대"에서 살펴보았다.

로 볼 수 있다.

(3) 구황실본의 전승 경위와 편찬 특징

『원연』·『원황』이 가집들의 전승·향유 내력에 대해서는 비교적 가집 외적 정보의 파악이 쉬운 『원황』을 통해 살펴보도록 하겠다. 『원황』과『원연』이 같은 전승 과정을 거치진 않았겠지만, 『원황』의 정보들을 통해『원연』을 비롯한 이 계열 가집의 전승 경위도 어느 정도 가늠할 수 있지 않을까 생각한다.

『원황』의 겉표지

『원황』은 구황실본으로 알려진 가집으로, 과거 일제강점기 구황실의 도서관인 이왕직도서관, 즉 장서각에 소장되어 전해졌다. 가집 겉표지에는 '구황실보관 비장(舊皇室保管 秘藏)'이라는 문구가 표기되었고 가집 내지 첫 장에 '유해종(劉海鍾)'이라는 도장이 찍혀 있다. 용지 자체도 이왕직괘지(李王職罫紙)가 사용된 것으로 보아 『원황』이 이왕직에서 소용된 가집임을 짐작하게 한다.[48]

그런데 '유해종'이라는 인물은 단순 소장자가 아니라 일제시대 이왕직에 몸을 담고 있었던 인물임이 확인된다. 『대한제국관원이

---

48) 이에 대해서는 황인완, 앞의 논문, 53면에서 설명된 바 있다.

력서』[49]를 참고해 보면, 그는 이미 대한제국 시기에 관원으로서 이름을 올리고 있고 1910년경에는 장례원(掌禮院) 전사(典祀)로 관련 업무를 담당했다.[50]

일제강점기 이왕직아악부의 여러 자료와 문서를 합철해 놓은 자료인 『조선아악』[51]에는 1913년 당시 고종의 진갑을 축하하는 연향, 즉 덕수궁 어탄신(御誕辰) 연향에 관련된 기록이 남아있는데, 여기에도 유해종이 '여흥(餘興)'을 담당한 이왕직 전사로 이름을 올리고 있다.[52] 당시 덕수궁 어진연은 일제에 의해 그 원형적 모습이 변형·축소된 형태로 진행되었고, 정재 연행에는 '정악전습소'의 하규일과 광교기생조합, 다동기생조합이 참여하여 공연하였다. 야연에서는 기생들에 의해 잡가까지 불렸는데, 기존의 예악적 절차를 수반한 예식 행위로서의 진찬이 아니라 단순한 '여흥'으로 전락해 버린 궁중연향의 변모상을 확인할 수 있다.[53] 아무튼 이러한 과정에 유

---

49) 국사편찬위원회 흔국사데이터베이스(http://db.history.go.kr)의 자료를 활용하였다.

50) 『순종실록』, 순종 3년(1910년) 8월 19일 ○ 장례원 예식관 高羲東, 掌禮院 典祀 劉海鍾, 陸軍副領 全永憲, 侍從武官 康弼祐, 시종 무관 李秉規, 陸軍參領 朴斗榮을 정3품으로 陞品하라고 명하였다.

51) 『조선아악』에 대해서는 김영운, 「조선아악 해제」, 2004. 한국학중앙연구원 장서각 홈페이지 해제; 권도희, 「장서각 소장 『朝鮮雅樂』의 해제와 근대 음악사료적 가치에 대한 고찰」, 『동양음악』 26, 서울대학교 동양음악연구소, 2004를 참고할 수 있다.

52) 『순종실록』의 기록을 참고하면, 유해종은 1911년경부터 이왕직 전사로 근무했음을 알 수 있다.
『순종실록』[부록] 순종 4년(1911년) 2월 1일 ○… 申圭善, 劉海鍾, 李康周 등을 모두 李王職 典祀에 임명하였으며, … 劉海鍾, 李康周는 8등에 서임하였다.

53) 강경호, 「일제강점기 궁중연향의 변모와 정재전승의 굴절」, 『전통무용의 변모와

해종은 담당 전사로 공무에 임했으며, 하규일을 비롯한 조선정악전
습소와도 활발한 교류가 있었던 인물로 파악된다.

한편 1921년 4월, 일본인 학자 다나베 히사오[田邊尙雄]가 조선으
로 들어와 이왕직아악대를 방문했을 때 당시 그곳의 책임자 역시
유해종이었음이 확인된다.[54] 당시 이왕직아악대는 경성 서대문안
의 당주동(唐珠洞)에 위치했다고 하며, 아악수장은 명완벽(明完璧)이
었다. 유해종은 장례원 전사와 이왕직 전사를 거쳐 1920년경에는
이왕직아악대를 직접 책임지는 업무를 수행했던 것으로 보인다.

따라서 『원황』의 소장자로 여겨졌던 유해종은 단순 소장자가 아
니라 아악부 관련된 업무를 오랜
기간 담당한 인물이었음을 알 수
있다. 따라서 『원황』은 단순히 전
승의 과정에서 구황실 도서관에
소장된 것이 아니라 이왕직아악
부와 관련해 보존과 전승의 차원
에서 소장·보관되었을 것으로 추
정된다. '구황실보관 비장'이라는
문구가 당시 이왕직아악대 관련
문서인 『조선악개요(朝鮮樂槪要)』

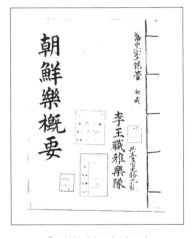

『조선악개요』의 겉표지

현대적 계승』, 민속원, 2011.
54) 김성진 옮김, 「조선음악기행(Ⅰ)」, 『한국음악사학보』 18, 한국음악사학회, 1997,
115면.(다나베 히사오의 『조선·중국음악조사기행』을 번역한 자료임.)

의 표지에도 동일한 필체로 기록되었다는 점을 볼 때, 『원황』과 같은 서적들은 국가적 차원에서 보관되고 있었음을 알 수 있다.

그렇다면 『원황』은 언제부터 이곳에 보관되었던 것일까. 앞서 소개한 다나베 히사오는 1921년 당시 이왕직아악부를 방문하고 조선의 음악을 조사·연구하면서 조선 고음악 자료들을 살펴본 바 있다. 그리고 그 자료들을 총독부 참사관(參事官) 분실 자료 혹은 이왕가 도서관에서 열람한 것이라고 밝히며 자료 목록을 남기고 있다. 그 목록 중에는 『가곡원류』 한 권이 있었음이 확인되는데,[55] 이것이 『원황』일 가능성이 높다. 유해종은 이미 1911년경에는 이왕직 전사로 근무하며 궁중 연향과 관련된 업무를 보고 있었으니, 이왕직과 관련된 공간에 '구황실보관 비장'이라는 표기를 넣어 이러한 가집 자료가 보관되게 된 것으로 볼 수 있다.

한편, 현재 전하는 『원황』의 필사연대를 1910년 이전으로 볼 수는 없을 것 같다. 다음 시조 작품의 작가 부기의 내용을 통해 이러한 사항이 확인된다.

　　　豪放헐슨 져 늘근이 술 아니면 노리로다
　　　端雅象中 文士貌은 古奇畵裡 老仙形을
　　　뭇느니 雲臺에 숨언지 몃몃히나 되인고　　　　　　『원황』(74)
　　　　　　李熹公 号又石 題雲崖 朴景華

---

55) 김성진 옮김, 「조선음악기행(Ⅱ)」, 『한국음악사학보』 24, 한국음악사학회, 2000, 199면.

이 노래는 안민영의 작품으로 알려졌으나 가곡원류계 가집에서는 이재면의 작품으로 표기되는 특징을 보인다. 이는 앞서 설명했듯이 안민영의 작품이 이재면의 작품으로 알려지고 향유되던 당대 가곡 향유의 일면이 반영된 것으로 이후 후대에까지 그 작가 명칭이 고착화 되어 전승된 것이다.

그런데 『원황』에 수록된 작가명이 '이희공(李熹公)'으로 되어 있음을 확인할 수 있다. '이희공'의 '이희'는 이재면의 이명(異名)으로 1910년 8월 24일, 순종의 명에 의해 개명된 이름이다. 또한 '공'이라는 명칭이 붙게 된 이유는, 같은 해 한일강제병합이 8월 22일 이루어지면서 시행된 일본 천황의 조칙 때문이며 이로 인해 '이희공'으로 불린 것이다.

따라서 『원황』이 필사된 시기는 1910년 8월 이후 '이희공'이라는 호칭이 일반화된 시기로 볼 수 있다. 소장과 보관을 담당했던 유해종 역시 이 시기를 즈음으로 이왕직아악부 관련 업무를 시작한 것으로 보면 그 전사와 소장 시기가 비슷했을 것으로 생각된다.

『원황』과 같은 가집이 구황실이나 이왕직아악부로 유입되어 소장되게 된 경위까지는 자세히 알 수 없다. 그러나 『원연』·『원황』과 같은 이러한 유형의 가집들이 이왕직아악부와 관련되어 전승되고 보관되었다는 점에 주목할 필요가 있다. 이 가집들은 『해악』처럼 안민영과의 관련성이 직접적으로 나타나거나 왕실 소용적 성격이 강하게 드러나는 가집과는 조금 다른 양상을 보이며 또한 그 소용 목적도 분명 달랐을 것으로 생각된다. 하지만 유사한 편찬 층위에서 가집들이 생성되었고 향유 범위도 크게 다르지 않았을 것만은 분명해 보인다. 『원연』·『원황』과 같은 가집군들이 20세기 초까지 계속해서 생성·전승되었다는 점에 그 가치와 의미를 두고 살펴볼 필요가 있겠다.

2. 국립국악원본 계열 가집의 편찬과 전변

이 절에서는 가곡원류계 가집 중 원본(原本) 또는 정본(正本)으로 평가받는 국립국악원본(원국)을 중심으로 논의를 진행하고, 『원국』 계열 가집으로 『원가』(가람본)와 『하순일 편집본』 그리고 『원일』(일석본), 『협률대성』 등을 함께 살펴보고자 한다.

『원국』은 항상 '가곡원류 연구'의 중심에 있었지만, 정작 『원국』 자체에 대한 상세한 연구는 거의 없는 실정이다. 따라서 『가곡원류』 의 대표성을 띤 가집이기 이전에 개별 가집으로서 『원국』 본연의 성격과 특징을 우선적으로 밝힐 필요가 있다.

『원국』은 가집 자체에 대한 외적 정보나 편찬과 관련된 기록이 거의 남아있지 않다. 이러한 면은 『원국』을 연구하는 데 걸림돌로 작용했을 것이다. 가집 말미에 「박효관 발문(跋文)」이 기록되어 있지만 이것은 『원국』 이외에 여러 가곡원류계 가집들에도 남겨진 기록이어서 『원국』만의 특징으로 삼기 어렵다. 따라서 『원국』의 실체에 접근하기 위해서는 다른 가곡원류계 가집과 함께 종합적으로 비교·검토하는 방법이 요구된다 하겠다.

먼저 『원국』에 대한 기존의 시각들을 검토할 것이다. 『원국』은

'원본·완본·정본·최종 완성본' 등으로 다양하게 평가되지만, 이것이 『원국』자체에 대한 정밀한 분석을 토대로 내려진 결과가 아니라는 점에서 이에 대한 재평가가 필요하다고 본다. 『원국』의 악곡 편제가 지닌 정연한 모습에 대해서는 이미 앞에서 언급한 바 있다.[56] 그러나 이러한 온전한 편제의 모습이 과연 원본적 실체에 근접한 것인지에 대해서는 좀 더 숙고해 볼 필요가 있다. 여기서 제기되는 몇몇 문제점들을 확인하면서, 과연 『원국』에 대한 기존의 평가가 유효한 것인지에 대해 논의할 것이며 더 나아가 『원국』이 어떠한 성격과 특징을 갖는 가집인지에 대해 알아보고자 한다.

『원국』과 유사한 편제를 보이는 가집은 많다. 그만큼 『원국』의 편제는 보편성을 띤다고 볼 수 있다. 가곡원류계 가집 중 『원국』과의 연관성을 언급할 수 있는 가집은 『원가』와 『하순일 편집본』 그리고 『원일』, 『협률』 등이 있는데, 이들 가집에 대한 연구도 거의 이루어지지 않은 상태이다. 이 개별 가집들에 대한 연구는 각각의 편찬 특징들을 새롭게 살펴볼 수 있는 계기가 될 것이며, 동시에 대표 가집인 『원국』의 여러 특징들을 함께 논의할 수 있는 장을 마련하게 될 것이다.[57]

---

56) 제Ⅱ장 3절의 "2) 악조와 악곡 및 작품 편제 양상"에서 논의하였다.

57) 필자는 2010년 반교어문학회 제134차 정기학술발표회에서 「국립국악원본『가곡 원류』의 성격과 편찬 특징」이라는 주제로 발표한 바 있다. 본 연구에서 『원국』에 대한 서술은 이때 발표했던 논의를 수정·보완하여 수록하였음을 밝힌다.

1) 후대 완본적 성격의 가집 편찬과 「박효관 발문」의 전승

(1) 국립국악원본 『가곡원류』를 보는 시각

『원국』은 하순일 소장본이었던 가집이 하규일에게 전해져 현재의 국립국악원에 소장된 것으로 알려졌다. 하순일은 박효관의 제자인 하준권(河俊權)[또는 하중곤(河仲鯤)], 최수보(崔守甫)로부터 가곡을 배운 인물로, 하규일의 종형(從兄)이기도 하다.[58] 1909년에 하순일이 조양구락부(調陽俱樂部)의 가곡 교사로 취임하고, 하규일이 조양구락부의 후신인 조선정악전습소(朝鮮正樂傳習所)의 학감으로 취임하면서 두 사람은 1913년까지 함께 있었던 것으로 확인된다.[59] 그 이후 하순일에 대한 기록을 찾아볼 수 없어 그의 종적을 알 수는 없지만, 1910년을 전후로 조선정악전습소에 있으면서 함께 가곡 교사로 근무했다는 점을 고려하면 이 시기 즈음에 하순일이 소장하고 있던 『가곡원류』가 하규일에게 전해진 것이 아닌가 추정할 수 있다. 근대 초 가곡 전승의 대표적 인물이자 선가자인 하규일이 소장하고 국립국악원의 전신인 이왕직아악부로 전해진 이 『가곡원류』는 이후 원본이라는 평가를 받게 된다.

58) 장사훈, 「가곡계의 거장 河圭一」, 『善歌 河奎一 先生 略傳』(김진향 편), 민속원, 1993, 119면. 조선후기 가곡창 가객들의 계보는 연구자에 따라 조금씩 다르게 설명되기도 한다.

59) 장사훈, 「한국최초의 민간음악 교육기관」, 『민족문화연구』 8, 1974; 박은경, 「한국최초의 민간음악교육기관 조선정악전습소 연구」, 『음악과 민족』 21, 민족음악학회, 2001 참조.

　지금 이 冊이 寫本, 혹은 謄寫本으로 몃 部가 各處에 있는데 故 河奎一氏 所藏은 朴孝寬의 門生인 河順一 所藏으로 그 原稿本을 전하는 것이라 한다.[60]

　선생(필자:하규일을 지칭)의 自筆인가는 未審하나 선생이 가지고 계시던 正本 歌曲源流가 있는데 이것은 선생 歿後 筆者가 所藏하다가 現在는 國立國樂院에서 保存하게 되었다.[61]

　이병기는 이왕직아악부 촉탁으로 근무한 경력을 갖고 있으며, 함화진이 편찬한 『증보 가곡원류』(1943)의 「서문」을 지은 인물이다. 여기에서 하규일 소장으로 전해지는 『가곡원류』에 대해 언급하는데, 이 가집은 '하순일 소장본'이며 '박효관의 원고본'이 전하는 것이라고 하였다. 이주환 역시 자신의 스승인 하규일을 회고하면서 『원국』을 '정본 가곡원류'라고 서술하였다. 이를 통해 보면, 『원국』이 '박효관의 원고본'에 가깝다거나 '정본'이라는 얘기는 대부분 이왕직아악부 또는 하규일 관련 인물들에게서 나와 전해진 것임을 알 수 있다. 그러나 이러한 평가가 객관적 검토를 거친 것인가에 대해서는 좀 더 논의할 필요가 있을 것이다.

　앞서 제Ⅱ장에서 상세히 언급했듯이,[62] 국문학 연구 초기에서부터 『원국』을 '원본'으로 다뤘던 것은 아니다. 『가곡원류』에 대한 비

---

60) 이병기, 「序文」, 『증보 가곡원류』(함화진 편), 鐘路印文社, 1943.
61) 이주환, 「善歌 河奎一 先生」, 『善歌 河奎一 先生 略傳』(김진향 편), 민속원, 1993, 104면.
62) 제Ⅱ장 1절의 "1) 『가곡원류』를 보는 시각"에서 검토하였다.

교적 이른 시기의 논의인 최남선의 「가곡원류 소서(歌曲源流 小敍)」[63]
에는 『원국』에 대한 별다른 논의 없이 당시 『가곡원류』의 전반적
이야기에 대해서만 기술되어 있다. 조윤제[64]는 『가곡원류』에 관한
여러 논의를 전개하면서 몇 이본을 언급하지만, 주로 『원규』, 『해악』,
『원육』을 중심으로 논의하였다. 다다 마사토모[多田正知][65]는 『원국』
에 대해 언급하지 않고, 구(舊) 조동윤가 소장본(해악), 최남선씨 소
장본(원육), 후지마사 아키오[藤正秋夫] 소장본을 소개하며 그중 『해
악』을 선본으로 평가한다.

  그러나 당대 연구자들은 원본 고증에 대한 어려움을 갖고 있었던
것으로 보이는데, 조윤제는 "只今으로 그다지 머지않은 時日에 엇
지 全然 世人의 모르는 바가 되었는가"[66]라고 하였고, 이병기 역시
"歌曲源流는 高宗 十三年(一八七六) 朴孝寬의 撰으로 七三年밖에는
아니되지만 정말 그 原本이 어떤 것인지를 모르겠다"[67]고 할 만큼
『가곡원류』 원본 고증의 어려움이 컸던 것을 알 수 있다. 특히 이병
기는 이전에 『원국』이 '박효관 원고본'일 것이라는 주변의 견해를
『증보 가곡원류』 「서문」에서 언급했었기에 이 같은 논의는 주목해
서 살펴야 할 것이다.

63) 최남선, 「가곡원류 소서」, 육당본 『가곡원류』, 1929.
64) 조윤제, 「歌曲源流」, 『조선어문』 5, 조선어학회, 1932; 「역대가집편찬의식에 대하
    야」, 『진단학보』 3, 진단학회, 1935.
65) 多田正知, 「靑丘永言と 歌曲源流」, 『朝鮮論集』(小田先生頌壽記念會 編), 1934.
66) 조윤제, 앞의 논문, 1932, 12면.
67) 이병기, 「고전의 僞作」, 『서울신문』, 1949년 5월 18일자.(『가람문선』, 신구문화사,
    1969, 473면에서 재인용.)

이후 가곡원류계 가집의 연구에서는 『원국』이 대표 가집으로 평가받게 된다. 심재완은 『원국』을 "原流의 完本(原本이거나 그에 가장 가까운 冊)"으로 보고, "그 精誠들인 寫法이나 五音分節, 本文 音符記入, 簽字法 等으로 보아서 더욱 그러한 確定을 굳게 한다"[68]고 하였고, 그 후 김근수, 장사훈, 황순구 등도 이러한 견해를 같이 하며 '원본' 혹은 '초고본(初稿本)'이라는 평가를 내렸다.[69] 기존 논의를 요약하면 "河奎一은 그 叔父 河俊權의 弟子 崔壽甫와 朴孝寬에게서 歌曲을 傳受받았고, 或은 朴孝寬에게서 歌曲의 歌法을 傳承받은 그 再從 河順一과 그 叔父 河俊權에게서 歌曲의 歌法을 傳承받았다 하니 그 傳來 系統이 分明"[70]하기에 원본이라는 것이다. 이러한 연구들을 바탕으로 이후 '국립국악원본=가곡원류 원본'이라는 등식이 정설로 받아들여졌고, '가곡원류에 대한 연구'에서 『원국』은 자연스럽게 원본·정본이라는 전제가 깔리게 된 것으로 보인다.[71]

---

68) 심재완, 『시조의 문헌적 연구』, 세종문화사, 1972, 50~51면. 가곡원류계 가집에 대해서는 이미 「가곡원류계 가집연구」(『영남대학교 논문집』 1, 1967)에서 논의하였다.

69) 김근수, 앞의 논문, 명지대, 1968, 228면; 장사훈, 「가곡원류」, 『한국음악학자료논총』 5, 국립국악원, 1981; 황순구, 「해제 가곡원류」, 『시조자료총서3. 가곡원류』, 한국시조학회, 1987, 2면.

70) 김근수, 위의 논문, 명지대, 1968, 228면.

71) 이러한 정설에 대한 의문은 학계에서도 종종 제기되었지만, 아직까지는 '『원국』 원본설'이 지지를 얻는 것으로 보인다. '『원국』 원본설'에 대한 부정적인 견해로는 다음의 논의들이 대표적이라 할 수 있다.
황충기, 「≪가곡원류≫ 編纂에 대한 異見(II)」(『歌曲源流에 관한 研究』, 국학자료원, 1997에 재수록); 김선기, 「안민영 시조를 둘러싼 국악원본 『가곡원류』와 『금옥총부』의 비교 고찰」, 『한국언어문학』 48, 한국언어문학회, 2002.

최근 신경숙은 일련의 연구를 통해 『원국』이 1872년에 편찬된 '박효관의 원고본(原稿本)'이며 '최종 완성본'이라는 진단을 내렸고, 그 이전에는 우대 가집 『지음』과 『원일』, 『원육』 등과 같은 초기본 가집들이 존재했음을 논의한 바 있다.[72] 여기에서 신경숙은 「박효관 발문」과 '연음표'의 구비 여부, 『하순일 편집본』과의 관련성을 들어 『원국』을 『하순일 편집본』의 대본이 된 '하순일본'이라고 보았고, 또한 '박효관 원고본'인 '하순일본'이 전승되어 현재까지 전해지고 있는 것이라 하였다. 다시 말하면, 『원국』은 "박효관 원고본→하순일 소장→하규일 소장"으로 전해졌다는 것이다.[73]

지금까지 『원국』에 대한 기존의 시각과 논의들을 간략히 검토해 보았다. 『원국』을 바라보는 시각에 따라서 원본으로 보기도 하고 완성본으로 보기도 하는데, 대상을 접근하는 방법의 차이는 있더라도 대체로 『원국』이 '박효관 원고본'이라는 데에는 일치를 보인다.

그러나 『원국』을 '박효관 원고본'으로 보는 것에 대해서는 좀 더 검증할 필요성이 있다고 본다. 이러한 시각들은 앞서 언급되었던 이병기와 이주환의 회고에 일정부분 기대고 있는 것이기도 한데, 문제는 하규일에 의해 전해진 『원국』이 '박효관 원고본'이라는 객관적 근거를 찾기가 어렵다는 점이다.[74] 따라서 『원국』을 박효관의 원

---

72) 신경숙, 「19세기 서울 우대의 가곡집, 『가곡원류』」, 『고전문학연구』 35, 한국고전문학회, 2009; 「『가곡원류』 편찬 연대 재고」, 『한민족어문학』 54, 한민족어문학회, 2009; 「가곡계 가집과 음악-19세기 『가곡원류』 형성과 확산을 중심으로」, 〈인접학문과 음악의 만남〉 2009국악학전국대회 발표자료집, 한국국악학회, 2009.10.
73) 신경숙, 위의 논문, 한민족어문학회, 2009, 81면.
74) 기존 논의에서도 지적된 바 있다. 황충기, 앞의 논문, 한국어문교육연구회, 1992.

고본 혹은 완성본으로 보는 시각에 대해 면밀히 살펴볼 필요가 있다. 이에 대해서는 『원국』의 성격과 편찬 특징을 검토하는 과정에서 자연스럽게 논의가 이루어질 것이며 또한 『원국』이 '하순일본'인가 하는 문제는 다음 절에서 『원가』와 『하순일 편집본』 등을 검토하면서 함께 논의될 것이다.

(2) 국립국악원본의 편찬 체제와 후대적(後代的) 특징

『원국』의 편찬 체제는 전범적이다. 이미 여러 선학들에 의해 언급됐듯이 『원국』의 정연한 체제는 다른 가집들과의 비교에서 기준으로 삼을 만하다. 『원국』의 편찬 체제를 악조·악곡별 분류와 작품 순번을 중심으로 제시해 보면 다음과 같다.

> 羽　調　初中大葉(1~3) 長大葉(4) 三中大葉(5~6)
>
> 界面調　初中大葉(7) 二中大葉(8) 三中大葉(9)
>
> 　　　　後庭花(10) 臺(11)
>
> 羽　調　初數大葉(12~24) 二數大葉(25~61) 中擧(62~80) 平擧
> (81~103) 頭擧존쟈즌한닙(104~124) 三數大葉(125~
> 146)
>
> 　　　　搔聳伊(147~160) 栗糖數大葉(161~165)
>
> 界面調　初數大葉(166~169) 二數大葉(170~250) <u>中擧즁허리
> 드는쟈즌한닙(251~304)　平擧막드는쟈즌한닙(305~369)</u>
> 〔④〕頭擧존즈즌한닙(370~437) 三數大葉(438~461)

(재수록된 『歌曲源流에 관한 硏究』, 국학자료원, 1997, 93~94면에서 참조.)

蔓橫(462~486) 弄歌(487~546)〔①〕界樂(547~577)

羽樂(578~596)〔⑤〕 瓶樂(597~624) 編樂(625~631)

編數大葉(632~653) 瓶編지르는편ᄌᆞᆫ한닙(654~665)

(여창)

羽　調　中大葉(666)

界面調　二中大葉(667)

後庭花(668) 臺(669) 將進酒(670) 臺(671)

羽　調　二數大葉(672~685) 中擧(686~696) 平擧(697~703)

頭擧(704~718) 栗糖數大葉(719~720)〔②〕

界面調　二數大葉(721~736) 中擧중허리드는ᄌᆞᄌᆞᆫ한닙(737~

757) 平擧막드는ᄌᆞᄌᆞᆫ한닙(758~778) 頭擧존ᄌᆞᄌᆞᆫ한닙

(779~791)

弄歌(792~806) 羽樂(807~825)〔⑥〕界樂(826~837)

編數大葉(838~855)

歌畢奏臺(856)〔③〕

　　다른 가곡원류계 가집들의 편찬 체제 및 작품 수록 양상을 살펴
보면, 악곡상의 변화가 나타나기도 하며 여러 표기 및 작품 수록에
서 누락이 나타나기도 한다. 이러한 이본 가집들의 편제와 비교해
볼 때 『원국』의 편찬 체제는 상당히 안정적이라는 인상을 받는다.
　　비교를 위해 다른 가집들의 특징들을 간략히 언급해 본다. 『해악』
은 악곡상으로 볼 때 전체적으로 무난한 편제를 이루고 있지만, 남
창 '계락'의 악곡명 표기가 누락되어 있다.(①) 『원하』(하합본) 역시
전체적으로 큰 문제는 없지만, 여창 우조 율당삭대엽 이후에 '계락'
으로 표기된 작품 한 수가 끼어 들어가 있고,(②) 전체 작품을 마무

리하는 '가필주대'인 〈태평가〉가 실리지 않았다.(③) 『원육』(육당본)
과 『원불』(불란서본)의 경우는, 남창 계면조 평거가 '중거 부평두'에
함께 묶여 있으며,(④)⁷⁵⁾ 역시 〈태평가〉가 누락되어 있다.(③) 『원연』
(연세대본)·『원황』(구황실본)·『원박』(박상수본)은 남창 '만횡' 이후 '농
가, 계락, 우락' 등의 악곡과 함께 100여 수의 시조 작품이 누락되었
다.(⑤) 『협률』은 악곡 순서상에는 문제가 없지만, 여창 마무리 이후
'남창 엇편', '삭대엽', '중거' 등으로 4수의 작품이 추가되었고, 〈태
평가〉의 위치가 가사 작품들 뒤에 위치되었다. 『원가』(가람본)와 『원
박』에는 여창 '우락'과 '계락' 사이에, 가곡창 악곡 중 가장 늦은 시
기에 발생한 것으로 평가받는 '환계락'이 추가되어 있기도 하다.(⑥)

이렇듯 다른 가곡원류계 가집에서는 변모의 양상이든 필사·전사
상의 오류이든 다양한 변화 모습이 나타나는 데 비해, 『원국』의 악
곡별 편제 양상은 다른 가곡원류계 가집들과 비교했을 때 기준적
역할을 하고 있다고 말할 수 있을 만큼 안정적이고 틀을 잘 갖춘
모습을 하고 있다.

작품 수록 양상도 다른 가곡원류계 가집에서 나타나는 공통적 특
징들이 대부분 반영되어 수록된 모습이다. 다시 말해 작품의 수록

75) 이러한 현상에 초기본적 모습으로 보기도 하지만,(신경숙, 앞의 논문, 한국고전문
   학회, 2009; 앞의 논문, 2009국악학전국대회 발표자료집, 한국국악학회, 2009.10)
   이것이 남창 우조·계면조, 여창 우조·계면조 중 유독 남창 계면조 중거·평거에서
   만 나타난다는 점, 나머지는 제대로 중거와 평거가 분배되었다는 점을 본다면, 『원
   육』, 『원불』에서 나타나는 이러한 현상은 후대적 혼용으로 보아야 할 것으로 생각
   된다. 이에 대해서는 제Ⅲ장의 "4. 동양문고본 계열 가집의 편찬과 전변"에서 자세
   히 다룰 것이다.

·출입(出入)·누락, 특정 작가의 작품 수록 양상이『원국』에 수록된
작품들은 대부분 다른 가곡원류계 가집들과 공출되는 작품들이라
는 것이다. 이러한 양상은 다른 가집과 비교해 볼 때 보편성을 띤다
고 말할 수 있다.

예를 들어, 안민영 작품의 경우, 41수나 수록되어 있지만『원국』
만의 수록 양상은 거의 보이지 않는다.『금옥』·『원규』(규장각본)와
공출되는 작품 1수, 여기에『원일』이나『해악』정도의 가집이 더해
져 공출되는 경우가 3~4수정도 있을 뿐이다. 이외에 다른 작가들
의 작품 같은 경우『화악』과 공출되는 김학연 작품 1수, 호석균 작
품 3수 정도를 제외하고는『원국』만의 독특한 작품 수록은 보이지
않는다.

그러나 다른 가곡원류계 가집들은 자기만의 독특한 작품 수록 양
상을 보이는 경우가 많다. 대표적인 예를 들자면,『원하』의 경우,
가곡원류계 가집에는 잘 수록되지 않는 전기 작가 작품들이 이삭대
엽 계열 악곡에 대거 실려 있으며, 유일하게 고종의 작품 2수가 수
록되어 있다.[76]『해악』에는『금옥』과만 공출되는 안민영 작품이 33
수나 되며[77] 유일하게 김윤석의 작품이 한 수 수록되었다.[78]『원가』

---

76) 『원하』 남창 만횡 471번 "놉풀샤 못天이며 돗터울사 坤元이라"과 여창 계락
   771(54)번 "康衢에 맑은 노리며 南薰殿 和흔 바름 太平氣像을 알니로다"로, 이 두
   작품에는 모두 "東朝丁丑 七十進饌時 御製"라는 부기가 기록되어 있다. 여기서
   '東朝'는 신정왕후(神貞王后, 1808~1890)를 가리키는 것으로 이 노래들은 신정왕
   후의 칠순을 경축하는 정축년(1877) 진찬에서 불린 노래임을 알 수 있다.
77) 강경호, 앞의 논문, 한국어문교육연구회, 2007, 220면.
78) 『해악』 편삭대엽 643번 "玉樓紗窓 花柳 中의 白馬金鞭 少年들아~".

는 가집 자체가 대본 가집에서 초출(抄出)된 가집으로 총 작품수가
446수이며, '가필주딕'인 〈태평가〉 후에 출처를 알 수 없는 시조창
작품 12수가 수록되기도 한다. 『원일』은 가집 후반부에 기존 작품
과 신규 작품 106수가 뒤섞여 편집·수록되어 있다. 『원불』은 남창
부분 말미에 출처를 알 수 없는 시조창 작품 3수가 수록되어 있
고,[79] 『원육』은 마지막 작품 뒤에 "동산(東山) 이선생(李先生) 우봉인
(牛峰人)"이라는 부기가 붙은 시조창 작품 한 수가 덧붙여져 있다.[80]

　이처럼 보통의 가곡원류계 가집들에서는 타 가집들에는 수록되
지 않고 자기만의 색깔을 지닌 독특한 작품들이 수록된 반면, 『원
국』은 대다수의 가집들에도 수록되어 있는 상대적으로 검증된 작품
으로 가집이 구성되었다는 인상을 준다. 이는 가집 편찬자가 그만
큼 작품을 선별하는데 신중을 기했다고 볼 수 있다. 『원국』에는 안
민영을 비롯하여 다른 가곡원류기 작가의 작품들이 평균 이상으로
수록되어 있는데, 이 또한 가집 편찬자가 이 시기 작가 작품들을
잘 정리해 모으려는 듯한 의도가 느껴진다.[81] 안민영의 작품도 『해
악』처럼 주제적으로 편향되지 않았고, 다른 가곡원류계에 비해서
는 양적으로도 많은 작품이 수록된 양상이다. 이러한 면모 역시 악
곡별 편제 양상과 함께 가곡원류계 가집들의 기준적·중도적 형태

---

79) 부기에 '典洞'이라고 기록된 작품이 두 수(629번, 630번)이고 '不知何許人'이라고
　　기록된 작품이 한 수(631수) 수록되었다.
80) 『원육』 804번 "初生달 뉘버혀져 그며 보름달 뉘 그려 둥그러는요 / 닉 물흘녀 마르
　　지 안코 연긔ㄴ며 ᄉ라지니 / 셰상에 영허소장 ㄴᄂ 몰나."
81) 제Ⅱ장 3절의 "3) 가곡원류기(期) 작가의 작품 수록 양상"에서 논의하였다.

를 보인다고 판단된다.

그러나 이러한 온전한 편제와 작품 수록의 양상이 과연 원본적 실체에 근접한 것인지에 대해서는 좀 더 숙고해 볼 필요가 있다. 왜냐하면『원국』에는 여러 부분에서 완전성을 갖추기 위한 노력의 흔적이 곳곳에 남아있는데, 이는 가집 편찬의 후대적 징후로 판단되기 때문이다. 따라서『원국』에 대한 기존의 평가가 유효한 것인지에 대해 정밀한 검토가 필요할 것으로 보인다.

편찬 체제의 완전성을 추구한 것 이외에도『원국』은 여러 면에서 편찬 완성도를 높이기 위해 편집자의 많은 수고가 더해진 가집임이 확인된다. 그 대표적 예로, 작품의 배열과 구성 방식의 경우를 들 수 있다. 가곡원류계 가집에서는 시조 작품 배열의 내적 원리로 '동일 어휘, 어구, 주제어, 이미지어' 등을 묶어 연이어 배치하는 방식을 취하는데, 이러한 배열 방식은 가곡원류계 가집뿐만 아니라 19세기 가집의 편찬에서 중요한 작품 수록 원리로 지목된 바 있다.[82]『원국』에서는 편자의 의도적인 개입에 의한 작품 배열과 구성이 종종 나타난다. 주목할 점은 이러한 배열의 방식이 대다수의 가곡원류계 가집과는 다른 방향으로 나타난다는 데에 있다.

---

82) 신경숙,「≪가곡원류≫의 소위 '관습구'들, 어떻게 볼 것인가?」,『한민족어문학』 41, 한민족어문학회, 2002; 성무경,「가곡 가집,『영언』의 문화도상 탐색」,『고전문학연구』23, 한국고전문학회, 2003(『조선후기, 시가문학의 문화담론 탐색』, 보고사, 2004에 재수록) 참조. 이에 대해서는 본 연구의 제Ⅱ장 3절 2항의 "(1) 악곡 중심의 가집 편제"에서 논의하였다.

원국	원하(화악, 원연 등)
198. 靑山아 말 무러보쟈 古今을 네 알니라 199. 靑春은 어듸 가고 白髮은 언제온다 200. 靑蛇釰 두러메고 白鹿을 지줄타고 201. 靑篛笠 숙이 쓰고 綠簑衣 님의츠고 **202. 靑山에 눈이 오니 峯마다 玉이로다** 203. 臨高臺 臨高臺ㅎ야 長安을 굽어보니 204. 春山에 눈 녹인 브름 건듯불고 간듸업닉 205. 空山에 우는 덥동 너는 어이 우지는다	184. 靑山아 말 무러보쟈 古今 古今를 185. 靑春은 언제 가고 白髮은 언제온고 186. 靑蛇釰 두러메고 白鹿을 지줄타고 187. 靑篛笠 숙여 쓰고 綠簑衣 님의 챠고 188. 臨高臺 臨高臺ㅎ야 長安을 굽어보니 189. 春山에 눈 녹인 바람 건듯불고 간듸업닉 190. 空山에 우는 덥동 너는 어니 우지는다 **191. 靑山에 눈이 오니 峯마다 玉이로다**

위 예문은 남창 계면조 이삭대엽의 일부분을 작품 순서대로 배열
한 것이다. 『원국』과 비교하기 위해 다른 이본 가집들을 대표해『원
하』의 작품들도 함께 제시하였다. 『원국』의 작품 배열을 보면, '청
(靑)'이라는 동일 어휘로 5수의 작품이 연이어 수록되었고, 잠시 한
수로 인해 질서가 흔들렸지만, 다시 '산' 시리즈의 동일 이미지로
작품 두 수가 이어지고 있음을 알 수 있다. 그런데 같은 부분의『원하』
를 보면 대체로『원국』의 순서와 일치하지만 "청산(靑山)에 눈이 오
니~"가 '청'이 아닌 뒤 작품들의 '산' 시리즈에 위치된 것이 확인된다.

이는 가집 편자의 취향 혹은 의도에 따라 어느 쪽이든 배치 가능
한 것으로 보이는데, 문제는 이 작품[청산에 눈이 오니~]의 위치가 대
다수의 가곡원류계 가집들은『원하』의 배열과 같고, 『원국』·『원규』
·『원일』만이 다른 배열 형태를 취하고 있다는 점이다. 『원규』는『원
국』의 전사본이고, 『원일』은『원국』계열 가집으로서의 성격과 후
대적 성격이 농후하다는 점[83]에서『원국』의 작품 배열에 영향을 받

---

83) 『원일』의 이 같은 성격에 대해서는 다음 제2항의 "(2) 일석본의 편찬 특징"에서

은 가집으로 볼 수 있다. 그렇다면 이러한 작품 배열은『원국』편집
자의 판단 아래 '산' 이미지보다는 '청'이라는 동일 어휘 연상에 견인
되어 의도적 배치가 이루어진 것으로 봐야 한다.

　이러한 작품 배열 방식의 변화는 안민영 작품에도 나타난다. 소
용 악곡 후반부에는 가집별로 안민영 작품 1~2수가 수록되는데, 공
통적으로 수록되는 한 수가 〈매화사〉 팔절 중 제7수인 "뎌 건너 나
부산(羅浮山) 눈ㄷ속에 검어 웃쑥~"(원연 152번)이라는 작품이다. 대
부분의 가곡원류계 가집을 통해 볼 때, 이 작품은 '동일 연상의 원
리'와 관계없이 악곡 마지막에 수록하는 것이 관습적 배열이었던
것으로 보인다.

원국		원연(협률, 원동 등)
153. 뎌 건너 검어무투룸흔 바회		147. 뎌 건너 검어무투룸흔 바회
154. 뎌 건너 羅浮山 눈ㄷ속에	安玫英 梅花詞	
155. 洛城西北 三溪洞天에	朴孝寬	
156. 露花風葉香氣ㄷ속에	大	148. 閣氏네 되오려 논이
157. 閣氏네 되오려 논이		149. 玉에는 틔나잇지 말곳흐면
158. 玉에는 틔나잇지 말곳흐면		150. 이몸이 싀여져서 三水甲山
159. 이몸이 싀여져서 三水甲山		151. 고스리 닷丹졔醬 직어먹고
160. 고스리 닷丹졔醬 직어먹고		**152. 뎌 건너 羅浮山 눈 속에**

　그런데『원국』에서 이 작품(154번)이 박효관 작품[84]과 함께 다섯

다룰 것이다.

84) 155번 작품은 본래『금옥』96번에 수록된 안민영 작품이다.『원국』,『화악』등에서
　는 '박효관'의 작품으로 명기되어 있다. 156번의 경우는『원국』의 경우 '大'자만이
　남아있는데,『화악』의 경우 '石坡'라고 기록되어 있어서 원래 '대원군'이 쓰여 있었

순번이나 앞당겨져 수록되는 것이 확인된다. 그 이유는 앞쪽에 배
치되어야 153번 작품인 "뎌 건너 검어무투름흔 바회~"와 동일 어휘
연상 방식으로 연이어 수록될 수 있기 때문이다. 이 경우 역시 '동
일 연상의 원리'에 견인되어 이러한 작품 배치가 이뤄졌으며, 또한
다른 가곡원류기 작가의 작품도 뒤에 붙임으로써 작가별 수록 방식
도 함께 고려한 것으로 볼 수 있다.

　이외에도 『원국』에는 가집 편찬의 미비점을 보완하기 위한 편자
의 노력이 여러 가지 방식으로 남아있다. 특히 기존에 '첨자법'으로
설명된 '끼워 쓰기'도 그중 하나이다. 『원국』에서는 '끼워 쓰기・넣
기'가 다른 가곡원류계 비해 빈번하게 사용되는데, 단순히 누락된
어휘를 끼워 넣은 경우도 있고, '일작(一作)' 또는 '혹왈(或曰)', '일본
(一本)'을 통해 다른 노랫말 어휘나 구절을 제시하는 경우도 있다.
그 가운데 가장 많은 용례를 보이는 '일작(一作)'의 몇 경우만 인용해
보면 다음과 같다.

> 170번 초장 : 春風에 花滿山이요 秋夜에 月滿(一作 盈)臺라
> 278번 중장 : 文王은 어듸가고 뷘 臺만 남앗는고(一作 뷘 비만 미엿
> 　　　　　　는고)
> 335번 중장 : 一寸肝腸에 萬端愁(一作 萬斛) 실어두고
> 460번 중장 : 樂遊原上 淸秋節 咸陽故都(一作 故道) 晉塵絶이로다
> 535번 중장 : 一盃一盃 復一盃ᄒ면 恨者 洗(셜)夏者 藥에 挼腕(一
> 　　　　　　作 哀怨)者ㅣ 蹈舞ᄒ고

던 것으로 생각된다.

683번 중장 : 月沈三更에 온뜻이 바이없너(一作 올뜻이 견혀)

807번 종장 : 우리도 남의 님(一作 시님을) 거러두고 깁픠를 몰나
　　　　　ᄒ노라

815번 중장 : 平生寃讐 惡因緣(一作 阿只년)이 이셔 離別로

　이에 대해 간단히 설명하면, 『원국』 170번의 부기 노랫말은 오직
『협률』에서만 나타나는 노랫말이다. 278번의 노랫말 부기는 『협률』
과 『원연』에도 있으며 그 내용은 정확히 『원동』과 일치한다. 535번
의 부기 내용은 시조창 가집 『시여』의 노랫말을 지칭하고 있다. 815
번의 부기는 『원규』・『원연』・『협률』에도 있는데, 그 노랫말은 오직
『원하』에만 있는 표현으로 확인된다. 이처럼 노랫말 부기가 상세히
달린 이유는 당대 다양하게 존재했던 노랫말 변이 형태를 명시하여
보완하기 위한 『원국』 편자의 의도였을 것이다. 한편 시기적으로
후대에 편찬된 가집들의 노랫말이 기록된 경우는 『원국』도 그러한
노랫말이 향유되던 시기에 편찬・향유되었음을 암시한다고 볼 수
있다.

　이렇듯 『원국』은 크게는 편찬 체제와 작품 수록・배열에서 작게
는 작품의 구절, 어휘의 수정・보완까지 편자의 상당한 노력과 수고
로 구성・편집된 가집임을 알 수 있으며, 이러한 면들은 『원국』의
편자가 당대 가집 편찬의 구성 방식과 내적 원리를 정확히 꿰뚫어
보고 있었음을 알게 해준다. 다양한 측면에서 볼 때, 『원국』은 완본
(完本)에 가까운 모습, 다시 말해 '체제가 잘 짜여 완비된 형태를 갖
춘 본', '완본적 성격의 가집'이라는 설명을 가능하게 한다.[85]

그러나 이러한 『원국』의 모습들은 완본에 가까울 수는 있지만 원
본적 모습으로 보기에는 어려운 점이 있다. 다시 말해 『원국』의 편
찬 체제 및 성격은 '체계가 잘 짜여 완본적 형태를 갖춘 본'이라는
설명은 가능하지만, '원본적 형태를 갖추고 있는 본'이라고 설명을
하는 데는 부족한 근거이다. 오히려 이러한 특징들은 『원국』이 후
대적 성격을 담고 있다는 설명의 근거가 될 수 있다.

   그러한 예로, 다시 한번 '동일 연상의 원리'에 의한 작품 배열 양
상을 보겠다.

원국	여창가요록(원하, 협률, 원연, 원육 등)
680. 거울에 빗쵠 **얼골** 늬 보기에 솟것거든 681. **靑春**에 곱던 **樣姿** 님으로 다 **늙거다** 682. 늬 **靑春** 눌을 쥬고 뉘 **白髮을** 가져오고 683. 늬 언제 信이 업셔 님을 언제 속엿관듸	015. 거울에 빗쵠 **얼골** 늬 보기에 솟것거든 016. 늬 **청춘** 누를 쥬고 뉘 빅발을 가져온고 017. **청춘**에 곱던 **양즈** 님을오야 다 늙도다 018. 늬 언제 신이 업셔 님을 언제 속여관듸

   위 예문은 여창 우조 이삭대엽에 있는 작품들을 가져온 것이다.
『원국』과의 비교 가집으로 『여창가요록』(여요)을 제시하였다. 우선
눈에 띄는 것은 두 가집의 작품들 중 두 작품의 순번─원국의 681번
과 682번, 여요의 16번과 17번─이 뒤바뀌어 있다는 점이다. 『원국』
의 작품 배열을 보면 동일 연상의 다양한 원리가 적용되어 작품들
이 이어지고 있음을 알게 된다. 680번과 681번은 '얼굴[양자(樣姿)]'

---

85) 여기서 '완본적 성격의 가집'이라는 용어는 '최종 완성본'의 개념으로 사용한 것이
   아니라 『원국』 편자의 편집 의식이 완본적 성격의 가집 편찬을 지향하고 있음을
   고려하여 사용한 용어이다.

을 소재로 임에 대한 그리움을 나타내는 시조들이 이어진다고 한다
면, 681번은 다시 682번과 동일 어휘가 겹치면서, '청춘'과 '늙음'이
라는 어휘에서 파생되는 서로 다른 이미지의 노래들이 연이어 수록
되었다.[86] 681번의 주된 정조가 '임에 대한 그리움'이라면, 682번은
'탄로'라 할 수 있다. 그리고 이어진 683번은 앞 작품의 '늬[내]'라는
동일 어휘에 연관되어 수록된 것임을 쉽게 알 수 있다.

그런데 『여요』는 그 순번이 뒤섞여 있다. 작품 배열의 내적 원리에
서 보자면 당연히 『원국』의 수록 양상이 더 정연한 배열 방식이다.
『여요』의 것은 '청춘'이라는 어휘로 이어졌기는 했지만 『원국』에 비
하면 어딘가 조금은 덜 다듬어진 것처럼 보이는 배열 방식이다. 그러
나 『여요』의 편찬 시기가 1870년이어서[87] 현전 가곡원류계 가집들보
다 이른 것으로 판단된다는 점, 대다수의 가곡원류계 가집들은 『여
요』의 수록 방식을 따른다는 점 등을 통해 볼 때, 『여요』의 방식은
이전부터 전해진 관습적 배열 방식이다. 따라서 『원국』의 작품 배열
방식은 후대에 수정되어 새롭게 정리된 방식임을 알 수 있다.

---

86) 681번. "青春에 곱던 樣姿 님으로 다 늙거다 / 이제 님이 보면 날인줄 아오실ㄱ가
／ 眞實로 알기곳 아오시면 곳이 죽다 關係ᄒ랴."
682번. "늬 青春 눌을 쥬고 뉘 白髮을 가져온고 / 오고 가는 길을 아돗던들 막을
거슬 / 알고도 못 막는 길히니 그를 슬허 ᄒ노라."
87) 『여요』의 편찬 시기는 동양문고본에 기록된 '庚午'를 해석하면서 연구자에 따라
1870년으로 보기도, 또는 1930년으로 보기도 하였다. 그러나 『여요』(동양문고본)
를 수집한 마에마 쿄사쿠[前間恭作, 1868~1942]가 조선에 머물며 서책을 모은 시
기는 1891부터 1911년이다. 따라서 『여요』의 편찬 시기를 1930년으로 보는 것은
무리라고 할 수 있다.(마에마 쿄사쿠에 대한 논의는 박상균의 『도서관학만 아는
사람은 도서관학도 모른다』, 한국디지틀도서관포럼, 2004, 283~296면 참조.)

이렇듯 『원국』은 편찬 체제, 작품 수록, 작품 배열 등에서 후대 완본적 성향의 모습을 보임을 알 수 있다. 따라서 다른 가곡원류계 가집과 비교했을 때 나타나는 『원국』의 온전하고 정연한 모습은 원본 혹은 초고본적 성격을 드러내는 것이 아니라 후대적으로 수정·보완·재편되면서 완성된 완본적 성격의 가집 특징을 여실히 보이는 것이라고 할 수 있겠다.

(3) 「박효관 발문」의 수록 전승과 그 의미

『원국』이 다른 가곡원류계 가집보다 더 주목을 받았던 이유는 바로 「박효관 발문」이 수록되어 있었기 때문이다. 기존 논의들에서 『원국』이 원본 혹은 최종 완성본이라는 평가를 받을 수 있었던 데에는 정연한 체제 외에도 이 발문의 존재 역시 한몫했을 것이다. 그러나 「박효관 발문」은 『원국』에만 수록된 산물이 아니다. 『원규』, 『원일』, 『원가』, 『화악』, 『하순일 편집본』 등에도 이 '박효관의 글'은 수록되어 있다.

이 가집들에 수록된 발문의 내용은 대동소이하지만, 한자 표기에서 약간의 차이를 보여 완전히 동일한 것으로 보기는 힘들다. 그중 독특한 형태의 발문으로 『하순일 편집본』에 수록된 것을 들 수 있다. 『하순일 편집본』의 「박효관 발문」은 "운애박선생효관왈 여매견가보(雲崖朴先生孝寬曰 余每見歌譜)~"로 시작하며, 마지막에는 "세임신춘제(歲壬申春題)"라는 간기가 기록되어 있다는 점[88]이 다른 가곡

---

88) 이에 대해서는 이 논문의 제II장 1절의 "3) 가곡원류계 가집에 대한 시각과 편찬

원류계 가집의 「발문」과 다르다. 이와 똑같은 발문이 『원가』에도
수록되어 있는데 『원가』에 수록된 2종의 발문 가운데 먼저 수록된
「발문(1)」이 『하순일 편집본』의 것과 같은 형태로 남아있다.[89] 「발
문(2)」에는 중요한 부분인 "여문생안민영상의(與門生安玟英相議)"라
는 구절이 없고 용지 윗부분의 세주(細註)에 기록되어 있으며, 『원일』
의 발문에도 역시 이 구절이 누락되었다가 끼워 쓰기로 적혀 있다.

　이 가집들의 발문은 『원국』의 발문과 차이가 있다. 『하순일 편집
본』 등이 "운애박선생효관왈 여매견가보(雲崖朴先生孝寬曰 余每見歌
譜)~"로 시작한다면 『원국』은 "여매견가보(余每見歌譜)~"로부터 시
작한다는 점이 다르고, 또한 몇 단어의 표기에서 차이-권변지도(權
變之度, 원국), 권변지도(權變之道, 하순일 편집본)-가 보이며, 『원국』
에서는 여러 구절을 끼워 넣기로 첨가하는 등의 모습이 나타난다.

　또한 발문의 수록 위치가 가집에 따라 다르게 나타난다. 이 '박효
관의 글'이 '발문'이라고 알려진 것은 『원국』에 기록된 '발문'의 위
치에 따른 것인데, 『하순일 편집본』에는 이 글이 '서문'의 위치에
수록되어 있다. 『화악』 역시 이 글이 '서문'으로 수록되었으며, 현

층위"에서 논의하였다.
89) 김근수, 앞의 논문, 명지대, 1968, 238면; 황인완, 앞의 논문, 2007, 61면; 신경숙,
　앞의 논문, 한민족어문학회, 2009, 주18 참조.
　『원가』의 「발문(1)」은 가집 본문과 「발문(2)」가 쓰인 종이보다 더 후대의 것으로
　판단되는 종이에 추록되었는데, 「발문(1)」 용지의 좌측 상단에 가람의 장서인[梅華
　屋珍玩]이 찍힌 것으로 보아 가람이 입수 당시에 새로운 종이로 덧붙인 것으로
　생각된다. 그러나 현재의 『원가』 자체가 후대 전사본이기에 그것이 가람에 의해
　새롭게 추록된 것인지 아니면 원래 있던 것을 다시 써넣은 것인지 현재로서는 알
　수 없으나 단순히 후대에 첨가된 것으로 단정 지을 수만도 없다.

재는 그 소재를 알 수 없는 후지마사 아키오[藤正秋夫]본에도 역시 권두에 수록된 것으로 보고되었다.[90] 또한 『원일』에는 이 기록이 남창 부분이 끝난 후 수록되어 있다는 점에서 역시 '발문'의 위치라고 보기는 힘들다.[91]

「박효관 발문」의 수록은 이 가집들이 박효관과 연관된 담론의 영향 속에서 소용·향유되다가 전승되었음을 의미한다. 그렇기에 「박효관 발문」이 수록된 가집에는 '박효관 수고본(手稿本)'의 징후들, 혹은 박효관의 직접적인 영향이 남아있을 것을 예상할 수 있다. 그러나 「박효관 발문」의 수록 자체가 특정 가집이 박효관의 직접적인 관여에 의해 편찬되었다는 것을 의미하지는 않는다. 『원국』을 포함하여 가곡원류계 가집들 대부분에는 다양한 후대적 변화의 흔적들이 남아있는데, 「박효관 발문」이 가집에 따라 조금씩 다른 양상으로 나타나는 것은 이 발문 역시 오랜 시간 동안 전승되며 변화의 과정을 겪었기 때문인 것이다.

따라서 어느 가집의 「박효관 발문」이 원형적 형태라고 단정 짓기는 쉽지 않다. 앞서 제Ⅱ장에서 논의했지만 「박효관 발문」이 언제부터 쓰였는지 현재로서는 알 수 없으며, 『하순일 편집본』에 남아 있는 간기를 통해 이미 1872년경에 이 '박효관의 글'이 존재했음은

---

90) 多田正知, 앞의 논문, 1934; 강전섭, 「金玉叢部에 대하여」, 『어문연구』 7, 충남대 어문연구회, 1971, 204면.

91) 『원일』은 현재 卷三이 전하지 않아 여창의 존재 여부를 알 수 없다. 그러나 여창이 존재한다고 하더라도 「발효관 발문」은 남창이 끝나고 바로 뒤에 수록되어 있기 때문에 이것을 '발문'으로 지칭하기 곤란하다.

알 수 있지만, 그것이 어느 가집에서 쓰인 기록인지는 파악하기 어렵다. 또한 이 간기가「박효관 발문」이 처음으로 사용된 시기를 지정하고 있는지도 앞으로 더 면밀한 고찰이 필요할 것이다.

다음의 안민영 작품을 살펴보면서『원국』과 박효관의 관련성에 대해 더 논의해 보도록 하겠다. 안민영 작품들은 편찬 시기가 명확한 가집들-『승평곡』(1873),『금옥총부』(1880)-에 주로 수록되어 있기 때문에, 가집별 노랫말 변이 양상을 통해 서로의 친연성이나 시기적 형태를 가늠할 수 있는 좋은 대상이 된다.

승평곡(7)	洛城西北 三溪洞天의 水澄淸而山秀麗 흐듸 翼然**佳**亭의 伊誰在矣요 國太公의 **偃仰**이시라 비난니 南極老人 北斗星君으로 ①**享國万年** ㅎ옵소서
해악(153)	洛城西北 三溪洞天의 水澄淸而山秀麗 흐듸 翼然**佳**亭의 伊誰在矣오 國太公之**偃仰**이시라 비느니 南極老人 北斗星君으로 ①**享國萬年** ㅎ오소서
원국(155)	洛城西北 三溪洞天에 水證淸而山秀麗 흐듸 翼然**佳**亭에 伊誰在矣오 國太公之**偃仰**이시라 비느니 南極老人 北斗星君으로 ②**享壽萬年** ㅎ오쇼셔
금옥(96)	洛城西北 三溪洞天에 水澄淸而山秀麗 흐듸 翼然**有**亭에 伊誰在矣오 國太公之**偃息**이시라 비느니 南極老人 北斗星君으로 ②**享壽萬年** ㅎ오소서

⟨가집별 수록 및 작가 표기 양상⟩

『昇平曲』(7)騷聳, 安玟英 /『金玉』(96)搔聳, 安玟英 /『源國』(155)羽搔聳伊, 朴孝寬 /『源奎』(155)搔聳, 朴孝寬 /『源朴』(677(140))弄歌, 安玟英 /『源皇』(663(141))弄歌, × /『海樂』(153/820(162))搔聳/弄歌, 全人〔安玟英〕/× /『源一』(152)羽搔聳伊, 朴翁 /『花樂』(153)搔聳伊, 朴孝寬 /『源延』(678(140))弄歌, ×

위 작품은 『승평곡』, 『금옥』을 비롯한 여러 가곡원류계 가집에 수록된 작품이다. 여기에서는 모든 가집의 노랫말을 인용하지는 않았고 대표성을 띠는 몇 가집의 작품들을 선별하여 제시해 보았다.

노랫말을 자세히 보면 가집별로 미세한 차이를 보인다. 중장의 "익연가정(翼然佳亭, 승평곡) / 인연유정(翼然有亭, 금옥)"과 "국태공지언앙(國太公之偃仰, 승평곡) / 국태공지언식(國太公之偃息, 금옥)"을 보면 『해악』과 『원국』의 노랫말이 보다 이른 시기의 가집인 『승평곡』의 노랫말을 따르고 있음을 확인할 수 있다. 그러나 종장에서는 가집별 편차가 확연히 드러나는데, 『해악』이 ①번[향국만년(亨國萬年)] 『승평곡』노랫말을, 『원국』이 ②번[향수만년(享壽萬年)] 『금옥』노랫말을 따르고 있음이 확인된다. 중·종장의 노랫말 변이상을 종합해 보면, 『해악』의 노랫말은 『승평곡』과 『금옥』의 중간적 양상을, 『원국』의 노랫말은 『해악』과 『금옥』의 중간적 양상 혹은 『금옥』과 비슷한 시기의 노랫말을 반영하고 있다고 할 수 있다.

그러나 『원국』의 노랫말이 『금옥』에 비해 이른 시기에 형성된 노랫말이라는 점에 대해서는 회의적일 수밖에 없다. 왜냐하면 『원국』에는 이 작품의 작가가 '안민영'이 아닌 '박효관'으로 표기되어 있기 때문이다. 가곡원류계 가집 편찬의 실질적 인물인 안민영의 작품이 박효관의 작품으로 혼동되어 표기된다는 것은 『원국』의 노랫말이 박효관·안민영의 자장(磁場)에서 어느 정도 거리를 유지하고 있기 때문으로 풀이된다. 특히 이 작품의 경우 바로 앞 작품이 〈매화사〉의 제7수이고 거기에는 "안민영 매화사"라고 기록되어 작가가 정확히 '안민영'으로 기입된 것을 보면, 이 작품에 대한 작가 명기는 단

순한 오기로 볼 수 없으며 이 작품의 작가가 박효관으로 인식·향유
되던 시기적 분위기를 반영하고 있다고 말할 수 있다.

　그런데 이 작품을 '박효관의 작품'으로 기입하고 있는 가집은『원
국』·『원규』·『원일』·『화악』으로, 공교롭게도「박효관 발문」이 수
록된 가집과 일치한다. 결국 위 안민영 작품에서 나타난 노랫말의
변이 양상과 작가 명기의 변화는『원국』을 비롯한 발문 수록 가집
들이 박효관 당대의 가곡 문화가 아닌, 변화된 시점의 가곡 문화를
담고 있는 가집임을 암시하고 있는 것이다.

　「박효관 발문」의 전승은 박효관 담론의 후대적 전승이다. 가곡원
류계 가집의 편찬은 박효관·안민영의 공동 편찬이라고 알려졌지
만, 실질적인 작업은 안민영과 그 주변인들－김윤석 및 '승평계'의
일원들－에 의해 이루어졌을 것이다. 가곡원류계 가집들이 생성될
즈음에 박효관은 이미 일흔을 넘긴 시점이었기에 세세한 작업은 그
제자들이 담당했을 것이고 박효관은 만들어진 가곡의 '고저(高低)·
청탁(淸濁)·협률(協律)·합절(合節)'[92]의 교정을 맡아 살펴보는 역할
이었을 것이다.

　잘 알다시피 안민영은 대원군을 비롯한 왕실 관련 인물과 친분
관계를 유지하며 활동했던 인물이다. 그에 비해 박효관은 당대 최
고의 선가자로 순수 가곡 예인으로서의 풍모를 지닌 인물로 알려져
있다. 가곡원류계 가집에 안민영과 관련된 작품들이 대거 수록되

---

92)「박효관 서문」,『금옥총부』. "要余校正高低淸濁協律合節 使訓才子賢伶 被以管
　　絃唱 爲勝遊樂事 故不避識蔑才鈍 校正爲一編 願流傳後學焉."

고, 가집의 성향도 왕실 소용적 성격으로 치우쳐진 모습이 나타나
는 것은 바로 안민영의 역할이 컸기 때문이다.

따라서 '박효관의 글'을 가집 서두 혹은 말미에 수록하는 것은 안
민영보다는 박효관의 역할과 그 음악적 세계를 존중하는 차원의 의
미로 받아들여진다. 당대의 풍요롭고 수준 높은 가곡 문화와 예술
을 적극적으로 반영하고자 한 편자[혹은 편집자]의 의도에 의해 이
'박효관의 글'이 수록되었던 것이다. 「발문」에 따라 "여문생안민영
상의(與門生安玟英相議)"라는 구절이 누락되었던 것도 『가곡원류』의
편찬에 안민영의 역할을 줄이고자 했던 의도가 반영되었기 때문이
아니었나 생각된다.

정리하자면, 『원국』에서 보이는 정연한 모습들, 다시 말해 악곡
편제나 음악적으로 완비되고, 작품 수록 양상이 중도적이며, 작품
구성과 배열이 재조정되었고, 노랫말의 부기가 세밀히 첨가되었던
것은 이러한 박효관의 가곡 예술 인식을 계승하고자 한 편찬 의식
에서 비롯된 것이라 할 수 있을 것이다. 따라서 『원국』은 박효관의
가곡 예술 담론을 전승하며 가집 편찬의 완성도와 수준을 높이고자
한 편자의 편집 의식이 반영된 가집으로 볼 수 있다.

2) 국립국악원본 계열 가집의 전승과 변모

(1) 가람본과 『하순일 편집본』의 편찬 특징

① 가람본의 편찬 체제와 전승 경위

『원가』(가람본)는 다른 대형가집에 비해 절반가량인 400여 수의

작품만 수록된 가집으로, 『원국』의 초출본(抄出本) 정도로만 알려졌을 뿐[93] 그 외에는 별반 주목을 받지 못하였다.

『원가』에 대해 간략히 설명하면 다음과 같다. 『원가』에는 남녀창 총 446수의 작품이 수록되었으며, 가집 서두부에는 '시절가장단(時節歌長短), 연음목록(連音目錄), 매화점 장단(梅花點長短), 장고장단점수배포(長鼓長短點數排布), 가곡원류(歌曲源流)' 등이 기록되어 있다. 가곡창이 끝난 말미에는 『원가』에만 수록된 시조창 작품 12수가 수록되었고, 이어서 「박효관 발문」 2종과 〈어부亽〉, 〈권쥬가〉, 〈상亽별곡〉 등 가창가사 12편이 실려 있다.

羽　調	初中大葉(1~3) 長大葉(4) 三中大葉(5~6)
界面調	初中大葉(7) 二中大葉(8) 三中大葉(9)
	後庭花(10) 臺(11)
羽　調	初數大葉(12~21) 二數大葉(22~41) 중허리드는것(42~55) 平擧막너는亽즌흔닙(56~67) 頭擧존亽즌흔닙(68~81) 三數大葉(82~94)
搔聳伊	소용이(95~103) 栗糖數大葉밤엿쟈즌한닙(104~106)
界面調	初數大葉(107~109) 二數大葉(110~135) 中擧즁허리드는자즌한닙(136~157) 平擧막드는亽즌한닙(158~182) 頭擧존쟈즌한닙(183~210) 三數大葉계면셋지치(211~220)
	蔓橫 俗稱旕弄(221~230) 弄歌(231~252) 界樂계락

93) 황인완, 앞의 논문, 고려대학교 박사학위 논문, 2007, 60면.

　　　　　(253~266)　羽樂우락(267~278)　旕樂지르는낙시됴
　　　　　(279~288)　編樂편락(289~293)　編數大葉편(294~
　　　　　303) 旕編엇편(304~315)

(여창)

羽　調　中大葉(316)

界面調　二中大葉(317)

　　　　　後庭花(318) 臺(319~320)

羽　調　二數大葉긴ᄌᆞ즌한닙(321~328) 中擧듕허리드는ᄌᆞ즌ᄒᆞ
　　　　　닙(329~335) 平擧막드는ᄌᆞ즌ᄒᆞ닙(336~340) 頭擧존
　　　　　ᄌᆞ즌한닙(341~348)
　　　　　밤엿ᄌᆞ즌ᄒᆞ닙(349~350)

界面調　이슈디엽(351~360) 즁허리드는ᄌᆞ즌한닙(361~370) 막
　　　　　드는ᄌᆞ즌한닙(371~380) 존ᄌᆞ즌한닙(381~390)
　　　　　농가(391~400) 우락(401~410) 환겨락(411~413) 계
　　　　　락(414~423) 편슈디엽(424~433)
　　　　　가필주디(434)
　　　　　시조창(435~446) 쟝진쥬 어부ᄉ 권쥬가 상ᄉ별곡 츈면
　　　　　곡 길군악 빅구ᄉ 황계ᄉ 쥭지ᄉ 슈양산가 민화ᄉ 쳐ᄉ가
　　　　　양양가

　『원가』에는 남녀 가곡창 434수가 악곡별로 수록되었는데, 이는
다른 가곡원류계 가집의 절반 정도에 해당하는 수준이다. 기록된
악곡명 중에는 가장 뒤늦게 생성된 악곡인 '환계락'도 포함되어 있
어 이 가집이 19세기 말에서 20세기 초 경에 편찬된 가집임을 알
수 있다.

『원가』의 작품 수록 양상에서 주목할 점은 다른 가집에 비해 많은 작품이 탈락되었다는 점이다. 특히 가곡원류기 작가 작품들의 탈락이 눈에 띄는데, 다른 작가들에 비해 박효관, 안민영 작품의 미수록이 두드러지게 나타난다. 보통 다른 가곡원류계 가집에서는 송종원의 작품이 8수, 박영수·임의직은 5수 정도가 수록되며, 안민영 작품은 대략 20수 안팎으로 수록된다. 그런데 『원가』에는 송종원과 박영수의 작품이 3수씩, 임의직의 작품이 2수 수록되는 것에 비해 안민영의 작품은 단 2수만이 수록되어 상대적으로 많은 작품이 탈락되었다고 볼 수 있다.[94] 이는 『원가』의 편찬·향유 기반이 안민영의 영향에서 꽤 멀어졌음을 반영한다.

『원가』의 편찬 층위와 향유 기반에 대해서는 다음 항목에서 살펴볼 『하순일 편집본』과의 관련성에서 상세히 논의될 예정이며, 여기에서는 우선 『원가』가 전승된 과정에 대해 알아보도록 하겠다.

『원가』의 전승 경위를 짐작하게 할 만한 자료로 『가람일기』[95]를 들 수 있다. 『가람일기』는 가람 이병기 선생이 1919년 4월 14일부터 1968년 세상을 떠날 때까지의 일기를 모아 기록한 책인데, 여기에는

---

94) 제Ⅱ장 3절의 "3) 가곡원류기 작가의 작품 수록 양상"에서 제시하였다.

95) 이병기, 『가람日記』(Ⅰ·Ⅱ), 정병욱·최승범 편, 신구문화사, 1976.
　　『가람일기』를 통해 다양한 고도서를 수집·정리한 藏書家로서의 가람의 면모를 볼 수 있는데, 그중 여러 국문학 자료들을 입수하게 된 경위들이 기록되어 있어 여러 자료들의 서지 정보를 확인하는데 도움이 될 것으로 보인다. 특히 다양한 가집 자료들(『청구영언』, 『남태』, 『원가』, 『원육』, 『해악』, 『협률』 등)을 입수하게 된 경위와 더불어 당시 국문학 연구의 여러 모습들도 전하고 있어 국문학 초기의 연구 분위기를 접할 수 있는 좋은 자료이다.

다양한 국문학 자료들의 입수 경위가 남겨져 있어 당시의 국문학 연구 경향과 자료들의 기초 정보들을 확인하는데 좋은 방증 자료가 된다. 먼저 『가람일기』의 기록을 통해 『원가』의 전승 과정을 추적해 보고 더불어 이를 통해 도출된 여러 정보들을 토대로 『원국』과의 관련 양상도 살펴보도록 하겠다.

　1927년 1월 19일(수) : 맑다. <u>아악부(雅樂部)를 가보다. 하학 후에 아악부에 다니는 청년과 봉래정(蓬萊町) 유직렬(劉直烈)을 찾아보다.</u> 그는 글방 선생님이시다. 50 늙은이다. 나는 대번에 그의 가진 책을 보러 왔다는 뜻을 말하였다. 그는 한손을 들어 머리를 긁적긁적하며 어물어물한다. 분명 가진 줄 알고 온 듯이 말하니, 그제야 그것이 깊이 들어 꺼낼 수가 없다고 한다. … 한 30분이나 밖에서 있으니 애들을 다 보내고야 <u>낡은 책 한 권을 가지고 나왔다. 보니 〈시절가장단(時節歌長短)〉이니 〈가곡원류(歌曲源流)〉니 써 있다. 곧 〈가곡원류〉의 초본(抄本)이다.</u>

　1929년 7월 24일(수) : 흐림. 아악부(雅樂部)에 가서 김천흥(金千興)군에게 4원을 주고 <u>유직렬(劉直烈)에게 〈가곡원류(歌曲源流)〉 초본(草本)을 사다 달라고 하였다.</u>

　1929년 7월 25일(목) : 맑다 흐리다. 오전 8시 아악부(雅樂部) 문 앞에 가서 김천흥(金千興)군에게 <u>〈가곡원류〉 초본을 받았다.</u>

　1929년 8월 18일(일) : 맑다. 남대문 밖 봉래정(蓬萊町)을 가서 유직렬(劉直烈)을 찾아보고 〈가곡원류〉 서문 작자를 물으니 자기가 연전

(年前) 임선준(任善準)의 집에 있던 것을 베낀 건데 그 작자는 모르겠다고 한다.[96]

위 기록은 가람이 1927년 1월경부터 1929년 8월경까지 한 권의 『가곡원류』를 보고 그것을 입수하게 되기까지의 과정을 보여준다. 당시 '유직렬(劉直烈)'이란 인물에게서 입수한 『가곡원류』에는 '시절가장단(時節歌長短), 가곡원류(歌曲源流)'가 쓰여 있었고, 가람은 이것을 "〈가곡원류〉의 초본(抄本)"으로 판단하였다. 현재 전해지는 『가곡원류』 중에서 '시절가장단'이라는 항목을 기록한 가집은 『원가』가 유일한데, 초본적 성격을 갖는 가집 역시 『원가』이다. 따라서 이 가집이 『원가』임을 알 수 있고, 현전하는 『원가』가 어떠한 경로를 거쳐서 가람의 손에 들어가게 되었는지를 위 자료들은 보여주고 있다.[97]

한편 『가람일기』의 기록을 통해서 지금까지 잘 알려지지 않았던 『원가』의 편찬 시기에 대한 사실을 확인할 수 있다. 『원가』의 편찬 시기는 늦어도 1926년 이전일 것이며, 좀 더 구체적으로 말하자면 1919년 이전일 가능성이 농후하다. 기존 연구에서는 『원가』의 편찬 시기를 1932년경으로 추정해 왔다. 이는 가집 말미에 수록된 「박효관 발문(1)」의 간기가 임신년인 것을 감안한 것인데, 이 기록이 『하순일 편집본』에 있는 기록과 같은 것임을 간과하고 그것을 『원가』의 기록으로 보았기 때문이다. 유직렬이 몇 년 전에 임선준(任善準,

---

96) 이병기, 『가람日記』(Ⅰ), 정병욱·최승범 편, 신구문화사, 1976, 300면, 335~336면.
97) 가람본 『가곡원류』는 현재 서울대학교 규장각에 소장되어 있다.

1860~1919)의 집에 있던 이 가집을 베꼈다는 기록과 가람이 이 가집을 처음 접한 시점이 1927년이라는 사실을 떠올린다면, 『원가』는 늦어도 1926년경에는 존재했을 것으로 추정할 수 있다. 그러나 정황상 임선준이 생전에 이미 이 가집을 소장했을 것으로 보이기 때문에, 원래의 『원가』는 1919년 이전에 존재했을 가능성이 높다.

임선준은 대표적인 친일파로 정미칠적(丁未七賊) 중 한 사람이며, 1907년 이완용이 새 내각을 조직할 때 송병준(宋秉畯) 등과 함께 내부대신이 된 인물이다. 당시 임선준이 가곡 향유나 『가곡원류』 전승에 관여했다는 기록은 찾아보기 힘들다. 그런데 임선준과 밀접한 친분 관계에 있었던 조중응(趙重應), 이재완(李載完), 송병준, 조동윤 등과 같은 당시 고위 인사들이 가곡 문화의 전승과 관련된 조양구락부[조선정악전습소의 전신]와 관련 있는 인물이라는 점이 포착된다.

이들은 1909년 발족된 조양구락부의 재정적인 뒷받침을 위해 조직된 정악유지회(正樂維持會)의 주요 인물들이었다. 조양구락부는 김경남(金景南), 하순일, 함재운(咸在韻) 등 당대 음악의 명인들이 중심이 되어 전통 음악을 계승하고 아울러 서양 음악도 함께 교습하기 위해 설립한 최초의 민간 음악교육기관이다.[98] 이 조양구락부를 재정적으로 뒷받침하기 위해 조직된 단체가 정악유지회이다. 1911년 2월, 정악유지회가 창립되고 6월에는 조양구락부의 명칭이 '조선정악전습소'로 바뀌며 임원진도 새롭게 개편되는데, 유지회원 명

---

98) 장사훈, 앞의 논문, 1974, 3~12면; 박은경, 앞의 논문, 민족음악학회, 2001, 163~171면 참조.

단[99]에서는 송병준, 조동윤 등의 이름이 확인된다. 송병준은 이후 조선정악전습소의 여악분교실(女樂分校室)이라는 명분하에 만들어진 다동조합(1912)을 배후에서 관리한 인물이다.[100] 또한 조동윤은 가곡원류계 가집 중 하나인『해동악장』을 소장했던 인물임을 주지할 필요가 있다.[101] 임선준은 정악유지회 관련 명단에 이름을 올리고 있지는 않지만, 당시 정악유지회의 임원이나 유지들이 대부분은 왕실·정계와 밀접한 인물들이었고 실제로는 이 모임이 200여 명의 회원을 가진 조직이었다는 점[102]을 고려한다면, 임선준 역시 간접적으로나마 관련되었을 것으로 생각된다.

이러한 정황으로 볼 때, 임선준이『원가』를 소장하게 된 경위가 예사롭지 않아 보인다. 따라서 임선준은 송병준, 조동윤 등과 함께 당시 가곡 향유 문화와 전승에 어느 정도 관여한 인물이라고 할 수 있고, 조선정악전습소와의 관련 속에서『원가』도 전승되었을 것으로 추정된다.

주지하듯 조선정악전습소는『원국』의 원 소장자로 알려진 하순일이 있었던 곳이며, 선가자 하규일 역시 1911년부터 이곳의 학감(學監)으로 근무하였다. 또한 조선정악전습소에서 하순일이 직접 편

99) 장사훈, 위 논문, 1974, 11~12면 참조.
100) 권도희, 「20세기 기생의 음악사회적 연구」, 『한국음악연구』 29, 한국국악학회, 327면. 송병준은 자신이 경영하는 대성사(大成社, 고리대금업)을 통해 다동조합을 관리하게 한 인물로, 이후 대정권번 시절에는 자신의 측근인 安淳煥과 여악분교실 장인 하규일이 충돌하는 일이 발생하게 되고 결국 하규일이 물러나게 됐다고 한다.
101) 강경호, 앞의 논문, 한국어문교육연구회, 2007, 235면.
102) 장사훈, 앞의 논문, 1974, 12면.

찬한 것으로 알려진 소가집(小歌集) 『가곡원류』(하순일 편집본)가 전하
고 있다. 이러한 연관 관계에 주목하여 『원가』의 편찬 특징을 보다
세밀히 살펴보도록 하겠다.

　② 『하순일 편집본』·『원가』의 공통성과 『원국』의 상관 관계
　하순일은 박효관 문하에서 가곡을 배우고 하준권과 함께 운현궁
을 드나들던 대령가인(待令歌人)으로 알려져 있다. 추정되는 생몰연
대로 볼 때, 승평계의 구성원인 하준권처럼 박효관·안민영 예인 그
룹에 직접 참여한 것으로 보이지는 않지만, 어린 시절부터 박효관
문하에서 가곡을 배우며 가객으로 활동했을 가능성은 충분히 상정
할 수 있다.[103]
　그러한 그가 직접 편집한 가집이 현재 단국대 소장본으로 전하는
『하순일 편집본』이다.[104] 이 가집은 총 24수의 시조 작품이 수록된
소가집이며, 가집 말미에 "경술(庚戌) 중동하완(仲冬下浣) 진주후인(晋
州后人) 하순일(河順一) 편집(編輯)"이라는 기록이 남아있어 1910년 음

---

[103] 하순일의 생몰연대는 알려지지 않았다. 『승정원일기』에 남아있는 관직 진출 시기
　　 등을 하규일과 비교해 보면, 하순일은 1883년 수문장으로, 하규일은 1896년 한성
　　 부 주사로 처음 관직에 임용되었음을 확인할 수 있다. 이를 통해 볼 때, 하순일의
　　 생년은 1863년생인 하규일과는 대략 10년 정도의 차이가 날 것으로 생각되는데,
　　 1850년 이후로 하순일이 태어났을 것을 가정한다면 어린 시절 박효관 문하에서
　　 가곡을 배웠을 가능성이 있으며, 20세를 전후로 젊은 시절부터 가객으로 활동하
　　 며 하준곤과 함께 운현궁을 드나들었을 가능성도 있다.
[104] 『하순일 편집본』은 신경숙에 의해 소개되었는데, 하순일이 조양구락부에 가곡 교
　　 사로 있었을 시 傳習用으로 만들어진 남창 가곡 교본이라고 논의한 바 있다.(신경
　　 숙, 「하순일 편집 『가곡원류』의 성립」, 『시조학논총』 26, 한국시조학회, 2007)

력 11월, 하순일에 의해 편집되었음을 알 수 있다. 또한 간기[1872년]
가 기록된 「박효관 발문」이 가집 앞부분에 '서문'으로 수록되었다.
「가곡원류(歌曲源流)」, 「논곡지음(論曲之音)」, 「가지풍도형용십오조목
(歌之風度形容十五條目)」까지의 가집 서두부 기록은 『원국』과 같은 양
상이다. 그런데 그 다음에 "운애박선생효관왈(雲崖朴先生孝寬日) 여매
견가보(余每見歌譜)~"로 시작하는 「박효관 발문」이 서문의 자리에 위
치해 있다.

　『하순일 편집본』의 편제를 살펴보면 다음과 같다.

> 男唱　羽　調 初數大葉(1) (男唱羽界面一場弟次) 羽調 二數大葉
> 　　　　　(2) 中擧(3) 平擧(4) 頭擧(5) 三數大葉(6) 搔聳伊
> 　　　　　(7) 栗糖數大葉(8)
> 　　　界　面 初數大葉(9) (羽界面合奏不用 但界面時初唱) 二數
> 　　　　　大葉(10) (羽界面合奏用 但界面時不用) 中擧(11)
> 　　　　　平擧(12) 頭擧(13) 三數大葉(14)
> 　　　蔓橫(15) (俗稱乻美者與三數大葉 同頭而爲美) 美歌(16)
> 　　　界樂(17) 羽樂(18) 乻樂(19) 編樂(20~21) 編數大葉(22)
> 　　　乻編(23) 餘興 太平歌(24)
> 　　　庚戌仲冬下浣晋州后人河順一編輯

　『하순일 편집본』은 불과 24수만이 수록된 가집이지만, 『원국』과
관련 가집들의 상관 관계를 풀어내는 데 중요한 역할을 하는 가집
이다. 특히 최근 『원국』과의 관련성이 부각되면서 『원국』이 곧 '박
효관 원고본'이라고 보는 근거의 매개가 된 가집이 바로 『하순일 편

집본』이다.『원국』은 하순일 소장본이었던 가집이 하규일에 의해
전해진 것이고『하순일 편집본』은 하순일에 의해 편집된 것이니,
『하순일 편집본』에 남아있는 발문과 과거 선학들의 회고들[105]을 근
거로 볼 때 "박효관 원고본(原稿本) → 하순일 소장 → 하규일 소장"으
로 전해졌다는 것이다.[106]

그렇다면『원국』에는 '하순일본' 또는 '박효관 원고본'의 흔적과
징후가 남았을 것으로 예상되며, 또한『하순일 편집본』이 비록 24
수만 수록된 소가집이지만 '하순일본'인『원국』을 모본으로 삼아 편
집된 가집이기에 두 가집은 어떠한 방식으로든 친연성을 보일 것이
라 생각된다. 그러나 앞서 살펴보았듯이『원국』은 후대 완본적 성
격의 가집이며 박효관의 영향에서도 어느 정도 멀어져 변화된 시점
의 가곡 문화를 담고 있는 가집이라고 할 수 있다.

아무튼 이 가집들, 즉『하순일 편집본』과『원국』, 그리고 앞서 조
선정악전습소와의 관련성이 언급된『원가』의 상관 관계는 가집 간
비교를 통해 자연스럽게 밝혀질 것으로 생각된다. 24수만 수록된
『하순일 편집본』과 446수의『원가』, 856수가 수록된 대형 가집『원
국』의 외형적인 비교는 다소 힘들겠지만, 가집 자체에 대한 내적
정보들의 비교를 통해 세 가집 간의 친연성 여부를 확인할 수 있을

---

105) 앞서 인용했던 이병기의 "故 河奎一氏 所藏은 朴孝寬의 門生인 河順一 所藏으로
그 原稿本을 전하는 것"과 이주환의 "선생의 自筆인가는 未審하나 선생이 가지고
계시던 正本 歌曲源流가 있는데 이것은 선생 歿後 筆者가 所藏하다가 現在는 國
立國樂院에서 保存"되었다는 내용의 회고를 말한다.
106) 신경숙, 앞의 논문, 한민족어문학회, 2009, 81면.

것으로 보인다. 만약『하순일 편집본』이 '하순일본'인『원국』을 모본으로 해서 만들어진 것이라면 두 가집은 어떠한 비교를 통해서도 상당히 흡사한 모습을 보일 것이라고 기대되며,『원가』역시『원국』을 대상으로 초출(抄出)된 가집으로 평가되기 때문에[107] 세 가집 간의 친연성이 높게 나타날 것으로 추정할 수 있다.

결론부터 말하자면, 세 가집의 비교 결과『원가』·『하순일 편집본』이 두 가집은『원국』과는 다른 양상이 드러난다. 이 가집들은 대체로 다른 가곡원류계 가집들처럼『원국』과 유사한 체제를 보이지만, 몇 부분에서는『원국』과 변별되는 이 두 가집만의 독특한 특징이 나타난다. 두 가집만이 공유하는 특징들은『원국』과는 다른 전승 경위와 편찬 층위를 보인다는 점에서 주목하여 살펴봐야 할 부분이다.

『원가』·『하순일 편집본』의 공통점 및『원국』과의 변별점을 살펴보도록 하겠다. 먼저 앞서 살펴본 바와 같이「박효관 발문」의 차이를 들 수 있다.『원가』와『하순일 편집본』은 유사한「발문」이 수록되어 있지만,『원국』의 발문은 몇 어휘에서 차이가 나타난다. 또한『하순일 편집본』은 서문의 위치에,『원국』은 발문에 위치하고 있다는 점도 다르다고 할 수 있다.

이보다 더 구체적인 사례는『원가』와『하순일 편집본』, 이들 가집에서만 보이는 노랫말 변이 양상이 확인된다는 점이다. 노랫말의 유사성 혹은 변이 양상을 확인하는 작업은 가집 간 친연성 여부—공통된 시기적 특징, 향유 기반 등—를 구체적으로 살필 수 있는

---

107) 황인완, 앞의 논문, 2007, 60면.

좋은 방법이다. 『하순일 편집본』에 수록된 24수 작품들의 노랫말은
대부분 다른 가곡원류계 가집의 노랫말과 일치한다. 그러나 이 가
운데 다른 이형태(異形態)의 노랫말을 보이는 작품이 있는데, 이는
『원가』와 공통된 노랫말임이 확인된다.

> 碧紗窓이 어런어런커늘 님만 여겨 <u>窓 열고 보니</u>
> 님은 안니오고 明月이 滿庭ᄒᆞᆫ듸 碧梧桐 져즌 입헤 鳳凰이 와셔 긴
> 목을 휘여다가 깃다듬는 그림ᄌᆞ이로다
> 맛쵸아 밤일세만졍 倖兮 낫이런들 남 우일본 ᄒᆞ여라
> 　　　　　　　　　　　　　　　　　　　『하순일 편집본』(19)旕樂

碧紗窓이 어른어른커늘 님만 너겨 나가 보니	『청진』(502)旕橫淸類
碧紗窓이 어른어른거늘 님만 너겨 나가 보니	『병가』(898)旕橫
碧紗窓이 어른어른커늘 님만 너겨 풀쩍 니러나 쭉싹 나셔 보니	『청영』(523)旕橫樂時調編數葉弄歌
碧紗窓이 어른어른커늘 님만 너겨 펄적 쮜여 쑥나셔 보니	『청육』(823)言樂
碧紗窓이 어룬어룬커늘 님만 넉여 **펄쩍 쮜여 쑥나셔 보니**	『원국』(602)旕樂
碧紗窓이 어룬어룬커늘 님만 넉여 펄쩍 쮜여 쑥나셔 보니	『원일』(571)旕樂
碧紗窓이 어룬어룬커늘 님만 넉여 펄쩍 쮜여 쑥나셔 보니	『원하』(593)旕樂
碧紗窓이 어룬어룬커늘 님만 넉여 펄쩍 쮜여 쑥나셔 보니	『원육』(543)旕樂
碧紗窓이 어룬어룬커늘 님만 넉여 펄쩍 쮜여 쑥나셔 보니	『협률』(582)旕樂
碧紗窓이 어룬어룬커늘 임만 녁여 헐쩍 쮜여 쑥나셔 보니	『원황』(470)旕樂
碧紗窓이 어룬어룬커늘 님만 넉여 펄덕 쮜여 쑥나 셔니	『해악』(586)旕樂
碧紗窓이 어룬어룬커늘 님만 넉여 펄쩍 쮜여 나셔 보니	『화악』(598)旕樂
碧紗窓이 어른어른커늘 님만 넉여 窓 열고 보니	『원가』(281)旕樂
碧紗窓이 어런어런커늘 님만 여겨 窓 열고 보니	『하순일 편집본』(19)旕樂

> *『시가』, 『청가』, 『동국』, 『고금』은 위 『청진』, 『병가』 노랫말과 유사하고,
> 　『악서』, 『가보』는 위 『청영』, 『청육』 노랫말과 유사하다.

앞서 인용한 작품은 『하순일 편집본』 24수 중 19번째에 수록된

작품으로,『역대시조전서』를 참고해 보면[108]『청진』,『병가』,『청영』을 비롯한 전기 가집들로부터 대부분의 가곡원류계 가집들에까지 대략 23개 가집에 전승되어 향유된 작품이다.

　이 작품은 초장 마지막 구절에서 노랫말 변이가 나타난다. 먼저 전기 가집들의 '만횡' 계열 악곡에서는 동일한 노랫말로 불렸는데, 이후『청육』을 비롯한 가곡원류계 가집들에서는 '엇락(언락)'으로 불리면서 그 노랫말의 변화가 있었음이 확인된다. 그런데 가곡원류계 가집의 노랫말이 모두 공통적으로 나타남에도 불구하고 유독『하순일 편집본』과『원가』의 노랫말만이 "창(窓) 열고 보니"로 다르게 표기되어 있음을 알 수 있다.

　여기서 또 하나 눈여겨볼 부분은『원국』의 노랫말이『원가』·『하순일 편집본』과는 다르게 다른 가곡원류계 가집에서 보이는 노랫말을 싣고 있다는 점이다.『원국』의 노랫말이 가곡원류계 노랫말의 보편적·전형적 성격을 반영하고 있다면『하순일 편집본』과『원가』는 두 가집만의 변별된 노랫말 패턴을 보인다고 할 수 있다.

　이는『원가』와『하순일 편집본』, 두 가집 간에 상당한 친연성이 있음을 방증하는 사례이다. 이 작품은『청육』이후로는 같은 노랫말이 '엇락' 악곡에 실려 불리면서 상당 기간 고정된 미감으로 향유되었을 것으로 보인다. 그런데 이렇게 변이된 노랫말이 공통적으로 나타나는 것은 이 두 가집이 동일한 노랫말 향유 환경에 함께 놓여 있음을 보여주는 것이며 가곡 문화 기반이 다르지 않았음을 보여주

---

108)『역대시조전서』, 449면, 1233번.

는 실례(實例)라 할 수 있다. 이는 단순한 노랫말의 공유가 아닌 이 가집들만의 독특한 전승·향유의 문화 기반이 반영된 것이다.

이러한 『원가』·『하순일 편집본』의 공통점은 단순히 일회성에 그치지 않는다는 점에 주목해야 한다. 당대의 가곡 연창(演唱) 환경과 관련된 부기를 공유하고 있다는 점에서 두 가집 간 친연성이 확연히 드러나기 때문이다.

界面　初數大葉　羽界面合奏不用　但界面時初唱
界面　二數大葉　羽界面合奏用　但界面時不用　　『하순일 편집본』

界面調　初數大葉　羽界唱合奏不用　但界唱時初唱
二數大葉　羽界唱合奏用　但界唱時不用　　　　　『원가』

두 가집의 내용을 원문 그대로 가져왔는데, 단지 한 글자의 표기만 다를 뿐 같은 내용이 기록되어 있음을 알 수 있다. 선행 연구를 참고하자면 위 언급은 "1910년대의 남창 한바탕은 전곡(全曲)을 다 부르지 않고, '우계면 한바탕'에서는 계면 초삭대엽을, '계면 한바탕'에서는 이삭대엽을 부르지 않고 건너뛰는 연창방식이 존재했음"[109]을 말해주는 것이다. 이러한 연창 방식이 실제로 어떻게 이루어졌는지에 대해서는 아직까지 알려지지 않았다. 그러나 당대에 존재했던 이러한 연창 방식에 대한 기록이 두 가집에만 공통적으로

---

109) 신경숙, 앞의 논문, 한국시조학회, 2007, 138면.

기록되어 있다는 점은 두 가집이 존재했던 시기의 가곡 문화가 공통된 향유 기반을 바탕에 두고 있었던 것으로 풀이된다.

이상의 내용을 정리해 보면, 『원가』는 『하순일 편집본』과의 친연성이 두드러지게 나타나며, 시기적으로 볼 때 이 두 가집은 20세기 초 공통의 가곡 문화 기반에서 전승된 가집임을 알 수 있다. 현재 전해지는 『원가』에는 연음표가 새겨져 있지 않아서 단순 기록용 가집으로 보이기도 하지만, 가집 서두부의 「연음목록(連音目錄)」에 8종의 연음표가 제시되어 있다는 점에서 원래 대본에서는 사용되던 것이 이후 전사·전승되는 과정에서 누락되었을 것으로 보인다. 또한 가곡 전습용 대본인 『하순일 편집본』과의 관련성으로 미루어 짐작할 때, 『원가』 역시 당대 가곡 연창의 실질에 적합하게 제작된 가집이었을 것이다.

가집의 편찬 목적도 『하순일 편집본』과 일정 정도 공유하고 있을 것으로 생각된다. 『하순일 편집본』은 가곡 전습을 위해 24수만 선별되어 묶어진 소가집이다. 이미 논의된 바와 같이 이 가집은 조양구락부에서 남창가곡 교본으로 사용되었을 것으로 생각되며, 여기에 수록된 24수의 작품은 당대 대표적 노랫말로서의 성격을 인정받은 작품들로 평가된다.[110]

『원가』의 작품 수가 다른 가곡원류계 가집에 비해 절반가량 줄어든 것은 단순히 편찬자 개인의 취향으로 선택된 것이 아니라 당대 악곡별로 시조 작품의 '대표 사설'들만이 선별되어 정리되었기 때

---

110) 신경숙, 위의 논문, 한국시조학회, 2007, 139~143면 참조.

문이다. 19세기 중후반부터 가곡창의 악곡별로 그 노래에 얹어 부르는 노랫말이 고정되어 가는 경향[111]이 나타나는데, 『원가』 역시 취사선택(取捨選擇)의 과정을 거친 경향이 나타난다. 이는 『원가』의 작품 수록 양상을 보면 알 수 있다. 『원가』에는 남창과 여창 마지막에 추록된 시조창 작품 18수를 제외하고 이 가집에만 수록된 작품은 단 한 수도 없으며, 대부분 전기 가집부터 이미 향유되었던 작품들이 수록되었다. 이는 오랜 시간 향유자들로부터 애창되며 대표 노랫말로 검증·확정된 작품들이 선택되어 가집 목록에 올려졌다는 뜻이다.

이러한 점들을 종합해 보면 『원가』 역시 『하순일 편집본』처럼 하순일이 원래 소장했을 것으로 추정되는 『가곡원류』를 대본으로 하여 작품이 선별·편집된 가집이다. 『원가』의 「발문(1)」 말미의 "하순일씨소장(河順一氏所藏) 사본중초출(寫本中抄出)"이라는 기록은 단순히 발문만을 가져온 사실을 염두에 둔 것이 아니라 실제 작품들을 초출하여 가집이 완성되었음을 알리는 표지였던 것이다.

한편 『원국』은 이들 가집의 대본이었을 것으로 추정됐지만, 앞서 살펴본 것처럼 여러 면에서 차이가 나타나는 가집임을 알 수 있었다. 『원국』과 『하순일 편집본』은 가곡 연행 및 향유 환경도 달랐던 것으로 보이는데, 이는 다음의 연음표 비교를 통해 확인된다.

『원국』은 중대엽 항목을 제외한 대부분의 작품에 연음표가 기입

---

111) 김영운, 『가곡 연창형식의 역사적 전개양상』, 민속원, 2005, 100면; 신경숙, 앞의 논문, 한국시조학회, 2007, 142~143면.

되어 있어 이 가집이 가곡 연창
의 실제에 적합한 가집이었음을
알 수 있다. 이는 시조 작품 24
수가 수록된『하순일 편집본』도
마찬가지이다. 두 가집의 연음
표를 비교해 보면, 몇 군데를 제
외하고는 거의 유사한 형태로
사용되었음이 확인된다.[112] 그
러나 좀 더 세밀히 관찰하면 연
음표 사용의 차이를 발견할 수
있다.

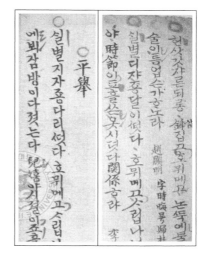

『하순일 편집본』(왼쪽)과
『원국』(오른쪽)의 평거 작품 연음표 비교

먼저『하순일 편집본』우조 평거 작품인 "실별지자 죵다리 셧다"
의 경우 초장 첫머리가 '누르는 표(┃)'[113]로 시작됨을 알 수 있다.(실)
그런데 이 작품의 연음표를『원국』에서 확인해 보면 첫머리에 '▮'표
가 표기되어 있음이 확인된다.(실▮) 이 표는 보통 알려져 있는 8종
의 연음표에는 포함되어 있지 않은 것으로,『원하』에서 '평으로 닉는
표'라고 소개되었다.

이 부분의 연음표를 확인할 수 있는 다섯 종의 가곡원류계 가집

---

112) 신경숙, 앞의 논문, 한국시조학회, 2007, 132~133면 참조.

113) '연음표'는 보통 8종이 알려져 있다. '누르는 표, 드는 표, 든흘임표, 연음표, 반긔
표, 졉어드는 표, 막드는 표, 눌러쎼는 표'(『원가』의 연음목록)인데, 여기의 이 표
는 보통 '누르는 표'로 알려져 있고,『협률』과『원하』에는 '눌러내는 표'로 기록되
어 있다.

을 비교해 본 결과, 『하순일 편집본』, 『원규』,[114] 『협률』에서 동일
한 연음표(┃)가 사용되었고, 『원국』과 『원하』에서 동일한 연음표(▌)
가 사용되었음이 확인되었다. 『원하』에서 소개된 '평으로 늬는 표
(▌)'는 주로 우조 평거 작품의 첫머리에서만 사용되는 것으로 확인
됐는데, 계면조 평거에서는 '누르는 표(┃)'가 사용되고 '평으로 늬는
표'는 사용되지 않았다. 『원하』와 『원국』의 우조 평거 작품의 초장
첫 구절에는 모두 이 연음표가 사용되는 것으로 보아 주로 우조 평
거에 한정되어 사용되었을 가능성이 높은 것으로 판단된다.

　미세하지만 연음표의 차이는 또 하나 발견된다. '장귀'(협률) 혹은
'귀뎔표'(원하)로 소개되는 'ヽ'표는 노랫말의 구절 장단을 구분하는
점을 말하는데,[115] 『협률』, 『원국』 등 대부분의 작품에 찍혀 있다.
그런데 『하순일 편집본』에서는 24수 중 처음 두 작품인 우조 초삭
대엽과 우조 이삭대엽에만 사용하고 나머지 작품에는 사용되고 있
지 않다.

　이러한 가집별 연음표의 사용 여부에 대해 현재로서는 정확히 알
수 없다. 다만 시기나 환경, 부르는 방식에 따라 연음표의 표기 방
식에도 변화가 있었던 것으로 생각되는데, 가곡원류계 가집에는 8
종(원가, 원일), 10종(원하), 11종(협률)으로 소개되던 것이, 1930년대
하규일에 의해 가곡 전습이 이루어지던 이왕직아악부 시기에는 16

---

114) 『원규』의 경우, 우조 평거 작품 두 수에 연음표가 기입되어 있는데 그중 한 수가
　　 이 작품이다.
115) 김영운, 앞의 책, 2005, 130면 주45번, 146면 주57번 참조.

종으로 늘어나고[116] 후대로 가면서 부호도 조금씩 더 늘어나고 세밀해지는 것으로 보인다.[117] 연음표의 수가 많아질수록 후대 시기임을 뜻한다고 단정 짓기보다는 이를 서로 다른 가곡 연창 환경에서 비롯된 차이로 해석하는 것이 바람직할 듯하다. 따라서 『원국』과 『하순일 편집본』 간에 나타난 연음표의 차이는 두 가집의 가곡 연창 환경의 차이가 반영된 것으로 보아도 무방할 것이다.

　요컨대 『원국』, 『원가』, 『하순일 편집본』이 세 가집은 공통된 체계에 기반을 두는 가집들이지만, 편찬 의도·소용 목적·향유 기반의 변화에 따라 서로 다른 가집의 형태로 생성되었다. 하나는 완본적 성격의 대형 가집으로 편찬되고, 다른 하나는 400여 수의 초출본 가집으로 전승되며, 또 다른 하나는 24수의 대표 작품만이 정선(精選)된 소가집으로 엮이게 되었다. 다른 가곡원류계 가집들과 함께 놓고 본다면 이들 가집 간의 거리는 오히려 가깝다고 볼 수 있다. 그러나 가집 간에 나타난 이러한 차이는 유사한 형태의 가집이 전승·향유되는 과정에서 여러 요소들이 변형·생성·적층되면서 생긴 것이라고 할 수 있으며, 또한 향유 기반의 변화, 향유 폭의 확대

---

116) 장사훈, 「가곡원류」, 『한국음악학자료논총』 5, 국립국악원, 1981. 1930년대 하규일에게 배웠을 때 구술을 메모했던 것을 다시 소개하였다.

117) 문주석, 「連音標 考」, 『한국전통음악학』 6, 한국전통음악학회, 2005, 286~ 287면. "연음표와 연관된 부호들이 후대로 올수록 8종류에서 18종류로 37종류로 세분화되어지고 있으며, 부호의 종류도 증가하고 있음을 확인할 수 있다. …(중략)… 따라서 가곡에서 사용되는 연음표도 여러 가지 원리를 단순한 부호체계의 형태를 바탕으로 이용하던 방식에서, 후대로 오면서 부호가 더욱 세분화되고, 다양한 여러 형태의 연음표의 부호형태들이 파생되어 나오는 것으로 확인할 수 있다."

와 축소, 유통 전승의 과정에서 온 미묘한 변화의 흔적들이라고 봐
야 할 것이다.

(2) 일석본의 편찬 특징
① 일석본의 편찬 체제

『원일』(일석본)은 현재 원본이 전하지 않고 이재수(李在秀) 전사본
만이 남아 있다.[118] 표제는 '청구영언(靑邱永言)'이며 가집 서두부에
는 다른 가곡원류계처럼 악론(樂論) 관련 글들이 수록되었지만 그
순서가 조금 다르게 나타난다. 「장고장단점수배포(長鼓長短點數排布)
합일백오십점(合一百五十點)」, 「연음목록(連音目錄)」이 먼저 제시되고
난 후 「가곡원류」와 「논곡지음」, 「가지풍도형용십오조목」이 기록
되는 양상이다.

『원일』은 본래 권일(卷一)에서 권사(卷四)까지 있었던 것으로 알려
졌는데, 현재 권삼(卷三)은 전하지 않는다. 권일에는 남창 우조 초중
대엽에서부터 계면조 두거까지, 권이에는 남창 계면조 삼삭대엽부
터 엇편까지 기록되어 있다. 특이한 점은 「박효관 발문」이 권이 마지
막 부분에 수록되었다는 것이다. 권삼은 전하지 않지만 권일·이의
수록 양상으로 볼 때 여기에는 여창 부분이 있었을 것으로 추정된다.
권사에는 가사, 시조, 한시, 언간(諺簡) 등 다양한 양식의 작품이 뒤
섞여 수록되어 있다. 『원일』의 편찬 체제를 제시하면 다음과 같다.

---

118) 이에 관한 내용은 심재완의 『시조의 문헌적 연구』(세종문화사, 1972, 58~59면)에
    상세히 소개되어 있다.

〈卷一〉

羽　　調　　初中大葉(1~3)　長大葉(4)　三中大葉(5~6)

界面調　　初中大葉(7)　二中大葉(8)　三中大葉(9)

　　　　　　後庭花(10)　臺(11)

羽　　調　　初數大葉(12~24)　二數大葉(25~60)　中擧(61~79)　平
　　　　　　擧막니는즈즌한닙(80~101)　頭擧존쟈즌한닙(102~122)
　　　　　　三數大葉(123~143)
　　　　　　搔聳伊(144~157)　栗糖數大葉(158~161)

界面調　　初數大葉(162~165)　二數大葉(166~245)　中擧즁허리드
　　　　　　는자즌한닙(246~296)　　平擧막드는쟈즌한닙(297~358)
　　　　　　頭擧존즈즌한닙(359~423)

〈卷二〉

　　　　　　三數大葉(424~446)

　　　　　　만횡(447~470)　弄歌(471~519)　界樂(520~547)　羽樂
　　　　　　(548~565)　旕樂(566~592)　編樂(593~599)　編數大
　　　　　　葉(600~621)　旕編(622~633)　「박효관 발문」

〈卷四〉

　　　　　　秋風感別曲 시조작품군1(634~733)　歸來詞 遊山歌
　　　　　　시조작품군2(734~740)　浮碧樓詩 箕城妓暎珠思蕭州
　　　　　　金注書詩 諺書簡

　　현전하는『원일』의 체제는 권일에서 권이까지를 전반부로, 권사
를 후반부로 나눌 수 있을 것 같다. 전반부가 남창 가곡창 작품들이
수록된 가집이라면, 후반부는 기존의 시조 작품들, 특정 작가들의
작품들, 가사 및 한시 등의 작품들이 한데 엮여 실린 복잡한 형태의

사설 모음집이라 할 수 있다. 특히 후반부는 체제의 일관성이 떨어지는 것으로 볼 때 후대에 추록되었을 가능성이 커 보이지만, 전반부와 선후 관계를 논하려면 여러 요소들에 대한 정밀한 검토가 요구된다.

『원일』전반부에서 볼 수 있는 특이점은「박효관 발문」의 위치가 남창 작품이 마무리되는 지점에 수록되어 있다는 것이다. 보통 이 '박효관의 글'은『원국』처럼 '발문'으로 수록되든가『화악』이나『하순일 편집본』처럼 '서문'으로 붙어 있었다. 그런데『원일』에는 서·발문의 위치가 아닌 가집 중간에 놓여있는 것처럼 되어 있다. 권삼이 누락되어 있긴 하지만 분명 여창 부분이 수록되어 있었던 것으로 추정되는 바「박효관 발문」이 남창 말미에 수록된 이유에 대해 생각해 볼 필요가 있다.

아마도『원일』의 전반부는 당시 독립적으로 유통됐던 남창 가곡창 가집으로 생각된다. 왜냐하면「박효관 발문」이 남창 말미에 위치하면서 한 가집의 편집 체계에서 마무리의 역할을 한 것으로 보이기 때문이다. 19세기 초반부터 남녀창은 한 가집에 함께 수록되었는데, 이후『여창가요록』같은 독립된 여창 가집이 존재했지만 가곡원류계 가집의 편제를 갖춘 남창 가곡창 가집은 찾아보기 힘들다. 현재 전하는 가곡원류계 가집들 중에는 남창 부분만 남아있는 가집들을 볼 수 있다. 여기서 살펴본『원일』을 비롯하여『화악』,『원동』등이 해당된다. 그러나 이 가집들은 여창 부분에 해당하는 후반부가 결락된 것인지 아닌지 판단하기가 쉽지 않다. 그렇지만 이 가집들에 여창이 덧붙여지지 않고, 현재의 모습처럼 남창만 수록된 형태로 독립적으로 유통되고 전해졌다는 점은 주의 깊게 생각해봐야 할 부분이다.

『원일』은 여러 형태의 가집이 한데 묶이면서 현재의 모습이 갖춰진 가집으로 생각되는데, 남창 가곡창 작품만 수록된 가집[권일과 권이]에 여창 가곡창 가집이 함께 수록되었고[권삼], 또 여러 장르 및 시조 작품들을 모아 놓은 사설집이 덧붙여지면서[권사] 현재의『원일』이 완성되었을 것이다. 가집 전반부와 후반부의 체제가 일관성 있게 연결되지 않고, 부분별로 편찬 시차가 존재하는 것처럼 보이는 것도 이러한 편찬 과정의 흔적들이 반영되었기 때문이라 할 수 있다.

『원일』의 후반부에는 여러 장르의 문학 작품들이 뒤섞여 수록되어 있다. 그중에 시조 작품들이 두 군데로 나뉘어 기록되었는데, 여기에 수록된 작품 중『원일』에만 수록된 유일 작품이 44수나 되고 한두 가집과만 공출되는 작품도 13수가량 된다.『시철가』,[119]『시가요곡』과 공출되는 작품들이 꽤 있는 것으로 보아 19세기 후반에서 20세기 초반에 편찬된 가집들과의 관련성이 큰 것으로 생각된다.

634~674번까지는 전기 가집과 공출되는 작품들이 대부분이며, 전반부와 중출되는 작품 또한 많다. 노랫말의 형태가 변형된 경우[120]가 많고 작가 명기도 불완전하게 나타난다. 악곡적으로는 대

---

119) 675부터 681번까지는『원일』에만 수록되어 있거나,『시철가』등 시조창 계열 가집과 공출되는 작품이 많다.

부분 이삭대엽과 중거·평거·두거 계열의 작품들이 주를 이루지만
그 체제적 일관성은 드러나지 않는다. 가집 편찬을 위해 편집 구성
에 신경 썼다기보다는 특정 의도에 의해 작품을 수집·정리하려고
했던 것으로 보인다. 그래도 뒷부분에는 작가별로 작품들이 정렬되
어 있는데 당시 유명 작가들인 박효관·안민영 그룹의 작가들을 모
아 배치한 듯한 의도가 강하게 느껴진다.

> 661 朴孝寬 字京化 東国名歌 同中樞 / 663 石坡 / 664 (안민영)
> / 666 朴英洙 字士俊 知中樞 / 668 朴孝官 / 669 (안민영) /
> 686~688 朴孝官 / 689~690 林宜直 字伯炯 名歌 / 691 朴永洙
> 692~697 李判書 仁應 / 698~713 扈錫均 前加德僉使 / 714 李洙
> 康 前監察 / 715 羅志成 前主簿 / 716~718 河順一 前府使 /
> 719~722 晋州 梅花 / 723 平壤 錦紅 / 724 平壤人 无名氏 女人
> / 725~730 安炯甫 / 731~732 崔眞台 (前)主簿

661번 이후, 작가가 명시되었거나 작가를 알 수 있는 작품의 작가
를 제시해 보았다.[121] 박효관, 안민영, 박영수, 호석균, 임의직, 이인
응(이세보), 하순일 등 이미 알고 있는 작가들의 이름이 보이지만,
작품은 기존의 가곡원류계 가집에서는 잘 볼 수 없었던 것들로 구성

---

120) 예를 들면 634번을 들 수 있다. 이 작품은 『원일』 255번과 重出된 작품인데, 『원일』
    256번 작품과 노랫말을 뒤섞여 쓰인 상황이다.
    "634. 靑山이 不老ᄒ니 麋鹿이 버시로다 / 藥草에 맛들이니 世味를 이질롯다 /
    酉陽에 낙ᄃᆡ를 들어머니 漁興 계위 ᄒ노라"
121) 여기에 수록된 작가들에서 대해서는 신경숙(「근대 초기 가곡 교습」, 『민족문화연
    구』 47, 고려대 민족문화연구소, 2007, 218~219면)에 의해 검토된 바 있다.

되어 있다. 그런데 그 기명의 정확성은 다소 떨어지고 같은 작가의 표기도 일관되지 않다는 점 ─ 박효관(朴孝寬), 박효관(朴孝官), 안형보(安炯甫), 임의직(林宜直) 등 ─ 을 볼 때 후대적 변모의 모습이 많이 반영된 것으로 추정된다. 아무튼 여기에 수록된 작품들의 작가들은 대부분 박효관·안민영 예인 그룹과 관련이 높은 인물들로 보이며,[122] 차후 이들에 대한 면밀한 검토가 이루어져야 할 것으로 생각된다.

이 중 몇 명은 그 활동 시기에 대한 정보가 확인되기에 이를 통해 『원일』 후반부의 편찬 시기를 가늠할 수 있으리라 본다. '전감찰(前監察)'이라는 부기가 붙은 이수강에 대한 정보는 『승정원일기』에 나온다. 여기에서 감찰 벼슬을 지낸 '이수강'이라는 인명이 확인되고 동일 인물로 판단된다. 이수강이 감찰을 지낸 시기가 1886년[123]이므로 '전 감찰'이라는 표기가 유효한 시기는 적어도 1887년 이후일 것이다. 하순일에 대한 『승정원일기』의 기록은 1883년경부터 확인된다. '전 부사'라는 호칭을 들을 시기는 1890년경부터인 것으로 보인다.[124]

---

122) 신경숙, 앞의 논문, 고려대 민족문화연구소, 2007, 219면 참조.

123) 『승정원일기』, 고종 23년 병술(1886) 12월 15일(계유) ○3차 정사를 하였다. 鄭寅星을 사복시 정으로 삼고, 李壽康을 감찰로 삼았다. 전 감역관 洪永厚·林鶴九와 부사과 崔義文에게 이번에 통정대부를 超資하였는데, 조관으로서 나이 80세가 되어 가자한 것이다. 전 오위장 辛在和에게 이번에 가선대부를 가자하였는데, 가자하라는 일로 전지를 받든 것이다.

124) 『승정원일기』 고종 25년 무자(1888) 4월 13일. ○또 병조의 말로 아뢰기를, "中樞府經歷 河順一이 신병 때문에 직임을 수행하기 어렵다고 정장하여 체직을 청하였으니, 개차하는 것이 어떻겠습니까?" 하니, 전교하기를, "監察 元厚常과 서로 바꾸라." 하였다.
『승정원일기』 고종 27년 경인(1890) 8월 26일. ○…현감 吳顯耆, 전 부사 河順一을 모두 내금위장에 제수하라." 하였다.

따라서 『원일』의 후반부는 1890년보다 이른 시기에 만들어졌다고 볼 수는 없다. 이 가집의 전반부 역시 이와 유사한 시기에 생성되었을 것으로 추정되는 바, 이에 대해서는 다음 항목에서 자세히 살펴보도록 하겠다.

② 가집 간 상관 관계와 일석본의 편찬 특징

『원일』의 전반부와 편제가 유사한 가집으로는 『원국』을 들 수 있다. 남창 부분인 전반부만을 놓고 봤을 때 두 가집은 32수 정도의 차이가 나타나지만,[125] 대체로 비슷한 작품 수록 양상을 보이며, 그 배열 순서도 비슷한 양상으로 전개된다. 그러나 체제적으로 유사한 형태임에도 불구하고 노랫말 표기 및 세부적인 기록 등에서는 『원국』과의 차이가 드러난다.

『원일』의 편찬 체제 및 작품 수록 양상은 다른 가곡원류계 가집과 비교해 볼 때 이 가집만의 독특성이 잘 나타나지 않는다. 악곡별로 몇 수의 출입은 있지만 그것이 가집의 성격을 좌우할 만한 정도는 아니다. 근래 들어 『원일』과 관련된 논의에서 『원일』을 『원국』보다 앞선 가집으로 보고, 『원일』에 32수 정도의 작품들-기존 작가 작품+가곡원류기 작가 작품-이 첨가되면서 『원국』이 이루어졌음이 논의된 바 있다.[126]

---

125) 『원일』에 수록되지 않은 『원국』의 작품 수를 말한다.
126) 신경숙, 「『가곡원류』 편찬 연대 재고」, 『한민족어문학』 54, 한민족어문학회, 2009, 91~92면. 신경숙은 여기에서 『원일』을 『원국』보다 앞서 편찬된 가집으로 보고 있다.

그러나 『원일』에는 여러 후대본적 징후들이 산견되는바 이 가집을 『원국』에 비해 이른 시기에 만들어진 가집으로 보는 것은 재고되어야 한다. 『원일』에는 작품의 배열 및 구성이나 표기의 불완전성이 나타나는데 이는 이 가집이 후대적 전사본의 성격을 갖고 있음을 말해준다. 여기에서는 『원일』의 이러한 특징들을 통해 『원국』 등 다른 가집들과의 상관 관계와 그 편찬 특징에 대해 살펴보도록 하겠다.

원국	해악(협률, 원육, 화악)	원일
292. 於臥 보안제고	283. 어와 보안제고	285. 於臥 보안제고
293. 於臥 늬 일이여 박효관	284. 어와 늬일일여 박효관	286. 於臥 늬 일이여 박효관
294. 님이 가오실 덕에 박효관	285. 님이 가오실 격의	
295. 雲臺上 鶴髮老仙 호석균		
296. 울며 즙운 소매 김명한	286. 울며 잡은 소매 이명한	287. 울며 잡은 사매 김명한
297. 天下匕首劒을	287. 天下 匕首劒을	288. 天下匕首劒을
298. 前山 昨夜雨에	288. 前山昨夜雨의	289. 前山 昨夜雨에
299. 天地 몃번직며	289. 天地 몃 번직며	290. 天地 몃번직며
		291. **임이 가오실 덕에 박효관**
300. 淸風北窓下에	290. 淸風 北窓下의	292. 淸風北窓下에

위 작품 수록 양상을 보면 『해악』을 비롯한 『협률』, 『원육』, 『화악』 등에서는 일정한 배열 규칙이 나타난다.[127] 보통 가곡원류계 가집의 배열 규칙대로라면 박효관 작품 두 수가 연이어 수록되는 것이 맞다. 특히 이 두 작품은 앞서 살펴봤듯이,[128] 작가별 작품 수록

---

127) 『원국』 295번 호석균의 작품은 『원국』만의 수록 양상이다. 이렇듯 『원국』에서는 다른 가곡원류계 가집에서 볼 수 없는 작품 배치 양상이 종종 보이기도 한다. 『화악』의 경우는 뒤(화악 376번)에서 다시 수록된다.

128) 제Ⅱ장 3절의 "2) 악조와 악곡 및 작품 편제 양상"에서 살펴보았다.

원리와 더불어 '동일한 의식과 정서의 흐름'의 원리도 함께 적용되어 수록된 부분이다. 그런데 『원일』에서는 그 한 수가 탈락되었다가 다시 뒤에서 재수록 되는 모습이 확인된다. 다시 말해 대본을 보고 필사하는 과정에서 놓친 한 작품을 다시 첨가했던 흔적이 남아 있는 것으로 볼 수 있다.

원국(원하, 협률, 원육, 원연, 원황)	원일
216. 시름을 줍아닉어	212. 시름을 잡아닉어
217. 仙人橋 나린물이 　　　　　鄭道傳 字宗之 号三峯 太祖朝相	213. 仙人橋 나린물이 　　　　　**俞應孚 六臣**
218. 간밤에 부든 브롬에 　　**俞應孚** 字 号 端宗朝 摠管 **六臣**	
219. 닉 무음 벼혀닉여 　　　　　鄭澈 字季涵 号松江 …	214. 닉 무음 벼혀닉여 　　　　　鄭澈 字明宗文衡
220. 烏騅馬 우는 곳에	215. 烏騅馬 우는 곳에

　위 작품들의 수록 순서는 대부분의 가곡원류계 가집에서 『원국』과 동일한 배열을 보인다. 여기에 반영되지 않은 『해악』의 경우도 『원국』의 218번과 219번의 순번이 뒤바뀌어 수록된 정도이다.

　그런데 『원일』의 배열 순서를 보면 한 작품－"간밤에 부든 바람~", 유응부－이 탈락되어 있는 것을 알 수 있다. 특이한 점은 213번의 작가명이 본래는 '정도전'인데 '유응부'라고 잘못 기입되었다는 것이다. 이러한 현상은 앞서 여러 번 살핀 바 있듯이 전사의 과정에서 한 작품이 누락되며 생긴 필사의 오류이다. 그러한 과정에서 뒤 작품의 작가명이 누락되지 않고 남아 앞 작품의 작가명으로 기록되어 버린 것이다. 유응부의 작품은 대다수의 가곡원류계 가집에서 초장 첫 구절만 바뀐 채로 뒤에서 다시 한번 수록되는데[129) 거기에서는 『원일』 역시 누락되지 않고 수록되었으며 작가명[유응부]도 제대로 명시되어 있다.

『원일』에서 이와 유사한 사례는 또 다른 곳에서도 발견된다. 『원일』 257번(門 닷고 글닐넌지 멋 歲月이 되엿관듸~)은 다른 가곡원류계 가집에서는 모두 '이정신(李廷藎)'으로 기록된 작품인데 『원일』에서만 '송종원(宋宗元)'으로 기입되는 문제가 발생한다.

(원국의 경우)
261. 靑山이 不老ᄒ니 糜鹿이 長生ᄒ고   任義直 字伯亨 一國名琴
262. 江村에 日暮ᄒ니 곳곳이 漁火ㅣ로다   仝人
263. 門 닷고 글닐넌지 멋 歲月이 되엿관듸   ←   李廷鎭 字集仲 号百梅翁
264. 淸江에 낙시 넉코 扁舟에 실넛시니   宋宗元 字君星

(원일의 경우)
256. 靑山이 不老ᄒ니 糜鹿이 長生ᄒ고   任義直 字伯亨 一國名琴
257. 門 닷고 글닐넌지 멋 歲月이 되엿관듸   宋宗元
258. 淸江에 낙시 넉코 扁舟에 실넛시니   宋宗元

위 작품 배열은 『원국』과 『원일』의 같은 부분을 가져온 것이다. 『원일』의 경우는 『원국』의 부분에서 음영 처리된 부분을 지우면 된다. 위 작품 중 임의직의 한 수(원국 262번)가 탈락되고, 이정신의 작품에는 송종원이라는 작가명이 기입되는 오류가 발생한 것이다. 이러한 현상 역시 편자(혹은 편집자)가 작가를 혼동했다기 보다는 전사의 과정에서 잘못 기입한 필사의 오류이다.

---

129) 『원일』 239. 엇그제 부든 바람 눈셔리 티단말가.

지금까지 살펴본 바에 의하면, 『원일』에서 나타나는 작품의 배열 문제나 전사 과정에서 생긴 작품의 탈락을 편집자의 의도성에 의한 것으로 보기에는 무리가 있다. 『원국』과 『원일』에서 나타나는 작품 수 차이의 원인에는 이처럼 필사·전사의 과정에서 생긴 단순 누락도 있다는 점을 인지해야 한다. 논자에 따라서는 『원일』(전반부)을 『원국』보다 선행하는 가집이라고 평가하기도 하지만,[130] 이처럼 가집에 반영된 여러 오류의 흔적들을 감안한다면 『원일』을 『원국』보다 이른 시기에 편찬된 가집으로 판단하기 어렵다. 『원일』에 반영된 이같은 여러 징후들은 이 가집이 『원국』과 같은 가집들을 대본으로 하여 재편·보완된 가집임을 방증한다.

『원일』의 후대성은 『원가』와의 친연성을 통해 여실히 드러난다. 두 가집은 작가 정보 기록 및 노랫말 형태의 유사성이 짙게 나타나는데, 특히 노랫말의 유사성은 『원일』의 편찬 시기나 향유 기반이 『원가』와 비슷하다는 점을 말해준다고 할 수 있다.

먼저 작가 정보의 표기와 관련된 부분이다. 비교를 위해 『원국』의 예를 함께 제시하도록 하겠다.

① 원일 5번 작가: 曹植 字仲達 宣祖朝 贈領相
　원가 5번 작가: 曹植 字仲達 宣廟朝 贈領相
　원국 5번 작가: 曹植 字達仲 号南溟昌寧人 中宗朝隱居求
　　　　　　　　志高仕…宣宗朝 贈領相 諡文貞公

130) 신경숙, 앞의 논문, 한민족어문학회, 2009, 92면.

② 원일 361번 작가: 李元翼 仁祖時相
　　원가 183번 작가: 李元翼
　　원국 372번 작가: 李翼元 字公礪 号梧里 金義人 宣廟朝 當光
　　　　　　　　　　　海廢母之論…

③ 원일 417번 작가: 徐益 宣朝時 義尹
　　원국 430번 작가: 徐益 字君受 号萬竹軒 扶餘人 宣祖朝登第
　　　　　　　　　　　官至通政義州府尹

④ 원일 223번 작가: 李象斗 尙牧
　　원가 126번 작가: 李象斗
　　원국 228번 작가: 李象斗 字 号 蔭官至尙州牧使

⑤ 원일 75번 작가:　趙岦 中宗朝時主
　　원가 51번 작가:　趙岦
　　원국 76번 작가:　趙岦 字景陽 号龍門 平壤人 中宗朝 學逸 拜
　　　　　　　　　　宗簿主簿

⑥ 원일 391번 작가: 林悌 宣廟時 禮正 見名妓 作此歌同枕
　　원국 402번 작가: 林悌 字子順 号白湖 錦城人 宣廟朝登第 官
　　　　　　　　　　至禮曹正郎 詩文琴歌俱奇…

　『원일』의 작가 표기 양상이 매번 『원가』와 똑같은 형태로 나타나
는 것은 아니지만 『원국』보다는 『원가』에 가까운 모습을 보인다.
①·②처럼 확연하게 『원국』과는 다르고 『원가』와 같은 표기 양상

이 나타나는 것은 『원일』과 『원가』가 유사한 대본을 통해 전사되었을 가능성을 보이는 것이다. 그 대본은 아마도 『원국』과 같은 가집일 수 있다.

한편 『원일』에서는 축약에 의해 작가 부기를 기록하는 특이한 형태가 많이 나타나는데, 이를테면 '상주목사(尙州牧使)'를 '상목(尙牧)'으로 표기하는 것이다. 또한 표기를 하다만 부분도 있는 듯하다. ⑤번의 경우는 '주부(主簿)'라고 표기하려 했던 것 같은데 실제로는 '주(主)'만이 기록되어 있다.

다음으로, 노랫말의 유사성이 나타나는 부분들 중에서 인용해 보았다. 역시 비교를 위해 『원국』의 노랫말을 함께 제시하였다.

    ① 원일 8번 종장: 우리의 王孫은 歸不歸를 ᄒᆞᄂᆞ니
       원가 8번 종장: 우리에 王孫은 歸不歸를 ᄒᆞ노니
       원국 8번 종장: <u>엇더튼</u> 우리의 王孫은 歸不歸를 ᄒᆞᄂᆞ니

    ② 원일 221번 종장: 月移코 <u>山影</u>이 動ᄒᆞ니 님이 오나 녁엿노라
       원가 124번 종장: 月移코 <u>山影</u>이 動ᄒᆞ니 님이 오나 녁엿노라
       원국 226번 종장: 月移코 <u>花影</u>이 動ᄒᆞ니 님이 오나 녁엿노라

    ③ 원일 371번 초장: 落葉聲 찬 바람에 기럭이 슬ㅂ히 울고
       원가 189번 초장: 落葉聲 찬 보람에 기럭이 슯히 울고
       원국 382번 초장: 落葉   찬 ᄇᆞ롬에 기럭이 슯히 울고

    ④ 원일 497번 종장: 아마도 <u>즑어운 일은</u> 이쑨인가 ᄒᆞ노라

원가 244번 종장: 아마도 <u>즑어운 일은</u> 이 쁜인가 ᄒ노라
원국 516번 종장: 아마도 <u>太平ᄒ온 일은</u> 이쁜인가 ᄒ노라

　위의 인용 부분을 보면『원일』과『원가』는 노랫말 간의 친연성이 상당히 밀접하다는 것을 알 수 있다. 보다 면밀한 비교·분석이 이루어진다면 이외에도 더 많은 사례가 나올 것으로 생각된다. 이러한 예를 통해『원국』과『원일』의 차이점도 확인할 수 있지만, 무엇보다 중요한 점은 ③번을 제외한 ①·②·④와 같은 노랫말의 형태가 가곡원류계 가집 중『원일』과『원가』에서만 나타난다는 것이다. 특히 ②번은 가곡원류기 작가인 박영수의 작품으로 가곡원류계 가집에서만 볼 수 있는 작품이라는 점에서 두 가집에서만 나타나는 노랫말의 형태가 더욱 특징적이라 할 수 있다.

　『원일』에서 나타나는 이러한 현상은『원일』의 후대성이 반영된 것으로 해석된다. 20세기 초에 생성된『원가』와의 친연성은 이러한 추정을 뒷받침한다. 또한 작품 배치의 문제, 전사에 의한 작품의 탈락, 작가 정보의 축약 기입 등『원일』에 남은 많은 특징들은『원일』이 후대적 전사본임을 말해주고 있다.

　그렇다면『원일』전반부의 편찬 시기는 후반부의 편찬 시기와 크게 차이 나지 않은 것으로 볼 수 있다. 앞서『원일』의 후반부를 1890년 이후에 만들어졌을 것으로 추정한 바 있는데, 두 부분의 상거(相距)는 그리 멀지 않을 것이다. 전반부가 후반부에 비해 일관된 편제를 보이지만 이것만으로 전반부가 후반부보다 앞선 시기의 것이라고 단정 지을 수 없다. 왜냐하면 이미 살펴보았듯이 전반부 역

시 후대적 전사본의 성격이 강하게 나타나기 때문이다. 서로 다른 편찬·향유 기반에서 전승·유통되던 독립된 가집(혹은 사설 모음)들이 『원일』 편자에 의해 수집·전사되어 현재의 가집으로 전해지는 것이라 볼 수 있다.

마지막으로 『원일』과 『원국』의 관계에 대해 정리하도록 하겠다. 『원일』과 『원국』 두 가집의 거리는 다른 가곡원류계 가집에 비해 상당히 가깝다. 이는 앞서 『원가』와 『하순일 편집본』의 친연성을 검토하는 자리에서 확인할 수 있었다. 결국 세 가집, 즉 『원일』, 『원가』, 『하순일 편집본』은 비슷한 시기적 특징과 가곡 문화가 반영된 가집들이며, 『원국』과는 편제적 특성을 공유하면서도 세부적으로는 차이가 나타나는 가집들이라고 말할 수 있다. 요컨대, 『원국』이 박효관 담론이 잘 반영되어 계승·변화되면서 가집 편찬에 있어 상당한 수고가 더해진 완본적 성격의 가집이라면, 나머지 세 가집은 『원국』과 같은 완본적 성격의 가집이 전승·변모되면서 20세기 초반의 가곡 문화 속에서 자기만의 색깔로 만들어진 가집들이라 할 수 있을 것이다.

(3) 『협률대성』의 편찬 특징

① 서지 정보와 전승 경위

『협률대성』은 강릉 선교장(船橋莊) 소장본으로 이돈의(李燉儀, 1897~1961)에 의해 전해졌다. 『협률』은 두 종이 전해지고 있었는데, 모본이라 할 수 있는 선교장본은 현재 도난당한 상태여서 그 행방을 알 수 없고,[131] 그 전사본인 가람본은 서울대도서관 가람문고에 소장되어 전해진다. 다행히 선교장본을 영인한 자료[132]를 접할 수 있어서 그 면모를 확인할 수 있다.

『협률』은 이돈의의 부친인 이근우(李根宇, 1877~1938)에 의해 향유·전승된 가집으로 판단된다. 가람본『협률』에는 서두부에 '강릉 이근우 소장(江陵 李根宇 所藏)'이라는 기록이 남아있는데, 이는 가람이 『협률』을 소장할 당시 기록한 것으로 생각되며『협률』의 전승 경위를 명확히 하기 위해 남긴 것으로 보인다.[133]

『협률』이 강릉 선교장으로 들어가게 된 경위는 명확하지 않다. 하지만 전하는 몇몇 이야기들을 통해 그 정황을 짐작할 수 있다. 먼저 이근우의 부친인 이회원(李會源, 1830~1885)의 경우 대원군과 친분이 있었고 운현궁을 자유롭게 드나들던 인물이었다.[134] 지리적 거리와는 상관없이 당대 가곡 문화와 관련된 교류도 이루어졌을 것으로 여겨진다. 또한 선교장 방문객으로 이름을 올리는 인물들 역시 당대 가곡 문화와 직간접적으로 연관된 인물들이라는 점에서 주의 깊게 살펴볼 필요가 있다.[135] 그 대표적 인물이 바로 정만조(鄭萬朝, 1858~1936)와 지운영(池雲英, 1852~1935)이다. 이 둘은 모두 안민

---

131) 황인완, 앞의 논문, 2007, 28면, 각주 34 참조.

132) 황순구 편, 『시조자료총서』 4, 한국시조학회, 1987.

133)『가람일기』1934년 4월 41일, 5월 17일에『협률』에 대한 언급이 나온다.

134) 조용헌, 『5백년 내력의 명문가 이야기』, 푸른역사, 2002, 385면 참조.

135) 선교장 방문객에 대해서는 이기서의『강릉 선교장』(열화당, 1980, 92면)에 소개되어 있다.

영과도 교류가 있었던 육교시사(六橋詩社)의 맹주 강위(姜瑋)의 문하에서 수학했다.[136] 특히 정만조는 대원군의 문객[137]으로 유명한 인물이었고 1892년에는 장악원(掌樂院) 정(正),[138] 1911년에는 『원황』의 소장자 유해종과 함께 이왕직 전사로 근무한 경력이 보인다.[139]

그러나 무엇보다도 이근우 자신이 음악적 소양과 바탕을 갖추고 활발한 음악 교류를 했던 인물이라는 점에 주목을 요한다. 이근우는 거문고 연주를 좋아해서 거문고 명인들을 선교장의 활래정에 초청하여 즐겼는데, 그때의 악보들이 지금까지 전한다고 한다.[140] 또한 이근우의 문집인 『경농유고(鏡農遺稿)』에는 〈정악전습소(正樂傳習所)〉, 〈명월관(明月館)〉, 〈광무대(光武臺)〉 등의 한시가 남겨져 있어서 그가 당대 음악 문화 및 가곡 향유에 밀접한 연관이 있었음을 확인할 수 있다. 잘 알다시피 조선정악전습소는 하순일, 하규일을 비롯한 조선 가곡의 명인들이 1910년경부터 가곡 전습 및 후진 양성에 힘을 썼던 곳이며, 『원가』·『하순일 편집본』의 전승과 밀접한

---

136) 『금옥』81번 작품 "碧山에 秋夜月의 거문고를 비겨 안고~"는 안민영이 강위를 위해 지은 작품이다.

137) 황현, 『매천야록』 권2.(임형택 외 옮김, 『역주 매천야록』 상, 문학과지성사, 2005, 381면, 498면)

138) 『승정원일기』 고종 29년(1892년) 7월6일. ○…邊錫運을 石城縣監으로, 鄭萬朝를 掌樂院 正으로 삼았다. 分監役官에 孔膺宣을 단부하였다.

139) 『순종실록』[부록] 순종 4년(1911년) 2월 1일. ○…張浩鎭, 李載德, 鄭萬朝, 閔達植, 尹始鏞, 申圭善, 劉海鍾, 李康周 등을 모두 李王職 典祀에 임명하였으며, 張浩鎭부터 鄭萬朝까지는 고등관 4등을 주었다. 閔達植은 6등에, 尹始鏞, 申圭善은 7등에, 劉海鍾, 李康周는 8등에 서임하였다.

140) 조용헌, 「한국의 노블레스 오블리주(8), 강릉 이내번 집안」, 『조선일보』, 2002년 5월 14일자.

관계가 있는 장소이기도 하다.

요컨대『협률』은 당시 선교장을 중심으로 형성된 음악적 문화 기반과 함께 소장자 이근우의 음악적 소양을 바탕으로 한 가곡 향유 속에서 편찬·전승된 가집이다. 또한 이근우의 행적을 살펴볼 때 이러한 가곡 향유가 단지 강릉 지역에만 국한되었던 것은 아니었고, 경향(京鄕) 간의 활발한 음악적 교류를 통해『협률』과 같은 가곡원류계 가집이 편찬되었으리라 생각되며, 그 시기는 20세기 초가 되지 않을까 추정해 본다.

②『협률대성』의 편찬 체제

『협률』은 남녀창 827수가 수록된 가집이다. 그런데『협률』의 서두부는 다른 가곡원류계 가집과는 조금 다른 형태를 보인다. 이 가집에는 「가곡원류」나 「논영가지원」 같은 글은 없고『양금보』가 기록되어 있다. 「조율지법(調律之法)」이 기록된 후 양금도(洋琴圖)가 그려져 있고, 양금의 악보가 시구차용보(詩句借用譜)로 기보되었다. 후반부에는 가곡보(歌曲譜)가 있는데, 우·계면의 양금반주 선율이 장고장단 및 노랫말과 함께 기보되어 있다.[141]

양금보 다음에는 11종의 연음표 목록이 소개된다. 이후 「가지풍도형용십오조목」, 「매화점 장단」, 「장고장단」이 기록되었고 그 다

---

141)『협률』의 기본 체제에 대해서는 김영운의 논의에서 상세히 다뤄진 바 있다.
　　김영운, 「양금 고악보의 기보법에 관한 연구」, 『한국음악연구』 15·16, 1986; 「歌集『協律大成』의 編纂 意識－국립국악원 소장『歌曲源流』와의 비교를 통하여－」, 『李惠求博士九旬紀念音樂學論叢』, 이혜구학술상운영위원회, 1998, 75면 참조.

음으로 '영언전부(永言全部)'라는 제하(題下)에 시조 작품과 가창가사 작품들이 수록되었다. 그 악곡 편제를 살펴보면 다음과 같다.

羽　調　　初中化大葉(1~3)　長大葉(4)　三中大葉(5~6)

界面調　　初中大葉(7)　二中大葉(8)　三中大葉(9)

　　　　　後庭花(10)　臺(11)

羽　調　　初數大葉(12~21)　二數大葉(22~56)　羽中擧(57~ 73)

　　　　　平擧(74~95)　頭擧존ᄌ진ᄒ닙(96~117)　三數大葉(118~
　　　　　138)

　　　　　搔聳(139~150)　栗糖數大葉 或稱半數ᄭᆞᆺ大葉(151~155)

界面調　　初數大葉(156~158)　二數大葉(159~239)　中擧즁허리드
　　　　　ᄂᆞᆫᄌᆞ즌ᄒ닙(240~292)　平擧막ᄂᆡᄂᆞᆫᄌᆞ즌ᄒ닙(293~354)

　　　　　頭擧존쟈즌ᄒ닙(355~421)　三數大葉(422~444)

　　　　　蔓橫(445~469)　弄歌(470~526)　界樂(527~557)　羽
　　　　　樂(558~576)　ᄭᆞᆺ樂(577~603)　編樂(604~610)　編數
　　　　　大葉(611~632)　ᄭᆞᆺ編(633~642)

　(여창)

羽　調　　中大葉(643)

界面調　　二中大葉(644)

　　　　　後庭花(645)　臺(646)　將進酒(647)　臺(648)

羽　調　　二數大葉(649~661)　中擧즁허리든ᄂᆞᆫ쟈즌한닙(662~
　　　　　671)　平擧막드ᄂᆞᆫᄌᆞ즌한닙(672~677)　頭擧존자즌한닙
　　　　　(678~689)

　　　　　栗糖數大葉 或稱半數ᄭᆞᆺ大葉(690~691)

界面調　　二數大葉 女唱初數大葉(692~708)　中擧즁허리드ᄂᆞᆫ자

즌한닙(709~728) 平擧막드는즌한닙(729~749) 頭
擧존즌한닙(750~762) 弄歌(763~776) 羽樂(777~
793) 界樂(794~807) 編數大葉(808~823)
男唱詫編(824~825) 數大葉(826) 中擧(827)
漁父詞 處士歌 相思別曲 春眠曲 名妓歌 關東別曲 白鷗
詞 勸酒歌
歌終奏臺 女唱(828)

『협률』의 악곡 편제는 다른 가곡원류계 가집들과 비교해 볼 때
대체로 무난한 형태를 보인다. 뒤에서 살펴보겠지만, 악곡별 작품
양상에 있어서도 가곡원류기 작가들의 작품이 수록된 부분에서만
약간의 변화를 보일 뿐, 공통 체계를 이루는 기본 작품들은 거의
수록된 형태이다. 다시 말해『협률』은 공통 틀을 토대로 해서 큰
변화 없이 만들어진, 전형적인 가곡원류계 가집 체계를 보인다고
할 수 있다.

한편 이미 잘 알려져 있듯이『협률』은 중대엽을 포함한 거의 대
부분의 작품에 연음표가 새겨진 가집이다. 이 연음표는 악곡의 특
징적인 창법이나 선율의 진행 방향을 지시하고 음악적 완성도를 높
이기 위한 부호이다.[142] 연음표를 세밀히 기록했다는 것은 그만큼
곡 해석에 심혈을 기울였다는 말이 되는데, 고정된 악곡 편제와 관
련지어 생각해 볼 때 이 같은『협률』의 모습은 편찬 체제의 변화는
적게 하면서도 개별 가곡 작품에는 하나하나 음악적 해석을 더하고

---

142) 김영운, 앞의 책, 1998, 76면 참조.

자 했던 편자의 의도가 반영된 것으로 볼 수 있다. 다시 말해, 편제
자체는 기존의 전형적 틀을 그대로 유지하면서도 곡 자체에 대한
완성도는 높이려 했다는 것이다.

여창 편삭대엽 이후에는 '남창 엇편' 2수, '삭대엽' 1수, '중거' 1수
가 추가되었는데, '남창 엇편'은 누락됐던 작품이 뒤늦게 추록된 것
으로 볼 수 있고, '삭대엽'과 '중거'는 새롭게 덧붙여 넣은 것으로
판단된다. 이 작품들은 가곡원류계 중『화악』·『원하』와 공출된다
는 점에서 신출작은 아니다.

특이한 점은 '가종주대(歌終奏臺)'인 〈태평가〉가 가창가사 다음에
수록되었다는 점이다. 〈태평가〉의 경우 보통은 여창 편삭대엽이 끝
나는 자리에 놓이며 가곡 한바탕의 대(臺)로서의 역할을 한다. 그런
데『협률』에서는 추가된 시조와 가창가사가 수록된 이후에 〈태평
가〉가 위치하며 이는 가곡원류계 가집에서는 찾아볼 수 없는 사례에
해당한다. 〈태평가〉의 이러한 양상은 전북대본『해동가보』에서도
발견된다. 소규모 가곡모임에서 소용된 연창용 성악보집[143]인『해동
가보』는 '환계락'이 포함된 것으로 보아 19세기 후반에서 20세기 초
반에 편찬되었을 것으로 추정된다. 이 가집에서 〈태평가〉는 가창가
사 작품 뒤에 "동풍가 만창(晚唱) 속칭(俗稱) 태평가(太平歌)"라는 항목
하에 수록되었다.[144] 따라서『협률』의 가곡 연창 환경도『해동가보』

---

143) 권순회,「『해동가보』(전북대 소장)의 성격」,『시조학논총』28, 한국시조학회,
2008 참조.
144)『협률』과『해동가보』의 〈태평가〉 위치의 유사성은 이미 권순회에 의해 지적된 바
있다. 권순회, 위의 논문, 한국시조학회, 2008, 234면.

와 비슷한 시기에 놓여있는 것이 아닌가 하는 추정을 하게 한다.

『협률』의 본문에 대한 부분은 다음 항목에서 다시 다루기로 하고, 여기에서는 가집 서두부에 수록된 양금 가곡보에 대한 논의를 마무리하고자 한다.

『협률』에는 시조 작품이 수록되기 이전에 양금 가곡보가 수록되어 있는데, 여기에 수록된 시조 작품들은『협률』본문에 수록된 시조 작품과는 조금 다른 양상을 띤다. 이 부분은 당대 시조 작품들의 연행·향유상이 반영된 것으로 판단되기에『협률』의 편찬 층위를 살피는 데도 좋은 자료가 될 것으로 생각된다. 가곡보의 편제를 제시해 보면 다음과 같다.

> 羽　　調　　初數葉(天皇ㅇ氏) 二數大葉(江湖오호에) <u>平擧數葉 女</u>
> 　　　　　　<u>唱</u>(이 몸옴 쇠어어져서) 三數大葉(屈原忠魂)
> 　　　　　　騷聳耳(어졔밤도 혼ᄌ) 半旕數葉(三月三日) 其二(흐리
> 　　　　　　나 말그나)
> 界面調　　初數大葉(압못셰) 二數大葉(華山의 春日暖) <u>中擧數大</u>
> 　　　　　　<u>葉 女唱</u>(누구나 자넌 窓) 三數大葉(轅門藩將이)
> 　　　　　　<u>界旕弄</u>(기럭이 풀풀) 旕弄(十載를) 界弄(月一片) <u>始弄</u>
> 　　　　　　<u>返樂</u>(가마귀 거무나아) 羽樂(君不見黃河之) 其二(우슬
> 　　　　　　부슬) 旕樂(碧紗窓이) 編樂(남우도 바히) 編數大葉(鎭
> 　　　　　　國名山) 旕編(寒松亭) 界樂(鐵驄馬라)

가곡보에 수록된 작품은 총 21수로, 대부분 전기 가집에서부터 가곡원류계 가집에까지 폭넓게 수용된 작품들로 구성되어 있다.

'반엇삭엽'과 '우락'에 두 수씩 수록된 것을 제외하고는 악곡별로 한 수씩 수록된 편제인데, 우조에는 중거와 두거 작품이 없고, 계면조에는 평거와 두거 작품이 없는 형태를 보인다. 노랫말의 모습은『협률』본문과는 조금씩 다른 형태로 나타난다. 미세하게는『원동』·『원육』·『원불』·『지음』과 유사하기도 하며 전기 가집 가운데는『청육』도 유사한 노랫말을 공유한다.

　악곡별 모습을 볼 때, '농' 악곡의 세분화 된 모습이 눈에 띈다. 여기에는 '계엇롱', '엇롱', '계롱' 등 세 가지의 농 관련 악곡명이 나타나는데,『원국』의 부기에서 만횡을 "금칭(今稱) 엇롱(旕弄) 속담(俗談) 반지기"라고 표현한 점으로 보아『협률』가곡보의 엇롱은 만횡을 지칭하는 것으로 볼 수 있다. 가곡원류계 가집에서는 계엇롱의 "기럭이 풀풀~"과 엇롱의 "십재(十載)를 경영옥수연(經營屋數椽)허니~"가 '만횡'에 수록되어 있고, 계롱의 "월일편(月一片)ㄴ 등상경(燈三更)인져~"는 남창 '농가'나 여창 '편삭대엽'에 수록되어 있다. 1916년에 편찬된『방산한씨금보』에도 '언롱(言弄)·만횡(蔓橫)·계롱(界弄)' 세 악곡이 실려 있고, 언롱과 만횡 그리고 계롱 모두 구별되는 악곡[145]으로 제시된 것을 보면,『협률』가곡보의 악곡들 역시 조금씩 다른 미감으로 불리고 향유되던 악곡으로 볼 수 있을 것이다. [146]

145) 김영운,『가곡 연창형식의 역사적 전개양상』, 민속원, 2005, 114쪽 참조.

146) 이상원은 '언롱'이라는 악곡명은 19세기 전반부터 나타나지만 가곡원류기를 지나 1910년에 이르기까지 '만횡'과 혼란되어 사용되다가 1910년대 중반 무렵에 가서야 '만횡'이라는 명칭이 사라지고 '언롱'이라는 명칭으로 정착된 것으로 추정하였다. (이상원, 「최영년 고시조 연구와 의의」,『한국언어문학』58, 한국언어문학회, 2006, 91~92면 참조.)

그런데 악곡명 중에 '시롱반락(始弄返樂)'이라는 특이한 명칭도 확인된다. 이를 해석하면 '농에서 시작해서 낙으로 돌아간다'는 뜻으로, '반우반계(半羽半界)'인 율당삭대엽이나 환계락과 같은 역할을 하는 악곡으로 보인다. 이는 가곡원류계 가집에는 없는 악곡명으로 환계락처럼 뒤늦게 생긴 악곡명이 아닌가 생각된다.

'시롱반락'과 유사한 악곡명은 1928년에 편찬된 『가곡보감(歌曲寶鑑)』에서 찾을 수 있는데, '뒤집'는농'이라는 악곡에 작품 한 수가 배치되었다.[147) 악곡의 순서가 '농-뒤집'는농-우락(평우락)-뒤집'는우락[환계락]-계락'으로 전개되는 것을 보면 이 '뒤집'는농'은 '시롱반락'과 꼭 들어맞는 악곡 명칭이다. 따라서 '시롱반락'은 '환계락'처럼 악곡 간에 중개적 역할을 하는 악곡임을 알 수 있고, 20세기 초에 파생되어 존재했던 것으로 추정된다.

지금까지 『협률』에 수록된 가곡보의 편제에 대해 간략히 살펴보았다. 여기에 수록된 악곡명들이 『방산한씨금보』나 『가곡보감』과의 관련성이 짙은 것으로 볼 때 이 가곡보가 존재했던 시기는 20세기 초반이며, 『협률』 가곡보와 『협률』 본문의 시차를 명확히 짚어낼 수는 없지만 그리 멀지 않은 시기에 이 두 가곡 악보가 함께 묶여 편집·유통되었던 것으로 파악할 수 있다.

---

147) 『가곡보감』 67번. 아지아지 나 쓰든 동향모 무심필 수양민월 검게 가러라 흠쎅이 뭇쳐 창전에 언젓더니 / 딕학쎅을 구로쏭 나려지게 곳이게 도라가면 어들 봄이 잇건만은 / 아무나 이여 가셔워 보면 알니라.

③ 작품 수록 양상과 편찬 특징

작품 수록 양상을 볼 때, 『협률』은 『원국』과 가장 흡사한 모습을 보이며 이 두 가집은 동일한 계열로 판단된다. 우선 두 가집은 높은 공출율을 보인다. 『협률』 827수 중 5수를 제외하고는 모두 『원국』에 수록되었고, 『원국』의 856수 중 23수를 제외하고는 모두 『협률』에 수록되어 있다. 이는 앞서 살펴봤던 『원일』과도 유사한 공출 양상인데 『협률』의 경우는 여창까지 포함된 상황이어서 그 수치가 더 높게 나타난다.

그런데 『협률』에는 이 가집만의 독특한 작품 수록 양상이 거의 보이지 않는다. 『원국』에 수록되지 않은 5수의 경우[148]도 대부분 다른 가곡원류계 가집에 수록되어 있으며 그나마 2수는 앞서 언급했던 가집 말미에 추록된 '삭대엽'에 해당되는 작품이다. 이 2수마저도 『화악』이나 『원하』에 수록된 작품들이다.

따라서 『협률』의 작품 수록 양상은 그 독특성을 찾을 것이 아니라 보편성에 주목해야 한다. 가곡원류기 작가들의 수록도 다른 가곡원류계 가집과 비교해 볼 때 개별성이 별로 부각되지 않는 수록 양상을 보이기 때문이다.

---

148) 『협률』에는 수록되어 있고 『원국』에는 없는 작품 5수를 소개하면 다음과 같다.
110. 綠水靑山 깁픈골에 차자오리 뉘잇시리. 706. 南極壽星 돗아잇고 勸酒歌로
祝手ㅣ로다(金汶根 永恩府院君). 807. 齊도 大國이요 楚도 쏘한 大國이라(전기가
집 : 소춘풍). 826. 술먹지 마쟈ᄒ고 重흔 盟誓ㅣ ᄒ엿더니. 827. 靑山 自卧松아
네어이 누엇ᄂ다

	박효관	안민영	송종원	호석균	김학연	대원군	이재면	이상두	김민순	김문근
협률(827)	13	18	8	0	0	0	0	1	3	1
원국(856)	14	41	9	4	1	1	2	1	3	0
원하(849)	5	13	8	0	1	2	2	1	3	1
원불(801)	14	21	8	0	0	0	0	1	2	2
원동(454)	11	19	8	0	0	0	0	1	2	1
화악(651)	11	18	5	3	3	2	1	1	2	0

『협률』의 이 같은 가곡원류기 작가의 작품 수는 827수가 수록된 가집치고는 적은 편이다. 『원하』는 유독 박효관·안민영의 작품이 많이 누락되었고 대신 다른 가곡원류계 가집에는 수록되지 않은 전기 가집의 작품들이 많이 수록되는 특색을 보인다. 『원동』은 남창의 경우도 온전하지 않고 계면조 삼삭대엽까지만 수록된 가집인데도 『협률』과 엇비슷한 작품 수록 수를 보이며, 안민영 작품은 오히려 한 수가 더 많다. 『협률』에는 호석균, 김학연, 대원군, 이재면[149] 등의 작품이 수록되지 않는데, 이는 『원동』·『원불』 등과 유사한 모습이기에 『협률』만의 특별한 상황이라고 할 수 없다. 이러한 『협률』의 가곡원류기 작가들의 작품 수록 양상은 가곡원류기 작가들의 작품마저도 보편적이고 검증된 작품들을 중심으로 편집되었다는 인상을 준다.

『협률』의 보편성은 안민영 작품의 수록 양상에서 여실히 드러난다. 여기에서는 『협률』에 수록된 안민영의 전 작품과 그 수록 작품

---

149) 이재면의 작품은 원래 안민영 작품으로 알려진 것이다.

의 주제 및 내용도 함께 제시해 보겠다.[150]

번호 및 악곡		시조 작품	주제 및 내용
協律(21)	羽初數	梅影이 부드친 窓에	매화사 제1
協律(55)	羽二數	어리고 셩귄 柯枝	매화사 제2
協律(92)	羽平擧	氷姿玉質이여	매화사 제3
協律(93)	羽平擧	눈으로 期約터니	매화사 제4
協律(117)	羽頭擧	희지고 돗는 달이	매화사 제5
協律(131)	二數	바롬이 눈을 모라	매화사 제6
協律(150)	羽搔聳	더 건너 羅浮山	매화사 제7
協律(155)	栗糖	東閣에 숨은 곳치	매화사 제8
協律(220)	界二數	쇠소리 고은 노리	명리를 좇는 사람
協律(221)	界二數	桃花는 훗날니고	1871년 운애산방, 평양 산홍
協律(222)	界二數	龍樓에 우는 북은	정월 대보름 달구경
協律(290)	界中擧	長空 九萬里에	영안부원군(김조순) 시
協律(339)	界平擧	空山 風雨夜에	1874년 강경학과 운애산방
協律(340)	界平擧	지는히 오늘 밤에	해와 달 완상
協律(396)	界頭擧	菊花야 너는어이	약현 김상국(김익)의 시
協律(397)	界頭擧	담안에 곳치여늘	연호 박사준의 별장
協律(398)	界頭擧	안에 셧는 곳츤	강릉기녀 월출, 진주기녀 초옥
協律(661)	羽二數	놉푸락 나즈락ᄒ며	운애 박선생 풍모

『협률』의 안민영 작품 수록 양상은 『원국』등과 비교해 볼 때 그 양적인 면에서 소략한 느낌이 든다. 18수 중 단 1수(661번)만 여창에 수록되었다는 점도 눈에 띄지만, 가장 주목할 부분은 안민영의 작품 중 가장 잘 알려진 〈매화사〉 8수의 수록 양상이다. 가곡원류계

가집 중 안민영 작품을 배열하면서 우조 악곡에 〈매화사〉 8수만 배치한 경우는 『협률』이 유일하다. 『원동』·『원육』·『원불』의 경우도 비슷하긴 하지만 이들 가집에는 〈매화사〉에 앞서 우조 초삭대엽에 '고종 즉위 하축' 작품 1수151)가 수록되어 있다. 안민영이 박효관의 매화 분재를 보고 감흥을 얻어 지은 작품들이 이 〈매화사〉 8수인데, 이 작품들은 단순히 8수로 연작된 것이 아니라 우조 8개 악곡의 격조에 맞게 노랫말을 결합시킨 것이라 할 수 있다.152)

　안민영의 여러 작품이 있음에도 불구하고 우조 8개 악곡에 〈매화사〉만을 수록했다는 것은 『협률』의 편자가 이를 의도적으로 선택하여 배치한 것으로 이해된다. 과거 학계에서는 문학적 해석에만 경도되어 이 작품들에 대해 "주제의식 또한 일관되어 있지 못하고 산만한 모습을 드러내고 있으며," "과연 연시조라고 부를 수 있는가"153)라는 의문을 제기하기도 했지만, 이는 〈매화사〉 8수의 음악적 연작의 의미를 현대 연구자의 입장에서 깊이 있게 해석하지 못해 비롯된 것이라고 할 수 있다. 『협률』의 편자는 이미 "우조 일편 팔절"이라는 가곡 우조 한바탕의 의미와 연창의 실질에 맞춰 우조에 전 곡을 배치했던 것이다.

　지금까지 살펴본 결과, 『협률』은 상당히 보편적이고 검증된 작품

---

151) 『원동』 21번으로 "上元于 甲子之春에 우리 聖主 卽位신져"라는 작품이며, 『금옥』 1번 작품이다.

152) 성기옥, 「한국 고전시 해석의 전망과 과제─안민영의 〈매화사〉」, 『진단학보』 85, 진단학회, 1998; 성무경, 『『금옥총부』를 통해 본 '운애산방'의 풍류세계」, 『조선후기, 시가문학의 문화담론 탐색』, 보고사, 2004 63~68면 참조.

153) 류준필, 「안민영의 〈매화사〉론」, 『한국고전시가작품론2』, 집문당, 1992, 579면.

들로만 구성된 가집이었다. 안민영 작품도 대부분의 가곡원류계 가집에 있는 작품들만 수록하였고, 큰 틀에서는『원국』을 따르면서도 대원군, 이재면이 관련된 내용의 작품들은 누락시켰다.[154] 이는 내용적·주제적 측면에서 곡을 선별한 것이 아니라 당대 가곡 연창의 실질에 맞고 보편적으로 불리던 작품들을 선택하였기 때문에 생긴 현상이라고 볼 수 있다. 따라서『협률』의 편자는 가곡의 노랫말을 수집·기록하는 것이나 가집의 보완과 재편을 통해 가집을 편찬하려는 의도보다는 이미 음악적 검증 받은 작품들을 중심으로 선별하여 음악적 실현에 충실하고자 한 편집 의식이 더 강했다고 할 수 있다.『협률』서두에 양금의 가곡보가 실린 것이나 대부분의 작품에 꼼꼼히 연음표가 새겨진 것도 이러한 맥락에서 이해할 수 있을 것이다.

3. 화원악보 계열 가집의 편찬과 전변

여기에서는『화원악보(花源樂譜)』(화악)와 하합본(河合本)『가곡원류』(원하)에 대해 살펴보고, 이 가집들의 편찬 특징과 상관 관계, 그리고 전승과 변모의 의미에 대해 알아보고자 한다.

두 가집에 대해서는 심재완, 황충기, 고미숙에 의해 그 친연성이

---

154) 김영운,「歌集『協律大成』의 編纂 意識-국립국악원 소장『歌曲源流』와의 비교를 통하여-」,『李惠求博士九旬紀念音樂學論叢』, 이혜구학술상운영위원회, 1998, 80~81면.

언급되었고 동일 계통의 가집임이 논의된 바 있다.[155] 그러나 권두
의 기록과 작품 수록 대강의 유사성만 언급됐을 뿐 구체적인 비교
·검토는 이루어지지 않았다. 『원하』는 황충기[156]에 의해 비교적 상
세히 다뤄졌는데, 여기에서 그는 『원하』 권두부에 가람본 『청구영
언(靑丘詠言)』[해동가요록(海東歌謠綠), 청영]의 서문들이 기록되었다는
점과 다른 가곡원류계 가집에 수록되지 않은 정철, 이황, 신흠 등
의 작품들이 실린 점을 들어 이 가집이 『청영』과 『청육』(육당본 『청
구영언』)을 대본으로 편찬된 가집이라 하였다. 또한 다른 가곡원류
계 가집에 비해 박효관·안민영의 작품이 대폭 줄어든 것을 근거로
『원하』는 가곡원류계 가집과는 무관하며 『가곡원류』 편찬 이전에
만들어진 가집이라 주장한 바 있다. 이로 인해 『원하』를 가곡원류
계 가집과는 거리가 있는 가집으로 보기도 하나 『원하』에 대한 이
러한 주장은 그 근거가 충분하지 않은 것으로 보인다.

　『화악』과 『원하』는 작품 수록 양상이나 편집 방식에서 공통된 특
징이 나타나고 다른 가곡원류계 가집과는 차별화된 모습이 나타난
다는 점에서 하나의 계열로 묶어 다룰 수 있다. 하지만 이 가집들은
각기 자기만의 고유의 색깔이 분명히 드러나는바 이에 대한 심도
있는 논의가 진행되어야 할 것이다.

---

155) 심재완, 『시조의 문헌적 연구』, 세종문화사, 1972, 54면; 황충기, 『가곡원류 편자
　　에 대한 이견(Ⅱ)』, 『가곡원류에 관한 연구』, 국학자료원, 1997, 106~108면; 고미
　　숙, 『19세기 시조의 예술사적 의미』, 태학사, 1998, 120~122면.
156) 황충기, 「靑邱永言 해제」, 『靑邱永言』, 푸른사상, 2006.

1) 전기 지향적 성격의 가집 편찬과 변모

(1) 『화원악보』의 서지 사항과 편찬 체제

『화악』은 과거 이능우 소장본으로 소개되었던 가집으로,[157] 현재는 성균관대 존경각에 소장되어 있다. 『화악』의 첫 장에는 '고악(鼓樂)'이라는 표기가 있고 장구를 치는 여인의 모습이 그려져 있으며 그 옆에 화제(畵題)인 것처럼 '연연세세화상사(年年歲歲花相似) 세세연연인부동(歲歲年年人不同)'이라는 시구(詩句)가 기록되어 있다.[158] 그리고 '화원악보(花源樂譜)'라는 가집명과 '소석시사(小石試寫)'라는 필사자 기록이 적혀있다. 그 밑에는 '소석(小石)', '안규○인(安奎○印)'이라는 장서인(藏書印)이 찍혀 있는데, 이 인물에 대한 정확한 정보는 아직까지 확인하지 못하였다.[159] 『시가요곡』에도 '소석'이란 인물에 대한 기록이 남아 있다. 『시가요곡』의 "세재신축칠월(歲在辛丑七月) 창의문외(彰義門外) 제지장수장소석(製紙場收藏小石)"이라는 기록을 통해 볼 때 이 가집 역시 '소석'이란 인물에 의해 수집되

『화악』 첫 장
장서인 부분

---

157) 심재완, 앞의 책, 1972, 60면.

158) 이 구절은 당나라 시인 劉希夷의 시 〈代悲白頭翁〉의 구절이다. 이 시 구절을 차용하여 시조화 된 작품이 전기 가집을 비롯한 가곡원류계 가집에서도 수록되어 전하고 있다.

159) 이 장서인 부분은 전체적으로 뚜렷하게 나타나지 않아 읽어내는데 어려움이 있다. '安奎應'으로 읽히기도 하는데, 보다 정확한 판독이 요구된다 하겠다.

었던 것으로 보인다. '소석'은 19세기 말~20세기 초 가곡창 가집의
향유와 전승상을 확인할 수 있는 중요한 인물로 판단되는 바 이에
대한 세밀한 논의가 앞으로 진행되어야 할 것이다.

  권두부는 훼손이 심하여 판독이 어렵지만 기록된 몇 어휘를 토대
로 추정해볼 때 『해동가요록』(청영)의 서문들 - 김수장의 『해동가요』
서, 홍우해(洪于海) 서(序), 김득신(金得臣) 서(序) - 이 기록되었던 것
으로 보이며, 그 다음으로는 「박효관 발문」이 서문의 위치에 수록
되어 있다. 『해동가요록』의 서문들이 존재한다는 점은 『원하』와 유
사하지만 「가곡원류」와 「논곡지음」이 없는 대신 「박효관 발문」이
기록되어 있다는 점은 『원하』와 변별된다.

  다음으로 「가보(歌譜) 발(跋)」과 「화원악보(花源樂譜) 서(序)」가 수록
되었다. 이 두 기록에는 이 가집의 편찬 연대를 짐작할 수 있는 간기
가 기록되어 있다. 「가보 발」에는 "세황서(歲黃鼠) 원월(元月) 하현(下
弦)"이라는 기록이 있어 이 발문이 쓰인 시점을 무자년(戊子年, 1888)
1월 22~23일 경으로 추정할 수 있다. 그러나 이 기록이 정확히 어느
시기에 사용된 것인지 확인되지 않기 때문에 1826년의 기록일 가능
성도 배제할 수 없다. 「화원악보 서」에는 "세전몽작악(歲旃蒙作噩) 사
지일(四之日)[160] 기생백후오정유(旣生魄後五丁酉) 구은수기우도원교거
언(龜隱手記于桃源僑居焉)"이라는 기록이 있는데, 이를 토대로 『화악』
이 을유년(1885) 4월 21일, '구은(龜隱)'이라는 사람에 의해 '도원(桃
源)'이라는 거처에서 필사된 수고본(手稿本)임을 알 수 있다. 그러나

---

160) 日은 月의 오기이다.

'구은'이 누구이며 '도원'이 어디를 지칭하는지는 확언하기 힘들다.
『화악』의 악곡 편제를 살펴보면 다음과 같다.

> 羽　調　初中大葉(1~3) 長大葉(4) 三中大葉(5~6)
>
> 界面調　初中大葉(7) 二中大葉(8) 三中大葉(9)
>
> 　　　　後庭花(10) 臺(11)
>
> 羽　調　初數大葉(12~20) 二數大葉(21~59) 中擧(60~75) 平
>
> 　　　　擧(76~97) 頭擧(98~120) 三數大葉(121~141)
>
> 　　　　搔聳伊(142~154) 栗糖數大葉 半搖數大葉(155~158)
>
> 界面調　初數大葉(159~161) 二數大葉(162~257) 中擧즁허리드
>
> 　　　　는ᄌᆞ즌한닙(258~313) 平擧막드는ᄌᆞ즌한닙(314~378)
>
> 　　　　頭擧(379~446) 三數大葉(447~470)
>
> 　　　　蔓橫 俗稱搖弄(471~495) 弄歌(496~548) 界樂(549~
>
> 　　　　579) 羽樂(580~592) 搖樂(593~618) 搖樂(619~625)
>
> 　　　　編數大葉(626~647) <u>搖編(648~651)</u>

『화악』은 남창만 총 651수가 수록된 가집이다. 후반부에 작품이
결락되긴 했지만 전체적으로 정연한 악곡 편제와 작품 수록 양상을
보인다. 남창 '우조 초중대엽'부터 '엇편'까지 작품이 수록됐으며 마
지막 엇편에는 4수까지만 실려 있고 그 이후로는 기록되지 않았다.
작품 수록 양상에서 주목할 만한 특징은 『원하』와 더불어 다른 가
곡원류계 가집에서는 보이지 않는 전기 작가들의 작품들이 대거 수
록되었다는 점이다. 또한 가곡원류기 작가들의 작품 중 『화악』에만
수록되는 작품들-호석균, 김학연의 작품-도 존재한다. 이러한 양

상은 『화악』의 편찬 기반 및 층위를 살피는 데 도움이 될 것으로
보이며, 이에 대해서는 뒤 항목에서 자세히 언급하겠다.

　『화악』의 기록들에서 주목해야 할 것은 「박효관 발문」과 「화원악
보 서」이다. 「박효관 발문」의 경우, 그 내용은 『원국』의 것과 대동
소이하지만 그 수록 위치는 가집의 말미가 아닌 서두이다. 또한 자
구(字句)의 표기도 조금 다르게 나타나는데, 『원가』의 「발문(2)」 상
단에 표기된 교감 부기의 내용이 『화악』 「박효관 발문」의 구절을
가리키는 경우가 많다는 점도 눈여겨 볼만하다.

　「박효관 발문」이 '서문'의 위치에 있는 경우는 『화악』과 『하순일
편집본』 그리고 현재 전하지는 않지만 '후지마사 아키오[藤正秋夫]
본'이 있다. 『화악』에서 이 '박효관의 글'이 서문에 수록된 이유는
일단 박효관 가론(歌論)을 계승하고자 한 의도가 있었기 때문으로
풀이할 수 있다. 그러나 그것이 『원국』처럼 박효관 가곡 예술담론
을 계승하고 완성도 높은 가집을 편찬하고자 한 편찬 의식과 동궤
에 놓인 것인지에 대해서는 좀 더 면밀한 검토가 필요할 것이다.
『화악』의 편찬 의식은 편자 '구은'이 직접 남긴 「화원악보 서」를 통
해 어느 정도 감지할 수 있을 것 같다.

　　내가 이에 뜻을 둔 지가 오래 되었으나 경박한 세속에 매어 아정함을
이루지 못하다가, 이제야 비로소 우리나라 고금의 노래를 찾아 얻어
분류 수집하여 깎을 것은 깎고 아주 음란한 것은 버린 다음 간추려 책
을 만들었다. 나 또한 근심과 느낌이 많은 사람이니, 애오라지 번민을
없이하여 해안하는 자료로 삼고 또는 혹 양성하는 도에 보탬이 있을까

해서 이 일을 한 것뿐이다.

　을유년(1885년) 4월 16일이 지난 후 다섯 번째 丁酉날 龜隱이 도원
교거에서 손수 쓴다.[161]

　『화악』의 편자 '구은'이 어떤 인물인지에 대해서는 아직 밝혀진
바가 없다. 또한 가집의 명칭이 '화원악보'인 이유에 대해서도 예측
하기 힘들다. 다만 이 가집과 관련되어 쓰인 '양성지도(養性之道), 도
원(桃源), 화원(花源), 구은(龜隱)' 등의 용어에서 도가적·은일적 색채
가 강하게 느껴질 뿐이다.

　윗글은 「화원악보 서」의 마지막 부분이다. 서문 앞부분에서는 시
와 노래가 사람의 성정에서 감발된 것이라는 기존 가집들의 서·발
문 내용과 유사하게 전개되고, 마지막 부분에는 이렇게 가집 편찬
과 관련된 편자의 소회를 간략히 적고 있다.

　이 글에서는 「박효관 발문」이나 「안민영 서문」에서 볼 수 있었던
가집 편찬의 의도나 당대 가곡 문화에 대한 고민 등은 찾아볼 수
없다. 단지 가곡에 뜻을 둔 지 오래됐지만 이제서야 노래들을 얻고
취사선택하여 책을 만들 수 있었다는 관습적인 내용만 언급됐을 뿐
이다. 따라서 『화악』의 편자 구은은 전기 가집 편찬의 전통에 따라
자서(自序)를 기술한 것으로 파악된다. 그가 전기 가집인 『해동가요

---

161) 「花源樂譜 序」, 『화원악보』. "余有志於斯久矣 而膠於澆俗未逐雅 今始搜我東今
　　古歌閣分類蒐輯 刪厥宜刪者 斥其太淫者 抄謄成卷 余亦愁憂多感之人 聊爲遣悶
　　解顏之資 而且或有補於養性之道云爾 歲旃蒙作噩四之日旣生魄後五丁酉 龜隱
　　手記于桃源僑居焉." 이에 대한 해석(조규익 역)은 열상고전연구회 편, 『한국의
　　序·跋』(바른글방, 1992, 291면)에서 재인용하였다.

록』의 서문들을 수록하고 당대 최고의 가집이었던『가곡원류』의
「발문」을 수록한 것도 자신이 편찬하는 가집의 외양과 구색을 갖추
고자 한 것으로 풀이된다. 전기 작가들의 작품들이 대거 수록된 것
도 이러한 맥락에서 이해될 수 있을 것이다.

『화악』서문의 내용을 통해 볼 때, 그 편찬 의도나 목적이 박효관
·안민영 때와는 다르다는 것을 짐작할 수 있다. 이는 가집 편찬의
기반이 박효관 혹은 안민영이 참여했을 때와 달라졌다는 것을 의미
하기도 한다. 「화원악보 서」의 간기가 1885년인 점을 상기한다면
『화악』은 시기적으로 변모한 가곡원류계 가집의 편찬·향유 기반을
반영하고 있다고 볼 수 있을 것이다.

(2) 하합본의 서지 사항과 편찬 체제

『원하』[162)는 일본 교토[京都] 대학 하합문고(河合文庫)에 소장되어
있는 가집으로, 본 제명(題名)은 '청구영언(靑邱永言)'이다.『원하』의
수집자인 가와이 히로타미[河合弘民]는 1873년 생으로 알려져 있다.
그는 1898년 동경제국대학 문과를 졸업하고 이후 중학교에서 교편
을 잡다가 1907년 동양협회(東洋協會) 전문학교(專門學校) 경성분교(京
城分校)에 교두(敎頭)로 부임했으며, 이때부터 한적(韓籍) 자료를 수
집하게 되었다고 한다. 1915년 일본으로 귀국하기까지 9년간에 걸

---

162) 본 연구에서 대상으로 삼은『원하』는 황충기에 의해 영인·소개된 자료이다.(황충
   기, 앞의 책, 푸른사상 2006.) 황순구 편『시조자료총서4, 가곡원류』(한국시조학
   회, 1987)에 수록된 가집은 김근수본(원하의 이본)이며,『원하』를 대본으로 삼아
   전사한 이본으로 판단된다.

쳐 수집한 것이 지금 전하는 하합문고본들이다.[163]

권두에「가곡원류」,「논곡지음」등 대부분의 가곡원류계 가집에 실린 기록들이 있고,『화악』과 마찬가지로『청영』서문들의 일부-김수장 서, 홍우해 서-가 기록되어 있다.[164] 이후「가지풍도형용십오조목」과 역시『청영』의 기록인「오음론(五音論)」,「조격(調格)」등이 있으며 연음표 목록이 제시되었다.

다음으로 시조 작품 남창 657수, 여창 192수 등 총 849수가 악곡별로 수록되었고, '가필주대'에 해당하는 〈태평가〉가 없으며, 시조 작품에 이어 〈상사별곡〉, 〈춘면곡〉 등 가창가사 8편이 실렸다.『원하』의 편제를 제시하면 다음과 같다.

羽　調	初中大葉(1~3) 長大葉(4) 三中大葉(5~6)
界面調	初中大葉(7) 二中大葉(8) 三中大葉(9)
	後庭花(10) 臺(11)
羽　調	初數大葉(12~20) 二數大葉(21~58) 中擧(59~74) 平擧(75~92) 頭擧존쟈즌한닙(93~113) 三數大葉(114~134)
	搔聳伊(135~144) 栗糖數大葉(145~148)
界面調	初數大葉(149~151) 二數大葉(152~249) 中擧즁허리드는쟈즌한닙(250~303) 平擧막드는ᄌ즌한닙(304~

---

163) 가와이 히로타미[河合弘民]에 대해서는 다음의 논의를 참고하였다. 천혜봉, 「하합문고 한국전적」, 『태동고전연구』 10, 한림대학교부설 태동고전연구소, 1993, 934면 참고.

164) '金壽長 序'는 본문에 포함되었고, '洪于海 序'까지 기록되어 있다.

363) 頭擧존쟈즌한닙(364~431) 三數大葉(432~456) 蔓橫(457~482) 弄歌(483~540) 界樂(541~571) 羽樂(572~587) 啼樂지르는낙(588~615) 編樂(616~622) 編數大葉(623~644) 啼編지르는편(645~657)

(여창)

羽　調　中大葉(658)

界面調　二中大葉(659)

後庭花(660) 薹더밧침(661) 將進酒(662) 薹더밧침(663)

羽　調　二數大葉(664~677)　中擧중허드는ᄌᆞ즌한닙(678~688) 平擧막드는쟈즌한닙(689~696) 頭擧즌자즌한닙(697~708)

栗糖數大葉혹팅반엇(709~710) 界樂(711)

界面調　二數大葉(712~730) 中擧중허리드는자즌한닙(731~753) 平擧막드는ᄌᆞ즌한닙(754~777) 頭擧존자즌한닙(778~790) 弄歌(791~803) 羽樂(804~820) 界樂(821~834) 編數大葉편ᄌᆞ즌한닙(835~849)

相思別曲 春眠曲 路中歌길구낙 白鷗詞 漁夫詞 黃鷄打令 處士歌 首陽山歌

　전체적으로 보면『원하』의 악곡 편제는 다른 가곡원류계 가집들과 별반 차이가 없는 형태이다. 단, 여창 율당삭대엽 이후에 '계락' 한 수가 들어가 있는데, 뒤에서 상론하겠지만 계락 한 수는 고종의 작품으로『원하』편자의 개인적 의도가 반영되어 수록된 것이 아닌가 생각된다. 또한『화악』과 동일하게 전기 작가의 작품이 대거 수록되는 모습이 나타나며, 이러한 사항들에 대해서는 뒤 항목에서 다시 논의할 것이다.

『원하』의 마지막 부분에는 '유병적(俞炳迪) 서종(書終)'이라는 필사자 기록이 남겨져 있어 이 가집의 전사자가 '유병적'이라는 인물임을 알 수 있다. 유병적에 대해서는 기존의 논의에서[165] 상세히 다뤄진 바 있다. 황인완에 따르면 유병적은 1866년에 태어났으며, 1904년에는 장례원(掌禮院) 전사보(典祀補)로 근무하였고 1934년에 세상을 떠났다고 한다. 또한 유병적의 본래 이름은 '유병규(俞炳珪)'인데, 1898년에 간행된 『창원유씨대동보(昌原俞氏大同譜)』에는 '유병규'로 1933년에 간행된 것에는 '유병적'으로 기록되어 있어, 『원하』의 필사 시기를 1898년 이후로 추정하게 한다.

『원하』에 대한 이러한 추정은 타당한 것으로 판단된다. 이는 앞서 본 필사자인 유병적의 행적을 통해서도 알 수 있지만, 수록된 작품의 작가 표기를 통해서도 확인되는 사항이다.

> 豪放헐쓴 뎌 늙오니 술 아니면 노러로다
> 端雅象中 文士貌요 古奇畫裏 老仙形을
> 뭇ㄴ니 雲臺에 숨언지 몃몃 히나 되는고 　　　　　『원하』(299)
> 　　　　　　　李輔國 号又石

이 작품은 본래 안민영의 작품[166]으로 알려졌지만, 가곡원류계 가집에서는 대부분 '이재면'의 작품으로 기록되는 특징이 나타난

---

165) 황충기, 앞의 논문, 1997, 172~173면; 황인완, 앞의 논문, 2007, 189~192면 참조.
166)『금옥총부』 37번 작품이다.

다. 『원하』 299번 작품의 작가 표기를 보면 '이보국(李輔國) 호우석 (号又石)'이라고 기록되었다. 이 작품은 앞서 『원황』을 검토하면서 '이희공(李熹公)'이라고 표기된 것을 확인한 바 있는데, 『원하』에서 는 '보국(輔國)'이라는 관직명으로 기록되어 있다. 이재면은 1894년 6월 흥선대원군이 집정하자 통리기무아문(統理機務衙門)의 동문사당 상경리사(同文司堂上經理事)가 되었다가 제1차 김홍집 내각(1894.7.~ 12.) 때 상보국숭록대부(上輔國崇祿大夫)[167]로 궁내부 대신이 된다. 따 라서 『원하』의 이러한 작가 표기는 이 '보국'이라는 호칭이 유효한 시기에 붙여진 것임을 알 수 있다. 이를 통해 현전하는 『원하』는 1894년 이후에 기록된 것임이 확인된다.

한편 『원하』·『화악』과 유사한 형태의 후지마사 아키오[藤正秋夫] 본이 전해졌던 것으로 보인다. 이 이본의 존재는 『원하』와 『화악』 의 편찬 층위를 이해하는데 몇 가지 시사점을 제공한다. 일본인 학 자 다다 마사토모[多田正知][168]에 의해 소개된 이 가집은 현재 전해지 진 않지만 그의 논의에서 밝히는 몇 가지 기본적인 서지 정보들을 통해 가집의 대략적인 형태를 가늠하게 해준다. 그에 따르면 이 가 집의 표제는 '청구영언(靑丘咏言)'이며 『해동가요록』 서문들의 일부 분-김수장, 홍우해, 김득신의 글-이 수록되어 있다고 한다. 이러

---

167) 『승정원일기』, 고종 31년 갑오(1894, 광서 20), 7월14일 ○ 이재현에게 전교하기를 "판종정경 李載冕은 처지가 각별하니 특별히 上輔國崇祿大夫에 제수하고, 永平 君 李景應에게도 의당 차이가 없어야 하니, 모두 領宗正府事에 제수하되 國舅에 게 영돈녕부사를 제수하는 규례대로 시행하라."하였다.
168) 多田正知, 「靑丘永言と 歌曲源流」, 『朝鮮論集』(小田先生頌壽記念會 編), 1934, 566면 참조.

한 기록을 참고하면 후지마사 아키오본은『원하』·『화악』과 비슷한 유형의 가집이었던 것으로 추정된다. 따라서 당시에는 전기 가집들의 기록들, 특히『해동가요록』의 서문들을 가집 서두부에 기록하는 가집 유형이 존재하고 있었음을 알 수 있다.

그런데 다다 마사토모[多田正知]의 논의에는 후지마사 아키오본에 「박효관 발문」이 서문으로 기록되어 있었다고 한다. 이러한 정황을 통해 볼 때 당시 이 같은 유형의 가집들에는『화악』처럼 '박효관의 글'이 서문으로 실려 전하고 있었다는 것을 알 수 있다. 어떠한 이유인지 알 수 없으나『원하』에는 '박효관의 글'이 수록되지 않았거나 또는 탈락되어 지금까지 전승되고 있는 것이다. 후지마사 아키오본은『화악』·『원하』와 유사하거나 두 가집의 중간적 모습을 갖고 있었을 것이라 추정된다.

2)『화원악보』와 하합본의 작품 수록 양상과 상관 관계

가곡원류계 가집에서『화악』과『원하』는 같은 계열로 볼 수 있다. 현전하지는 않지만 이들과 유사한 후지마사 아키오본도 존재했던 것으로 볼 때, 이러한 형태의 가집들은 하나의 유형을 이루며 전승·향유되었던 것으로 생각된다. 이렇듯 이 두 가집은 공통적 특징에 바탕을 두면서도 세밀한 부분에서 차이를 보이는데, 이는 이들 가집의 편찬·향유 기반과 그 소용 목적이 달랐기 때문이다. 여기에서는『화악』·『원하』의 작품 수록 양상을 통해 두 가집의 공통성과 변별성을 확인해 보고 이러한 특징들이 갖는 의미에 대해서도 살펴보도록 하겠다.

(1) 전기(前期) 작가의 작품 수록 양상

『화악』·『원하』는 다른 가곡원류계 가집과는 변별된 작품 수록 양상을 보인다. 우선 두 가집에는 다른 가집에서는 수록되지 않는 전기 작가들의 작품들이 대거 포함되어 있다. 대표적 작가로는 이황, 정철, 신흠 등이 있으며, 이 작가들의 작품들은 대부분 이삭대엽 계열 악곡들의 후반부에 수록되는 특징을 보인다. 이러한 전기 가집 지향적 성격을 두 가집에서 나타나는 공통적 경향으로 볼 수 있고, 이는 『화악』에 비해 『원하』가 더 두드러지게 나타난다.

```
우  조 이삭대엽 후반부 : 이황(54~56), 정희량(59) - 4수
계면조 이삭대엽 전반부 : 이황(164~165) - 2수
계면조 이삭대엽 후반부 : 정철(243~247), 이덕형(248), 유자신
                        (249), 김광욱(250~251), 신흠(255~
                        257) - 12수
계면조 중거  후반부 :  박태보(312~313) - 2수
계면조 평거  후반부 :  길재(373), 효종(374) -2수
계면조 두거  후반부 :  정철(442~443), 장유(445), 이순신(446)
                      - 4수
```

위 인용한 자료는 『화악』의 작품 순서를 토대로 작성했으며 『원하』의 경우는 수록 번호만 다를 뿐 순서 및 작품 수는 동일하다. 인용한 작가들 이외에도 위 작품들 사이에는 김종서, 박은 등의 작

품들이 있지만 이는 다른 가곡원류계 가집에도 수록된 작품들이어서 여기서는 『화악』과 『원하』에만 수록된 전기 작가들의 작품들을 중심으로 제시하였다.

이러한 수록 양상은 가곡원류계 가집 중 오직 『원하』·『화악』에만 나타나고 대부분 악곡 말미에 붙어 있다는 점에서 기본적인 가곡원류계 가집의 작품 배열에 추가되어 수록되었을 가능성이 높다. 보통 악곡 후반부에는 가집 편찬자나 필사자의 작품을 수록하는 것이 일반적인데 『화악』과 『원하』에서는 전기 작가들의 작품을 덧붙이고 있는 것이다.

이는 전기 가집의 전통을 반영하고자 한 가집 편자의 의도적 작품 배치이며 전기 가집의 서문들을 가집 서두부에 수록하는 경향과 같은 맥락에서 이해할 수 있을 것이다. 이와 같은 양상은 다른 가곡원류계 가집과는 변별되는 이 계열 가집들만의 특징이다.

악곡명	해악	악곡명	화악	전기 가집
우조 이삭	54. 雷霆이 破山ᄒ여도	우조 이삭	47. 雷霆이 破山ᄒ여도	청진(34) 병가(83)
이삭	55. 淳風이 죽다ᄒ니	이삭	48. 淳風이 죽다ᄒ니	청진(29) 병가(86)
우조 중거	75. 烟霞로 집을 숨고	이삭	53. 烟霞로 집을 숨고	청진(28) 병가(80)
		이삭	54. 幽蘭(이) 在谷ᄒ니	청진(30) 병가(81)
		이삭	55. 當時에 녜던 길흘	청진(36) 병가(89)
		이삭	56. 愚夫도 알냐커니	청진(38) 병가(90)
우조 평거	96. 古人도 날 못 보고	우조 평거	91. 古人도 날 못 보고	청진(35) 병가(88)
계면 이삭	164. 春風의 花滿山이오	계면 이삭	162. 春風에 花滿山이요	청진(32) 병가(82)
이삭	165. 靑山은 웃지ᄒ야	이삭	163. 靑山은 엇졔ᄒ여	청진(37) 병가(84)
		이삭	164. 山前에 有山ᄒ고	청진(31) 병가(85)
		이삭	165. 天雲臺 도라드러	청진(33) 병가(87)

　퇴계 이황의 대표적인 작품인 〈도산십이곡〉의 배열 형태를 보자. 대부분의 가곡원류계 가집은 『해악』과 같은 작품 수록 양상을 보인다. 전기 가집들에서 〈도산십이곡〉 전곡(全曲)을 한데 모아 수록하는 방식과는 상당히 차별화된 모습이다. 이러한 수록 양상이 나타나는 까닭은 가곡원류계 가집의 기본적 특징이 작가별 작품 수록 방식을 중시하는 것이 아니라 악곡별 작품 배분을 우선시 하기 때문이다. 아무리 유명한 선인(先人)의 작품이라도 가곡원류계 가집에서는 작가의 명성 자체가 작품 선별의 기준이 되지 않는다.

　그런데 『화악』과 『원하』에는 〈도산십이곡〉 중 제1곡을 제외한 나머지 작품들이 모두 수록되었다. 물론 전기 가집처럼 이삭대엽 유명씨 부분에 나란히 배열하진 않았지만 퇴계의 작품을 모두 수록하려 한 편자의 의도가 강하게 느껴진다. 『화악』·『원하』의 〈도산십이곡〉 수록 양상은 다른 가곡원류계에 비해 2배 가까이 많은 것이다.

　여기에서도 작품들이 추록의 형태로 덧붙여지고 있으며, 『화악』 우조 이삭대엽 54~56번과 계면조 이삭대엽 164, 165번 작품들이 이에 해당한다. 53번의 경우 다른 가곡원류계 가집에서는 우조 중거에 수록된 작품인데 『화악』과 『원하』에서는 앞쪽 이삭대엽으로 옮겨져 수록되었다. 작가별 수록 양상에 작품 수록을 맞추려고 한 편자의 의도로 파악된다.

　악조·악곡별 기준에 맞춰 작품을 선정·수록하는 것은 가곡원류계 가집들의 공통된 기준이다. 그러나 『화악』과 『원하』에서는 퇴계를 비롯한 여러 전기 작가의 작품들을 공통의 작품 배열 기준과는 관계없이 덧붙이고 있는 것이다. 이는 과거의 가집 편집 방식에 견인된 것으로 가곡원류계 편찬 의식과는 다소 거리가 있는 배열 방식이다.

다음은 전기 작가의 작품을 수록하는 또 다른 방식이다.

원국(해악 원연 협률 등)	화악(원하)	전기 가집
182. 松壇에 선줌 씌여　　김창흡	176. 松壇에 선줌 씌여　　김창흡	
(235번에 수록)	177. 朝天路 보닉단 말가　**효　종**	병가(37) 청영(20)
(127번에 수록)	178. 이제야 스롬되야　　**효　종**	병가(38) 청영(21)
(234번에 수록)	179. 長風이 건듯부러　　**효　종**	병가(36) 청영(23)
183. 秋水는 天一色이요　숙　종	180. 秋水는 天一色이요　숙　종	병가(39) 청영(24)
184. 秋山이 夕陽을 씌고　유자신	181. 秋山이 夕陽을 씌고　유자신	

『원국』의 작품 배열은 대부분의 가곡원류계 가집들과 동일하다. 하지만 『화악』과 『원하』는 조금 다른 양상을 띤다. 두 가집에는 숙종 작품[화악 180번] 이전에 효종 작품 3수가 한데 묶여 수록되었음을 알 수 있는데, 여기 수록된 효종의 작품들은 다른 가곡원류계 가집에서는 일반적으로 다른 곳에 수록한다.

『화악』·『원하』에서 효종과 숙종의 작품이 연이어 수록된 이유는 전기 가집에서 어제(御製) 작품들은 한데 묶어 수록하던 방식에 영향을 받았기 때문이다. 『병가』·『청영』의 경우 그 수록 번호가 연이어지진 않지만 어제 작품들을 묶어 배치하는 경향을 보이며 이 외에 『청진』·『해일』·『시가』·『청육』 등에서도 이와 유사한 작품 배열이 확인된다. 따라서 『화악』·『원하』의 기본적인 작품 배열은 가곡원류계 가집의 원칙을 따르지만, 거기에 전기 가집의 작품들을 끼워 넣을 때는 전기 가집들의 방식을 따르고 있음을 알 수 있다.

　작가 정보의 경우도 기존의 가집 표기에 영향을 받은 것으로 보이는데, 특히『청영』을 주 대본으로 삼아 참고했던 것 같다.

　　　　흐린 물 엿다ㅎ고 남의 몬져 둣지 말며
　　　　지는 히 놉아말고 潘外엣 길 녜지 마쇼
　　　　어즈버 날 다짐 말고 네나 操心 ㅎ여라　　　　　　『원하』(58)
　　　　鄭希良 字淳夫 号虛庵 海州人 成宗朝湖堂 官至 燕山甲子避禍遁

　　　　　『靑詠』(41)二數大葉, 鄭希良 字淳夫 號虛庵 海州人 成宗朝湖
　　　　堂 官至燕山 甲子禍逃遁 /『源河』(58)羽調 二數大葉, 鄭希良 字
　　　　淳夫 号虛庵 海州人 成宗朝湖堂 官至 燕山甲子避禍遁 /『源東』
　　　　(56/238)羽調二數大葉/界面調二數大葉, 鄭希良 字淳夫 号虛菴/
　　　　鄭希良 字淳夫 号虛菴 /『花樂』(59)羽調二數大葉, 鄭希良 字淳
　　　　夫 號虛庵 / 異『樂서』(319)二數大葉, ×

　　　　群鳳이 모든 곳에 ㄱ마귀 나라드니
　　　　白玉 뭇힌 듸 돌 하나 갓다마는
　　　　두어라 一般 飛鳥ㅣ니 섯겨논들 엇더ㅎ리　　　　　　『화악』(240)
　　　　　　李德馨

　　　　　『蘆溪集』(4)×, 朴仁老 /『靑珍』(99)〔二數大葉〕, 朴仁老 /『瓶
　　　　歌』(376)二數大葉, 朴仁老 / … /『靑가』(103)二數大葉, 朴仁老
　　　　/『靑詠』(80)二數大葉, 漢陰 李德馨 /『靑六』(163)羽二數大
　　　　葉, 朴仁老 /『源河』(240)界面調二數大葉, 李德馨 /『花樂』
　　　　(248)界面調二數大葉, 李德馨 /『大東』(6)羽二中大葉, 李德馨
　　　　字明甫 號漢陰 領議政 文翼公

정희량과 이덕형의 작품으로 되어 있는 두 작품을 『원하』와 『화악』에서 각각 인용해 보았다. 첫 번째는 『청영』의 작가 정보를 따르는 것이 큰 문제가 되지 않는 경우이다. 『원하』 58번은 서울대본 『악부』에도 이미 수록됐던 작품인데 종장 노랫말[169]의 형태가 달랐던 것으로 파악되며, 『원하』의 노랫말은 『청영』을 따른 것이다.

그러나 두 번째 작품의 경우는 문제가 달라진다. 이 작품은 『노계집』, 『청진』, 『병가』를 비롯하여 『청육』에 이르기까지 대부분의 전기 가집에서 작가가 '박인로'로 정확히 명시되어 있는 작품이다. 그런데 유독 『청영』에서만은 작가가 '이덕형'으로 잘못 기입되었고, 『화악』·『원하』 역시 이를 따르고 있다.

위와 같은 작품들의 경우 다른 가곡원류계 가집들에는 거의 수록되지 않고 『원하』와 『화악』에서만 수용된 작품들로, 가집별로 작가 정보에 차이가 있을 경우 『원하』·『화악』은 『청영』의 작가 정보를 신뢰하여 반영하고 있다. 이는 작가 정보를 참고한 일차적 대본 가집이 『청영』이었음을 말해준다.

그러나 위와 같은 사례는 여타의 가곡원류계 가집들에 수록되지 않았던 기존의 작품들을 수록할 때에 그러한 것이고, 이미 가곡원류계에 반영된 이력이 있는 작품들일 경우에는 대체로 가곡원류계의 작가 표기를 따르고 있음이 확인된다. 위 작품들처럼 『청영』의 작가 정보를 수용하는 상황은 가곡원류계 가집들로부터 충분한 작

---

169) 초중장의 노랫말 변이는 미미하나 종장은 노랫말 전체가 다르다. "엇더타 됴흔
警誡을 아니 좃고 어이ᄒ리"

가 정보를 얻지 못했을 경우만으로 한정되었다고 하겠다.

　　　天地大 日月明ᄒ신 우리의 堯舜聖主
　　　普土生靈을 壽域에 거ᄂ리셔
　　　雨露에 需然鴻恩이 及禽獸를 ᄒ엿다　　　　　　　『원하』(63)
　　　　　成守琛

　　　　　『靑詠』(173)二數大葉, 金裕器 / 『靑六』(334)界二數大葉, × /
　　　　　『源國』(66)羽中擧, 成守琛 字仲玉 號聽松 / 『源奎』(66)羽中擧,
　　　　　成守琛 字仲玉 號聽松 / 『源河』(63)羽調中擧, 成守琛 / … /
　　　　　『協律』(61)羽中擧, 成守琛 / 『花樂』(44)羽調中擧, 成守琛 / 『大
　　　　　東』(67)界初數數葉

　　　묵은 ᄒᆡ 보ᄂᆡ올제 시름한듸 餞送ᄒ시
　　　흰 곤무 콩인졀미 자치술국 按酒에 庚申을 시오날제
　　　이윽고 粢米僧 도라가니 시힛런가 ᄒ노라　　　　　『원하』(489)
　　　　　李廷藎 見上

　　　　　『靑詠』(560)蔓橫樂時調編數葉弄歌, 吳慶華 / 『靑六』(707)弄,
　　　　　吳慶華 / 『源國』(493)弄歌, 李廷藎 字集仲 号百悔翁 / 『源奎』
　　　　　(492)弄歌, 李廷藎 / 『源河』(489)弄歌, 李廷藎 / 『源六』(470)
　　　　　弄, 李廷藎 字集仲 號百悔翁 / … / 『協律』(476) 弄歌, 李廷藎
　　　　　/ 『花樂』(502)弄歌, 李廷藎

　　이 작품들은 전기 가집 중 『청영』에서부터 처음 보이는 작품들
이다. 그 이전 시기의 작품 수록 양상을 확인할 수 없기에 『청영』에

서 작가로 제시한 '김유기', '오경화'라는 작가 정보가 정확한지는
장담할 수 없다. 그런데 가곡원류계 가집들에서는 모두 정보가 수
정되어 각각 '성수침'과 '이정신'으로 표기되고 있다. 이는『원하』
·『화악』도 마찬가지여서 이들 가집이『청영』의 영향 속에서 편찬
된 건 사실이지만, 가곡원류계에서 작가가 고증되는 경우에는 대
체로 가곡원류계의 작가 정보를 따르는 것으로 확인된다.

　전기 가집에서 이미 작가 정보를 참고할 수 있는 경우는 비단『청
영』에만 국한되었던 것은 아니었다.『청영』은 물론 다른 전기 가집
에서도 신뢰할 수 있는 작가 정보가 있었다고 할지라도 가곡원류계
가집에서 고증된 작가 정보가 있다면,『원하』와『화악』에서는 가곡
원류계 가집을 따르는 것이 원칙이었던 것으로 보인다. 이러한 이
유로『청영』을 비롯한 전기 가집에서 작가를 명시하고 있었음에도
불구하고 간혹『원하』·『화악』에서 작가를 표기하지 않는 경우가
나타나는 것은 바로 가곡원류계 대부분의 가집에서 작가를 명시하
지 않았기 때문이다.

　물론 이런 원리가 매번 지켜졌던 것은 아니다.『원하』의 경우 가
곡원류계에서는 모두 '숙종'으로 작가 정보가 명기되는 데도 그 정
보가 누락되어 있거나,[170]『노계집』뿐만 아닌 모든 가곡원류계 가집
에서 박인로의 작품[171]으로 명시되고 있는 데도 두 가집에서는『청
영』을 따라 작가가 '이덕형'으로 잘못 표기되는 예외적 현상이 발생

---

170) 원하 170번, "秋水는 天一色이요 龍舸는 泛中流ㅣ라~"
171) 화악 248번 "群鳳이 모든 곳에 ᄀ마귀 나라드니~"

하기도 한다.

결국 이러한 모습도 이 두 가집의 특색이라고 볼 수 있을 것 같다. 주지하듯 가곡원류계 가집들은 악곡별 편찬 체제에 중점을 두기에 작가 표기에는 큰 의미를 두지 않는 듯한 인상을 준다. 그렇기에 『화악』·『원하』 두 가집의 편자는 전기 지향적 가집의 편찬 의식을 갖고 전기 가집들의 작품이나 작가 정보를 참고하여 보완하려고 했던 것이 아닌가 생각된다. 그러한 과정에서 『청영』이라는 특정 가집을 대본으로 삼아 반영하다 보니 몇몇 작가 정보의 오류도 발생했던 것으로 볼 수 있다.

(2) 가곡원류기(期) 작가의 작품 수록 양상

다른 가곡원류계 가집과 비교해 볼 때, 이 두 가집의 공통된 작품 수록 특징은 전기 작가의 작품들이 많이 수록되었다는 점이었다. 반면 가곡원류기 작가 작품들의 수록 양상은 두 가집 간에 다소 다른 모습으로 나타난다. 다시 말해 두 가집은 전기 지향적 성격의 공통된 특성을 공유하면서도 가곡원류기 작가의 작품 수록에서는 서로 다른 변별적 특징을 보인다고 할 수 있다.

가곡원류계 가집에는 당대 작가들의 작품 수록 양상으로 인해 각기 다른 독특한 특징들이 발현되는데 『화악』과 『원하』 역시 그러한 모습들이 잘 나타나고 있다.

작품총수	박효관	안민영	호석균	김학연	작품총수	박효관	안민영	호석균	김학연
원국(856)	14	41	4	1	해악(874)	13	73	1	0
원하(849)	5	13	0	1	원가(464)	4	2	0	1
원육(804)	14	21	0	0	원일(738)	18	30	19	1
원불(801)	13	21	0	0	원동(454)	11	19	0	0
원연(725)	13	31	1	0	협률(821)	13	18	0	0
원황(713)	13	31	1	0	**화악(651)**	11	18	3	3

위의 표는 가곡원류기 작가들 중 박효관, 안민영, 호석균, 김학연의 가집별 수록 작품 수를 제시한 것이다. 가곡원류기 대표적 작가들 중 송종원, 임의직, 박영수의 작품 수록 양상은 대부분의 가곡원류계 가집에서 엇비슷한 수록 양상을 보이기에 여기에는 인용하지 않았다.[172)

가곡원류계 가집에서 가장 중요한 작가는 바로 박효관·안민영이다. 그중 박효관 작품의 경우 대부분의 가집에서 유사한 수록 양상을 보인다. 『화악』은 『원국』이나 『해악』 등에 비하면 2~3수 덜 수록된 정도이다. 안민영 작품도 73수·41수가 수록된 『해악』·『원국』과 비교될 수 없지만, 『원육』·『원불』 등에 비해서는 큰 차이라고할 수 없다. 오히려 『화악』이 여창 부분이 없는 가집이라는 점을고려한다면 이러한 차이는 대수롭지 않다.

---

172) 『화악』의 경우, 이들 작가 중 송종원의 작품이 5수만 수록되어 있어서(원국 8수, 해악 8수) 다른 가집과 3수정도 적은 수치이다. 하지만 이러한 차이가 가집 간 변별성을 드러내는 것으로는 판단되지 않는바 여기에서는 다루지 않는다.

그러나『원하』의 경우는 상당히 다른 결과로 나타난다.『원하』에 수록된 박효관과 안민영의 작품은 각각 5수와 13수로, 다른 가곡원류계 가집에 비해 아주 적은 양의 작품이 수록되었다. 다시 말하자면『원하』에는 가곡원류기 작가 중 박효관·안민영의 작품이 대거 탈락되어 있는 것이다.

다시 언급하지만『화악』이 남창만 수록된 가집이라는 점을 상기하면 위와 같은 작품 수록 양은 그리 큰 차이가 아니다.[173] 오히려 김학연, 호석균의 작품은 다른 가곡원류계 가집보다 더 수록되는 양상이다. 이러한 점으로 미루어 볼 때 특히『원하』의 안민영 작품 탈락은 편자의 의도적 배제라고 말할 만하다.

한편『원하』에 수록된 안민영 작품 13수 중 남창은 불과 3수밖에 되지 않지만 여창은 10수나 된다.『해악』을 제외한 나머지 가집에서 여창에 안민영의 작품이 수록된 경우는『원국』이 12수,『원황』이 8수 정도이고『원육』·『원불』등은 2수,『협률』은 1수뿐이다. 이러한 안민영 작품의 남녀창 배분 역시 편자의 의도성이 개입된 것으로 판단되는데, 그 배경에 대해서는 앞으로 좀 더 면밀한 고찰이 더해져야 할 것으로 생각된다.

위에서는 언급하지 않았지만『원하』에는 또 다른 당대 작가의 작품 두 수가 수록되어 있다. 바로 고종의 작품이다.

---

173)『해악』과『원국』을 제외한 다른 가곡원류계 가집인 경우, 여창에 박효관 작품은 1수, 안민영 작품은 2수 정도가 수록되어 있다.『원황』,『원연』등은 여창에도 많은 안민영 작품이 수록되어 있다.

놉플ᄉ 昊天이며 둣터울사 坤元이라

　昊天과 坤元인들 慈恩에셔 더ᄒ시며 놉고 놉푼 華崇과 河海라ᄒᆞᆫ들
慈恩과 갓틀손가

　아홉다 우리도 太母聖恩을 헤아리기 어려웨라

　　　東朝 丁丑七十進饌時 御製　　　　　　『원하』(471)蔓橫

康衢에 맑은 노러며 南薰殿 和ᄒᆞᆫ 바롭 太平氣像을 알니로다

　大堯에 克明ᄒᆞ신 峻德과 帝舜에 賢德이 아니시면 뉘라셔 玉燭春臺
일우리요

　어의야 우리 太母聖德은 堯舜을 兼ᄒ오시니 東方堯舜이신가 ᄒ노라

　　　東朝 丁丑七十進饌時 御製　　　　　　『원하』(711)界樂[174]

　위 두 작품은 『원하』에만 수록된 작품으로 "동조(東朝) 정축칠십
진찬시(丁丑七十進饌時) 어제(御製)"라는 부기를 통해 작품의 창작 배
경 및 작자를 알려주고 있다. 두 작품에 공통적으로 "태모성덕(太母
聖德)"이라는 노랫말이 나오는 것으로 보아 대왕대비를 송축하기 위
한 진찬에서 고종이 직접 창작했던 작품으로 보인다. 이 작품들은
고종 14년(1877) 거행되었던 진찬과 관련이 있다. 1877년은 익종(翼
宗) 비(妃)이자 당시 대왕대비인 신정왕후(神貞王后) 조씨(趙氏)가 칠
순을 맞이한 해로, 이와 관련된 진찬이 거행되었음을 정축년 『진찬
의궤』를 통해 확인 가능하다.[175]

---

174) 이 작품은 다른 가곡원류계 가집에서는 찾아볼 수 없는 위치의 악곡(율당삭대엽
　　다음에 위치한 계락)에 놓여 있는 작품이라는 점이 특이하다 할 수 있다.

175) 이 작품들에 대해, 『교본 역대시조전서』에서는 두 작품 모두 작가를 英祖로 표기

실제로 18세기 초부터 20세기 초에 이르기까지 궁중 연향에서는
가객들의 참여가 두드러졌다.[176] 또한 『정재무도홀기(呈才舞圖忽記)』
를 참조하면, 궁중 연향에서 가곡의 '계락, 편' 등으로 악장 창사를
부르는 경우가 많았음을 통해 볼 때, 『원하』에 수록된 고종의 작품
은 실제 정축년 진찬에서 불렸던 악장류 가곡이 여기에 실린 것이
라 볼 수 있다.

이 작품들은 다른 가집에서는 찾아볼 수 없고 오직 『원하』에만
수록되어 있다는 점에서 『원하』 편자의 개인적 의도가 반영된 것이
아닌가 생각된다. 고종의 작품이 『원하』에 수록된 계기는 필사자
유병적의 관력(官歷)과도 어느 정도 연관돼 보인다. 그는 대한제국
기 장례원(掌禮院) 전사보(典祀補)로 근무한 이력을 갖고 있다. 장례
원은 대한제국 시기 궁내부에 딸려있던 관청으로 궁중의 전식(典
式), 제향(祭享), 조의(朝儀), 아악(雅樂), 속악(俗樂), 능묘(陵墓) 등의
일을 맡아 보던 곳이다. 이곳은 『원황』의 소장자 유해종이 장례원
전사로 근무하며 궁중 연향 관련 업무를 맡아보던 곳이기도 하다.
따라서 당시 국왕이었던 고종이 직접 짓고, 궁중 연향에 소용되었

하고 있고, 황충기(앞의 논문, 1997, 97면) 역시 英祖의 작품으로 보고 있다. 이는
아마도 영조 대 중에서 정축년(1757) 이전 해인 1756년(영조 32)이 仁元王后(숙종
비)의 七旬이었다는 점에서, 이와 관련되어 영조가 지었을 것으로 추정한 것 같
다. 그러나 당시 인원왕후 칠순과 관련한 궁중연향이 없었던 점을 고려한다면 이
작품의 작가를 영조로 볼 수는 없을 것이다.(『규장각소장 의궤 해제집』 2, 서울대
학교 규장각, 2004, 45~51면 참고)

176) 신경숙, 「19세기 가객과 가곡의 추이」, 『한국시가연구』 2, 한국시가학회, 1997,
273~279면 참조; 신경숙, 「조선후기 宴享儀式에서의 歌者」, 『국제어문』 29, 국
제어문학회, 2004 참조.

을 이 작품들을 자신이 필사한 가집에 수록한 점으로 보면, 유병적은 궁중의 음악을 관장하는 위치에 있었거나 아니면 이와 관련된 업무를 담당했던 인물이었을 것으로 추정된다.

한편 『원하』에는 또 다른 특이한 작가 표기가 나타난다. 기존 논의에서도 언급한 바 있듯이 전기 시조 작품의 작가를 필사자 유병적의 선조인 유상지(兪尙智)와 유수(兪遂)로 표기한 것이다.[177] 이러한 작가 기입 역시 다른 가곡원류계 가집에서는 볼 수 없는 독특한 현상이다. 또한 이 작품들을 악곡별로 초·중반부에 배치한 것도 특이하다. 가집 편찬에서 편자 자신과 밀접한 관련이 있는 작품에 대해서는 악곡별 후반부에 위치시키거나 또는 별도 공간을 마련하여 배치하는 것이 관례인데, 이 작품들은 악곡의 초·중반부에 수록되어 있는 것이다. 이는 자신의 선조를 전기 작가들처럼 대우하고자 그 지위를 격상한 셈이다. 이러한 작품 수록 양상은 필사자 유병적의 지극히 개인적인 의도와 판단에서 비롯된 것이라 할 수 있겠다.

다음으로 『화악』에 수록된 가곡원류기 작가들의 작품에 대해 좀 더 살펴보도록 하겠다. 앞서의 논의에서 확인한 것처럼 『화악』에 수록된 박효관·안민영의 작품 수는 다른 가곡원류계 가집과 어느 정도 비슷한 수치를 보여준다. 그런데 다른 작가들의 작품 수록 양상은 상대적으로 더 두드러진 경향으로 나타난다. 전체 수록 작품 수가 그리 많은 것은 아니지만 다른 가곡원류계 가집들에 비하면

---

177) 『원하』 281번 작품인 "故人無復洛城東이요 今人還對落花風을~"에는 창원 유씨 5대손인 兪尙智로, 307번 "洞庭 밝은 달이 楚懷王의 넉시되여~"에는 6대손인 兪遂로 표기해 놓았다.

뚜렷한 변별성이 드러나는데, 대표적인 사례로 호석균과 김학연을
들 수 있다.

호석균은 『원국』의 부기에 호(號)가 '수죽재(壽竹齋)'라고 기록된
인물이다. 모든 가곡원류계 가집에서 보이진 않고 『해악』 계열의
1수의 작품이 『원국』에는 4수[1수 중복수록]가, 『화악』에는 3수가 배
치되었다. 『원일』은 특이한 사례로 후대에 16수가 추록돼 총19수가
수록된 상황이다. 흥미로운 점은 『원국』에는 호석균의 네 작품이
모두 흩어져 있는데, 『화악』에는 한데 묶어 수록된 특징이 나타난
다. 『원국』에 달린 부기나 작품 내용을 보면 호석균은 박효관과 친
분이 있었던 인물로 생각된다. "삼월시래(三月時來) 유운옹도장제(遊
雲翁道庄製)"(원국 369번), "모춘회음어운대산방작(暮春會飮於雲坮山房
作)"(원국 543번)이라는 기록과 "운대상(雲臺上) 학발노선(鶴髮老仙) 풍
류종사(風流宗師) 그 뉠너냐 / 금일장(琴一張) 가일곡(歌一曲)에 영락천
년(永樂天年) ᄒ단말가 / 사안(謝安)의 휴기동산(携妓東山)이야 뉠너 무
슴 ᄒ리요"(화악 376번)라는 작품을 보면, 호석균은 '운애산방'을 자
주 드나들며 그곳에서의 풍류를 즐기던 인물 중 한 사람으로 판단
된다.

김학연은 아직까지 어떤 인물인지 밝혀지지 않았다. 다만 『승정
원일기』에서 1864년경부터 오위장(五衛將), 동지(同知) 벼슬 등을 지
낸 동명의 인물이 확인되는데,[178] 19세기 말까지 이 이름이 나타나

---

178) 『승정원일기』 고종 2년 을축(1865) 1월 18일 ○… 金學淵・朴弼寧・金基淳・李敎
春・劉錫祥을 오위장으로 …. ; 고종 2년 을축(1865) 1월 27일 ○… 同知에 金學淵
을 단부하고, 僉知에 徐命錫을 단부하였다.

는 것으로 보아 동일 인물이 아닌가 추정해 본다. 박효관 역시 오위
장 및 경복궁 위장 등을 지낸 경력이 있는 것으로 볼 때,[179] 김학연
은 박효관과 비슷한 지위와 연배의 인물이 아닌가 생각된다. 김학
연의 작품은 다른 가곡원류계 가집에 한 수가 수록되었으나『화악』
에만 3수가 수록되어 있다. 특히 “요전(堯田)을 갈던 스름~”이외에,
한 수는『원하』와만 공출되고 나머지 한 수는『화악』에 유일하게
수록된 작품이다. 김학연의 자(字)가 ‘병교(鋲敎)’인 것도『화악』의
부기를 통해 확인되는 사항이다.

   한편『화악』에는 ‘손영수(孫瑩洙)’란 인물이 작가로 나온다. 소용
악곡에 실린 “뎌 건너 나부산(羅浮山) 눈ㄷ속에 검어~”라는 안민영
작품에 이름을 올리고 있는데,『승정원일기』를 확인한 결과, ‘손형
수(孫瀅洙)’와 동일인으로 판단된다. 1867년부터 오위장을 지낸 손형
수는 1871년에는 대원군의 심복들로 유명한 ‘천하장안’ 중 한 명인
하정일과 함께 오위장을 지낸 것으로 나온다.[180] 이러한 친분 관계
와 더불어『화악』소용 악곡의 마지막 작품군으로 수록되는 것을
보면[181] 손형수는 박효관·안민영과 긴밀한 관계에 있었던 인물로
보인다. 특히 안민영 작품의 작가로 이름이 올려져 있는 경우도 확
인되는 것으로 보아 분명 특별한 관계로 엮인 인물이지 않았을까

---

179)『승정원일기』고종 1년 갑자(1864) 9월 6일 ○…朴孝寬·朴理權을 경복궁 위장으로
    …. ; 고종 5년 무진(1868) 3월 6일. ○…朴孝寬·金光漢을 경희궁 위장으로 ….
180)『승정원일기』고종 9년 임신(1872) 5월 4일 ○…**孫瀅洙·金鳳煥·河靖一·李載闓**
    을 오위장으로….
181)『화악』의 소용 악곡의 마지막 작품군은 152번 손형수(금옥97번), 153.박효관(금옥
    96번), 154.석파(이하응, 원국·해악 등) 작품으로 배치되어 있다.

한다. 지금까지 확인된 바 가곡원류계 가집에서 안민영의 작품이 다른 사람의 작품으로 나타난 것은 박효관과 이재면뿐이었다.

이상으로, 『화악』과 『원하』에 관한 논의를 정리하면 다음과 같다. 두 가집은 모두 전기 가집의 전통을 계승하고자 한 편자의 의도가 잘 드러나는 가집이다. 전기 가집들에서 전해진 서문들이 수록되어 있고, 전기 작가의 작품들이 대거 추록된다는 점에서 전기 지향적 성격을 공유하는 가집들로 볼 수 있다. 이러한 특징으로 볼 때 두 가집은 모두 박효관·안민영의 영향에서 멀어진 것으로 보이나 그 정도의 차이가 나타난다. 『원하』에는 이들의 작품 대부분이 수록되지 않고 편자의 개인적 의도에서 선택된 작품들만 수록된 반면, 『화악』에는 「박효관 발문」이 서문으로 수록되고 박효관과 관련된 인물들의 작품이 수록되는 것으로 보아 어느 정도는 박효관의 영향이 미치고 있었던 것으로 생각된다.

이 같은 유형의 가집들은 『원하』, 『화악』말고도 더 있었다. 하합본을 그대로 전사한 김근수본[182]이 있고 현재 전하지는 않지만 후지마사 아키오본도 존재했다. 따라서 다른 가곡원류계 가집들에 비해 두드러지진 않지만 이 계통의 가집군들도 19세기 말~20세기 초에 걸쳐 전승·유통되며 가곡원류계 가집의 한 축을 담당하고 있었다고 할 수 있겠다.

---

182) 황순구 편, 『시조자료총서4, 가곡원류』(한국시조학회, 1987)에 수록된 가집으로 『원하』를 대본으로 하여 전사한 이본으로 판단되는데, 가집 말미에 '李容奭 書終'이라는 필사자 이름이 나와 있다.

4. 동양문고본 계열 가집의 편찬과 전변

여기에서는 『원동』(동양문고본), 『원불』(불란서본), 『원육』(육당본),
『지음』 건(乾)[183] 등의 가집들을 한 계열로 묶어 살펴보고 이 계열
가집들의 편찬 특징과 전승, 그 변모 양상에 대해 검토하고자 한다.

이 계열의 대표 가집은 『원육』으로 알려져 있다. 육당(六堂)의 명
성 때문인지 아니면 『원육』이 1927년 경성대학 조선문학회에서 등
사본으로 출판되어 대중에게 많이 알려진 『가곡원류』여서 그런지,
이 계열 가집의 대표적인 성격은 『원육』을 중심으로 다뤄졌던 것
같다. 또한 『원육』이 이 계열 중 가장 많은 작품이 수록된 가집이라
는 점, 『원육』을 주 대본으로 출판된 활자본 가집 『가곡선』(신문관,
1913)이 존재한다는 점도 이러한 영향에 한몫했을 것이다. 『가곡선』
은 597수의 작품이 수록된 가집으로, 『원육』·『원불』의 남창 부분
을 거의 그대로 옮겼다.[184]

그러나 『원동』을 비롯해 『원육』과 『원불』, 『지음』 그리고 활자본
『가곡선』까지 이 가집들의 상관 관계는 단순하지 않고 복잡다단하
게 얽혀 있다. 단순히 외관상으로는 『원육』과 『원불』이 유사하고

---

183) 이하 『지음』으로 약칭한다.

184) 『가곡선』은 가곡원류계 가집, 특히 『원육』 등의 가집이 활자화되며 20세기 초 전
  승과 향유의 일면을 볼 수 있는 가집으로 평가할 수 있다. 『가곡선』에 대해서는
  신경숙(「19세기 서울 우대의 가곡집, 『가곡원류』」, 『고전문학연구』 35, 한국고전
  문학회, 2009, 19~23면)과 송안나(「20세기 초 활자본 가집 『가곡선』의 편찬 특징
  과 육당의 시조 인식」, 『반교어문연구』 27, 반교어문학회, 2009)에 의해 상세히
  다뤄진 바 있으며, 본 연구에서는 이 가집을 독립적으로 다루지 않고 『원육』, 『원
  불』을 논의하는 자리에서 함께 언급하도록 하겠다.

『원동』은 차이가 있어 보인다. 『원동』은 뒷부분이 결락되어 454수만이 수록되었지만 『원육』과 『원불』은 각각 804수와 801수로 비슷한 양의 작품이 수록되어 있다. 한편 『지음』은 419수가 수록된 가집이며 양적으로는 『원동』과 유사하지만 가집의 체제는 다른 모습을 하고 있다.

『원동』·『원불』·『원육』·『지음』의 상호 영향 및 변모 양상을 확인하는 작업은 쉽지 않은 과정이다. 특히 이 가집들은 대부분 편찬과 관련된 정보들이 남아 있지 않아서 그 외적 정보를 파악하기 힘들다. 따라서 가집들 간 상호 영향 관계를 확인하기 위해서는 가집 내적으로 축적된 여러 징후들을 포착해 내는 과정을 통해 가집 편찬의 흔적과 경위들을 파악해야 할 것으로 보인다. 악곡별 작품 수록 체제, 노랫말 변이 양상, 부기 기록의 정보, 작가 정보의 상호 관계 등 여러 요소들을 종합적으로 놓고 볼 때 이 가집들의 상관관계와 편찬 특징이 드러날 것이라고 생각된다.

본 연구에서 이 계열의 대표성을 띤 가집으로 '동양문고본'을 지칭하는 것은 나름 이러한 상호영향 관계를 풀어낸 결과이다. 여기에서는 먼저 『원동』·『원불』·『원육』에 대해 검토하고, 『지음』은 다음 항목에서 별도로 다루도록 하겠다.

1) 변형 생성적 성격의 가집 편찬과 전승

(1) 동양문고본 계열 가집의 서지 사항과 편찬 체제

『원동』은 일본인 학자 마에마 쿄사쿠[前間恭作]에 의해 수집되어

일본 동양문고에 소장된 가집이다.[185] 총 454수의 시조 작품이 수록
된 이 가집에는 남창 계면조 삼삭대엽까지의 작품만이 수록되어 있
다. 가집 후반부가 누락된 이유는 알 수 없지만, 의도적 편집에 의
한 누락이라고 보기는 어렵고 전승 과정에서 결락된 채 전해진 것
으로 여겨진다.

　마에마 쿄사쿠는 약 20년 간 한국에서 생활하였다. 처음 조선에
방문한 시기는 1883년 중학교 시절로 잠시 부산에 방문했고, 다음
으로 1891년 조선유학생 신분으로 방문하게 된다. 이후 1894년 7월
영사관 서기로 발령받아 인천주재 일본영사관에 근무하며 다시 들
어오고, 1898년에는 한국 외무서기생(外務書記生)으로 근무하게 된
다. 이후 1900년에는 호주로 갔다가 다시 1901년 12월 17일자로 2등
통역관으로 한국 근무를 발령받고 방문하게 된다. 1910년 일제 강
점 이후에는 조선총독부 통역관으로 임명되어 총무부 문서과에 근
무하다가 이듬해 일본으로 귀국하였다.[186] 마에마 쿄사쿠는 1901년
경부터 카나자와 쇼사부로[金澤庄三郞], 타카하시 토오루[高橋亨], 아
사미 린타로[淺見倫太郞] 등과 함께 한국연구회를 만드는 등 조선 및

---

185) 『원동』의 전사본으로 남창본, 규장각본 등이 전하고 있는데, 이 이본들은 동양문
고 소장본을 그대로 전사한 것으로 판명되었다. 본 연구에서는 규장각본을 대상으
로 검토하였다. 심재완, 『시조의 문헌적 연구』, 1972, 세종문화사, 59면; 권순회,
「남창 손진태의 가집 전사와 『조선고가요집』 편찬」, 『한민족어문학』 54, 한민족
어문학회, 2009, 108면 참조.

186) 이홍직, 「前間恭作編·古鮮册譜[三册]–東洋文庫刊」, 『아세아연구』 2, 고려대아
세아문제연구소, 1958, 174~175면 참조; 박상균, 『도서관학만 아는 사람은 도서
관학도 모른다』, 한국디지틀도서관포럼, 2004, 285~286면 참조.

조선서적 연구에 관심을 쏟았던 것으로 보인다.[187] 따라서 마에마 쿄사쿠의 한적(韓籍) 수집은 20여 년에 걸쳐 이루어졌겠지만 『원동』을 비롯한 많은 자료들이 수집된 것은 1900년을 전후로 이루어졌을 것이고, 『원동』은 1890년을 전후한 시기에 이미 존재했을 것으로 추정된다.

羽 調	初中大葉(1~3) 長大葉(4) 三中大葉(5~6)
界面調	初中大葉(7) 二中大葉(8) 三中大葉(9)
	後庭花(10) 臺(11)
羽 調	初數大葉(12~22) 二數大葉(23~62) 中擧(63~76)
	平擧(77~95) 頭擧(96~118) 三數大葉(119~139)
	搔聳伊(140~151) 栗糖數大葉(152~156)
界面調	初數大葉(157~160) 二數大葉(161~244) 中擧(245~
	301) 平擧(302~361) 頭擧(362~431) 三數大葉(432~
	454)

『원동』은 남창 계면조 삼삭대엽 이후의 후반부가 누락된 가집이다. 결락본이기는 하지만 남아있는 부분의 악곡 편제는 다른 가곡원류계 가집과 큰 차이 없이 잘 갖춰져 있고 다른 가집의 악곡 편제와도 대동소이하다. 그러나 내부를 세밀히 검토해 보면, 다른 가곡원류계 가집과는 변별된 독특한 작품 수록 양상이 나타나기도 하고, 작품 배열 및 노랫말의 형태가 변형되어 있기도 하다. 이러한

---

187) 박상균, 위의 책, 2004, 286면.

특징들에 대해서는 논의를 진행하면서 계속해서 언급할 것이다.

『원불』은 프랑스 국립 동양어대학 중앙도서관에 소장된 자료이다.[188] 표제는 '가곡원류(歌曲源流)'이고 서두부에 「가곡원류」, 「가지풍도형용십오조목」, 「매화점 장단」 등이 기록되었으며, 남녀창 801수가 수록되었다.

동양어대학 중앙도서관에는 다양한 한적(韓籍) 자료들이 소장되어 있는데, 이 도서관의 한적 자료들은 모두 네 번에 걸쳐 조선에서 유출된 것들이다. 여기의 자료들은 대부분 19세기 말 당시 초대 주한 프랑스 공사 콜랭 드 플랑시(Collin de Plancy)가 수집한 것으로, 먼저 1889년, 1890년, 1891년 등 세 번에 걸쳐 보내졌다. 그 후 1900년 프랑스 파리에서 개최된 만국 박람회에 그의 추천으로 대한제국이 참가하게 되었고 당시 한국관에 있었던 여러 물품과 도서 상당수가 동양어학교 도서관으로 들어가게 되었다고 한다.[189] 이러한 정황으로 볼 때 『원불』은 1889년경이나 늦어도 1900년 이전에는 존재했던 것으로 볼 수 있다.

『원육』은 육당 최남선이 소장했던 가집이다. 현재 원본은 전하지 않고 1927년 경성대학 조선문학회에서 간행된 등사본이 전한다. 가집의 전승 경위나 편찬 목적을 현재로서는 알 수 없으나 다행히 육

---

188) 현재는 국사편찬위원회와 국립중앙도서관에 마이크로필름 복사본이 소장되어 있어 자료를 열람할 수 있다.

189) 『원불』이 동양어대학으로 들어가게 된 경위는 다음의 논의를 참고하였다. 이진명, 「프랑스 국립도서관 및 동양어대학 도서관 소장 한국학 자료의 현황과 연구 동향」, 『국학연구』 2, 한국국학진흥원, 2003 봄·여름호, 205~209면 참조.

당이 직접 쓴 「가곡원류(歌曲源流) 소서(小敍)」가 남아서 이 가집을 이해하는 데 참고가 된다.

「歌曲源流」의 內容 解說 乃至 本文 批評 그 時調學上 價値比較 書誌上 地位 等의 詳細는 이제 暇及하지 못하며 다만 우리 一覽閣의 藏本은 本衣의 面에는 「靑邱樂章」으로 題籤되고 그 上의 「카버」에 「歌曲源流」의 名이 씌여 잇스며 또 卷後에 「女唱類聚」의 附錄과 밋 本文의 字혜 그 異筆되는 數種의 追記가 잇슴을 注意해 두노라.[190]

「가곡원류 소서」의 마지막 부분이다. 앞부분에는 가곡원류계 가집의 전반적인 내용이 적혀있고, 『원육』에 대한 언급은 마지막의 이 부분 정도이다. 『원육』원래의 표제는 '청구악장(靑邱樂章)'이며, 실제는 어떻게 수록된 형태인지 확인할 수 없지만 여창 부분이 '여창류취(女唱類聚)'로 부록처럼 수록되었다는 점, 가집 본문에 여러 이필(異筆)로 추기(追記)가 기록되었다는 점을 언급해 두고 있다. 남녀창 804수가 수록되었고 악곡 편제는 『원불』과 같은 양상이다. 『원불』과 『원육』의 악곡 편제를 제시하면 다음과 같다. 『원불』의 것으로 제시해 본다.

羽　調　　初中大葉(1~3) 長大葉(4) 三中大葉(5~6)
界面調　　初中大葉(7) 二中大葉(8) 三中大葉(9)
　　　　　後庭花(10) 臺(11)

---

190) 최남선, 「가곡원류 소서」, 육당본 『가곡원류』.

羽　調	初數大葉(12~22) 二數大葉(23~61) 中擧(62~77) 平擧(78~97) 頭擧(98~120) 三數大葉(121~141) 搔聳伊(142~153) 栗糖數大葉(154~158)
界面調	初數大葉(159~162) 二數大葉(163~233) 中擧 附平頭(234~357) 頭擧(358~419) 三數大葉(420~440) 蔓橫(441~465) 弄(466~520) 羽樂(521~539) 旕樂(540~564) 編樂(565~571) 界樂(572~597) 編數大葉(598~618) 旕編(619~628) 추가 작품(629~631)

(여창)

羽　調	우됴즁한닙(632)
界面調	中大葉(633)
	後庭花(634) 臺(635) 將進酒(636) 臺(637)
羽　調	長數大葉(638~650) 中擧(651~660) 以下 平擧(661~666) 短數大葉(667~678)
	栗糖數大葉(679~680)
界面調	數大葉(681~696) 中擧(697~714) 平擧(715~738) 短數大葉(739~747)
	弄歌(748~761) 羽樂(762~775) 界樂(776~788) 編數大葉(789~801)　(*원육 추가 1수)

『원불』과 『원육』은 악곡 편제 및 작품 수록에서 비슷한 모습을 보인다. 작품 배열에서 몇 작품의 차이는 있지만 다른 가곡원류계 가집에 비하면 두 가집은 거의 같은 형태이다. 이러한 모습을 통해 볼 때 『원불』·『원육』은 서로 대본 관계이거나 아니면 같은 대본을 통해 전승된 가집들로 생각된다.

두 가집에는 각각 새로운 작품들이 첨가되어 있는데, 『원불』의 경우 남창 엇편 이후에 '전동(典洞)'이라는 부기가 달린 2수와 '부지하허인(不知何許人)' 1수가 수록되어 있고, 『원육』에는 여창이 마무리 된 후 맨 마지막 작품으로 '동산(東山) 이선생(李先生) 우봉인(牛峰人)'이란 작가 정보와 함께 작품 1수가 수록되어 있다. 작품들의 수록 위치를 보면 후대에 첨가된 작품들로 판단되며, 이 가집들의 전승·향유 기반과 관련되어 반영된 작품들이므로 이에 대한 계속적인 검토가 필요할 것으로 본다. 한편 『원불』·『원육』에는 다른 가곡원류계 가집에서는 보이는 않는 악곡 변화가 나타나는데 이에 대해서는 다음 항목에서 상세히 다루도록 하겠다.

(2) 변형 생성적 가집의 편찬 특징

① 노랫말 변화와 가집 간 상관 관계

『원동』과 『원불』·『원육』은 전체 작품 수나 세부적인 체제에서 차이가 드러나지만 다른 가곡원류계 가집에 비해 서로 상당한 친연성을 보이고 있어서 같은 계열의 가집으로 묶을 수 있다. 우선 이 계열 가집들의 노랫말 친연성을 통해 공통적 특징을 제시해 보도록 하겠다. 앞서 여러 번 언급한 바 있듯이 노랫말의 유사성 혹은 변이 양상을 확인하는 작업은 가집 간 친연성 여부—공통된 시기적 특징 및 향유 기반 등—를 구체적으로 살필 수 있는 좋은 방법이다.

> 烏江에 月黑ᄒ고 騅馬도 아니 간다
> 虞兮 虞兮 넌들 너를 어니 ᄒ리

두어라 天亡我非戰罪니 恨흘 줄이 이시랴 『병가』(766)이삭대엽

〈종장 노랫말 변화〉
平生에 萬人敵 비회너여 남 우임만 ᄒ여라
　　　　　　　　　　　　　　『청육』(352)계면 이삭대엽
平生에 萬人敵 비와너어 이리될 듈 어이 알니
　　　　　　　　　　　　　　『원국』(277)계면 중거
平生의 萬人敵 비와니여 이리될 쥴 어이 알니
　　　　　　　　　　　　　　『해악』(268)계면 중거
平生의 萬人敵 비와니여 이리될ㄹ쥴 어이 알니
　　　　　　　　　　　　　　『화악』(282)계면 중거
平生에 萬人敵 비와니여 이리될 쥴 어이 알니
　　　　　　　　　　　　　　『협률』(266)계면 중거
平生에 萬人敵 비와니여 남 우일만 ᄒ도다
　　　　　　　　　　　　　　『원동』(270)계면 중거
平生에 萬人敵 비화니여 남 우님만 ᄒ도다
　　　　　　　　　　　　『원육』(272)계면 중거 부평두
平生에 萬人敵 비화니여 남 우임만 ᄒ도다
　　　　　　　　　　　　『원불』(274)계면 중거 부평두

위 시조는 유방(劉邦)의 군사에 쫓겨 해하(垓下)의 절벽으로 내몰
린 항우(項羽)가 우미인(虞美人)을 걱정하며 부른 〈해하가(垓下歌)〉의
내용이 담긴 작품이다. 이 작품을 감상하기 위해서는, 전세(戰勢)가
이미 기운 것을 안 항우가 사랑하는 우미인을 걱정하고 그런 항우
를 보며 자결한 우미인의 고사를 알고 있어야 한다. 그러한 비장함

을 갖고 감상하는 것이 이 작품의 묘미일 것이다. 계면조의 애절함으로 불렀을 이 작품은 시기의 변화에 따라 종장 노랫말이 변모하는 양상을 보인다.

『병와가곡집』(병가)에서는 '두어라. 하늘이 나를 망하게 한 것은 싸움을 잘못한 죄가 아니니 누구를 한(恨)하겠는가'라고 하여 항우의 비장함으로 노래를 마무리하였다. 그런데 육당본『청구영언』(청육)에서는 '평생 만인을 대적할 재주를 배웠지만 남에게 웃음거리만 되었구나'라고 하여 한탄조의 노랫말로 변화되었음을 알 수 있다. 이것이 다시 가곡원류계에서는 '평생 만인을 대적할 재주를 배웠지만 이리될 줄 어이 알았는가'라는 노랫말로 바뀌게 된다.『청육』과 가곡원류계의 노랫말은 대동소이하면서도 정조에서 미묘한 차이를 보인다.

이렇듯 가집에 따라 노랫말의 변화가 일어나는데,『원동』·『원육』·『원불』의 노랫말은『청육』과 유사한 노랫말을 싣고 있음이 확인된다. 거의 유사하면서도 종장 마지막 구절이 '흐도다'로 되어 있는 것을 볼 때 이 유형의 노랫말은 이 계열 가집들에서 와서 이렇게 정착된 것으로·생각된다.

이처럼 전기 가집에서 사용되었던 노랫말을 따르거나 다른 노랫말을 기입하는 현상은 가집 전반에 걸쳐서 나타나지는 않지만 동양문고본 계열 가집에서는 종종 나타나는 현상이며, 이는 이 계열의 공통된 특징으로 삼을 수 있다.

노랫말 차이의 다른 예로는,『원동』301번 작품인 "술이 몃가지오 탁주(濁酒)와 청주(清酒)ㅣ로다 / 먹고 취(醉)헐쎈졍 청탁(清濁)이 관계(關係)ᄒ랴 / 달 밝고 풍청(風淸)ᄒ 밤이 여니 아니 씬들 엇더리"
(신흠)를 들 수 있다. 이 작품의 종장 첫 구는 "달 밝고"로 되어 있어
다른 가곡원류계 가집의 종장 첫 구인 "월명(月明)코"와 차이를 보인
다. 물론 내용상의 차이점보다는 한자와 한글식이라는 표현상의 차
이만 있을 뿐이어서 크게 다르다고 할 수는 없다. 하지만 『청진』
·『해일』·『병가』·『청가』·『청육』 등 전기 가집들에서는 일관되게
"달 밝고"로 표기되던 것이 다른 가곡원류계 가집에서는 모두 "월명
코"로 표기되었고 오직 이 계열만이 전기 가집의 노랫말을 따랐다
는 사실을 알 수 있다.[191] 또한 작가를 동양문고본 계열만 표기하는
경우도 있어서 다른 가곡원류 계열과의 변별성이 확인된다.[192]

　　여타의 가곡원류계 가집과 변별되는 이 계열만의 또 다른 노랫말
변이에 대해 살펴보겠다.

　　　① 靑春은 어듸가고 白髮은 언제온다
　　　　　오고가는 길을 아돗던들 막을 거슬
　　　　　알고도 못막는 길히니 그를 슬허 ᄒ노라

　　　　　　　　　　　　　　　　『원국』(199)남창 계면 이삭대엽

---

191) 이외에도 노랫말 차이를 확인할 수 있는 작품을 보면, 『원동』 270번의 종장 "平生
　　에 萬人敵빈와닉여 남우일만 ᄒ도다"(가곡원류계:이리될듈 어이알니), 『원육』
　　275번의 부기 "一作 엿트되며" 등을 들 수 있고, 『원육』 53, 491번 등도 전기 가집
　　과 유사한 노랫말이 나타난다.

192) 『원동』 234번 "술먹고 노ᄂ 일은 나도 왼쥴 알것마ᄂ~"는 申欽을 작가로, 236번
　　"房안에 혓ᄂ 燭불 눌과 離別ᄒ엿관듸~"는 李塏를 작가로 표기하고 있는데, 노랫
　　말 표기처럼 작가 정보도 전기 가집을 따르는 경향이 종종 나타난다.

　② 닉 靑春 눌을 쥬고 뉘 白髮을 가져온고
　　　오고가는 길을 아돗던들 막을 거슬
　　　알고도 못막는 길히니 그를 슬허 ᄒ노라
　　　　　　　　　　　『원국』(682)여창 우조 이삭대엽

　위 작품들은『원국』에서 인용한 것이다. ①번 작품은『병가』(560
번), 연민본『청구영언』(192번)에서부터 수록되었으며『병가』에는
작가가 '계섬(桂蟾)'이라고 명시되어 있다. ②번 작품은『청육』(527
번)에서부터 수록되는데 그 작가를 알 수 없으며 계면조 이삭대엽에
수록되었다. 가곡원류계 가집에는 위 두 작품이 모두 수록되었으
며, 남녀창을 달리하면서 다른 악조로 불리며 향유된 것으로 보인
다. 여창 작품의 경우『청육』에서는 계면조로 불렸던 것이 가곡원
류계에 들어서는 우조로 불려 곡조의 해석이 바뀐 것을 볼 수 있다.
　두 노래의 차이점은 초장의 노랫말 차이 정도이다. 노랫말이 변
하긴 했지만 정조의 변화는 거의 느끼지 못할 만큼 유사한 내용의
가사이다. 화자는 초장에서 젊은 시절을 그리워하며 어느덧 늙어버
린 백발의 자신을 애처로워하고 있으며, 이러한 탄로의 정서는 중
·종장의 노랫말 의미와 연계되며 전해진다.
　그런데 동양문고본 계열 가집에서는 위 작품의 노랫말이 조금 다
르게 나타난다. 특히 남창의 노랫말에 문제가 있어 보인다.

　　　靑春는 어듸가고 白髮은 언제온고
　　　오고가는 길를 아돗드면 막을 거슬

잇다감 곳 밧츨 지날제면 罪 지은듯 호여라

『원동』(191) ·『원육』(193) ·『원불』(193)

　『원불』과 『원육』 여창에 수록된 작품은 위의 『원국』 682번과 다르지 않다.[193] 그런데 여기에 인용한 남창 부분의 작품은 종장 노랫말에 다른 노랫말이 기입되어 있다. 그런데 노랫말의 내용을 살펴보면 이것이 노랫말 변이 과정으로 인해 변화된 것이 아님을 알 수 있다. 왜냐하면 본래 노래의 정조가 전혀 이어지지 않기 때문이다. 확인 결과, 이 노랫말은 우탁(禹倬)의 노래로 알려진 "늙지 말려이고 다시 져머 보려튼니~"[194]의 종장 노랫말이었다. 이 작품 역시 '탄로'를 노래한다는 측면에서 보면 같은 주제의 작품이긴 하다. 하지만 어떤 경로를 거쳤는지는 알 수 없지만 어느 시점엔가 이 작품의 종장이 『원동』을 비롯한 이 계열 가집의 종장 구절로 기록되고 이것이 계속해서 전해졌던 것으로 볼 수 있다.

　이러한 현상은 편찬자가 단순히 대본을 보고 전사하는 것이 아니라 암기를 동반하여 작품을 기록하다 보니 생긴 현상으로 이해된다. '탄로', '백발', '청춘'과 관련된 여러 작품들을 기억하다가 착오가 생겨 특정 작품의 종장이 뒤섞여 반영되었고, 이 계열 가집에서는 이것이 변형된 채 고정되어 한 작품으로 인식되면서 전사·전승된 것이라 할 수 있다.

---

193)『원동』은 여창 부분이 없어 확인하기 어렵다.

194)『병가』46번. "늙지 말려이고 다시 져머 보려튼니 / 靑春이 날 소기니 白髮이 거의로다 / 잇다감 곳 밧츨 지날 계면 罪 지은 듯 호여라".

『원동』·『원육』·『원불』에 나타나는 이러한 변화는 이 계열 가집들의 특수성이라기보다는 '불완전성'을 반영하는 것이 아닌가 생각된다. 이후 뒤 항목에서 살펴볼 작품 배열 및 수록 양상에서도 변형의 모습들이 계속해서 산견되는데, 이러한 변형상과 의미를 염두에 두고 이 계열 가집들을 살펴야 할 것으로 보인다.

다음으로『원동』과『원불』·『원육』의 시기적 특징 및 상호 영향 관계에 대해 검토하도록 하겠다.『원동』과『원불』의 경우 소장자의 수집 경위를 통해 이 가집들이 1890년경을 전후한 시기에 존재했었음을 확인할 수 있었다. 그러나 정확한 편찬 시기에 대한 정보가 기록되어 있지 않아서 가집 간 선후 관계나 영향 관계를 확인하기가 쉽지 않았다. 따라서 이 가집들 간 노랫말의 비교를 통해 이러한 상호 관계를 가늠해 보려 한다.

원불(원육, 가곡선)
364. 白日은 西山에 지고 黃河는 東海로 든다 　　　古往今來에 逆流水ㅣ 업건마는 　　　엇딧튼 肝腸 석은물은 눈으로서 솟는고 　　　　　　崔冲 字浩然 高麗時四朝出將入相
원동
368. 白日은 西山에 지고 黃河는 東海로 든다 　　　古來 英雄은 北邙으로 드단말가 　　　두어라 物有盛衰니 恨헐 줄이 잇시랴 369. 百川이 東到海ᄒ니 何時에 復西歸오 　　　古往今來에 逆流水ㅣ 업건마는 　　　엇디튼 肝腸 석은 물은 눈ᄂ로서 솟ᄂ고

『원불』과 『원육』에는 특이한 작품 한 수가 수록되어 있는데, 『역대시조전서』를 참고해 보니[195] 『원불』 364번 작품은 『원동』 369번의 이본으로 처리된 작품이었다. 그런데 작품의 노랫말을 자세히 살펴보면 『원불』의 "백일(白日)은 서산(西山)에 지고~"는 『원동』 368번 작품의 초장과 369번의 중·종장이 합쳐져 만들어진 것임을 알 수 있다.

"백일(白日)은~"과 "백천(百川)이~"이 두 작품이 이렇게 연이어 수록된 경우는 오직 『원동』에서만 발견된다. 다른 가곡원류계 가집에서는 첫 번째 작품 "백일은~"은 남창에 수록되고, 두 번째 작품은 "백천이~"는 모두 여창에 수록된 양상이다. 『원불』·『원육』의 여창에도 모두 "백천이~" 작품이 수록되어 있다. 『원동』에서만 두 작품 모두 남창에 연이어 수록되어 있는 것을 확인할 수 있는데, 이를 통해 볼 때 『원불』의 364번 작품은 『원동』과 같은 가집을 대본[모본(母本)]으로 하여 필사하는 과정에서 생긴 것이라 할 수 있다.[196]

이러한 작품 변화의 모습은 시조의 이본 생성 과정과는 무관하며 단순히 보고 베끼는 과정에서 생긴 전사의 오류로 판단된다. 그러나 이러한 현상이 단순히 한 가집에서만 나타난 것이 아니라 『원불』·『원육』을 비롯하여 활자본 『가곡선』까지 일관되게 나타난다

---

195) 『역대시조전서』, 441면, 1212번.

196) 『원불』 등에 표기되어 있는 작가 정보 "崔冲 字浩然 高麗時四朝出將入相"가 『원동』에는 제시되어 있지 않다는 점 등을 볼 때 『원불』·『원육』의 대본은 현재 전해지는 『원동』이라기보다는 『원동』의 대본 혹은 母本을 대상으로 필사되었을 가능성이 더 높아 보인다.

는 점은 주의 깊게 살펴봐야 할 대목이다. 이는 이 가집들이 하나
의 가집 유형을 형성하며 전승·파생되었다는 것을 의미하기 때문
이다. 따라서 이러한 가집 유형의 형태가 고착되기 이전의 모습을
『원동』이 갖고 있었다고 볼 수 있다.

  그러나 현전하는『원동』에도 역시『원불』·『원육』을 참고한 흔적
이 나타난다는 점에서 가집 간 관계를 단순히 수직적 영향 관계로
파악할 수는 없을 것 같다.

> 전나귀 모노라니 西山에 日暮ㅣ로다
> 山路ㅣ 險ᄒᆞ거든 磵水ㅣ나 潺潺커나 (一作 엿트되며)
> <u>竹林에 기소릭 들리니</u> 다와는가 ᄒᆞ노라   『원육』(275)
>   安挺 見上

> 전나귀 모노라니 西山에 日暮ㅣ로다
> 山路ㅣ 險ᄒᆞ거든 澗水ㅣ나 潺潺커나 (넛트도여)
> 風便에(竹林에) 聞(기)犬吠ᄒᆞ니 다왓는가 ᄒᆞ노라 『원동』(302)

  『원육』의 275번 작품은『병와가곡집』,『시가』를 비롯한 많은 전
기 가집과 가곡원류계 가집에도 수록된 작품이다.『원육』과『원동』
의 중장에 표기된 부기는『시가』·『고금가곡』·『근화악부』에 나타
나는 노랫말 형태로 확인된다.

  그런데『원동』종장에 부기된 "죽림(竹林)에"와 "기"[197]라는 표현

---

197) 남창본에는 "기소릭 들니니"로 기록되어 있다.

은『원육』과『원불』에서만 보이는 노랫말 형태이다.『역대시조전
서』를 참고해 보면[198] 유사한 형태의 노랫말이 전기 가집『시가』에
수록되어 있음을 알 수 있는데, "송림(松林)에 개쇼릭 들니니 다왓
는가 ㅎ노라"로 표기되어 있어『원육』·『원불』의 노랫말이 여기에
서 비롯된 것임이 확인된다. 그러나『원동』의 노랫말은 "죽림(竹林)"
을 지칭하는 것으로 보아『원육』등을 참고하여 종장의 부기가 덧
붙여졌음을 알 수 있다.

　물론 이『원동』의 부기는 후대에 추록 되었을 수도 있고 다른 대
본을 참고하여 기록한 것일 수도 있기 때문에 다양한 전사·전승 과
정의 가능성을 열어두어야 한다. 그러나 이러한 부기가 표기된 시
점을 정확히 알 수 없는 상황에서 섣불리 시기를 판단하는 것은 곤
란하고, 현전하는『원동』이 향유될 때『원육』·『원불』과 같은 가집
들이 동시적 향유권역에서 함께 유통·전승되고 있었다고 이해할
수 있을 것이다.

　지금까지의 내용을 정리하면,『원불』·『원육』은『원동』또는『원
동』의 모본이 된 가집을 참고하여 편찬되었을 가능성이 크다. 이는
앞서 두 작품이 혼용되어 한 작품으로 만들어지는 과정을 통해 확
인할 수 있었던 사항이다. 그러나 현전하는『원동』에도『원불』·『원
육』에서만 보이는 노랫말이 부기로 표기되어 있다는 것을 알 수 있
었다. 이 가집들의 이러한 특징들은 동시대적 향유 기반에서 존재
하고 상호 영향을 주고받으며 유통된 징후로 읽을 수 있을 것이다.

---

198)『역대시조전서』, 932면, 2573번.

다만 그 시기적 모습은『원동』이 다소 앞선 시점에 편찬된 것이 아
닌가 생각된다.

② 악곡 편제의 변화

여기에서는『원불』·『원육』의 악곡 편제에서 나타나는 변모상에
대해 검토해 보고자 한다. 다른 가곡원류계 가집과 비교해 이 두
가집의 악곡 편제 및 용어에서 나타나는 특징들은 남창 계면조의
'중거 부평두'의 존재와 '우락'과 '계락'의 순서 변화, '장삭대엽(長數
大葉)' 등으로 정리할 수 있다.『원불』·『원육』의 변화가 가곡원류
계 가집의 공통 체계를 완전히 벗어난 것은 아니지만 그 조짐들이
보인다는 점에서 이에 대해 상세히 검토할 필요가 있다고 생각된
다. 먼저 '우락'과 '계락'의 순서 변화, '장삭대엽'과 같은 표기 변화
에 대해 언급하고, 다음으로 '중거 부평두'에 대해 살펴보도록 하
겠다.

『원불』·『원육』두 가집에는 '우락'과 '계락'의 위치가 여타의 가
곡원류계 가집과는 다르게 나타나고 있다. 주지하듯 원래 가곡원류
계 가집의 남창 소가곡[199]의 순서는 예외 없이 '만횡-농가-계락-우
락-엇락-편락-편삭대엽-엇편'의 순으로 배열된다. 이전 가집들의

199) 여기에서 사용하는 '小歌曲'과 '本歌曲'이라는 용어는 김영운의 용어를 따른 것이
다. '소가곡'은『學圃琴譜』(1910~1915년경)에서 '농·낙·편' 등의 악곡을 부른 것
이고, '본가곡'은 소가곡에 對가 되는 악곡을 가리켜 김영운에 의해 사용된 것이
다.(김영운,『가곡 연창형식의 역사적 전개양상』, 민속원, 2005, 93면의 주2번과
100면의 주7번 참조.)

형태를 참고해 보면 '계락'이 늦게 나오는 경우가 없지는 않으나[200] 18세기 말~19세기 초의 문화 도상을 담고 있고 악곡 편제의 전통에서 가곡원류계 가집의 전범이 되는『영언』[201]이나 19세기 초중반의 육당본『청구영언』,『가보』 등에서는 '계락-우락'의 순서가 주도적으로 배치되고 있음을 알 수 있다. 이러한 악곡 배열로 볼 때『원불』·『원육』 등에서 보이는 악곡 순서는 가곡원류계의 연창 방식과는 부합되지 않는 형태이다.

　다음으로 여창에서 '이삭대엽'을 '장삭대엽' 혹은 '삭대엽'으로 표기하거나, '두거'를 '단삭대엽(短數大葉)'이라고 표기하는 것을 볼 수 있다. '장삭대엽'은 이삭대엽의 다른 표기로 읽을 수 있다. 20세기 초『대동풍아』(1908)와『정선조선가곡』(1914)에서 이 용어가 확인되는데, 전반부에서는 '이삭대엽'이라는 표기를, 후반부에서는 '장삭대엽'이라는 표기를 쓰는 용례가 확인된다. '단삭대엽'의 경우는 고악보인『일사금보(一蓑琴譜)』(1884),『역양아운(嶧陽雅韻)』(1886년경),『서금가곡(西琴歌曲)』(1884년경)에서 그 용례를 찾을 수 있다. 고악보에서는 두거와 다른 용례로 쓰인 것으로 보이나[202]『원불』·『원육』에서는 악곡 순서상 '두거'의 다른 표현으로 사용된 것이라 할 수 있다.『서금가곡』에서는 이삭대엽을 장삭대엽으로 지칭하고, 중거·

---

200) 전기 가집의 경우 '계락'이 '우락'에 비해 뒤늦게 나오는 경우도 있다.『흥비부』의 경우는 "평우락-언락-계락-계편"으로 이어진다.

201)『영언』에 대해서는 성무경의 「가곡 가집,『영언』의 문화도상 탐색」(『고전문학연구』 23, 한국고전문학회, 2003)을 참조할 수 있다.

202) 김영운, 「가곡과 시조의 음악사적 전개」,『한국음악사학보』 31, 한국음악사학회, 2003, 149면; 앞의 책, 민속원, 2005, 178~179면 참조.

평거·두거가 나온 뒤 '단삭대엽'이 나오는 등 이러한 용어의 용례가
모두 나오고 있어 참고가 된다. 대체로 이러한 용어의 사용은 19세
기 말에서 20세기 초에 걸쳐 나타남을 알 수 있다.

마지막으로 '중거 부평두'에 대해 살펴보도록 하겠다. 『원불』과
『원육』의 남창 계면조에는 중거 악곡명에 '평두'가 붙어있다.[부평두
(附平頭)] 다른 가곡원류계 가집과 수록 작품을 비교해본 결과, '중거
부평두'에는 중거와 평거, 그리고 몇 이삭대엽 작품이 수록되어 있
음을 알 수 있었다. 따라서 '평두'라는 표현은 '평거'를 지칭하는 이
칭으로 해석할 수 있겠다.

기존의 논의에서는 '평두'를 '평거'라는 명칭이 정착되기 이전의
용어로 판단하고, 이를 근거로 『원불』·『원육』을 가곡원류계 초기
본으로 보기도 하였다.[203] 그러나 이는 초기본적 모습이 아니라 후
대에 중거와 평거, 이삭대엽 등이 혼용되어 수록된 상황을 반영하
는 표현으로 생각된다.

먼저 '중거 부평두'가 악곡명인가 하는 점을 다시 한번 짚어봐야
한다. 중요한 점은 '부평두', 이 부분이 부기로 되어 있다는 점이며
『원불』과 『원육』에 기록된 많은 부기 중 하나라는 것이다. 필사본
『원불』의 몇 기록을 원문의 모습과 비슷한 형태로 옮겨 보도록 하
겠다.

---

203) 신경숙, 「가곡계 가집과 음악-19세기 『가곡원류』 형성과 확산을 중심으로」, 〈인
 접학문과 음악의 만남〉 2009국악학전국대회 발표자료집, 한국국악학회, 2009.
 10, 4면.(이 글에서는 발표문 첫 장을 1면으로 삼아 면수를 제시하였다.)

· 界面調初中大葉 見羽調坪

· 三中大葉 見羽調坪

· 栗糖數大葉 或補半弦數大葉 純羽調則爲弄歌之 舌戰羣儒 變
 態風雲

· 中擧 附平頭

· 蔓橫 一曰弰弄 一曰半只其

· 弄 平出 浣紗淸川 逐浪翻覆

『원불』·『원육』에는 악곡명 옆에 다양한 부기가 덧붙여져 있다. 대부분은 "우조(羽調) 초중대엽(初中大葉) 남훈오현(南薰五絃) 행운유수(行雲流水)"처럼 곡태를 나타내는 풍도형용(風度形容)이지만 그 외에도 여러 기록들이 남겨져 있음을 볼 수 있다. 먼저 확인되는 것은 계면조 초중대엽과 삼중대엽에 붙은 '견우조평(見羽調坪)'이다. 정확한 뜻은 알 수 없지만, '우(평)조에서도 보인다' 정도로 해석할 수 있을 것 같다. 다시 말해 노랫말이 다른 악조에서 불릴 수 있는 가능성을 언급해 둔 것이다. 농의 부기 '평출(平出)'은 곧 '평롱'으로, 만횡[弰弄]이 처음 부분을 높이 질러 불러내는 것이라면 평출[평롱]은 평성(平聲)으로 내는 농이라는 것을 가리키는 말이다. 율당삭대엽과 만횡에 붙은 부기는 대부분의 가곡원류계 가집에 있는 표기로, 율당삭대엽[반엽]이 우조로 불릴 때 '우롱'으로 불리는 것이라든가 만횡의 다른 명칭이 '엇롱' 또는 '반지기'라는 것을 알려주고 있다. 이러한 부기 표기의 양상을 종합해 볼 때, 중거의 '부평두'는 '평거를 덧붙였다'는 의미로 볼 수 있을 것이다.

　이처럼 '중거 부평두'라는 명칭은 가곡원류계 초기본의 모습, 즉 평거라는 용어가 정착되기 이전 시기의 가곡 문화를 반영하는 것으로 볼 수 없다. 설령 '중거 부평두'를 악곡명으로 본다고 하더라도, 남창 우조와 여창 우·계면조에는 '중거·평거·두거'가 확실히 나누어져 있는데, 유독 남창 계면조에만 평거가 분화되지 않았다고 보기 어렵다.

　또한 '중거 부평두'에 중거와 평거, 이삭대엽의 작품이 함께 수록된 것을 이삭대엽 및 중·평·두거의 악곡 지정이 아직 이루어지지 못한 시기의 현상으로 볼 수도 없을 것이다. 왜냐하면 '중거 부평두'에 수록된 작품들 중에는 '중(中)', '평(平)', '이장(二長)'이라는 부기[204]를 통해 본래의 악곡을 지정해 주고 있기 때문이다. 이는 오히려 『원불』의 편자에게 이미 중거와 평거, 이삭대엽에 대한 악곡 배분 의식이 확실히 있었다는 것을 말해 주는 것이다.

　이러한 부기는 비단 『원불』 등에만 남아 있는 것이 아니다. 『원국』의 계면조 평거의 마지막 부분인 366번과 369번에는 앞서 『원불』에서 본 '중(中)·이장(二長)'과 유사한 표기가 남겨져 있다.

　　平頭 中擧
　　細柳 淸風 비긴 後에 우지마라 뎌 미암아
　　꿈에나 님을 보려 계유든 줌을 씨오ᄂᆞ냐
　　꿈씨야 겻혜 업스면 病 되실ㄱ가 우노라　　　　　『원국』(366)

---

204)『원불』과 『가곡선』의 작품 초장 위에 붙어 있는 부기이다.

二數大葉

紅白花 즈쟈진 곳에 才子佳人 뫼혀셰라

有情호 春風裏에 밧혀간 다淸歌聲을

아마도 月出於東山토록 놀고 갈г가 호노라   『원국』(369)

      扈錫均 字 号壽竹齋 三月時來 遊雲翁道壓製

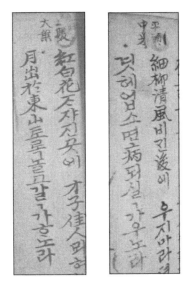

『원국』 366번(왼쪽)과 369번(오른쪽) 작품

위 두 작품은 모두 호석균(扈錫均)의 작품으로 파악된다. 366번 작품
은 가곡원류계 몇 가집 - 원규, 원박, 원황, 해악, 원일, 화악 - 에
수록되어 있는데, 『원일』과 『화악』에 '호석균'의 작가명이 표기되었
고, 369번은 『원국』·『원규』·『원일』·『화악』에만 수록되었는데 모두
'호석균'을 작가명으로 기입하고 있다.

그런데 이 작품 초두 부분 위에 각각 '평두 중거(平頭 中擧)'와 '이
삭대엽(二數大葉)'이라는 부기가 기록되어 있음이 확인된다. 『원불』
에서처럼 '중거 부평두'가 아닌 '평두 중거'라는 표기가 특이한데,
본래의 악곡인 평거 외에 중거로도 불릴 수 있음을 지정해 준 것으
로 보인다. 369번 역시 이삭대엽으로도 불릴 수 있음을 밝힌 것으
로 판단할 수 있다.

이러한 표기들은 연행 환경에 따라 중거 작품을 평거로도 부르고
이삭대엽으로도 부를 수 있는 가곡 연창의 가변성[권변지도]이 반영
된 것으로 풀이된다. 더불어 가곡원류계 가집들이 전승·파생되던
시기에도 끊임없이 곡 해석이 이루어지며 새롭게 읽어내고자 했던
당대의 가곡 문화의 일면을 보이는 것으로 판단할 수도 있을 것이다.

후대적 완본의 성격을 갖고 있고, 남녀창 모든 악조에서 중거·
평거·두거가 확실히 나뉘어 있는 『원국』에서도 이러한 표기가 보
이는 것은 이것이 악곡명으로서 기능하기보다는 작품에 대한 끊임
없는 해석 과정에서 발생한 '작품 재해석의 표지'로 볼 수 있다.[205]

이상의 검토를 통해 『원불』·『원육』에서 나타나는 악곡 편제 및
용어의 변화에 대해 살펴보았다. 이 가집들에서 보이는 변화는 같
은 계열이자 동시적 편찬·향유 기반을 보이는 『원동』과의 관련성
에서 바라볼 때 『원동』보다는 후대적으로 변화된 시점에 발생한 현
상으로 파악된다. 단 이러한 악곡적 변화와 명칭의 의미에 대해서
는 보다 세밀한 연구가 요구된다 하겠다.

---

205) 이러한 표기는 『원규』와 『원일』에서도 일관되게 나타난다.

③ 작품 배열의 변화

다음은 작품 수록 및 배열 양상에 대해 살펴보겠다. 작품의 배열
은 가집을 편찬하는 중요한 구성 방식 중 하나이며, 이 배열 순서의
비교를 통해 가집 간 연관성을 확인할 수 있다. 여기에서는 동양문
고본 계열 가집 간의 연관성을 살펴보는 동시에 다른 가곡원류계
가집과의 변별성 및 변형 생성적 특징에 대해서도 함께 살펴보도록
하겠다.

원국	협률	화악 (원하)	해악	원황 (원연)	원동	원육	원불
198.靑山아 말무러보쟈	187.	194.	192.	186.	186.	188.	188.
199.靑春은 어듸가고	188.	195.	193.	187.			
200.靑蛇釰 두러메고	189.	196.	194.	188.			
201.靑蒻笠 숙이쓰고	190.	197.	195.	189.			
202.靑山에 눈이오니							
203.臨高臺 臨高臺ᄒ야		198. 臨高臺	196.	190.	187.	189.	189.
204.春山에 눈녹인ᄇᄅᆷ	191.	199.		191.	188.	190.	190.
	192.臨高臺						
205.空山에 우는뎝동	193.	200.	197.	192.			
	194.靑山에	201.	198.	193.			
206.瀟湘江 細雨中에	195.	202.	199.	194.	189.	191.	191.
207.瀟湘斑竹 길게뷔여	196.	203	200.	195.			
					190.空山에	192.	192.
					191.靑春은	193.	193.

계면조 이삭대엽 중간 부분의 배열 순서를 가져왔다. 위 표를 보
면, 먼저 『원국』의 경우 다른 가곡원류계 가집과는 배열 순서에서

확연한 차이가 확인되는데, 202번 '청산에~'의 수록 위치가 다른 가집들에서는 『협률』 194번과 같은 위치에 수록된다. 이는 『원국』 편자가 동일 어휘·이미지 연상 방식에 의거해서 작품을 재배치한 것으로 볼 수 있는 부분이다. 『협률』은 192번 '임고대~'를 미처 기록하지 못했다가 한 작품 뒤에 다시 수록한 형태이다. 『해악』에서는 다른 가집에서 보이는 '춘산에~'(원국 204번)가 누락되었다. 하지만 후반부 197~200번까지의 배열 양상은 해동악장 계열을 비롯한 다른 가곡원류계 가집에서도 공통적 흐름으로 나타나고 있다. 이처럼 가곡원류계 가집들은 공통 체계의 틀 안에서 개별 가집별로 세세한 변화들이 나타난다고 할 수 있다.

이에 비하면 동양문고본 계열 가집들의 작품 배열 양상은 다른 가곡원류계의 공통 체계와는 확연히 다른 특이한 형태로 전개됨을 알 수 있다. 먼저 눈에 띄는 부분은 다른 가집들에 비해 많은 작품들이 누락되었다는 점이다. 물론 몇 작품은 뒤에서 다시 수록되고 그 배열 양상이 다소 복잡해지지만, 이 부분에서의 배열 양상은 이 계열 가집 간의 공통된 흐름으로 배치되고 있다.

특히 『원동』의 190번 '공산에~'와 191번 '청춘은~'은 세 가집-원동, 원육, 원불-에서 모두 다른 가곡원류계 가집에 비해 뒷부분에 수록된다. 이 세 가집의 작품 배열이 매번 일치하는 것은 아니지만, 이처럼 앞에서 누락되고 뒤에서 재수록 되는 현상이 자주 나타나며 유사한 작품 배열 양상을 보인다.[206] 이러한 작품 배열은 이

---

206) 작품의 재수록 양상을 『원육』을 중심으로 작품 번호를 제시하면 다음과 같다. 이

계열 가집들의 공통된 특징이라 할 수 있으며, 앞서 노랫말 및 작품 변화 양상에서도 살펴보았듯이 이는 이 계열 가집들의 특수성이라 기보다는 불완전성을 반영하는 것으로 생각된다.

이처럼『원국』과 같은 가집들이 공통적 구성 체계를 보이는 반면에 동양문고본 계열의 가집들은 조금씩 흐트러지는 편집 체계를 보인다. 그렇다면 이러한 현상을 두고 동양문고본 계열 가집들이 다른 가곡원류계 가집들보다 먼저 생성된 가집이기 때문에 발생한 현상으로 이해할 수 있을까. 동일 어휘·이미지어의 연상에 의한 작품 배열은『영언』과 같은 18세기 말~19세기 초의 가집에서부터 주도적으로 이루어진 방식임을 주지할 필요가 있다. 이러한 방식이 19세기 중반에 들어『가곡원류』초기본에서는 다시 흐트러졌다가 이후 점차 다듬어지는 과정을 겪었다고 보기는 힘들다. 대다수의 가곡원류계 가집들이 유사한 배열 및 작품 수록 양상을 보인다는 것은 동일 어휘·이미지어에 의한 방식이 가곡원류계 초기에서부터 작품 배열의 내적 원리로 적용되고 있었음을 뜻한다. 따라서 동양

는 표면적으로 드러나는 작품들만을 나열한 것이고, 좀 더 면밀한 비교 분석 작업을 거친다면 더 많은 작품들이 나올 것으로 생각된다.

37번 가마귀 너를 보니~, 40번 간밤에 부든 ᄇᄅᆷ~, 41번 간밤에 우든 여흘~, 53번 瀟湘江 긴듸 버혀~, 116번 泰山이 놉다ᄒᆞ되~, 117번 白雪이 자자진 골에~, 171번 山村에 눈이오니~, 208번 山 밋혜 ᄉᆞ쟈ᄒᆞ니~, 209번 山外에 有山ᄒᆞ니~, 215번 金風이 부는 밤에~, 216번 人生이 긔 언마오~, 224번 南陽에 躬耕홈은~, 240번, 뭇노라 져 禪師야~, 243번 靑山이 寂寥헌듸~, 400번 草堂에 일이 업셔 ~, 480번 自古男兒에 豪心樂事를~, 496번 萬古 離別ᄒᆞ든 中에~, 499. 萬古歷代人臣之中에~, 536번 가을비 긔쏭 언마나 오리~, 537번 물아릐 세가락 모리~, 623번 져 건너 월형바회 우희~, 624번 져 건너 太白山下에~, 640번 간밤에 우든 여흘~, 707번 가락씨 쌱을 일코~ 등.

문고본 계열에서 나타나는 작품 배열의 누락과 재수록 현상은 후대
적으로 변형되며 나타난 것으로 봐야 한다.

　다음 작품들의 배열 순서를 보자.

원국(해악·원하·협률 등)	원육(원불·원동)
36. 가마귀 검다ᄒᆞ고	34. 가마귀 검다ᄒᆞ고
37. **가마귀** ᄊᆞ호는 골에	35. 가마귀 싸호는 골에
38. **가마귀** 너를 보니	
39. **감쟝식 덕다ᄒᆞ고**	36. **감쟝식 격다ᄒᆞ고**
	37. **가마귀** 너를 보니
40. **간밤에** 부든 ᄇᆞᄅᆞᆷ	
41. **간밤에** 우든 여흘	
42. **柴桑里 五柳村**에	38. **柴桑里 五柳村**에
	39. **간밤에** 부든 바람
	40. **간밤에** 우든 여흘
43. **瀟湘江 긴듸 뷔혀 하늘**	41. **瀟湘江 긴듸 뷔여 하늘**
44. **瀟湘江** 긴듸 뷔혀 낙시	
45. **長生術** 거즛말이	42. **長生術** 거진말이

　『원동』을 비롯한『원육』·『원불』의 작품 배열과 비교하기 위해『원
국』의 작품 배열을 함께 제시했다.『원국』의 순서는『해악』을 비롯
한 대부분 가곡원류계 가집들의 순서와 일치한다. 그런데 유독 동
양문고본 계열 가집들의 작품 수록 순서가 다르게 나타난다. 물론
이 계열 가집들만의 특수성으로 이해할 수도 있겠지만 동일 어휘
·이미지 연상에 의한 작품 배열 원리에 입각해 본다면 동양문고본
계열의 작품 수록 양상은 문제가 있다.

　『원국』을 보면 동일 어휘인 '가마귀'로 3수가 이어지다가 동일 이

미지 연상에 의한 '감장새', 그리고 동일 어휘 연상으로 볼 수 있는
'간밤에' 시리즈 2수가 연결된다. '시상리(柴桑里)'에서 어감이 바뀌
지만 이내 '소상강(瀟湘江)' 시리즈 2수로 이어지는 구성이다. 이 같
은 배열이 대부분의 가곡원류계 가집의 순서이다. 그러나 동양문고
본 계열은 '가마귀-가마귀-감장새-가마귀'로 이어졌고, 37번 작품
은 아마도 누락된 후 재수록된 것으로 보이며 '시상리'의 위치도 『원
국』과 비교해 보면 동일 어휘·이미지 연상에 의한 구성 원리가 제
대로 적용되지 않은 모양새이다. 특히 '소상강' 시리즈 중 한 수는
탈락되고 이후 뒷부분에 다시 수록되는 데 역시 누락에 의한 재수
록으로 판단된다.[207]

이러한 동양문고본 계열의 변형된 작품 배열은 가집 전체에 걸쳐
나타난다. 이러한 양상이 전사의 과정에서 발생한 오기인지 아니면
편자에 의한 의도적 편집인지에 대해서는 좀 더 자세히 들여다볼
필요가 있다. 그런데 흥미로운 점은 『원동』 역시 『원불』·『원육』과
는 조금 다른 모습을 보인다는 것이다.

원국(해악·화악·협률 등)	원동	원육(원불)
394. 草堂에 깁히든 줌을	390. 草堂에 깁히든 줌을	382. 草堂에 깁히든 잠을
395. 草堂에 일이 업셔	391. 草堂에 일이 업셔	(→ 400번에 수록)
396. 雪月이 滿窓ᄒᆞᆫ듸	392. 雪月이 滿窓ᄒᆞᆫ듸	383. 雪月이 滿窓헌데
397. 雪月은 前朝色이요	393. 雪月은 前朝色이요	(→ 412번에 수록)
398. 雪岳山 가는 길에	394. 雪岳山 가는 길에	(→ 393번에 수록)
399. 積雪이 다 녹도록	395. 積雪이 다 녹도록	388. 積雪이 다녹아도

---

207) '소상강' 시리즈 작품의 변이 양상에 대해서는 뒤에서 상세히 논의할 것이다.

　여기에서도 동일 어휘·이미지 연상에 의한 작품 구성 원리는 적용되고 있다. 『원국』을 비롯한 가곡원류계 가집에서는 '초당-초당/설월-설악산-적설'로 이어지는 양상이며, 『원동』 역시 이와 동일한 작품 배열을 보인다. 하지만 『원육』과 『원불』은 몇 작품이 누락되는 양상이고 누락된 작품들은 뒤에서 다시 수록된다. 재수록된 위치를 보면 특별한 원리는 적용되지 않은 것으로 판단된다.

　『원동』의 경우, 『원불』·『원육』에 비하면 다른 가곡원류계 가집과 유사한 모습도 함께 갖고 있음을 확인할 수 있다. 이는 다른 가곡원류계 가집과 『원불』·『원육』과의 중간적 모습을 보이는 것인데, 『원동』이라는 가집 자체가 갖는 본연의 특징이 반영된 것이 아닌가 생각된다. 앞서 악곡 편제 검토를 통해서도 알 수 있었듯이, 『원동』의 경우는 다른 가곡원류계 가집과 같은 공통 체계를 유지했지만, 『원불』과 『원육』은 변형된 모습의 편제를 보였다.

　또 다른 작품 배열 양상을 다시 한번 살펴보도록 하겠다.

원국(해악, 원하, 원황)		원동	원육(원불)
383.楚覇王의 壯혼 뜻		377.楚覇王의 壯혼 뜻	370.楚覇王의 壯헌 뜻
384.楚襄王은 무슴일노	⤲	378.楚山에 우는 범과	371.楚山에 우는 범과
385.楚山에 우는 범과		379.**楚襄王은 무슴일노**	
386.首陽山 바라보며	⤲	380.**首陽山 나린 물이**	
387.首陽山 나린 물이		381.首陽山 바라보며	372.首陽山 바라보며
			373.**楚襄王은 무슴일노**
			374.**首陽山 ᄂᆞ린 물이**

　이번에도 『원국』의 작품 배열을 가져왔는데, 『해악』, 『원하』를

비롯하여『원황』에 이르기까지 모두『원국』과 같은 작품 배열 양상
이다. 여기에서도『원육』은 몇 작품(373·374번)이 누락되었다가 바
로 재수록된 모습을 보인다. 이를 재수록 양상으로 볼 수 있는 것은
"초산–수양산–초양왕–수양산"(원육)으로 이어지는 작품 배열 양상
이 다른 가집들보다 이른 시기에 만들어진 배열 구성으로는 판단되
지 않기 때문이다.

　이에 비해『원동』의 작품 배열 양상은 조금 정리된 듯하면서도
복잡하게 이루어졌다.『원국』과 비교해 보면 수록 순서가 엇갈리는
순서이다.『원동』의 배열이『원국』보다 다소 불완전하게 느껴지는
데, '초패왕–초산–초양왕–수양산'(원동)으로 이어지는 작품 배열이
'초패왕–초양왕–초산–수양산'(원국 등)으로 이어지는 구성보다 조
금 덜 세련된 양상으로 보이기 때문이다. 한편『원육』에 재수록된
두 작품[373·374번]은『원동』의 영향임이 확인된다.『원동』의 연이
어 수록된 두 작품[379·389번]이 그대로 옮겨졌다.

　지금까지의 양상으로 볼 때, 동양문고본 계열의 변화상들은 이
가집들이 조금씩 서로 다른 경위로 편찬되었음을 말해주고 있다.
『원동』의 경우 그 변형된 모습이 다른 가곡원류계 가집과의 중도적
양상이라면,『원불』·『원육』은 이러한 변형의 모습이 하나의 가집
유형으로 고정되는 변형 생성적 양상이라고 할 수 있다.

　마지막으로, 다음의 작품 수록과 노랫말 변이 양상을 통해 세 가
집의 변형 생성의 과정을 다시 한번 살펴보고 정리하도록 하겠다.

　　　瀟湘江 긴 딕 뷔여 낙시믹여 둘네메고

不求功名ᄒ고 碧波로 ᄂ려가니
아마도 事無閑身은 나ᄲᆫ인가 ᄒ노라   『해악』(45)우조 이삭대엽
　　(一本　白鷗야 날 본체 마라 셰샹 알가 ᄒ노라)

瀟湘斑竹 길게 뷔여 낙씨미여 둘어뫼고
不求功名ᄒ고 碧波로 도라드니
白鷗야 날 본체 말아 世上 알ㄱ가 ᄒ노라
　　　　　　　　　　　　　　　　　　　『해악』(200)계면조 이삭대엽

　『해악』의 작품 두 수를 인용하였다. 유사한 노랫말의 이 작품은 『역대시조전서』[208]에서 이본 처리된 작품이다. 『병와가곡집』·『시가』·가람본『청구영언』(청영) 등에 기록된 이 작품은 가곡원류계 가집에서는 두 가지 형태의 노랫말로 향유되는데, 전기 가집에서는 주로『해악』200번의 형태로 계면조 이삭대엽에 얹혀 불렀다. 노랫말의 큰 변화는 종장에서 나타난다. 본래는 '애원처창'한 계면조 곡조로 부르던 작품이 우조에도 실려 불리면서 노랫말도 곡태에 맞게 '청장격려'한 노랫말로 변화된 것이라고 볼 수 있다. 계면조의 노래에서는 세상을 등져 강호에 묻히고자 하는 처사객의 바람이 느껴진다면, 우조의 노래에서는 강호에 묻혀 사는 처사객의 호방한 정취를 표방하는 듯한 작품으로 받아들일 수 있다. 이렇듯 이 두 유형의 작품은 우·계면의 악조 변화에 따라 노랫말을 변형하여 그 미묘한 정서까지도 치밀하게 해석해 향유하고자 한 당대 가곡 예인들의 의

---

208)『역대시조전서』, 584면, 1656번.

도가 감지되는 작품들이다.

이러한 작품의 악조별 배치가 가곡원류계 가집의 공통된 흐름인데『원동』·『원육』등의 몇 가집에서는 조금 다르게 나타나는 것을 볼 수 있다.

> 瀟湘江 긴 디 버혀 낙시 미여 드러메고
> 不求功名ᄒ고 碧波로 **도라드니**
> 白鷗야 날 본쳬 마라 世上 알ㄱ가 ᄒ노라
>
> 『원육(원불)』(53) 우조 이삭대엽

> 瀟湘江 긴 디 버혀 낙시미여 두러메고
> 不求功名ᄒ고 碧波로 **나도라 드려가니**
> 白鷗야 날 본쳬 마라 世上 알ㄱ가 ᄒ노라
>
> 『원동』(55) 우조 이삭대엽

> 瀟湘江 긴 디 뷔혀 낙시미여 두러메고
> 不求功名ᄒ고 碧波로 **나려가니**
> 白鷗야 날 본쳬 마라 世上알가 ᄒ노라
>
> 『협률』(41) 우조 이삭대엽

『원육』·『원불』·『원동』·『협률』에서는 이 작품이 우조 이삭대엽에 수록되어 있다. 계면조에도 모두 수록되어 있는데,[209] 위『해악』

---

209) 『원동』·『원불』·『원육』의 경우, 계면조의 이 작품도『원국』등 다른 가곡원류계 가집과 다르게, 계면조 이삭대엽 마지막 부분에 위치하고 있다.『협률』은 대다수

200번과 같은 형태의 노랫말로 확인된다. 문제는 우조에 수록된 위작품들의 노랫말 형태가 앞서 설명했던 가곡원류계 가집에서 추구한 노랫말이 아니라는 점이다. 우조에 수록된 작품이라면 "~내려가니 / 아마도 사무한신(事無閑身)은 나뿐인가 하노라"식의 노랫말이어야 한다.

동양문고본 계열의 경우, 작품 배열에서도 다른 가곡원류계 가집들과는 차이가 나타난다.[210] 『원국』 등을 비롯한 가집들은 "소상강 긴 딕 뷔혀 하늘 밋게 뷔를 믹여"(원국, 43번)와 "소상강 긴 딕 뷔혀 낙시믹여 두러메고"(원국, 44번)를 연이어 수록하면서 동일 어휘·이미지 연상 원리에 의한 작품 배열을 보이는데, 『원동』·『원불』·『원육』은 '소상강' 시리즈에서 탈락되었다가 뒤에서 다시 수록되는 양상이다.

그렇다면 이러한 현상을, 전기 가집의 노랫말을 그대로 전승받고 가곡원류계 가집의 변화상이 아직 적용되지 않았기 때문이라고 볼 수 있는가. 그 미묘한 차이는 중장 마지막 구절의 변화에서 감지할 수 있을 듯하다. 먼저 『협률』의 경우 우조의 노랫말인 "나려가니"를 쓰고 있는 것을 볼 때 이러한 유형의 노랫말 변화가 영향을 끼치고 있었던 것 같다. 그러나 어떠한 이유에서인지 종장에서는 그러한 변화를 적용하지 못했던 것으로 보인다.

『원동』의 경우 "나도라 드려가니"라는 중첩된 표현을 쓰고 있다.

의 가곡원류계와 유사한 위치이다.

210) 앞서 이 항목(③ 작품 배열의 변화)의 전반부의 표에서 작품 배열 순서를 제시하였다.

전기와 가곡원류기의 노랫말을 교묘히 뒤섞어 놓은 양상이며, 두 유형의 노랫말을 모두 알고 있었기에 가능한 표기이다. 『원동』 자체가 전기 가집을 지향하는 경향이 종종 드러난다는 점을 감안하면 이러한 중도적 노랫말은 『원동』 편자의 고민의 흔적으로 볼 수 있다.

『원육』·『원불』의 경우는 "도라드니"로 아예 변하지 않은 모습이다. 이 가집들은 동일 이미지 연상 원리에 의한 작품 수록 과정이 다른 가집에 비해 여러 번 어긋나고 작품 수록 면에서도 탈락과 재수록 현상이 자주 일어났었다는 점을 상기한다면, 이러한 노랫말 표기는 악곡 및 작품 변화에 따른 노랫말 변이가 미처 반영되지 못한 것으로 볼 수 있다.

이상으로 동양문고본 계열 가집들의 작품 수록 양상과 배열을 통해 그 공통된 특징을 확인하였고 또한 이 가집들의 불완전성도 파악할 수 있었다. 이러한 모습은 가곡원류계 가집들의 공통 체계에서 벗어나 변형 생성적 성격의 모습으로 변화된 것이라 할 수 있다. 그러나 세밀한 부분에서는 『원동』과 『원불』·『원육』의 차이가 나타난다. 『원동』은 가곡원류계 공통 체계의 틀이 유지되면서 변화의 모습이 나타났다면, 『원불』·『원육』은 그러한 공통 체계의 틀 자체가 변형되면서 새로운 변화의 모습이 나타났다고 할 수 있다.

이러한 변화는 가집 향유의 변화와 전승의 과정에서 생긴 것이라 볼 수 있는데, 가집이 점차 전승·향유되는 과정에서 여러 변화의 요소들이 축적되고 이후 그것이 하나의 유형으로 고정되어 나타난 것이 아닌가 생각한다. 이 가집군은 하나의 계열을 형성하고 있지만 그 시작은 『원동』으로 볼 수 있고 『원불』·『원육』에 이르러 유형화 된 것이라 하겠다.

2) 변형 생성적 가집의 파생과 변모

『지음』건(乾)은 단국대 도서관에 소장된 가집으로, 오종각에 의
해 소개되어 가곡원류계 이본 가집으로 알려졌다.[211] 이후 신경숙
에 의해 『지음』의 시기적·지역적 특징 및 우대 가집으로서의 성
격[212] 등이 논의되면서 이 가집만의 독특한 특징들이 다뤄졌다고 할
수 있다.

그럼에도 불구하고 『지음』에 대한 연구는 아직까지 많은 부분들
이 더 논의되어야 할 것으로 판단된다. 편찬 시기 추정의 문제, 악
곡 구성 및 특징의 문제, 가집의 구성에 대한 문제 등 크고 작은
부분에서 재론의 여지가 많다고 생각되기 때문이다. 또한 『원동』
·『원불』·『원육』과 연관된 모습 역시 구체적으로 논의되어야 할 부
분이다. 여기에서는 가곡원류계 가집들과는 또 다른 변모 양상을
보이는 『지음』에 대해 논의하도록 하겠다.

(1) 『지음』의 편찬 체제와 특징

『지음』의 서지적 특징은 선행 논의에서 세밀히 다뤄진 바 있

---

211) 오종각, 「가곡원류의 새로운 이본인 『지음』 연구」, 『국문학논총』 15, 단국대 국어
  국문학과, 1997. 이 글에서는 『지음』(건)을 편의상 『지음』으로 표기하도록 하겠다.
212) 신경숙, 「중대엽·만대엽과 대가」, 『시조학논총』 29, 한국시조학회, 2008; 「19세
  기 서울 우대의 가곡집, 『가곡원류』」, 『고전문학연구』 35, 한국고전문학회, 2009;
  「가집 『지음(건)』의 시대와 지역」, 『시조학논총』 32, 한국시조학회, 2010.

다.[213] 『지음』은 본래 건(乾)·곤(坤) 이책(二冊)으로 나눠진 가집 자료
인데, 현재는 '건편'만 공개된 상태이다.[214] 『지음』은 총 419수의 작
품이 수록된 가집으로 남창 가곡창 작품과 〈태평가〉가 '도대가(都臺
歌)'라는 명칭으로 실려 있다. 악곡 편제와 작품 순번을 제시하면
다음과 같다.

> 羽長大葉(1) 初中大葉(2~4)
> 界初中大(5) 界二中大葉(6)
> 羽三中大葉(7~8)
> 界三中大葉(9)
> 　北殿界　界後庭花(10) 後臺(11)
> 羽初數大葉(12~18)
> 界初數葉(19~21)
> 羽二數大葉(22~56)　重擧(57~64)　頭擧(65~81)　羽三數大葉
> (82~95)
> 　羽三雷騷聳(96~106) 半㳍葉(107~110)
> 界二數(111~141)　界中頭(142~162)　重擧(163~191)　頭擧
> (192~208) 界三數(209~225)
> 　界蔓橫 俗稱半弄(226~246) 弄歌　界面(247~304) 羽樂(305
> ~323) 㳍樂(324~349) 編樂(350~356) 界樂(357~385) 編數大
> 葉(386~405) 㳍編(406~417)
> 　都臺歌(418) 추가 작품(419)[215]

---

213) 오종각, 앞의 논문, 1997, 312~313면.
214) 오종각, 앞의 논문, 1997, 303면. '곤편'에는 여창 가곡창 작품들이 수록되어 있을
　　것으로 추정된다.

『지음』은 여러 면에서 특이한 편제를 보이는 가집이다. 대체로 가곡원류계 가집의 작품과 공출되면서도 편제의 틀은 다른 모습이다. 우·계면 악조별 배치, '중거(重擧), 중두(中頭)'와 같은 생소한 악곡명의 표기, 우락과 계락의 위치 변화 등이 다른 가곡원류계 가집의 편제와 비교해 보면 다르면서도 생소하다. 이러한『지음』의 특징적 면모들을 가곡원류계 가집들의 편제가 정착되기 이전의 모습으로 보기도 하는데,216) 그러한 대표적 근거로『지음』의 중대엽 곡목들 옆에 기록된 부기인 '대가' 표시를 들기도 한다. 『지음』에는 "초중대엽(初中大葉) 대가(臺歌) 초삭대엽(初數大葉)"처럼 중대엽 항목마다 부기가 달려있다. 이러한 기록이 19세기 중반에 편찬된『현학금보(玄鶴琴譜)』(1852)에 나와 있고 역시『현학금보』에서 볼 수 있었던 것과 유사한 악곡 명칭-중거(重擧), 계소용(界騷聳)- 등이『지음』에도 나타나기 때문에『지음』역시 19세기 중반에 편찬된 가집으로 볼 수 있다는 것이다. 그러나 가집 전체의 작품 편제라든가 부기의 내용, 후대적 악곡 표기 방법 등을 볼 때,『지음』이『현학금보』와 동시대적 가곡 문화를 공유한다고 보기 어렵고, 또한 다른 가곡원

---

215) 이 작품은『원일』후반부와『시가요곡』등에 수록된 작품으로, 흥선대원군의 작품으로 알려진 것이다. '도대가' 다음에 수록되어 있고 앞 작품과 먹물의 濃淡이 달라 추록된 것으로 보이지만, 필체는 같은 것으로 판단된다. 20세기 초에 편찬되었을 것으로 추정되는 가집들과의 공출 양상으로 볼 때,『지음』의 시기적 특징을 어느 정도 감안할 수 있는 작품이 아닌가 생각된다.
　　『지음』419번. "不親하면 無別이요 無別이면 不相思라 / 相思不見 相思懷은 不如 無情 不相思을 / 自古로 英雄豪傑이 일로다 白髮."
216) 신경숙, 앞의 논문, 2008, 174~175면.

류계 가집보다 이른 시기에 편찬되었다고 볼 수도 없을 것 같다.

『지음』을 이해하기 위해서는 앞서 언급한 산적한 문제들을 짚고 넘어가야 한다. 우선, 우·계면의 악조별 구분이 반복해서 이루어진다는 점에 대해 살펴보도록 하겠다. 가곡원류계 가집에서는 가집의 연창 순서에 맞춰 악곡을 배열하는데, 잘 알다시피 중대엽을 우·계로 나눠 각각 '초중·장(이중)·삼중'대엽을 제시하고 다음의 삭대엽 계열도 이와 마찬가지로 우조를 먼저 배열하며(초삭–이삭–삼삭…) 이후에 계면조를 배열하는 방식이다. 이에 반해『지음』에서는 연창 순서와는 조금 어긋나게 우·계를 계속해서 병치하는 방식이다. 위 악곡 편제를 보면, 중대엽만 보더라도 초중·이중대엽에서 우·계로 나누고, 삼중대엽을 또 다시 우·계로 나누고 있다.

이러한『지음』에 대해 "'연창순서'보다는 '악조와 선율'이라는 악곡 성격에 비중을 둔 편제구성을 보여주는 가집"[217]이라고 평가하기도 한다. 이는 '초중대엽과 이중대엽은 대동소이하다'는『현학금보』의 내용[218]에 근거를 두고 있는 것이다. 하지만『현학금보』에서도 악곡별 작품 배열은 우조 '초·이·삼' 중대엽을 제시하고 난 후 계면조로 넘어가고 있다는 점에서『지음』의 악조·악곡별 배치와『현학금보』의 배치는 다르다.『현학금보』는 가곡원류계 가집을 포함한 일반 가집들의 순서와 동일한 배치이다.

---

217) 신경숙, 앞의 논문, 2010, 223~224면.

218) "二中大葉與初中大葉 大同小異".『현학금보』. (『한국음악학자료총서』 34, 국립국악원, 1999, 140면.)

오히려『지음』에서 나타나는 '우·계'에 대한 지나친 표기가 눈에
띈다. 위 악곡 편제에서 제시되지 않은 부기(附記)까지 포함해 보면,
"북전계(北殿**界**) 계후정화(**界**後庭花), 우삼삭대엽(**羽**三**數**大葉), 우삼뢰
(**羽**三**雷**) 소용(騷聳), 혹계뇌(或**界雷**), 계중두(**界**中頭), 계삼삭(**界**三**數**),
계만횡(**界**蔓橫), 농가계면(弄歌**界面**)" 등 다른 가집에 비해 지나치다
싶을 만큼 '우·계'에 대한 표기가 과도하게 나타난다. 이러한 악조
구분이 어떠한 가곡 문화를 반영하는 것인지에 대해서는 아직 확인
하지 못했지만, 이것을 가곡원류계 가집보다 선행하는 방식으로 보
기는 힘들다. 우·계면 양항 분리에 의한 철저한 악곡별 작품 배치
는 19세기 전반 가집부터 가곡원류계에 이르기까지 주도적으로 나
타나는 가집 편제 방식인데,『지음』은 오히려 '우·계'의 악조별 분
리에 지나치게 견인된 듯한 느낌을 주고 있기 때문이다.

다음으로,『지음』전체의 작품 편제 및 구성에 대해 언급하도록
하겠다. 우·계면의 악조별 분리가 다소 생소하다고는 하나 재구성
하여 악곡 편제를 봤을 때는 다른 가곡원류계 가집과 비슷한 모습
을 보인다. 그러나 각 악곡별로 배당된 작품의 수를 헤아려 보면
조금 다른 양상으로 전개됨을 알 수 있다. 이미 오종각에 의해 지적
된 바 있듯이, 계면 삼삭대엽까지의 작품 수록과 만횡 이하 소가곡
에 해당하는 악곡에서의 작품 수록의 비율이 다른 가곡원류계 가집
과는 확연히 차이가 난다는 것이다.[219]

---

219) 오종각, 앞의 논문, 1997, 316면 참조.

	남창 본가곡 작품 수 (우초삭~계삼삭)	남창 소가곡 작품 수 (만횡~엇편)
원국(654수)	450수	204수
지음(406수)	214수	192수
원가(304수)	209수	95수

　만횡 이하의 악곡에 수록된 작품 수는『원국』과『지음』이 별반 다르지 않다. 그러나 우조 초중대엽부터 계면 삼삭대엽까지의 작품 수는 큰 차이가 확인된다.『원국』의 경우 본가곡과 소가곡의 작품 수가 각각 450수와 204수인데 비해,『지음』은 214수와 192수이다. 다시 말해,『원국』은 본가곡과 소가곡의 작품 수가 2배 이상 차이를 보이는데『지음』에는 거의 동일한 작품 수가 수록되어 있다는 말이 된다. 소가곡 수만 놓고 본다면『원국』과『지음』은 불과 12수 차이로 거의 같은 양의 작품이 수록된 것이다.

　이를 전체 작품 446수가 수록된『원가』의 수치와 비교하면 본가 곡과 소가곡의 비율이 여실히 드러난다. 초록본(抄錄本)인『원가』는 다른 가곡원류계 가집에 비해 절반가량의 작품만 수록되어 있는데, 남창 중 본가곡은 209수, 소가곡은 95수가 수록되어 본가곡과 소가 곡의 비율이 다른 가곡원류계 가집과 마찬가지로 그대로 유지되고 있음을 알 수 있다.

　이러한 양상은『지음』이 소가곡 중심의 가집이라는 점을 말해준 다. 이는『지음』의 본문에서 제대로 기입된 악곡 표기가 '농가'에서 부터 되고 있다는 점을 통해서도 알 수 있다.『지음』에서 지면 상단 의 부기가 아닌 본문에 제대로 기입된 악곡명은 "농가계면(弄歌界

面)-우락(羽樂)-엇락(旕樂)-편락(編樂)-계락(界樂)-편삭대엽(編數大
葉)"뿐이다. 즉 소가곡에 해당하는 악곡명은 본문에 제대로 표기되
어 있고 나머지 우조 초중대엽을 비롯한 대부분의 본가곡 악곡명은
본문이 아닌 지면 상단부에 부기처럼 처리되어 있다.

『지음』과 같은 본가곡과 소가곡의 수록 비율은 20세기 초반 가집
에 나타나는 작품 비율임을 주목할 필요가 있다. 『대동풍아』의 경
우 122수와 97수,[220] 『해동가보』의 경우 21수와 25수 등 본가곡과
소가곡의 비율이 비등하게 수록된다. 따라서 소가곡 중심의 가집
편제는 20세기적 가집 편찬 양상과 동궤를 이루는 편제 방식임을
알 수 있으며, 『지음』의 작품 수록 양상도 이 시기 가집 편찬 특징
과 동일한 맥락에서 볼 수 있을 것이다.

앞서 언급한 『지음』의 '부기'에 대해서도 좀 더 설명이 필요할 것
같다. 『지음』에는 서두부에 '악곡순서 목차'가 기록되어 있는데,
"우조(羽調) 초중대엽(初中大葉) 삼수(三首), 이중대엽(二中大葉) 일수(一
首) … 우(羽) 이삭대엽(二數大葉) 이십일수(二十一首), 중거(中擧) 십오
수(十五首) …"식의 형태로 모든 악조·악곡이 제시되고 해당 악곡별
작품 수가 표기되어 있다. 그런데 이 목차는 가집 본문에 비해 뒤늦
게 쓰인 것으로 판단된다. 다시 말해, 이 목차는 가집 본문에 부기
된 여러 기록들을 토대로 작성된 것으로 볼 수 있으며, 수많은 부기

---

220)『대동』의 경우 정격 악곡과 변격 악곡의 작품이 1, 2권으로 나뉘어 수록되는 양상
을 보이는데, 그중 2권의 본가곡에 해당하는 작품은 대부분 여창으로 불리던 작품
들로 판단된다. 따라서 여기서는 포함시키지 않았는데, 이 중 남창에서 불렸던 작
품 몇 수를 합쳐도 큰 수치 차이는 나타나지 않는다.

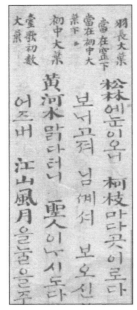

『지음』의 목차 부분(오른쪽)과 본문 첫 장 부분 상단(왼쪽)
목차는 우조 초중대엽부터 시작되지만, 실제 본문은 우조
장(이중)대엽부터 시작되고 있다.

의 내용들이 반영되어 목차로 구성되었다는 것을 알 수 있다.

부기 내용의 예를 들어 보면, "우장대엽(羽長大葉) 당재공산하(當在
空山下) 당재초중대엽하(當在初中大葉下)"[221] 등 악곡 및 작품의 위치
를 지정해 주는 방식이다. 이러한 기록 자체가 『지음』 편제에 대해
수정과 교감을 한 것인데, 만약 『지음』의 편찬자가 이러한 내용을

---

221) 『지음』의 이 부기는 본문에서 어떠한 글자인지 명확히 나타나 있지 않다. "空山"
이라는 읽은 것은 신경숙의 견해를 따른 것으로 정확한 판독이라고 생각한다. (신
경숙, 앞의 논문, 2008, 주 14번)

알고 있었더라면 배치를 재조정하는 이러한 부기를 달 것이 아니라 처음부터 이러한 내용이 반영된 편제를 구성했을 것이다.

　부기의 예를 설명해 보면, 가집 본문에는 우조 초중대엽이 아닌 장대엽(이중대엽)에 해당하는 작품이 1번으로 기록되었고 그 위에 부기가 달려 그 원래의 위치인 '초중대엽' 뒤에 위치해야 함을 지시해 주고 있다. 그런데 목차에는 우조 초중대엽이 먼저 제시되었다. 따라서 『지음』의 본문은 당대 악곡적 편제에 익숙하지 않은 편집자에 의해 만들어졌다고 볼 수 있으며 부기와 목차는 제대로 된 악곡적 배치를 확인한 편집자에 의해 뒤늦게 기록된 것이라 할 수 있다.[222]

　세 번째로, 『지음』에 '중대엽과 대가' 연창 방식에 대한 부기가 표기된 것을 살펴보겠다. 『지음』에는 우조 초중대엽부터 계면조 삼중대엽까지 지금까지는 잘 알려지지 않은 '중대엽과 대가' 연창 방식에 대한 기록이 남겨져 있다. 이러한 방식을 알려주는 기록은 『지음』에만 있는 것이 아니고, 『현학금보』(1852)에도 남아있다. 이로 인해 『지음』과 19세기 중반 편찬된 고악보 『현학금보』의 친연성이 언급된 것인데, 『지음』에 반영된 '중대엽 대가'에 대한 표기는 19세기 중반의 가곡 문화를 반영하고 있다고 보기 힘들다.

---

222) 본문 부기에는 없는 악곡명이 목차에는 제시되었다는 점도 이 목차가 본문에 비해 뒤늦게 작성되었음을 말해준다. 목차의 작품 수와 본문의 작품 수가 다르게 나타나는 경우가 있는데, 우조 이삭대엽과 중거인 경우 목록에는 각각 21수와 15수로 표기되어 있다. 본문에는 '중거' 부기가 기록되어 있지 않을뿐더러 작품 수도 한 수 차이가 난다. 다른 가집과 비교하여 작품 수를 헤아려 보면, 22번부터 42번까지의 21수가 이삭대엽이고, 43번부터 56번까지의 14수가 중거로 나타난다. 이는 서두부의 목록과 차이나는 수치로, 가집 본문이 먼저 기록되고 뒤늦게 부기와 목차가 덧붙여지다 보니 생긴 착오로 볼 수 있을 것이다.

『현학금보』에 남겨진 '만·중대엽과 대가'의 연창 방식은 '고아가
결차서(古雅歌閥次序)',[223] 즉 고조(古調) 가곡의 연창 방식으로 18세
기적 가곡 문화를 보여주는 것이다.[224] 이는 고조의 민멸을 방지하
고 알리고자 기록된 것이며,『현학금보』당대의 가곡 문화 상황은
'시속가결차서(時俗歌閥次序)'에 우조 초삭대엽부터 계면조 이삭대엽
까지 별도로 제시되어 있다. 『현학금보』는 우조 이삭대엽 기삼(其
三)에 '중거삭대엽(重擧數大葉)', 계면조 이삭대엽 기삼(其三)에 '중거
대엽(中擧大葉)'이라는 부기가 기록되어 있어서 중거와 평거 파생의
조짐이 감지되는 고악보이다. 그러나 아직 독립적인 악곡 명으로
분화되지는 않았고 이삭대엽 하에 부기로 기록되었다.

그런데『현학금보』에 비해 악곡 분화가 더 진행되어 '중·평·두
거'가 나뉘고, 그러한 가곡 문화가 반영된『지음』에 18세기적 가곡
문화상이 담겨져 있다고 보기에는 여러 면에서 어려움이 있다. 이
는 '중대엽 대가'라는 연창 방식에 대한 기록을 남기고 전하고자 한
『지음』편자의 부기로 보는 것이 옳을 듯하다. 이 기록이『지음』에
남겨진 것은『지음』의 편자가『현학금보』와 같은 고악보를 참고하
여 반영하였기 때문일 것이다.

마지막으로 다양한 표기 방식의 악곡명을 살펴보도록 하겠다. 『지
음』에는 가곡원류계 가집에 비해 불분명한 악곡 표기나 잘 사용되

---

223)『현학금보』.(앞의 책, 1999, 135면)
224) 신경숙, 「가곡 연창방식에서의 '중대엽·만대엽과 대가'」,『민족문화연구』49, 고
   려대 민족문화연구원, 2008, 32면.

지 않았던 악곡명이 사용되고 있다. '중거(重擧), 삼뢰소용(三雷騷聳),
계뢰(界雷), 중두(中頭), 계만횡(界蔓橫) 속칭반롱(俗稱半弄), 농가계면
(弄歌界面), 만롱(謾弄), 도대가(都臺歌)' 등이 그것이다. 이러한 다양
한 표기 방식이 모두 가곡원류계 이전 시기에 사용되던 것으로 볼
수는 없을 것이다.

 이 중 몇 용어에 대해 언급하자면, '중거(重擧)'와 같은 표기는 '평
거'를 지칭하는 것으로 그 용례가 후대에는 잘 나타나지 않지만 '평
거'를 뜻하는 용어로 쓰인 것으로 볼 수 있다. 앞서『현학금보』의
여러 용어들이『지음』에 반영된 것을 감안하면 고악보에 적힌 용례
들을 참고하여 적었을 가능성도 적지 않다. '중두(中頭)'는 앞서 살
펴봤듯이 '평두(平頭)'와 비슷한 용례로 보이며 '중거'를 표현하는
다른 표현 방식으로 판단된다. '삼뢰(三雷)'는 소용의 다른 명칭이고
'계뢰(界雷)'는 계면조 소용을 지칭하는 용어이다. 계면조 소용은 이
미『삼죽금보』(1841)에서 나타나지만 실제 고악보 및 가집에서는 사
용되지 않은 것으로 보이며,[225] 『대동풍아』(1908)에 이르러서야 제
대로 된 악곡으로 기능하게 된다. 『지음』에 유일하게 "계뢰(界雷)"
가 부기된 97번 "어흠아 긔 뉘 오신고 건넌 불당(佛堂)에~"는 다른
가집에서는 모두 우조 소용으로 불리다가『대동』에서 유일하게 "계
면삼뇌 소용"으로 배정된 작품이며, 이는 현행 가곡창까지 이어지
고 있다.

---

225) 김영운, 앞의 책, 174~175면 참조; 권순회,「『時調音律』의 편제와 가곡의 특성」,
 『한국언어문학』 66, 한국언어문학회, 2008, 115면 참조.

　　마지막으로『지음』에 수록된 작품 노랫말 비교를 통해『지음』의
시기적 특성을 가늠해 보도록 하겠다.

　　　　『지음』(121)　　　雲淡風輕 近午天에 小車에 술을 싯고
　　　　　　　　　　　　　訪花 隨柳ᄒ여 前川을 지나가니
　　　　　　　　　　　　　어듸셔 모로는 분네는 少年은 學ᄒ다 ᄒ더라
　　　　　　　　　　　　　　　　　(벗님네는 學少年을 헌다노)

〈다른 가집들의 종장 노랫말〉
해주(365): 살롬이 알리 업쓴이 혼자 논들 엇덜이
청영(272): 사롬이 내 뜻을 모로니 혼자 즐겨 ᄒ노라

영언(103): 어듸셔 모로는 벗님네는 學少年을 ᄒ다데
청육(369): 어듸셔 모로는 벗님네는 學少年을 ᄒ다노
홍비(45) : 어듸셔 모로난 벗님니는 學少年을 한다호ᄂ
현학금보: 어듸셔 모르는 벗님니는 學少年을 ᄒ다노

원국(248): 어듸셔 모로는 벗님네는 學少年을 ᄒ다니
　　　　　　　(一作 모로는 분네는 少年을 學ᄒ다 ᄒ드라)
해악(240): 어듸셔 모로는 벗님네는 學少年을 ᄒ다네
원연(239): 어듸셔 모로는 벗님네는 學少年을 ᄒ다니
　　　　　　　(一作 모로는 분네는)
원하(299): 어듸셔 모로는 벗님네는 學少年을 ᄒ다니
　　　　　　　(一作 모로는 분네는 少年을 學ᄒ다 ᄒ더라)

원동(242): 어듸셔 모로는 분네는 <u>少年을 學훈다 호더라</u>
            (舊本 모로는 벗님네는 學少年을 호다네)
원불(228): 어듸셔 모로는 분네는 少年을 學훈다 호더라
원육(228): 어듸셔 모로는 분네는 少年를 學헌다 호더라
화악(240): 어듸셔 모로는 분네는 少年을 學훈다 호더라
협률(237): 어듸셔 모로는 분네는 少年을 學훈다 호더라

  위 작품은 중국 북송(北宋)의 학자 정호(程顥, 1032~1085)의 한시
〈춘일우성(春日偶成)〉을 시조화 한 작품으로, 시조뿐만 아니라 단가,
잡가 등 다양한 가창 장르에서 불릴 만큼 애호되던 노랫말이라고
할 수 있다. 이 작품의 특징은 종장의 노랫말이 전기 가집과 가곡원
류계 가집에서 다르게 나타난다는 데에 있다.

  『해주』·『청영』의 종장 노랫말이 본래 한시 작품의 전구(轉句)인
"방인불식여심락(傍人不識余心樂, 사람들은 내 즐거운 마음을 알지 못한
다)"의 의미가 적절히 변형된 형태였다면, 『청육』이하의 가집에서
는 결구(結句)["장위투한학소년(將謂偸閒學少年)"]에 주안점을 두고 만들
어진 노랫말이라 할 수 있다.

  그런데 가곡원류계 가집에서는 그 노랫말의 유형이 다시 두 유
형으로 나눠진다. 『청육』과 유사한 노랫말이 『원국』 등의 가집에
남아있고, 『원동』·『원불』·『원육』 등의 가집에서는 노랫말의 변이
가 나타났다. 이 차이는 얼핏 보면 큰 변화가 아닌 것으로 보이기
도 하는데, 『원국』이나 『원동』 등에서 부기로 다른 형태의 노랫말
을 서로 가리키는 것을 보면, 분명 당대 가곡 예인들에게는 미묘한

미감의 차이가 있었던 듯하다.『원동』에는 '구본(舊本)'이라고 하여
『청육』및『원국』의 노랫말을 가리키고 있으며, 그것이『청육』이든
『원국』이든『원동』의 노랫말이 후대에 형성된 노랫말임을 정확히
알려주고 있다.

　여기에서 확인할 부분은『현학금보』와『지음』의 노랫말이다.『현
학금보』의 노랫말은『청육』·『원국』과 유사한 형태라고 할 수 있는
데 종장 말구의 미세한 차이['한다노'와 '한다네']까지 감지한다면『현
학금보』는『청육』·『흥비』와 함께 19세기 초중반의 노랫말을 여실
히 반영하고 있는 것이다. 그러나『지음』의 노랫말은『현학금보』와
는 거리가 있다.『원동』과 같은 노랫말임이 확인되며, 그 이전 형태
의 노랫말까지 부기되어 있다.『지음』의 부기는 역시 종장 말구의
차이를 감안하면['헌다노']『현학금보』와 같은 고악보를 참고했을 가
능성을 보여준다. 고악보를 참고했으면서도 연창에 있어서는 시속
(時俗)에서 불리는 노랫말을 적을 수밖에 없는 상황이었던 것이다.
이 같은『지음』의 노랫말 변이 양상은『원동』등의 가집과 동시대적
편찬·향유 기반을 반영하는 것으로 볼 수 있다.

　(2) 가집 간 상관 관계와 변형 생성의 양상

　『지음』은 편제의 측면에서 변형된 모습이 보이지만 전체적 상관
성으로 볼 때, 가곡원류계 가집으로서의 특징들을 내포하고 있는
가집이다. 이미 오종각에 의해 언급된 바 있는 것처럼[226] 그중『원

---

226) 오종각, 앞의 논문, 1997, 320~321면 참조.

동』·『원육』·『원불』과의 친연성이 두드러지게 나타나는데, 이 가집
들 간의 상관 관계에 대해 살펴보도록 하겠다.

우선『지음』은 가곡원류계적 성향이 가집 곳곳에 반영되어 나타
난다.

『지음』(68)　　　白鷗야 불업고ᄂ 네야 무슴 일엇스리
　　　　　　　　江湖에 써다니니 어듸 어듸 景 좃트니
　　　　　　　　날다려 仔細히 일너든 너와 함긔 놀니라

『원국』(111) 종장 : 날ᄃ려 仔細히 닐너든 너와 함끠 놀니라

이 작품은 전기 가집으로는『홍비』, 시조창 가집으로는『남태』
·『시여』에 수록되어 있으며 19세기 후반 가집인 가곡원류계 가집
에도 수록되어 있다. 그런데 이 작품의 종장 노랫말은 약간의 변화
를 거친 것으로 보인다.『홍비』에서는 "이후(伊後)는 공명(功名)을 버
리고 너를 죠ᄎ 놀니라"로,『남태』등은 "우리도 공명을 하직하고
너를 됴차"로 마무리 되는 노랫말이다. 다시 말해, 이 작품의 종장
노랫말은 가곡원류계에서 정착된 노랫말이며,『지음』역시 이러한
자장 안에 포함되어 있다는 것이다.

다음 작품에서는 작가 표기에 주목하여 보자.

英宗大王　當在重擧
夏禹氏 濟江헐졔 負舟ᄒ던 져 黃龍아
滄海을 어듸 두고 半壁에 걸녀느니
靈彩(氣)야 작ᄒ랴만은 蝘蜓 보듯 ᄒ여라　　　　　　『지음』(40)

이 작품은『시가』·『청육』등의 전기 가집에 수록되어 있는데, 작가 정보가 조금 다르게 나타난다.『시가』에서는 '경종대왕(景宗大王)'을 지칭하고『청육』은 '숙종대왕 어제(肅宗大王 御製)'로 숙종을 가리키고 있다. 이에 비해 가곡원류계 가집에서는 '영종대왕(英宗大王)', 즉 영조로 그 작가를 일관되게 표기한다.『원국』등에 '혹왈 경종대왕(或曰 景宗大王)'이라는 부기가 붙은 것을 보면『시가』의 기록 또한 당대 편찬자들이 숙지하고 있었음을 알 수 있다. 그럼에도 『지음』의 표기는 가곡원류계 가집의 작가 정보를 따르고 있음이 확인된다.

『지음』의 부기에 대해서는 이미 앞서 상세히 논의하였는데, 이를 기록한 사람은 당대 가곡원류계 가집의 작가 기입 정보를 알고 있었던 것으로 보인다. 그러나『지음』419수 중 작가 정보가 기입된 것은 고작 네 군데에 그치고 작가도 '영조, 효종, 정철' 세 명만이 등장한다는 점에서 작가별 작품 인식이 그리 높지 않았던 것 같고, 그나마 참고한 몇 자료를 통해 이 작품의 작가를 기록할 수 있었던 것으로 생각된다.

『지음』에는『원동』·『원불』·『원육』과만 공출되는 작품들이 나타나고, 노랫말의 유사성도 보이는 등 이 계열 가집들과의 친연성이 강하게 나타난다. 그중 몇 부분들만 언급해 보면,『지음』194번 작품[227] "북창양풍하(北牕凉風下)에 훨적 벗고 누엇시니~"는 이 가집들

---

227)『지음』194. "北牕凉風下에 훨젹 벗고 누엇시니 / 紅塵에 念絶ᄒ고 一卷茶經쑨이
   로다 / 아마도 義皇上人은 ᄂᆞ쑨인가 ᄒ노라"

에서만 보이는 작품으로 모두 두거에 수록되어 있다. 243번 "각씨(閣氏)네 닉 첩(妾)이되옵거나 닉 각씨(閣氏)네 후(後)ㅅ **사옹(私翁)**이 되옵거나~"에서 '사옹(私翁)'은 『원불』·『원육』(만횡)에서만 보이는 노랫말이다. 전기 가집은 '남편'이나 '서방', 『원국』 등은 대부분 '남편(男便)'이며 '일작 이옹(一作 移翁)'이 부기되어 있다. 294번[228]은 종장이 전기 가집 및 가곡원류계 가집들과 다르고 『원불』·『원육』과 같은 형태이다.

한편으로 다음과 같은 작품들은 『원동』과 『지음』의 밀접한 관계를 설명할 수 있는 좋은 자료이다.

冊 덥고 悤을 여니 江湖에 비 쪄 잇다
偶然이 밧튼 춤이 지거고ㄴ 白鷗 등에
白鷗도 스람에 興을 알아 오락가락 ᄒᆞ더라   『지음』(81)

冊 덥고 悤을 여니 江湖에 비 쪄잇다
往來 白鷗는 무슴 뜻 먹엇는고
　　(一本 偶然이 반틈 춤이 기거고나 白鷗 등에)
앗구려 功名을 下直ᄒᆞ고 너를 좃ᄎ 놀니라   『원동』(400)
　　(白鷗도 興을 아는지 오락가락 ᄒᆞ더라)

『지음』 81번 작품은 다른 가곡원류계 가집에서는 나타나지 않는

---

228) 『지음』294. "슐 먹어 病 업슬 藥과 色ᄒᆞ여도 아니 죽는 術을 / 갑 쥬고 ᄉᆞ량이면 참 盟誓ㅣ ᄒᆞ지 아무만인들 석일소냐 / 갑 쥬고 못슬 낙이니 그를 설허 ᄒᆞ노라" 『원국』 등의 종장은 "갑 듀고 못슬 藥이니 소로소로 ᄒᆞ여 百年신지 ᄒᆞ리라"이다.

노랫말이다. 아마도 이 작품의 중종장은 전사의 오류로 짐작되는 듯한 형태로 보인다. 81번 작품의 중장 노랫말은『송강가사』별집에 수록된 "강호(江湖) 둥실 백구(白鷗)로다 / <u>우연(偶然)이 밧튼 츕이 지거구나 백구(白鷗) 둥에</u> / 백구(白鷗)야 셩닉지 마다 세상(世上)더려 ᄒ노라"와 같은 노랫말이다.

그런데『원동』의 부기에서 유일하게『지음』81번 노랫말에 대한 기록이 남아있다. 비록 부기이긴 하지만,『지음』의 노랫말을 지시하고 있다는 점은『원동』의 편자가『지음』과 같은 가집의 존재를 이미 알고 있었을 가능성이 높다는 것을 말해준다.

또한『원동』의 유일한 노랫말 역시『지음』의 부기로 남겨져 있기도 하다.

『지음』(178)　　萬頃滄波 欲暮天에 穿魚換酒 柳橋邊을
　　　　　　　　客來問我興亡事여늘 笑指蘆花 月一船이로다
　　　　　　　　술 醉코(<u>우리는</u>) 江湖에 져이시니 節 가는 줄 몰너라

원동(278) 종장 : <u>우리논</u> 江湖에 져잇시니 節 가논 줄 몰너라

유명한 당시(唐詩) 작품이 시조로 향유된 경우인데, 이 작품은 시조, 판소리 단가 〈조어환주(釣魚換酒)〉 등 여러 가창 장르의 노랫말로도 활용되었다. 이 작품은『병가』·『시가』·『청가』등 전기 가집으로부터 가곡원류계 가집에 이르기까지 폭넓게 향유되었으며, 몇 전기 가집을 제외하고는『지음』의 노랫말과 같은 형태로 전승되었다.

그런데『지음』의 종장 부기에 '우리는'이라는 노랫말이 적혀 있다. 확인 결과, 종장 첫 구절의 '우리는'이라는 노랫말은 오직『원동』에서만 나타난다.『원동』의 노랫말 변이 과정을 알 수는 없지만,『지음』에서는 그러한 변화가 생긴『원동』의 노랫말을 기록하여 남기고 있다. 이러한 양상은 앞서『원불』·『원육』과『원동』의 상호 영향 관계를 파악하는 과정에서도 볼 수 있었는데, 이는『지음』편자[혹은 전사자]의 대본 중에『원동』과 같은 유형의 가집이 존재했음을 말해주고 있으며, 두 가집은 동시적 편찬·향유 기반 속에서 전승·유통되었음을 짐작하게 한다.

작품 수록 양상 및 노랫말의 친연성을 확인한 결과,『지음』은 동양문고본 계열 가집과 그 관련성이 두드러지게 나타남을 확인할 수 있었다. 이를 통해 볼 때, 이 가집들 간의 관계를 수직적인 구도 혹은 일방적인 영향 관계가 아닌 당대의 가곡 문화기반 속에서 상호 영향을 주며 가집 편찬이 이루어진 것으로 봐야 할 것이다.

마지막으로,『지음』의 작품 수록 및 배열의 특징에 대해 검토해 보도록 하겠다. 앞서 동양문고본 계열과의 친연성이 드러나면서도 소가곡 중심으로 작품이 수록된 점은『지음』만의 특징이라고 언급하였다. 가곡원류계 가집과 비교해 보면, 중대엽 항목과 만횡 이하 소가곡을 제외한 본가곡 부분은 상당한 작품들이 누락되어 있음을 알 수 있다.

본가곡 부분의 작품 배열 양상만을 놓고 보면『지음』편자의 작품 선택 의도가 어떠한 것인지 정확히 파악하기 힘들다. 기존 논의에서는『지음』을 가곡원류계 가집의 저본으로 보고, '동시대인의 작품들', '오래된 유명작가의 작품들', '중복 배치된 작품들'이『지음』에 첨가되어『원국』과 같은 가집이 완성된 것으로 보기도 한다.[229] 이러한 시각은『지음』에 박효관, 안민영의 작품이 수록되지 않은 점에 초점이 맞춰진 것이다. 그러나 박효관·안민영, 특히 안민영 작품의 누락은 개별 가집들이 가곡원류기의 자장에서 벗어나면서 나타나는 특징이기도 하다는 점에 유의해야 한다.[230] 앞서 확인했듯이『지음』에서 나타나는 여러 후대적 특징들을 감안하여 판단한다면『지음』을 다른 가곡원류계 가집에 비해 이른 시기에 편찬된 가집으로 보기 힘들다.

『지음』본가곡 부분의 작품 배열은 이 가집이 가곡원류기 작가든 기존 작가든, 작가별 작품 배열에 편집이 맞춰진 가집이라기보다는 기존 가곡원류계 가집의 악곡별 중·후반부, 특히 후반부 작품을 탈락시키며 편집된 가집일 가능성을 높게 한다. 왜냐하면『지음』에 수록되지 않은『원국』작품들의 목록을 정리해 보면, 다양한 작가들의 작품이 포함되어 있어서 작가를 중심으로 누락시켰다고 보기에는 무리가 있기 때문이다. 따라서 각 악곡별 중·후반부의 작품들이 탈락되면서 이루어진 것으로 보는 것이 타당해 보인다.

---

229) 신경숙, 앞의 논문, 2009, 5~8면 참조.
230)『지음』의 경우 박효관의 작품이 3수이고 안민영의 작품은 한 수도 수록되지 않았다. 비슷한 작품 수가 수록된『원가』에는 박효관 작품 4수, 안민영 작품 2수가 수록되어 있다.

악조	원국의 악곡별 작품 수록 번호	원국에서 탈락되어 지음에 수록되지 않은 작품	
		작품 번호	작가
우조	初數大葉 (12~24)	중후반 탈락 16, 17, 21~24	**朴孝寬 安玟英** 金學淵
	二數大葉 (25~61)	중후반 탈락 38, 44, <u>47~60</u>	朴仁老 安挺 李滉 洪春卿 盧守愼 奇大升 **安玟英**
	中擧 (62~80)	후반 탈락　73, 75~80	黃憙 趙昱 李滉 宋寅 **安玟英**(李載冕)
	平擧 (81~103)	중후반 탈락 82, 85, 92~97 99~101	金尙容 黃憙 卞季良 李滉 **朴孝寬 安玟英**
	頭擧 (104~124)	중후반 탈락 112~114, **123~124**	李稷 鄭夢周 **安玟英**
계면조	二數大葉 (170~250)	중후반 탈락 175~176 … 201~204, 206~214 216~223, <u>225~247</u> 249~250	禹倬 宋宗元 元天錫 李賢輔 **朴孝寬** 鄭道傳 俞應孚 鄭澈 李恒福 王邦衍 曹植 朴英秀 李象斗 **安玟英** 孝宗大王 朴彭年 李濟臣 金玄成 李陽元 俞應孚 宋純 申光漢
	中擧 (251~304)	중후반 탈락 260~265, 268 270~279, 284~286 294~295, 301~304	任義直 李廷鎭 宋宗元 李兆年 趙憲 李舜臣 李恒福 鄭斗卿 **安玟英** 申欽
	平擧 (305~369)	초중후반 탈락　305~306 … 337~344 <u>346~369</u>	**朴孝寬** 郭興 吉再 李廷藎 任義直 宋宗元 朴英秀 成渾 **安玟英** 平壤妓 梅花 成世昌 金裕器 金獜厚 扈錫均
	頭擧 (370~437)	초중후반 탈락 370~371 378~382 … <u>406~437</u>	河緯地 李稷 任義直 金敏淳 李芝蘭 成三問 洪翼漢 **朴孝寬** 成三問 鄭夢周 乙巴素 **安玟英** 金堉 李溧 李仲集 林普 李恒福 宋伊 李德馨 洪暹 曹漢英 徐益 朴英秀 金昌業 許斑

　『원국』의 작품 순번을 중심으로 『지음』의 작품을 재배치하면 『원국』에서 탈락된 『지음』 작품들을 쉽게 확인할 수 있는데, 그 결과 개별 작품들이 탈락되는 경우보다 적게는 2~3수, 많게는 20~30여 수의 작품들이 묶음별로 탈락되는 경우가 많음을 확인할 수 있

다. 대개 각 악곡의 전반부보다는 후반부 작품들이 탈락되는 경우
가 많았다. 탈락된 작품들의 작가를 보면 가곡원류기 작가들뿐만
아니라 기존 가집의 작가들까지 여러 시기의 작가들이 포함되어 있
다. 위에 제시된 작가명은『원국』본문에 표기된 경우만을 제시한
것이어서 작가 표기가 안 된 작품들의 작가까지 확인하면 더 많은
작가들이 포함될 것이다.

　이러한 결과를 통해 알 수 있는 것은『지음』의 작품 배치는 특정
작가들을 인식하여 배제했다기보다는 악곡별 중후반의 작품들을
누락시키면서 작품 배열 편집을 완성했다는 사실이다.『지음』에 안
민영 작품이 한 수도 수록되지 않은 이유로 안민영의 영향에서 벗
어난 시기에 가집 편찬이 이루어졌다는 점도 들 수 있겠지만, 안민
영의 작품이 보통 악곡의 후반부에 집중적으로 수록되는 경향이 있
기 때문에 후반부의 다른 작품들과 함께 누락되었다고 볼 수 있다.

　『지음』의 본가곡 부분이 다른 가곡원류계 가집들의 중·후반부가
누락되면서 편집되었다면, 소가곡 부분은 거의 모든 작품들이 수록
되는 양상을 보인다. 소가곡 부분에서는『원육』·『원불』과의 친연
성이 두드러지게 나타난다.

> 498. 南薰殿 帝舜琴을 夏殷周에 傳ᄒ오샤
> 499. 萬古歷代人臣之中에 明哲保身 누구누구
> 500. 古今人物 헤아리니 明哲保身 누구누구
> 501. 漢高祖에 文武之功을 이제와 議論컨더

　위의 예문은『원육』의 작품 배치를 가져온 것으로『지음』의 순서

와도 일치한다. 그러나 이는 『원국』과는 조금 다른 양상인데 499번
"만고역대인지중(萬古歷代人臣之中)에~"는 다른 가곡원류계 같은 경
우 십여 수정도 앞서 나왔던 작품이다. 『원육』·『원불』의 작품 배열
에서 종종 볼 수 있는 작품 누락에 의해 뒤늦게 첨가하는 방식이
『지음』에도 남아있음을 보여주는 사례에 해당한다. 500번 같은 경
우는 전기 가집에서는 『해주』·『악서』·『청가』·『청영』 등에 수록되
지만 가곡원류계 가집에서는 『원육』·『원불』만에 수록된 작품으로
『지음』을 포함한 세 가집과만 공출되는 작품이다.

  그러나 『지음』의 작품 배치는 『원육』·『원불』만이 아니라 다른
가곡원류계 가집들도 참고한 것으로 확인된다.

원국	해악(협률)	원하	원육(원불)	지음
弄歌	弄歌	弄歌	弄歌	弄歌 界面
534. 술먹어 病 업슬	522	530	512. 술먹어 病업슬	294. 술먹어 病업슬
				296. 德月山 나린
			513. 간밤에 大醉	297. 간밤에 되취
535. 술이라 ᄒ는	523	531	514. 술이라 ᄒ는	298. 술이라 ᄒ는
536. 간밤에 大醉	524	532		
537. 高大廣室 나는	525	533	515. 高臺廣室 나는	299. 高大廣室 나는
538. 於于阿 벗님	526	534	516. 於于兒 벗님	300. 於于阿 벗님
539. 於于阿 우은	527	535		
540. 琵琶야 너는	528	536	517. 琵琶야 너는	301. 琵琶야 너는
541. 三春色 자랑	529	537	518. 三春色 쟈랑	302. 三春色 자랑
542. 春意는 透酥胸	530	538		303. 春意는 透酥胸
543. 紅白花 (호석균)				
544. 누구셔 大醉ᄒ	531	539		
545. 智謀는 (안민영)		540. 近庭軒花柳		
546. 닉집은 (안민영)				
界樂	界樂	界樂	羽樂	羽樂

위 작품 배열을 보면『지음』작품 배열의 양가성을 확인할 수 있다.『지음』을 중심으로 볼 때,『원국』536번의 위치, 539번의 탈락은 다른 가곡원류계 가집과는 다른 양상이고,『원육』과는 같은 배열임을 알 수 있다. 한편 농가 다음에 계락이 아니라 우락이 나오는 것도『원육』·『원불』과 같다.

그러나『지음』303번의 작품 수록은『원육』과는 다른 양상으로 전개되며 다른 가곡원류계를 참고한 듯한 배열 모습이다. 다시 말해,『지음』의 작품 배열은『원육』·『원불』의 악곡별 편제에 기반을 두면서도『원국』을 비롯한 가곡원류계 가집을 참고로 보완한 징후가 강하게 드러난다고 할 수 있다.[231]

이와 같은 사례를 한 번 더 살펴보자.

원국	해악	원하(협률)	원육(원불)	지음
界樂	界樂	界樂	界樂	界樂
567. 그듸 故鄕	551	561	590. 그듸 故鄕	376. 그듸 故鄕
568. 것거진 활	552	562	591. 것거진 활	377. 것거진 활
569. 壽夭長短	553	563		
570. 老人이 셤흘	554	564	(미수록)	(미수록)
571. 兒禧야 말 鞍裝	555	565	592. 兒嬉야 말鞍裝	378. 兒戱야 말 鞍裝
572. 노식노식	556	566	593. 노식노식	379. 노식노식
			594. 壽夭長短	380. 壽夭長短
573. 巖畔 雪中孤竹	557	567	595. 巖畔 雪中孤竹	381. 巖畔 雪中孤竹

---

231) 이러한 경향은『원동』과『원육』·『원불』과의 상관관계에서도 나타났던 양상이다. 그러나『원동』은 남창 삼삭대엽까지만 작품이 존재하므로, 소가곡 부분의 배열 양상은 확인할 수 없다.『원동』과『지음』의 친연성으로 볼 때, 소가곡까지 갖춰진 본래의『원동』에『지음』이 영향을 받았을 가능성이 있다고 생각한다.

574.藍色도 아니	558	568		382.藍色도 아니
575.닷는 말도	559	569		383.닷는 말도
576.즌 서리 술이	560	570		384.즌 서리 슐이
577.봄이 ᄀ려ᄒ니	561	571		385.봄이 가려ᄒ니
	562.四月綠陰 (안민영)			
羽樂	羽舉[羽樂]		編數大葉	編數大葉

여기에서도 『지음』은 기본적으로 『원육』·『원불』의 악곡 체제를 따르고 있다. 계락의 위치가 편삭대엽 전에 위치하는 것은 가곡원류계 가집에서 이 세 가집만이 보이는 체제이다. 작품 배치에서도 『원국』의 569번이 『지음』·『원육』에서는 다른 가집들과는 다르게 뒷부분에 위치하고, 570번은 아예 수록되지 않고 있다. 그러나 악곡 말미에서 『지음』과 『원육』의 차이가 나타난다.

다른 가곡원류계 가집에서 수록된 네 수의 작품이 『지음』에는 수록되어 있다.[지음, 382~385번] 이러한 모습은 『지음』이 『원국』[다른 가곡원류계 가집들 포함]과 『원육』·『원불』의 중간적 모습으로 비춰진다는 점에서 『원동』을 연상시킨다.

지금까지 『지음』의 편찬 특징에 대해 살펴보았고 그 결과 다른 가곡원류계 가집과는 변별된 방식으로 편집된 가집임을 확인할 수 있었다. 『지음』은 소가곡 중심의 가집이다. 가곡원류계 가집과 유사한 작품들을 수록하면서도 실제 작품 수록의 비율에서는 본가곡과 소가곡의 수록 양상이 비등하게 나타났고, 이러한 방식은 20세기 초 가집들에서 나타나는 경향으로 볼 수 있다. 또한 『지음』에는 본가곡과 소가곡의 구성 방식이 다르게 나타난다. 본가곡 부분은 악조·악곡별 배분 양식이 다른 가곡원류계 가집의 편제적 틀을 크게 변형시키는 방식으로 구성되는 특징이 있었다. 작품 수록에서도 가곡원류계에서는 보이는 작품들인데 『지음』은 악곡별 중·후반부 작품들을 대거 탈락시키는 방식으로 구성되고 있음이 확인되었다. 반면 소가곡 부분은 작품 수록 양에서 기존 가곡원류계 가집과 별반 차이가 없었고, 이는 『원불』·『원육』의 틀을 기반으로 하여 『원국』과 같은 가곡원류계 가집의 수록 양상도 보완·반영된 모습임을 알 수 있었다.

IV
가곡원류계 가집의 전개와
가곡 문화사적 의의

1. 19세기 말~20세기 초, 가곡원류계 가집의 전개

19세기 말~20세기 초에 집중적으로 편찬된 가곡원류계 가집들은 짧은 기간 동안 그 생성과 파생이 왕성하게 이루어지며 다양한 형태로 산출·변모되었다. 이들 가집을 살펴본 결과, 대부분의 가집에는 해당 가집만의 개성적인 특징이 내재되어 있었으며 개별 가집별로 그 편찬 층위와 소용 목적이 다르다는 것을 알 수 있었다. 그 중 가곡원류계 가집의 원본 혹은 선본으로 추정되는 가집도 있었지만 그 여부를 쉽사리 판단할 수 없을 정도로 가집 간의 양상은 다양하고 복잡다기하게 전개되었다는 사실 또한 확인할 수 있었다.

지금까지의 연구에서는 19세기 말 『가곡원류』의 실체에 대해 다소 고정적인 것으로 파악하고 있었고, 그 전개 양상을 살피는 데도 단선적인 감이 없지 않았다. 가곡원류계 가집들의 존재를 인정하면서도 정작 19세기 말 시조·가집사를 논할 때는, 고종 13년(1876) 박효관·안민영에 의해 『가곡원류』가 편찬되었고 이후에는 안민영의

『금옥총부』(1880) 정도가 만들어진 것으로 이해했으며, 20세기 초 『대동풍아』(1908)가 편찬될 때까지의 기간은 가집 편찬의 공백기처럼 여겼던 것이다.

특히 20세기 초는 가곡 문화 및 향유 공간의 변화와 더불어『가곡 원류』의 단절 시기로 이해했다. 물론 가곡원류계 가집의 가곡 문화가 19세기 말 가곡 문화사의 흐름 속에서 항상 주도적 위치에 있었던 것은 아니지만, 20세기 초에 이르기까지 가곡원류계 가집은 계속적으로 생성·파생되었고 1943년 함화진에 의해『증보 가곡원류』가 편찬되기까지, 가곡원류계 가집들은 시기와 향유 환경에 따라 가곡 문화의 정점에 놓이기도 혹은 그 저변에 자리 잡기도 하였다. 최근 이 시기 가곡 문화의 흐름과『가곡원류』에 대한 재조명이 이루어지고 있기는 하지만,[1] 가곡 문화사-좁게는 시조 예술사-의 선명한 이해를 위해서는 개별 가집들의 의미가 더욱 상세하게 다뤄질 필요가 있다. 가집과 거기에 수록된 시조 작품을 단순히 고정된 실체로 보지 않고 그것이 문학 텍스트인 동시에 음악 텍스트라는 점을 고려할 때 풍성한 문학적·문화적 해석이 가능할 것으로 생각된다.

가곡원류계 가집의 전개 과정은 '수정·증보·재편의 역사'라 할

---

1) 성무경,「19세기 국문시가의 구도와 해석의 지평」,『조선후기, 시가문학의 문화담론 탐색』, 보고사, 2004, 459∼460면 참조; 신경숙,「하순일 편집『가곡원류』의 성립」,『시조학논총』26, 한국시조학회, 2007; 신경숙,「근대 초기 가곡 교습-초기 조선정악전습소를 중심으로-」,『민족문화연구』47, 고려대 민족문화연구소, 2007 참조.

수 있다. 현재 우리가 접하는 가곡원류계 가집들은 이전 시기로부
터 적층된 여러 요소들이 수정·증보되면서 전승된 가집들이며, 또
한 각각의 편찬·향유 기반을 반영하는 문화적 산물이다. 따라서 가
곡원류계 가집을 이해하기 위해서는 이 가집들이 단순히 대본을 그
대로 옮긴 '이본'이 아니라 필요와 편찬 의도에 따라 향유된 가집이
라는 점을 인지해야 할 것이다.

19세기 말에서 20세기 초에 걸쳐 전개된 가곡원류계 가집들의 양
상을 개괄해 보면 다음과 같다. 19세기 말 가곡 문화의 중심에서
가곡원류계 가집들은 폭넓은 향유층을 확보하며 전승되었다. 이러
한 전승의 동인(動因)은 이 가집들의 배경에 당대 최고의 예인 그룹
과 애호·향유 그룹이 동시에 존재하고 있었기 때문이다. 박효관·
안민영을 중심으로 한 노인계·승평계는 문인·호걸지사와 호화부
귀인과 유일풍소인들이 함께 어우러져 있었고,[2] 이들의 풍류 공간
에서 가곡 예술을 연행한 주체들은 당대 최고의 가객이자 기악 연
주자들이었다. 또한 이러한 예인 그룹을 후원하며 가곡 예술을 애
호한 좌상객은 대원군을 위시한 운현궁 왕실의 인물들이다.[3] 『가곡
원류』는 이러한 당대 최고의 연행·향유 집단 속에서 생성된 결과물
이다.

가곡원류계 가집들이 본격적으로 향유되고 파생될 수 있었던 데

---

2) 「안민영 서문」, 『금옥총부』 "亦皆當時文人豪傑之士也 結稧曰老人稧 又有豪華富
貴及遺逸風騷之人 結稧曰昇平稧 惟歡娛謙樂是事 而先生實主盟焉."
3) 신경숙, 「안민영 예인집단의 좌상객 연구」, 『한국시가연구』 10, 한국시가학회,
2001 참조.

에는 대원군을 비롯한 왕실 인물들의 후원이 주요했다고 할 수 있다. 물론 이 시기 가곡 향유의 전통과 기반은 17~18세기로부터 이어진 가곡 문화에 바탕을 두었지만 가곡원류계 가집들의 폭발적인 생성과 파생은 대원군의 전폭적인 뒷받침이 있었기에 가능할 수 있었다.

　이러한 기반을 바탕으로 왕실 소용적 성격을 온전히 반영하여 편찬된 가집이 바로 『해동악장』(1876)이다. 『해악』은 안민영의 직접적인 영향에 의해 편찬된 가집이다. 안민영은 이미 『승평곡』(1873)에서 사용했던 '발문'을 다시 자신이 만드는 대형 가집의 '서문'으로 수록했고, 서문에서 '노인계'라는 구절을 지워 '승평(昇平)'의 의미를 더욱 부각시켰다. 그는 대원군과 운현궁 및 왕실과 관련된 악장류(樂章類) 시조를 대거 수록함으로써 가집에 '해동악장'이라는 표제를 붙일 수 있었다. 『해악』에는 대원군과 이재면을 위한 작품들이 가집 곳곳에 수록되어 있다. 남창 우조 초삭대엽을 시작으로 고종의 등극을 하축하는 작품과 대원군의 풍모를 찬양하는 작품들이 수록되었고, 이후 세자 탄강을 하축하는 작품이 지어지자(1880) 이 작품들도 첨가·증보되며 『해악』류의 가집들이 계속적으로 전사·향유되었다.[4]

　왕실 소용적 성격이 내재되어 있으면서도 그 편찬 목적이 상당

---

4) 현재 전해지는 『해악』은 안민영 당대에 편찬된 원본일 가능성이 희박하며, 안민영의 직접적인 영향에서 다소 멀어진 시점에 편찬된 이본으로 볼 수 있다. 그런데도 『해악』에는 여전히 그 원본이 편찬될 당시의 요소들이 남아있어 왕실 소용적 징후들이 곳곳에서 발견된다.

부분 퇴색된 가집으로는 연세대본(원연), 구황실본(원황), 박상수본
(원박)이 있다. 이 가집들에서는『해악』처럼 안민영과의 직접적 관
계가 드러나지 않지만 세 가집은 여전히 대원군 및 왕실과 관련된
향유권역에서 유통된 모습을 보인다.『원황』은 구황실로 전승되는
경위를 보이는데, 이러한 유형의 가집들은 왕실 관련 향유 기반의
접점에서 계속해서 생성되면서 20세기 초까지 전승되었다.

   대원군 등 왕실 인물들의 후원이 있기 이전에도 당시 가곡 문화
는 활발히 전개되고 있었다. 현전 가곡원류계 가집들에는 기본적으
로 악장류 시조들이 많이 수록되어 있지만, 처음부터 그러한 작품
들이 수록되며 가집 편찬이 이루어지지는 않았을 것이다. 전대로부
터 이어진 가곡 연행의 문화 기반은 가곡원류기까지 면면히 계승되
었는데, 그러한 향유상을 박효관을 위시한 '노인계' 관련 인물들과
단애대회(丹崖大會)의 가곡 풍류 모습5)에서 확인할 수 있다. 왕실 소
용적 내용보다 음악적 요소들을 충실히 완비하며 산출된 가집이『가
사집』(국립국악원본, 원국)과 같은 가집이다.

   『원국』은 박효관의 영향과 그 시기 가집 향유의 전통이 계승된
가집이다. 그러나『원국』자체를 박효관 시절의 원고본으로 보기는
힘들고 오랜 시간을 거치며 보완·증보된 후대적 산물로 볼 수 있다.
『원국』은 당시의 가론(歌論)이 집적된「박효관 발문」이 수록되고, 가
집 편찬의 완성도를 높이기 위한 편자의 많은 노력과 수고로 구성
·편집된 가집이다. 작품 수록 면에서는 여전히 적지 않은 악장류의

---

5)『금옥총부』179번 부기 참조.

시조들－특히 안민영의 작품－이 수록된 양상을 보이지만 내용·주
제적으로 편향되지 않도록 조정되었고, 악조·악곡별 작품 수록 및
배열에서도 수정·보완의 과정을 통해 가집 편집이 이루어졌다. 또
한 연창 지시 부호인 연음표가 세밀히 기입됨으로써 음악적으로 완
성도를 높인 가집이 편찬될 수 있었다. 『하순일 편집본』에 남아있는
간기를 통해 「박효관 발문」의 사용이 1872년경부터 있었음을 알 수
있으며 그 시기를 즈음으로 하여 박효관의 영향과 가론이 반영된
가집 편찬이 이루어졌던 것으로 생각된다. 현재 전하는 『원국』은
이러한 당시의 실상이 잘 반영되어 계승되었고, 보완·증보의 과정
을 거치며 정제된 후대 완본적 성격의 가집이라 할 수 있다.

　『화원악보』와 『청구영언(靑邱永言)』(하합본)은 가곡원류계 가집의
형태에 전기 가집의 전통을 가미하고자 한 편자의 의도가 반영된
가집들이다. 『화악』의 편찬 시기가 1885년이고 『원하』의 편찬 추정
시기가 1890년대 중반이라는 점을 고려하면 이 가집들은 박효관·
안민영의 직접적인 자장에서 조금씩 멀어져 가는 시기의 특징들이
나타나는 가집이라 할 수 있다.

　『화악』은 『원하』와 『원국』의 중간적 형태를 보인다. 박효관과 노
인계 관련 인물들의 영향이 느껴지면서 전기 가집들의 전통도 반영
되어 있다. 가집 편찬의 구색을 갖추기 위해 서두부에는 기존 가집
들－『해동가요록』－의 서문과 글을 수록하였고, '박효관의 글'[발문]
도 함께 수록하여 선인들의 서문과 같은 대우를 하였다. 가집 본문
에서는 가곡원류기 작가들뿐 아니라 과거 다른 가집들에서 볼 수
있었던 작품들도 대거 포함시켜 편집하였다.

전기 지향적 성격은『원하』와 같은 가집에서 더 두드러지게 나타난다.『원하』는『화악』과 유사한 편제를 보이지만 여러 면에서 더 전기 지향적인 성격을 드러낸다.『원하』에는『화악』에 수록되어 있던 '박효관의 글'이 없고 전기 가집들의 서문들로만 가집의 서두부가 구성되었다. 작품 수록 면에서도 다른 가곡원류계 가집에 비해 박효관·안민영의 작품이 거의 수록되지 않는 양상을 보이는 반면 기존 가집에서 수록됐던 전기 작가들의 작품들이 대거 수록되어 가곡원류계의 색채가 많이 탈피된 편집·구성을 보인다고 할 수 있다.

향유 기반의 변화와 확대에 따라 가곡원류계 가집에도 새로운 유형의 가집들이 나타나게 된다. 앞서 살펴본 가집들이 보완·증보에 의한 방법으로 가집 편찬이 이루어졌다면, 가곡원류계의 편제적 틀을 수정·변형하는 방법으로 가집 편찬이 이루어지기도 한다. 가곡원류계 가집들이 다양한 향유권에서 유통되며 새로운 유형의 가집으로 파생된 사례라고 할 수 있다.

동양문고본『가곡원류』(원동)는 454수만 수록된 가집이다. 남창 계면조 삼삭대엽까지만 수록되어 있어서 가집의 전체적 형태를 확인할 수는 없지만, 남겨진 작품들의 수록과 배열 양상으로 볼 때,『원국』과 불란서본(원불)·『청구악장(靑丘樂章)』(원육)의 중간적 형태를 보이고 있다.『원불』·『원육』은 가곡원류계 공통 체계의 틀을 변형시키는 방향으로 나아갔다. 남창 계면조 중거와 평거가 제대로 구분되지 않은 채 한데 묶여 수록되었고, 계락 악곡도 뒤늦게 기록되는 등 악곡 배분이 제대로 이루어지지 않은 양상이다. 작품 수록 면에서도 여러 번에 걸쳐 누락과 재수록이 반복되며 불완전한 형태

를 보인다. 이러한 변화는 가집의 향유와 전승의 과정에서 생긴 것
이라 볼 수 있는데, 특정 가집의 향유 과정에서 나타난 여러 변화의
요소들이 축적되고 이후 그것이 하나의 유형으로 고정되면서 새로
운 가곡원류계 가집들이 향유·전승되게 된 것이다. 그 변화의 시발
점이 『원동』이라고 한다면, 『원불』·『원육』은 변형 생성의 유형이
고정되며 하나의 계열을 형성한 경우다. 『지음』은 이들 가집과는
또 다른 형태를 보인다. 이 세 가집과의 친연성을 보이지만 우·계
면의 악조 배분이 당대 가곡 연창 방식과는 다르게 구성되는 등 편
제적 틀이 완전히 변형된 모습이다. 이 가집은 본가곡과 소가곡의
양이 균등하게 나타나는 20세기 초의 가집 편집 형태를 보이며 나
름 변별된 가집 체계로 편찬되었다.

2. 20세기 초, 가곡 문화기반의 변화와 『가곡원류』

20세기 초반 가곡은 그 문화·향유 기반의 변화로 새로운 국면을
맞게 된다. 급변하는 정국 속에서 여러 전통 예술 분야들은 그 전승
의 맥이 끊길 위기에 놓였고, 더불어 풍요롭고 화려했던 가곡 예술
은 그 연행 주체와 애호 집단의 와해로 인해 소수의 전수자들에 의
해서만 향유·전승되며 명맥을 유지하게 된다.

이러한 20세기 초를 『가곡원류』의 전승이 단절된 시기로 보기도
한다. 그러나 가곡원류계 가집들은 증보와 전사가 반복되며 끊임없
이 재생산·재해석되고 있었다. 이 시기 가곡원류계 가집으로는 우

선『하순일 편집본』을 들 수 있다. 이 가집은 단 24수만이 수록되어 있는데, 하순일에 의해 직접 편집되어 조선정악전습소에서 가곡 전습용 가집으로 활용되었던 것으로 보인다. 가람본『가곡원류』(원가) 역시 조선정악전습소와의 관련 속에서 편찬되었을 것으로 추정된다.『하순일 편집본』과의 친연성이 보이고 그 전승 경위에서도 조선정악전습소와의 관련성이 나타난다.『원가』에는 다른 가곡원류계 가집에 비해 절반가량이 적은 434수의 시조 작품만이 수록되었는데, 이는 20세기 초 가곡 작품들이 악곡별로 '대표 작품화'되는 전창(傳唱) 과정에 놓였기 때문일 것이다. 일석본『청구영언(靑邱永言)』(원일)의 전반부에는 가곡원류계의 남창 부분이 실렸고 후반부에는 여러 가창 장르의 작품들―가곡창, 시조창, 가사, 잡가 등―과 문학 작품들이 혼재되어 수록되었다. 가집 전반부는『원국』,『원가』같은 가집들과 친연성이 나타나는데 세밀하게는『원가』와 더 근접해 보인다. 후반부에는 박효관·안민영을 비롯한 관련 인물들의 작품들이 수록되었지만, 표기나 체제가 일관되지 않은 점으로 보아 후대에 수집·정리된 것으로 볼 수 있다. 이러한 가곡원류계 가집의 양상은 20세기 초 가곡 문화와 가곡원류계 가집의 새로운 변화·향유상이 반영된 모습들이다.

이 세 가집들은 모두『원국』과의 관련성을 갖고 있는 가집들로 대부분 공통 체계를 토대로 편찬·전승되었지만, 향유 환경의 변화와 편찬 목적에 따라 서로 다른 가집의 형태로 만들어졌다. 이 가집들에는「박효관 발문」이 수록되었다는 공통점이 있다.『하순일 편집본』에는 1872년이라는 간기가 기록되어 있어서 박효관의 관여에

의한 가곡원류계 가집 편찬의 과정을 짐작하게 한다. 『원일』의 발
문은 남창 부분의 마지막에 수록되었는데, "여문생안민영상의(與門
生安玟英相議)" 구절이 누락되었다가 다시 첨가된 것으로 보인다. 후
대로 전승되면서 안민영의 역할을 줄이고자 한 편자의 의도였을지
모른다. 『원가』에는 발문 두 종이 수록되어 있다. 하나는 『하순일
편집본』의 것과 같고, 다른 하나는 또 다른 형태의 발문인데 이 역
시 『원일』의 것처럼 안민영 관련 구절이 누락된 모습을 띤다. 이
가집들을 통해서 「박효관 발문」의 다양한 후대적 전승상을 볼 수
있다.

   『협률대성』 역시 20세기 초반에 만들어진 것으로 추정되는 가집
이다. 함께 수록된 양금 가곡보에는 이 시기의 악곡적 특징들이 잘
나타난다. 『협률』의 편제와 작품 배열의 형성은 그 이전 시기였겠
지만 양금보와 함께 묶이며 향유된 것은 20세기 초일 것이다. 가집
전반부에 양금보를 수록하거나 가곡 전곡에 연음표를 기입한 것으
로 보아 『협률』은 시조 작품의 수집이나 기록보다는 가곡의 음악적
실현에 비중을 두고 편찬된 가집으로 이해된다. 『협률』은 20세기
초 가곡 연행 환경과 향유층·향유 공간의 변화 속에서도 보편적·
전형적 틀을 유지하며 이어진 가곡원류계 가집의 도상을 확인할
수 있는 가집이다.

   이렇듯 20세기 초에도 가곡원류계 가집들은 계속적으로 수정과
증보, 전사의 과정을 거치면서 향유되었다. 물론 당대 잡가를 비롯
한 다른 가창 장르에 밀려 과거처럼 활발한 향유와 파생이 이어진
것은 아니지만 여전히 가창 문화 전반에 영향을 끼치고 있었다.

필사본 가곡창 가집인 『시가요곡』(1901년경)[6]과 『해동가보』(전북대본)[7]는 가곡원류계의 편제 및 작품들이 반영된 가집들이다. 여창 중심의 작품 수록 양상을 보이기도 하고 작품 수도 전체적으로 줄어들었으며, 외형적 틀이 변화되기는 했지만 가곡원류계의 영향은 강하게 남아있다.

가곡원류계 가집들은 역사·문화적으로 격동의 전변기에 존재했던 산물들이다. 이 가집들의 전개 역사는 당대인들의 삶의 역사와 함께 흥성과 쇠락을 되풀이하였다. '뿌리 없는 잡된 노래[무근지잡요(無根之雜謠)]'를 개탄하고 정음(正音)·정가(正歌) 의식을 표방하며 편찬된 가곡원류계 가집들은 19세기 후반 가곡 문화의 전성기를 이끌었지만, 시대의 흐름과 요구에 따라 이 가집들은 성격을 달리하며 개인적 취향의 가집으로 편집되거나, 단순 수집과 보전의 용도로 전승되었다. 잡가가 가창 문화권의 헤게모니를 장악한 19세기 후반~20세기 초반의 가곡은 계속해서 고급 예술화의 방향으로 나아갔지만 이후 향유 집단의 추동력을 잃어버린 채 쇠락의 길을 가게 된다.

---

6) 『시가요곡』에 대해서는 이은성의 「『詩歌謠曲』에 나타난 가곡·시조 향유양상」(『반교어문연구』 16, 반교어문학회, 2004)와 송안나의 「19세기 중·후반 시조창 가집과 가곡창 가집의 상호소통 양상 연구」(성균관대학교 석사학위논문, 2007)을 참고할 수 있으며, 필자의 「20세기 초 가곡 문화의 변모와 가집 편찬의 양상」(『한국시가연구』 33, 한국시가학회, 2012)에서 가집의 편찬 특징, 향유 양상 등에 대해 상세히 다룬 바 있다.

7) 『해동가보』에 대해서는 권순회의 「『해동가보』(전북대 소장)의 성격」(『시조학논총』 28, 한국시조학회, 2008)에서 상세히 논의되었다.

20세기 초 가곡 문화의 전변상은 당대 여러 전통 예술 분야의 전승·굴절의 과정과 궤를 같이한다. 이 시기 새로운 소통 매체－신문, 출판물, 잡가집, 유성기 음반, 라디오 등－의 출현[8]은 가곡 연행의 장을 소수 향유층을 위한 공간에서 다수 대중의 곁으로 옮겨 놓았다. 새로운 소통·향유 매체에 대한 빠른 적응이 장르의 존속을 유지할 수 있는 길인데, 이에 대응한 가곡 향유 주체들의 걸음은 더뎠지만 계속적이고 꾸준한 것이었다. 이러한 변화의 과정은 가곡 문화의 새로운 전개를 예비하고 있었다.

이 시기 가곡 문화는 크게 두 가지 방향으로 나아갔다. 하나는 하규일을 비롯한 전통 가곡 전승자들의 계승으로 이어진 가곡 전습과 전창을 들 수 있다. 조선정악전습소와 이왕직아악부로 이어진 가곡 문화의 계승은 가곡창이 지금까지 전해질 수 있는 기반을 마련하였다. 다른 하나는 가곡(시조)이 부르고 듣는 음악 텍스트가 아닌 순수 언어예술의 문학 텍스트로 변모하게 되는 방향으로, 이는 이후 시조 부흥 운동을 거치면서 시조가 고전시가의 정전(正典)으로 자리매김하게 되는 과정으로 이해할 수 있다.[9]

이 시기 가곡 예술의 대표적 인물로는 단연 하순일과 하규일을 들 수 있다. 하순일은 하규일의 종형으로 박효관의 제자인 최수보,

---

8) 이에 대해서는 고은지의 「20세기 초 시가의 새로운 소통 매체 출현과 그 의미－신문, 잡가집 그리고 유성기음반을 중심으로－」(『어문논집』 55, 민족어문학회, 2007)와 「경성방송국 프로그램에 기록된 20세기 '시조예술'의 연행 양상과 특징」(『한국시가연구』 26, 2009)을 참조할 수 있다.

9) 이형대, 「1920-30년대 시조의 재인식과 정전화 과정」, 『고시가연구』 21, 한국고시가문학회, 2008 참조.

하준권으로부터 가곡을 배운 인물이며,[10] 하규일은 전통 가곡의 명맥을 이은 최고의 선가자로 추앙받는 인물이다. 이들은 1910년대 조양구락부와 조선정악전습소에서 가곡 전습에 힘썼는데, 특히 하규일은 기생 조합(권번)과 현 국립국악원의 전신인 이왕직아악부에서 가곡을 가르치며 많은 제자들을 양성하였다. 그는 1930년대를 전후로 유성기 음반의 취입과 라디오 방송을 통하여 19세기 후반부터 전해진 가곡원류계 가곡 문화를 전승하는 데 힘썼다.[11] 이왕직 아악사장을 지낸 함화진에 의해『증보 가곡원류』(1943)가 편찬될 수 있었던 것은 이러한 전통음악 전승자들의 노력에 의한 결과로 볼 수 있다.『증보 가곡원류』에는 당시까지 수집된 가곡원류계 가집의 내용이 총망라되었다. 이 가집은 과거 가집 편찬 방식과는 다소 다른 방식으로 가집 편집이 이루어졌다는 특징이 있다. 악곡별 작품 수록이 'ㄱ~ㅎ' 순으로 정리되고 색인이 첨가되는 등 근대적 편집 방식에 의해 편찬되었지만, 20세기 중반까지 계승된 가곡원류계 가집의 전승력을 확인할 수 있다는 점에 그 의의가 있다 하겠다.

　가곡(시조)의 문학 텍스트로의 변모도 역시 전통적 틀인 '가집'의 형태에서 출발하였다.『만세보(萬歲報)』에 '해동영언'이라는 제목으로 연재[1906.8.18.~1907.1.1.]된 111수의 시조 작품[12]은 가집의 20세

---

10) 하순일에 대해서는 최근까지도 그 이름만 알려졌을 뿐 큰 주목을 받지는 못하였다. 최근 하순일 편집본『가곡원류』의 발굴과 함께 20세기 초『가곡원류』의 향방에 대한 논의가 이루어졌다. (신경숙, 앞의 논문, 한국시조학회, 2007.)

11) 20세기 초 시조 연행 환경에 대해서는 고은지, 앞의 논문, 한국시가학회, 2009 참조.

12)『만세보』에 수록된 이 시조 작품들에 대해서는 이상원의『만세보』소재 〈해동영언〉

기적 변화의 시작이었다. 한 편씩 수록되었던 것을 모아서 재편해 보면 가곡원류계 가집으로부터 계승된 편제적 질서가 반영되었음을 알게 한다. 시조 작품과 함께 수록한 해설적 단평은 시조 문예비평의 작은 출발이었다.

육당에 의해 출간된 『가곡선』(1913)[13]은 『원육』·『원불』 등 가곡원류계 가집을 저본으로 하여 완성·출판된 가집이라는 점에 주목할 필요가 있다. 이 가집은 대중적 소통과 근대적 보급 유통 방식이 실현된 가집이라는 점에서 가곡원류계 가집이 지닌 20세기적 경향의 또 다른 흐름으로 읽을 수 있다. 고전의 근대적 보급이라는 취지 아래 전통 가곡 문화가 출판물로 대중에게 전달되었고, 이는 15년 뒤 『시조유취』의 출간으로 이어지는 계기가 되었다. 이후 가곡원류계 가집의 잔영은 20세기 초 집중적으로 출판된 잡가집 계열 가집들에서 확인된다. 그중 『정선조선가곡』(1914), 『무쌍신구잡가』(1915), 『가곡보감』(1928)에는 직간접적으로 가곡원류계 가집의 영향이 반영되어 나타나고 있다.[14]

20세기 초반의 가곡 문화는 더이상 전통적 방식으로 부르고 듣는데 머무르지 않았고 새로운 매체를 통하여 일반 대중들과 소통하였다. 『가곡원류』는 19세기 후반의 문화적 자장에서는 다소 멀어졌고

의 텍스트성 연구」(『시조학논총』 25, 한국시조학회, 2006)에서 상세히 다뤄졌다.
13) 신경숙, 「19세기 서울 우대의 가곡집, 『가곡원류』」, 『고전문학연구』 35, 한국고전문학회, 2009, 19~23면; 송안나, 「20세기 초 활자본 가집 『가곡선』의 편찬 특징과 육당의 시조 인식」, 『반교어문연구』 27, 반교어문학회, 2009 참조.
14) 신경숙, 『19세기 가집의 전개』, 계명문화사, 1994, 113~131면 참조; 윤설희, 「20세기 초 가집 『정선조선가곡』 연구」, 성균관대학교 석사학위논문, 2007 참조.

그 외형도 많이 변모하였다. 그러나『가곡원류』는 조선 후기 가곡 문화와 가집 편찬의 전통적 기반이 되며 20세기에도 계속 이어졌다. 이는 가곡원류계의 가곡 문화를 끊임없이 보전하고 계승하려 했던 당대 전통음악 전승자들의 노력이 있기에 가능한 일이었을 것이다.『가곡원류』는 현행 가곡창의 모태이자, 당대 가곡 문화의 정전(正典)으로서 그 위상을 유지하고 있었다.

V
결론

　『가곡원류』는 19세기 후반 문학사에서 그 위상이 뚜렷하게 각인된 가집이다. 시조 가집들의 편찬은 그 이전 시기부터 꾸준히 이루어졌지만 17여 종의 이본 가집이 파생되며 전승된 경우는 전무후무한 일이었다. 또한 18~19세기의 시조·가곡 문화들이 총체적으로 축적되어 있고 현행 가곡창이 완성되기 바로 이전의 모습을 담고 있다는 점에서 『가곡원류』는 조선 후기 대표적 가집이라 할 수 있다.

　가곡원류계 가집들에 대한 연구는 국문학 연구 초기에서부터 꾸준히 이루어졌다. 여러 연구자들에 의해 검토되어 이 가집들의 서지 정보 및 기본적 특징들에 대해서는 많은 연구 성과들이 축적되었다. 그럼에도 불구하고 본 연구에서 가곡원류계 가집을 재검토한 이유는 지금까지의 가곡원류계 가집에 대한 연구가 거시적 시각에서 전체적 특성을 조망하는데 목적을 두다 보니, 당대 가곡 문화의 다채로운 특징들을 담고 있던 가곡원류계 개별 가집들의 미시적 실체들에 대해서는 명확히 파악하지 못하는 문제점을 안고 있었기 때문이다. 서너 가집을 제외하고는 제대로 된 논의조차 이루어지지 않은 상황에서 가곡원류계 가집들에 대한 연구의 필요성이 제기되었다고 할 수 있다. 본 연구는 이러한 문제의식에서 출발하여 19세기 말~20세기 초에 존재했던 가곡원류계 가집의 편찬 특성과 그 전개 양상에 대해 살펴보았다.

제Ⅱ장에서는 가곡원류계 가집에 대한 시각을 재정립하고 이본 가집들에 대한 접근 방법에 대해 논의하였다. 세부적으로는 세 가지로 나누어 살펴보았는데, 가곡원류계 가집들에 대한 시각 정립, 편찬·향유 기반에 대한 이해, 체제와 구성에 대한 이해 등 가곡원류계 가집들을 본격적으로 검토하기에 앞서 필수적으로 다뤄져야 할 부분에 대한 논의를 진행하였다.

먼저 가곡원류계 가집들은 당대 편찬 기반과 향유양상을 반영하는 문화적 산물로서, 하나의 표제와 형태로 굳어진 가집들이 아니라 수정·증보·재편되면서 조금씩 다른 소용 목적에 의해 편찬되고 유통·전승된 가집이라는 점을 제시해 보았다. 다음으로 가곡원류계 가집의 편찬과 향유 기반에 대해 논의하였는데, 17~18세기로부터 이어진 가곡 예술의 전통적 문화 기반과 19세기 후반 가곡원류계 가집들이 생성·파생될 수 있었던 직접적인 편찬·향유 기반에 대해 살펴보았다. 가곡원류계 가집들의 전승과 변모는 편찬·향유 기반의 변화 속에서 이루어졌는데, 처음에는 왕실 소용적·지향적 가집 편찬이 이루어지다가 점차 그 문화적 자장이 변모·확대되면서 개별 가집들의 소용 목적에 맞게 각각 생성·파생되었다고 보았다.

후반부에서는 가곡원류계 가집의 체제와 구성에 대해 논의하였다. 이는 가곡원류계 가집들의 내적 구성 체계를 정립하기 위한 시도였다. 먼저 가곡원류계 가집들의 보편적 특징이라 할 수 있는 '공통 체계'와 개별 가집들에서 나타나는 변별적 자질인 '개별 체계'를 설정하여 가집 분석의 틀을 마련하였다. 또한 악곡 중심의 편제 양상, 작품 배열과 구성의 원리, 가곡원류기 작가들의 작품 수록 양상의 검토를 통해 개별 가집들의 변별적 특징들을 개괄적으로 살펴보았다.

   제Ⅲ장에서는 가곡원류계 가집들을 크게 네 계열로 구분하여 각 계열별 편찬 특성들을 살펴보는 동시에 개별 가집들의 특징 및 전변 양상을 검토하였다. 첫 번째로, '해동악장 계열' 가집들에서는 『해동악장』, 연세대본(원연), 구황실본(원황)을 살폈다. 『해악』은 안민영의 직접적인 영향에 의해 편찬된 가집으로 왕실 소용적 성격이 두드러지게 나타나는 가집이다. 『해악』에는 안민영 개인 가집들에서 사용되었던 「안민영 서문」이 실려있고 특히 안민영의 작품들이 대거 수록되었는데, 대원군·이재면 등 왕실 인물들을 위한 작품과 왕실 찬양적인 악장류 시조가 많이 수록된 편이다. 『원연』과 『원황』은 그 편제가 유사한 가집으로 『원황』에 비해 『원연』이 조금 더 정연한 모습을 보인다. 『원연』이 가곡 연창의 실제가 반영된 가집이라면 『원황』은 기록과 보전에 주안점을 둔 가집으로 볼 수 있다. 이 두 가집은 안민영의 영향력에서는 다소 멀어졌지만 『해악』과의 친연성이 나타나고, 『원황』이 구황실과 이왕직아악부로 전승된 내력이 있는 것으로 볼 때, 왕실 소용적 성격을 갖고 유통·전승된 가집들이라 할 수 있겠다.

   두 번째로, '국립국악원본 계열' 가집에서는 국립국악원본(원국), 가람본(원가), 『하순일 편집본』, 일석본(원일), 『협률대성』을 살펴보았다. 『원국』은 기존에 원본·정본으로 평가되던 가집이다. 그러나 『원국』에서 나타나는 온전한 편찬 체제나 정연한 작품 수록 양상은 후대에 수정·보완된 완본적 성격의 가집임을 보이는 것이라 할 수 있다. 『원가』는 초본적 성격의 가집으로 446수의 작품만 수록된 가집이다. 이는 20세기 초 가곡 작품들이 악곡별로 대표 작품화되며 선별·수록된 것이다. 전승 경위로 볼 때 조선정악전습소와의 관련 속에서 파생된 가집으로 판단된다. 『하순일 편집본』은 하순일에 의해 편집된 소가집으로 24수의 작품이 수록되어 있다. 『원가』와의 친연성이 보이고 조선정악전습소에서 가곡 전습의 용도로 사용된 가집으로 볼 수 있다. 『원일』의 전반부는 『원국』·『원가』 등과 유사한 모습을 보이고 후반부는 다양한 문학 장르의 작품을 한데 묶어 놓은 형태를 보인다. 세부적인 부분에서 『원가』와의 친연성이 두드러진 것으로 보아 20세기 초의 특징이 함의되어 있음을 알 수 있다. 이 세 가집은 공통적으로 「박효관 발문」이 수록되었고 『원국』과의 친연성이 보인다는 점에서 동일 계열의 가집으로 볼 수 있는데, 시기 및 향유 기반의 변화에 따라 서로 다른 특징을 갖고 편찬되었다고 할 수 있다. 『협률』은 가집 서두에 수록된 양금 가곡보와의 관련성으로 볼 때 20세기 초에 엮인 가집으로 보인다. 전체적으로 보편적이고 검증된 작품들로 구성되는 특징이 나타나며 가곡원류계의 전형적 틀을 유지하면서 음악적 실현에 중심을 둔 가집이다.

  세 번째로, '화원악보 계열' 가집에서는 『화원악보』, 하합본(원하)을 살펴보았다. 이 두 가집은 전기 가집 지향적 성격이 강한 가집들이다. 『화악』이 『원하』와 『원국』의 중간적 모습을 보인다면 『원하』

는 전기 지향적 성격이 더욱 두드러진다. 두 가집에는 공통으로『해동가요록』(청영)의 서문들이 실리고 전기 작가의 작품들이 대거 수록된 특징이 나타난다.『화악』은「박효관 발문」이 서문에 위치하고 이 가집에서만 나타나는 가곡원류기 작가의 작품들도 수록되는 모습을 보이는 데 비해,『원하』는 박효관·안민영의 작품이 대거 탈락되는 등 다른 가곡원류계 가집과는 다른 작품 수록 양상을 보인다.

　네 번째로, '동양문고본 계열' 가집들에서는 동양문고본(원동), 불란서본(원불), 육당본(원육),『지음』(건)을 살펴보았다. 이 가집들은 변형 생성적 성격의 가집으로 규정할 수 있다.『원동』은 후반부가 누락되어 454수의 작품만 수록된 가집이지만, 작품 수록 양상 및 세부적 특징을 통해 볼 때, 다른 가곡원류계 가집들과『원불』·『원육』의 중간적 모습이 나타나는 특징이 있다.『원불』·『원육』은『원동』에 비해 변형 생성적 성격이 강하게 나타나는데, 악곡의 분배와 작품 수록 양상에서 다른 가집과는 변모된 형태로 가집이 편찬되었다고 할 수 있다.『지음』은 동양문고본 계열 가집과 유사하면서도 또 다른 편제적 틀로 변형된 가집이다. 본가곡보다는 소가곡 중심의 작품 수록 양상을 보이며, 악조·악곡별 배분도 다른 형태를 보이는 등 여러 특징들로 볼 때 20세기 초에 편찬된 가집으로 볼 수 있다.

　제Ⅳ장에서는 가곡원류계 가집의 전개 양상과 그 가곡 문화사적 의의에 대해 서술하였다. 개별적으로 논의됐던 가곡원류계 가집들을 19세기 말~20세기 초 가곡 문화의 흐름 속에서 살펴보았다. 가곡원류계 가집의 전개 과정은 '수정·증보·재편의 역사'라고 할 수 있으며, 소용 목적과 편찬·향유 기반의 변화에 따라 형태를 달리하며 편찬된 가집들임을 논의하였다. 20세기 초반에는 가곡 문화 기반의 변화에 따라 『가곡원류』도 새로운 국면을 맞이하였지만, 근대의 새로운 매체－신문, 출판물, 잡가집, 유성기 음반, 라디오 등－에 따라 조응하며 계속적으로 전승되었고, 변함없이 20세기 가곡 문화의 정전으로 그 위상을 유지하고 있었다.

본 연구에서 다루지 못한 앞으로의 과제들에 대해 언급하며 마무리하고자 한다. 이 글은 19세기 말~20세기 초에 존재했던 수많은 가곡원류계 가집들의 실체에 대한 의문에서 출발하였다. 개별 가곡원류계 가집에 초점을 맞춰 논의를 진행하다 보니 전체 가곡원류계 가집의 흐름을 아우르지 못하였고, 개별 가집에 대한 논의도 기본적 설명과 해제의 수준에 머문 감이 없지 않다. 이 글의 논의를 토대로 가곡원류계 가집들에 대한 좀 더 심도 있는 연구가 진행되어야 할 것으로 본다. 또한 가곡원류계 가집의 공통 틀인 공통 체계에 대한 연구가 이루어져야 할 것이다. 이 글에서 부분적으로 다루었지만 역시 단편적 언급에 지나지 않는다. 악곡 편제의 정착 과정, 작품 구성 및 선별·수록의 내적 원리 등 가곡원류계 가집들의 공통적 요소에 대한 계속적인 검토가 필요할 것이다. 이외에도 해결되어야 할 많은 과제들이 산견된다. 본 연구에서 다루지 못한 부분들을 차후의 과제로 삼으면서 부족한 논의를 마치도록 하겠다.

참고문헌

1. 자료

1) 가집 자료
『가곡선』(고려대 소장, 신문관, 1913)
가람본 『가곡원류』(규장각 소장)
구황실본 『가곡원류』(장서각 소장)
국립국악원본 『가곡원류』(국립국악원 소장)
규장각본 『가곡원류』(규장각 소장)
『대동풍아』(김교헌 편, 우문관, 1908)
동양문고본 『가곡원류』(규장각 소장)
『병와가곡집』(김동준 편, 『악학습령』, 동국대학교 한국학연구소, 1978)
불란서본 『가곡원류』(국립중앙도서관 소장)
『시가요곡』(성균관대 존경각 소장)
『여창가요록』(신경숙, 『19세기 가집의 전개』 계명문화사, 1994)
연세대본 『가곡원류』(연세대 소장)
『영언』(규장각 소장)
육당본 『가곡원류』(황순구 편, 『시조자료총서』 4, 한국시조학회, 1987)
육당본 『청구영언』(황순구 편, 『시조자료총서』 1, 한국시조학회, 1987)
일석본 『가곡원류』
『지음』 건(乾) (단국대 소장)
진본(珍本) 『청구영언』(황순구 편, 『시조자료총서』 1, 한국시조학회, 1987)
하순일 편집본 『가곡원류』(단국대 소장)
하합문고본 『가곡원류』(황충기, 『靑邱永言』, 푸른사상, 2006)
『해동가보』(전북대 소장)

『해동가요록』(규장각 소장)

『해동악장』(황순구 편, 『시조자료총서』 3, 한국시조학회, 1987)

『협률대성』(황순구 편, 『시조자료총서』 4, 한국시조학회, 1987)

『화원악보』(성균관대 존경각 소장)

『홍비부』(신경숙, 『19세기 가집의 전개』 계명문화사, 1994)

2) 기타 자료(역서 및 참고 자료)

김선풍, 『時調歌集 詩餘 硏究』, 중앙대학교 출판부, 1999.

김성진 옮김, 「조선음악기행(Ⅰ·Ⅱ)」, 『한국음악사학보』 18, 한국음악사학회, 1997,
      2000.

김세종 편역, 『조선음악의 연구』(안확 저), 보고사, 2008.

김신중 역주, 『역주 금옥총부』(안민영 저), 박이정, 2003.

김용찬, 『교주 병와가곡집』, 월인, 2001.

김흥규 외 편저, 『고시조대전』, 고려대학교 민족문화연구원, 2012.

박을수, 『한국시조대사전』 전2권, 아세아문화사, 2002.

성무경 역주, 『교방가요』, 보고사, 2002.

_____ 역주, 『영언』, 보고사, 2007.

성무경·이의강 번역, 『완역집성 정재무도홀기』(세계민족무용연구소 편), 보고사,
      2005.

신경숙 외, 『고시조 문헌 해제』, 고려대학교 민족문화연구원, 2012.

실시학사 고전문학연구회 옮김, 『이향견문록』(유재건 저), 글항아리, 2008.

심재완, 『교본 역대시조전서』, 세종문화사, 1972.

안춘근 편역, 『한국판본학』(前間恭作 저), 범우사, 1985.

윤덕진·성무경 주해, 『고금가곡』, 보고사, 2007.

이병기, 『가람日記』(Ⅰ·Ⅱ), 정병욱·최승범 편, 신구문화사, 1976.

이익성 역, 『近世朝鮮政鑑』(박제형 저, 1886), 탐구당, 1988.

임형택 외 옮김, 『매천야록』 상·하(황현 저), 문학과지성사, 2005.

진동혁, 『주석 이세보시조집』, 정음사, 1985.

황순구 편, 『시조자료총서』 1~4, 한국시조학회, 1987.

황충기, 『靑邱永言』, 푸른사상, 2006.

『한국음악학자료총서』 2·7·14·16·34, 국립국악원.

2. 연구 논저

1) 단행본

강명관, 『조선후기 여항문학 연구』, 창작과비평사, 1997.

고미숙, 『19세기 시조의 예술사적 의미』, 태학사, 1998.

국립국악원 국악연구실, 『이왕직 아악부와 음악인들』, 국립국악원, 1991.

권도희, 『한국 근대음악 사회사』, 민속원, 2004.

권오경, 『고악보 소재 시가문학연구』, 민속원, 2003.

김대행, 『시조유형론』, 이화여자대학교 출판부, 1986.

김병국, 『고전시가의 미학 탐구』, 월인, 2000.

김영운, 『가곡 연창형식의 역사적 전개양상』, 민속원, 2005.

김용찬, 『18세기의 시조문학과 예술사적 위상』, 월인, 1999.

김은희, 『조선후기 가창문학의 존재양상』, 보고사, 2005.

김정숙, 『흥선대원군 이하응의 예술세계』, 일지사, 2004.

김진향 편, 『善歌河圭一先生略傳』, 민속원, 1993.

김학성, 『한국 고시가의 거시적 탐구』, 집문당, 1997.

_____, 『한국 고전시가의 정체성』, 성균관대학교 대동문화연구원, 2002.

_____, 『한국 시가의 담론과 미학』, 보고사, 2004.

김흥규, 『욕망과 형식의 시학』, 태학사, 1999.

남정희, 『18세기 경화사족의 시조 창작과 향유』, 보고사, 2005.

류시원, 『풍운의 한말 역사 산책』, 한국문원, 1996.

박상균, 『도서관학만 아는 사람은 도서관학도 모른다』, 한국디지틀도서관포럼, 2004.

성무경, 『조선후기, 시가문학의 문화담론 탐색』, 보고사, 2004.

성호경, 『한국 시가의 형식』, 새문사, 1999.

송방송, 『한국음악통사』, 일조각, 1984.

신경숙, 『19세기 가집의 전개』, 계명문화사, 1994.

심재완, 『時調의 文獻的 硏究』, 세종문화사, 1972.

안 확, 『조선문학사』, 韓一書店, 1922.(『安自山 國學論選集』(최원식·정해렴 편
　　　역), 현대실학사, 1996)

양태순, 『한국고전시가의 종합적 고찰』, 민속원, 2003.

유봉학, 『조선후기 학계와 지식인』, 신구문화사, 1998.

윤재민, 『조선후기 중인층 한문학의 연구』, 고대민족문화연구원, 1999.

이기서, 『강릉 선교장』, 열화당, 2004.(초판 1980)

이동연, 『19세기 시조 예술론』, 월인, 2000.

이상원, 『조선시대 시가사의 구도와 시각』, 보고사, 2004.

이종묵, 『조선의 문화공간』 4책, 휴머니스트, 2006.

이태진, 『고종시대의 재조명』, 태학사, 2000.

장사훈, 『국악총론』, 세광음악출판사, 1985.

＿＿＿, 『한국음악사』, 세광음악출판사, 1986.

정옥자, 『조선후기문화운동사』, 일조각, 1988.

조규익, 『만횡청류』, 박이정, 1996.

＿＿＿, 『조선조 시문집 서·발의 연구』, 숭실대학교 출판부, 1988.

조용헌, 『5백년 내력의 명문가 이야기』, 푸른역사, 2002.

조한욱, 『문화로 보면 역사가 달라진다』, 책세상, 2000.

조해숙, 『조선후기 시조한역과 시조사』, 보고사, 2005.

최규수, 『19세기 시조 대중화론』, 보고사, 2005.

최동원, 『고시조론』, 삼영사, 1980.

허경진, 『조선위항문학사』, 태학사, 1997.

＿＿＿, 『조선의 르네상스인, 중인』, 랜덤하우스, 2008.

허남춘, 『고전시가와 가악의 전통』, 월인, 1999.

황충기, 『歌曲源流에 대한 硏究』, 국학자료원, 1997.

린 헌트, 『문화로 본 새로운 역사-그 이론과 실제』(조한욱 옮김), 소나무, 1996.

존 스토리, 『문화연구와 문화이론』(박모 역), 현실문화연구, 1994.

2) 논문

강경호, 「가집『해동악장』의 작품 수록 양상과 편찬 특성」, 『어문연구』136, 한국

어문교육연구회, 2007.

강경호, 「일제강점기 궁중연향의 변모와 정재전승의 굴절」, 『전통무용의 변모와 현대적 계승』, 민속원, 2011.

_____, 「20세기 초 가곡 문화의 변모와 가집 편찬의 양상」, 『한국시가연구』 33, 한국시가학회, 2012.

강전섭, 「金玉叢部에 대하여」, 『어문연구』 7, 충남대어문연구회, 1971.

고미숙, 「19세기 시조의 전개 양상과 그 작품 세계 연구」, 고려대학교 박사학위 논문, 1993.

고은지, 「20세기 초 시가의 새로운 소통 매체 출현과 그 의미-신문, 잡가집 그리고 유성기음반을 중심으로-」, 『어문논집』 55, 민족어문학회, 2007.

고정희, 「〈가곡원류〉 시조의 서정시적 특징」, 서울대학교 석사학위 논문, 1995.

권도희, 「20세기 기생의 음악사회사적 연구」, 『한국음악연구』 29, 한국국악학회, 2001.

권두환, 「조선후기 시조가단 연구」, 서울대학교 박사학위 논문, 1985.

권순회, 「『時調音律』의 편제와 가곡의 특성」, 『한국언어문학』 66, 한국언어문학회, 2008.

_____, 「『해동가보』(전북대 소장)의 성격」, 『시조학논총』 28, 한국시조학회, 2008.

김근수, 「『歌曲源流』考」, 『명대논문집』 1, 명지대, 1968.

김석배, 「승평곡 연구」, 『퇴계학과 한국문화』 36, 경북대 퇴계연구소, 2005.

김선기, 「안민영 시조를 둘러싼 국악원본 『가곡원류』와 『금옥총부』의 비교 고찰」, 『한국언어문학』 48, 한국언어문학회, 2002.

김영운, 「가곡과 시조의 음악사적 전개」, 『한국음악사학보』 31, 한국음악사학회, 2003.

_____, 「양금 고악보의 기보법에 관한 연구 -『협률대성』 양금보의 時價記譜法을 중심으로」, 『한국음악연구』 15, 한국국악학회, 1986.

김종수, 「조선후기 정악의 향유 양상」, 『동양음악』 24, 서울대 동양음악연구소, 2002.

김태균, 「가곡창 가집 『대동풍아』 연구」, 성균관대 석사학위논문, 2007.

김학성, 「18·19세기 예술사의 구도와 시가의 미학적 전환」, 『한국시가연구』 11, 한국시가학회, 2002.

김학성, 「시조의 텍스트 파생 양상과 그 의미」, 『고전문학연구』 23, 한국고전문학
　　　회, 2003.

_____, 「18세기 초 전환기 시조 양식의 전변과 장르 실현 양상」, 『한국시가연구』
　　　23, 한국시가학회, 2007.

_____, 「시조의 향유전통과 홍만종의 가집편찬」, 『고전문학연구』 34, 한국고전
　　　문학회, 2008.

김현식, 「안민영의 가집 편찬과 시조문학 양상 연구」, 서울대학교 석사학위논문,
　　　1999.

문주석, 「'連音標' 考」, 『한국전통음악학』 6, 한국전통음악학회, 2005.

박은경, 「한국최초의 민간음악교육기관 조선정악전습소 연구」, 『음악과 민족』 21,
　　　민족음악학회, 2001.

변미혜, 「가곡 4장과 시조시와의 관계」, 『한국음악사학보』 20, 한국음악사학회,
　　　1998.

성기옥, 「한국 고전시 해석의 전망과 과제-안민영의 〈매화사〉」, 『진단학보』 85,
　　　진단학회, 1998.

성무경, 「『금옥총부』를 통해 본 운애산방의 풍류세계」, 『반교어문연구』 13, 반교
　　　어문학회, 2001.

_____, 「19세기 초반, 가곡 향유의 한 단면-『영언』과 『청육』의 이삭대엽 우계면
　　　배분방식을 대상으로」, 『시조학논총』 19, 한국시조학회, 2003.

_____, 「가곡 가집, 『영언』의 문화도상 탐색」, 『고전문학연구』 23, 한국고전문학
　　　회, 2003

_____, 「조선후기 정재와 가곡의 관계」, 『한국시가연구』 14, 한국시가학회, 2003.

송안나, 「20세기 초 활자본 가집 『가곡선』의 편찬 특징과 육당의 시조 인식」, 『반
　　　교어문연구』 27, 반교어문학회, 2009.

송원호, 「안민영의 『승평곡』 연구」, 『어문논집』 47, 민족어문학회, 2003.

신경숙, 「조선후기 여창가곡의 연구」, 고려대학교 박사학위논문, 1994.

_____, 「19세기 가객과 가곡의 추이」, 『한국시가연구』 2, 한국시가학회, 1997.

_____, 「19세기 연행예술의 유통구조-가곡(시조문학)을 중심으로」, 『어문논집』
　　　43, 민족어문학회, 2001.

_____, 「하순일 편집 『가곡원류』의 성립」, 『시조학논총』 26, 한국시조학회, 2007.

신경숙, 『가곡원류』 편찬 연대 재고」, 『한민족어문학』 54, 한민족어문학회, 2009.

_____, 「19세기 서울 우대의 가곡집, 『가곡원류』」, 『고전문학연구』 35, 한국고전
　　　　문학회, 2009.

심경호, 「조선후기 서울의 유상공간과 시문학」, 『한국한시연구』 8, 한국한시학회,
　　　　2000.

심재완, 「가곡원류계 가집연구」, 『영남대학교 논문집』 1, 1967.

오종각, 「가곡원류의 새로운 이본인 『지음』 연구」, 『국문학논문집』 15, 단국대학
　　　　교 국어국문학과, 1997.

유봉학, 「傔人-胥吏 출신의 李潤善」, 『조선후기 학계와 지식인』, 신구문화사,
　　　　1998.

육민수, 「낭원군 이간의 시조 연구」, 『반교어문연구』 28, 반교어문학회, 2010.

윤설희, 「20세기 초 가집 『정선조선가곡』 연구」, 성균관대학교 석사학위논문,
　　　　2007.

이동복, 「박효관의 생애와 업적에 관한 연구」, 『국악원논문집』 14, 국립국악원,
　　　　2002.

이병기, 「고전의 僞作」, 『서울신문』, 1949년 5월 18일자.(『가람문선』, 신구문화
　　　　사, 1969)

이상원, 「최영년 고시조 연구와 의의」, 『한국언어문학』 58, 한국언어문학회, 2006.

이은성, 「『詩歌謠曲』에 나타난 가곡·시조 향유양상」, 『반교어문연구』 16, 반교어
　　　　문학회, 2004.

이정희, 「이왕직아악부의 활동과 안팎의 시각」, 『동양음악』 26, 서울대 동양음악
　　　　연구소, 2004.

이주환, 「善歌 河圭一 先生」, 『善歌 河圭一 先生 略傳』(김진향 편), 민속원, 1993.

이진명, 「프랑스 국립도서관 및 동양어대학 도서관 소장 한국학 자료의 현황과
　　　　연구 동향」, 『국학연구』 2, 한국국학진흥원, 2003 봄·여름호.

이형대, 「1920-30년대 시조의 재인식과 정전화 과정」, 『고시가연구』 21, 한국고
　　　　시가문학회, 2008.

이홍직, 「前間恭作編:古鮮册譜[三册]-東洋文庫刊」, 『아세아연구』 2, 고려대아세
　　　　아문제연구소, 1958.

임기중, 「평민가객과 시조집 편찬」, 『한국문학연구입문』, 지식산업사, 1982

장사훈, 「한국최초의 민간음악 교육기관」, 『민족문화연구』 8, 1974.

장정수, 「『악부 고대본』 소재 〈악부〉와 『현학금보』 〈가곡〉의 관련 양상」, 『시조학논총』 31, 한국시조학회, 2009.

전재진, 「가집 『흥비부』의 전사본과 19C 후반~20C 초반 가곡의 변화양상」, 『정신문화연구』 30(2)(통권107호), 한국학중앙연구원, 2007.

조윤제, 「歌曲源流」, 『조선어문』 5, 조선어학회, 1932.

_____, 「역대가집편찬의식에 대하야」, 『진단학보』 3, 진단학회, 1935.

최동원, 「19세기 시조의 시대적 성격」, 『고시조론』, 삼영사, 1980.

최진형, 「시조와 판소리의 관련 양상」, 『한민족어문학회』 56, 한민족어문학회, 2010.

허경진, 「인왕산에서 활동한 위항시인들의 모임터 변천사」, 『서울학연구』 13, 서울학연구소, 1999.

허남춘, 「조선후기 시가의 전개와 미의식」, 『고전시가와 가악의 전통』, 월인, 1999.

황인완, 「『가곡원류』의 이본 계열 연구」, 고려대학교 박사학위논문, 2007.

多田正知, 「靑丘永言と 歌曲源流」, 『朝鮮論集』(小田先生頌壽記念會 編), 1934.

찾아보기

강경호

제주대학교 국어국문학과 졸업
성균관대학교 대학원 석·박사과정 졸업(문학박사)
고려대학교 민족문화연구원 박사후연구원 역임
덕성여자대학교, 성균관대학교, 한성대학교, 고려대학교 강사 역임
현 경상대학교 국어국문학과 조교수

classicalpoetry@gnu.ac.kr

한국시가문학연구총서 28

조선 후기 가곡원류 계열 가집의 전개

2021년 2월 26일 초판 1쇄 펴냄

지은이 강경호
펴낸이 김흥국
펴낸곳 보고사

책임편집 이소희
표지디자인 손정자

등록 1990년 12월 13일 제6-0429호
주소 경기도 파주시 회동길 337-15 보고사
전화 031-955-9797(대표), 02-922-5120~1(편집), 02-922-2246(영업)
팩스 02-922-6990
메일 kanapub3@naver.com / bogosabooks@naver.com
http://www.bogosabooks.co.kr

ISBN 979-11-6587-156-7 93810
ⓒ 강경호, 2021

정가 23,000원